Volúpia de veludo

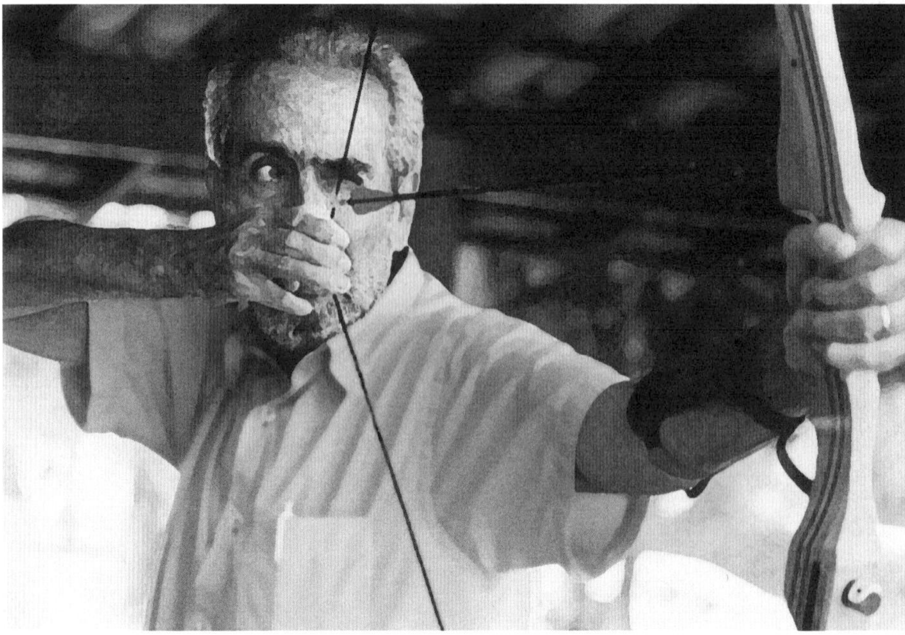

O Arqueiro

Geraldo Jordão Pereira (1938-2008) começou sua carreira aos 17 anos, quando foi trabalhar com seu pai, o célebre editor José Olympio, publicando obras marcantes como *O menino do dedo verde*, de Maurice Druon, e *Minha vida*, de Charles Chaplin.

Em 1976, fundou a Editora Salamandra com o propósito de formar uma nova geração de leitores e acabou criando um dos catálogos infantis mais premiados do Brasil. Em 1992, fugindo de sua linha editorial, lançou *Muitas vidas, muitos mestres*, de Brian Weiss, livro que deu origem à Editora Sextante.

Fã de histórias de suspense, Geraldo descobriu *O Código Da Vinci* antes mesmo de ele ser lançado nos Estados Unidos. A aposta em ficção, que não era o foco da Sextante, foi certeira: o título se transformou em um dos maiores fenômenos editoriais de todos os tempos.

Mas não foi só aos livros que se dedicou. Com seu desejo de ajudar o próximo, Geraldo desenvolveu diversos projetos sociais que se tornaram sua grande paixão.

Com a missão de publicar histórias empolgantes, tornar os livros cada vez mais acessíveis e despertar o amor pela leitura, a Editora Arqueiro é uma homenagem a esta figura extraordinária, capaz de enxergar mais além, mirar nas coisas verdadeiramente importantes e não perder o idealismo e a esperança diante dos desafios e contratempos da vida.

LORETTA CHASE

As Modistas - 3

Volúpia de veludo

ARQUEIRO

Título original: *Vixen in Velvet*

tradução: Simone Lemberg Reisner

preparo de originais: Tamara Sender

revisão: Stella Carneiro e Suelen Lopes

projeto gráfico e diagramação: Valéria Teixeira

capa: DuatDesign

imagem de capa: Lee Avinson/ Trevillion Images

impressão e acabamento: Geográfica e Editora Ltda.

CIP-BRASIL. CATALOGAÇÃO NA PUBLICAÇÃO
SINDICATO NACIONAL DOS EDITORES DE LIVROS, RJ

C436v Chase, Loretta

Volúpia de veludo / Loretta Chase; tradução de Simone Reisner. São Paulo: Arqueiro, 2017.
320 p.; 16 x 23 cm. (As modistas; 3)

Tradução de: Vixen in velvet
Sequência de: Escândalo de cetim
Continua com: Romance entre rendas
ISBN 978-85-8041-717-3

1. Ficção americana. I. Reisner, Simone. II. Título. III. Série.

CDD 813
17-40564 CDU 821.111(73)-3

Editora Arqueiro Ltda.
Rua Funchal, 538 – conjuntos 52 e 54
Vila Olímpia – 04551-060 – São Paulo – SP
Tel.: (11) 3868-4492 – Fax: (11) 3862-5818
E-mail: atendimento@editoraarqueiro.com.br
www.editoraarqueiro.com.br

Em memória da minha mãe.

Capítulo um

BRITISH INSTITUTION – MESTRES DO PASSADO
Essa exposição anual é o melhor ponto de partida para se compreender a mesquinhez com a qual nossos nobres esconderam suas pinturas do grande público – criando um verdadeiro território exclusivo para as obras de arte.

– Revista literária *The Athenaeum*, 30 de maio de 1835

British Institution, Pall Mall, Londres
Quarta-feira, 8 de julho

Ele estava deitado completamente nu, a não ser por um tecido que cobria suas partes íntimas. Com a cabeça jogada para trás, os olhos fechados e a boca parcialmente aberta, dormia tão profundamente que não percebia os diabretes que brincavam com sua armadura e suas armas, ou que um deles soprava em seu ouvido através de uma concha. A mulher estava reclinada ao seu lado, o cotovelo apoiado em uma almofada vermelha. Ao contrário dele, estava completamente vestida, usava uma roupa de linho com acabamentos dourados, os olhos bem abertos. Ela o observava com uma expressão indecifrável. Será que seus lábios insinuavam um sorriso, algo severo, ou será que seus pensamentos estavam em outro lugar?

A mente de Leonie Noirot ofereceu-lhe dezesseis respostas diferentes, mas nenhuma satisfatória. O que não deixava dúvidas era o que o casal estivera fazendo antes que o homem – o deus romano Marte, segundo o catálogo da exposição – pegasse no sono.

Se havia mais alguma coisa na mente de Leonie – por exemplo, o motivo que a levara até ali naquele dia, ou o que "ali" significava, ou quem ela era –, isso tinha se escondido em algum recanto obscuro. Nada além daquela pintura existia ou tinha importância.

Estava diante de uma obra de Botticelli intitulada *Vênus e Marte* e sentia-se tão atraída pelo quadro que não sabia nem em que planeta ou tempo ela mesma se encontrava. Permaneceu na frente da obra sem desviar o olhar, e poderia ver cada pincelada, tentando entender profundamente o seu significado. A única coisa que não conseguia fazer era desligar-se dela.

Se uma única pessoa parasse à sua frente, ela seria capaz de estrangulá-la. Estranhamente, ninguém fez isso. A Exposição Anual de Verão da British Institution continuava a atrair visitantes e também numerosos artistas, que armavam seus cavaletes nas galerias para copiar a obra dos grandes mestres. Esses pintores se tornavam obstáculos desagradáveis enquanto aproveitavam, com enorme ansiedade, o que poderia ser sua única oportunidade de reproduzir itens artísticos de coleções particulares.

Ninguém estava atrapalhando Leonie. Ninguém apareceu por trás dela para olhar por cima de seus ombros. Ela não percebeu nada disso, e muito menos se perguntou o motivo. Não fora ali pela arte, mas por outra razão específica.

Algo muito importante... do qual se esquecera no instante em que seus olhos pousaram no quadro.

Ela poderia ter ficado ali, paralisada, até o Dia do Juízo Final, ou até que um dos funcionários a obrigasse a deixar a exposição. Mas...

Um estrondo, súbito como um trovão, interrompeu a paz do ambiente.

Ela deu um pulo e cambaleou para trás.

Bateu em uma parede que não deveria estar lá.

Não, não era uma parede.

Era algo grande, quente e vivo.

Tinha cheiro de homem: loção de barbear, goma e lã. Mãos masculinas e enluvadas, que tocaram seus ombros com leveza e a colocaram de volta na posição vertical, confirmaram essa impressão.

Ela se virou depressa e ergueu os olhos – olhou *bem* para ele.

Ah, Deus.

Ou, mais precisamente, *Ah, deus Marte.*

Talvez ele não fosse exatamente igual à imagem da pintura. Sobretudo porque o tal homem estava completamente vestido, e com roupas caras. Mas o nariz, a testa e a boca eram muito parecidos. Em especial o formato dos olhos. Os dele, ao contrário dos olhos do deus da guerra, estavam abertos.

Eram verdes, pontilhados de dourado, mesmo tom das mechas de seus cabelos louro-escuros. Os cachos eram iguais aos do deus Marte, desgrenhados de um modo atraente. Existia algo em seus olhos e em sua boca que era mais difícil de descrever, que insinuava outros tipos de rebeldia: os lábios quase sorrindo e os olhos bem abertos, demonstrando inocência. Ou seria estupidez?

– Com toda a emoção que senti, parece que quase fiz a senhorita pisar em meu pé – disse ele. – Peço-lhe mil desculpas.

Não era estúpido.

Mais importante, ele estava perto demais e ela não percebera. Leonie nunca permitia que ninguém se aproximasse tanto. Em Paris, isso teria sido fatal. Até mesmo em Londres era arriscado.

Ela guardou para si todos os seus receios, como estava acostumada a fazer havia muitos anos.

– Espero que não tenha lhe causado nenhum dano permanente – disse Leonie.

Ela olhou para baixo. As botas dele eram imaculadas. Um lacaio as havia lustrado até conseguir um efeito impressionante; a poeira de Londres era obrigada a fugir para longe, cegada por tamanho brilho.

Os olhos verdes dele também observaram os pés de Leonie.

– Um pé pequenino, embrulhado em um pouco de cetim e uma tira de couro? Quase impossível me causar danos, não acha?

– Os pedaços de cetim e couro são meias-botas, chamadas *brodequins* – disse ela. – E meus pés não são tão pequenos. Mas é muito gentil de sua parte dizer isso.

– Nessas circunstâncias, eu precisava dizer alguma coisa agradável. Deveria também apresentar alguma razão plausível para estar tão perto da senhorita. Ou uma razão cavalheiresca, como, por exemplo, protegê-la de cavaletes em queda. Mas, se apresentasse tal desculpa, a senhorita me tomaria por um idiota. Como qualquer um pode ver, o possível objeto agressor está a alguns metros de distância.

Ela ouviu um xingamento a cerca de três quadros à esquerda. Da mesma direção, vieram o som de madeira caindo sobre madeira e o farfalhar de tecido pesado. Leonie não olhou na direção do barulho. Moças que perdem o juízo quando deuses atravessam seu caminho se metem em enrascadas. Era só perguntar a Daphne, ou a Leda, ou a Dânae.

O sol indeciso decidiu naquele instante atravessar a claraboia. Os raios tocaram a cabeça mesclada de ouro do homem.

– Talvez milorde tenha se deixado hipnotizar pelo quadro e tenha perdido a noção do que o cerca.

– Essa, sim, é uma boa desculpa. Mas, como o quadro pertence a mim e já tive tempo mais que suficiente para admirá-lo, a justificativa não me serve.

– O quadro é seu? – surpreendeu-se ela.

Leonie não lera no final do catálogo o nome do proprietário que o emprestara. Imaginara que a obra pertencesse ao rei ou a algum duque.

– Quer dizer, não sou Botticelli, como a senhorita já deve ter percebido, uma vez que o sujeito está morto há séculos. Eu me chamo Lisburne.

Leonie se controlou, colocou os negócios como prioridade em sua mente e folheou seu livro mental de registros, onde arquivava um compêndio particular sobre a aristocracia da Grã-Bretanha, assim como todos os detalhes importantes que saíam nos jornais de escândalos e da boca de suas clientes mexeriqueiras.

Não teve nenhuma dificuldade em localizar o nome dele, pois ela havia atualizado o livro poucos dias antes: *Lisburne* significava Simon Blair, o quarto marquês de Lisburne. Aos 27 anos, era o único filho do pranteado terceiro marquês de Lisburne, cuja viúva, que se casara novamente havia pouco tempo, residia na Itália.

Lorde Lisburne, que também vivera no exterior ao longo dos últimos cinco ou seis anos, chegara do continente fazia duas semanas, acompanhado de seu primo de primeiro grau e grande amigo lorde Swanton.

O visconde de Swanton era o motivo que levara Leonie em pleno dia útil à galeria em Pall Mall.

Ela olhou de novo para o quadro. Em seguida, observou ao redor pela primeira vez desde que chegara. Foi então que percebeu por que ninguém se aproximara dela nem atrapalhara sua visão. Nas outras paredes da galeria havia paisagens, mortes históricas e mitológicas, batalhas e coisas do gênero, além de outros temas religiosos. O Botticelli não tinha nada a ver com o resto. Nenhuma pregação, nenhuma violência e, definitivamente, nenhuma inocência bucólica.

– Uma escolha interessante – comentou ela.

– Ele sobressai bastante, agora que a senhorita mencionou isso – respondeu ele. – Hoje em dia ninguém parece gostar muito de Botticelli. Meus amigos me aconselharam a optar por uma cena de batalha.

– Em vez disso, o senhor tomou a decisão final por conta própria.

Os olhos verdes se deslocaram para a pintura e, em seguida, retornaram para ela.

– Eu poderia jurar que antes da cena eles estavam fazendo amor.

– E eu poderia jurar que ela o derrotou.

– Ah, mas ele vai se levantar de novo para... para lutar outra vez – afirmou ele.

– Sem dúvida.

Leonie virou-se de frente para o quadro e aproximou-se da obra, embora soubesse que se arriscava a bater com a cabeça nela. Ela já vira outras pinturas igualmente belas. No Louvre, por exemplo. Mas aquela...

O proprietário colocou-se ao lado de Leonie. Por um instante, admiraram o quadro em silêncio e ela teve plena consciência da presença física próxima.

– A expressão de Vênus me intriga – disse ela. – Pergunto-me o que ela está pensando.

– Há uma diferença entre homens e mulheres – comentou ele. – Ele está dormindo e ela pensando.

– Alguém precisa pensar. E geralmente quem faz isso é a mulher.

– Sempre me pergunto por que elas não pegam no sono.

– Eu não saberia lhe explicar.

E não saberia mesmo. O conhecimento de Leonie sobre o ato sexual entre homens e mulheres, por mais que sua irmã mais velha falasse sobre isso com ela em detalhes, não era, de forma alguma, baseado em experiências pessoais. Ela lembrou a si mesma que aquele não era o momento para devanear sobre tal experiência. Os negócios sempre em primeiro, segundo e último lugar. Ainda mais agora.

– O que me intriga é a aparência da mulher – prosseguiu ela.

Leonie abriu a bolsa, pegou um pequeno retângulo de papel e o entregou a lorde Lisburne. Era um belo cartão de visitas, como esperado, uma vez que seu estabelecimento era o mais importante do setor em Londres. Era do tamanho de um cartão feminino, impresso e colorido com elegância, porém não deixava de ser um cartão comercial da Maison Noirot, Modistas para Mulheres de Alta Classe, na St. James Street, número 56.

Ele o estudou por certo tempo.

– Sou uma das proprietárias – explicou ela.

Ele a encarou.

– Não foi a senhorita que se casou com meu primo Longmore?

Leonie não se surpreendeu pelo fato de ele ser primo de seu novo cunhado. Todos na alta sociedade pareciam ter algum grau de parentesco, e a família Fairfax, à qual pertencia o conde de Longmore, era numerosa em seu ramo principal e prolífica em galhos e videiras.

– Foi a minha irmã Sophy. Para referências futuras, ela é a loura.

Era assim que a alta sociedade se referia às três proprietárias da Maison Noirot: as Três Irmãs, algumas vezes as Três Bruxas ou as Três Messalinas Francesas: a morena, a loura e a ruiva.

– Isso mesmo. E uma é casada com o duque de Clevedon.

– Minha irmã Marcelline, a morena.

– Que bom que seus pais as fizeram tão diferentes. E que gentileza a sua em me explicar. Se eu confundisse, por exemplo, a condessa de Longmore com a senhorita e tentasse cortejá-la, o brutamontes do marido dela tentaria me atacar, para grande pesar do meu lenço de pescoço. Levei meia hora para ajeitá-lo.

Leonie tinha 21 anos, mas já era uma experiente mulher de negócios, e não uma dama protegida. Ela examinou o lenço com olhar profissional – ou pelo menos tentou. Foi bem mais difícil do que deveria.

Abaixo do ângulo finamente esculpido do queixo de Lisburne, o acessório não estava apenas imaculado, mas dobrado e vincado com tamanha perfeição que poderia ter sido gravado em mármore.

O restante da roupa dele também era incrivelmente perfeito. Assim como o rosto e o corpo.

Leonie sentiu-se tonta e pensou que não seria um mau momento para desmaiar. Mas a modista profissional que residia dentro dela analisou o lenço com um olhar crítico.

– O senhor empregou muito bem o seu tempo, conseguindo um efeito excelente.

– Não que faça muita diferença – disse ele. – Ninguém olha para outros homens quando *ele* está por perto.

– Ele? – repetiu ela.

– Meu poético primo. Sou um homem cheio de primos. Ah, ali estão eles, malditos.

Ela percebeu as vozes que vinham da escadaria central.

Virou-se naquela direção e viu cabeças e chapéus. Em seguida, torsos. Depois de um instante de aparente confusão sobre o caminho a seguir, o grupo, composto principalmente de mulheres jovens, avançou para o arco da galeria onde ela se encontrava. Pararam de repente, gerando uma pequena confusão de cotoveladas e empurrões pouco dignos de damas. O grupo se afastou para dar passagem a um cavalheiro alto e magro, de aparência etérea. Seus cabelos eram longos demais e as roupas tinham um toque teatral.

– Ele – disse lorde Lisburne.

– Lorde Swanton – falou Leonie.

– Quem mais poderia ser, com vinte menininhas ao redor, todas boquiabertas de admiração?

Leonie analisou as moças, todas mais ou menos de sua idade, ou até mais novas, exceto por algumas mães e tias que eram obrigadas a acompanhá-las. Perto da extremidade do grupo de adoradoras de lorde Swanton e suas relutantes acompanhantes, estava a nova cunhada de Sophy, lady Clara Fairfax, com olhar entediado. Milady estava ao lado de uma mulher de aparência comum, vestida de forma completamente equivocada.

O ânimo de Leonie melhorou. Ela fora até ali com a intenção de conseguir mais clientes. Aquilo era ainda melhor do que esperava.

Por um instante, quase se esqueceu do deus Marte e até do quadro. Quase. Mas controlou o entusiasmo e voltou a atenção para lorde Lisburne.

– Obrigada, milorde, por me impedir de levar um tombo, como o cavalete daquele infeliz pintor – disse. – Obrigada também por escolher esse quadro em particular como empréstimo para ser exibido aqui. Não aprecio cenas de violência, tão populares atualmente. E santos são muito irritantes. Mas essa experiência foi sublime.

– Que experiência, exatamente? Nosso encontro foi rápido, porém agitado.

Ela se sentiu tentada a continuar ali e flertar. Ele era muito tentador. Além de ser um homem lindo, era nobre e tinha um quadro que, popular ou não, sem dúvida era de um valor inestimável. Não havia dúvidas de que ele colecionava centenas de outras obras do mesmo valor, ou, pelo menos, objetos assustadoramente caros e duas ou três casas imensas, construídas em grandes propriedades e em vários territórios da Grã-Bretanha. Se – ou melhor, quando – ele se casasse e/ou resolvesse ter uma amante, pagaria pela casa, por criados, carruagens, cavalos etc. – e, o mais importante dos *et ceteras*: pelas roupas.

Mas a amiga de Clara parecia indisposta e pronta para fugir. Um prêmio assim não aparecia todos os dias. De qualquer maneira, Leonie já conseguira chamar a atenção de lorde Lisburne. Ela conhecia os homens e sabia que qualquer dia desses ele faria uma visita à loja.

– Realmente – disse Leonie. – No entanto, eu vim aqui a negócios.

– Negócios – repetiu ele.

– Mulheres. Vestidos. – Ela fez um gesto rápido, apontando para si mesma. Sua aparência indicava que gastara mais de meia hora se preparando para o evento. – Propaganda.

Em seguida, Leonie fez uma rápida reverência e foi em direção a lorde Swanton e seu séquito. Ouviu um som abafado às suas costas, mas não podia perder tempo olhando para trás. A moça malvestida cutucava o braço de Clara.

Leonie apressou o passo.

Com os olhos fixos na amiga de Clara, ela não viu a tela que estava em seu caminho.

O salto de seu *brodequin* ficou preso no cavalete, e Leonie levou um tombo para a frente.

Movendo os braços desajeitadamente, ela escutou o suspiro coletivo, intercalado por risinhos, quando caiu.

Lisburne também não percebera a tela. Estava ocupado demais observando a Srta. Noirot se afastar, embora já tivesse aproveitado a oportunidade de estudá-la a distância – e também inapropriadamente perto – enquanto ela estava diante do Botticelli, sem notar sua presença, a dos outros ou do resto do mundo. Quando ela esbarrou nele e o viu, ele quase gaguejou, imaginando que a Vênus de Botticelli tivesse adquirido vida: o mesmo – ou quase – rosto em forma de coração e um nariz sedutoramente imperfeito... a boca vermelha, com a insinuação de um sorriso, a expressão de quem se recorda de alguma situação perturbadora... o queixo surpreendentemente determinado.

A mente dele passeou por fantasias indecorosas, mas seus reflexos funcionaram de forma magistral. Ele se moveu para a frente, segurou-a e a tomou nos braços com um único e suave movimento.

Desde a última vez que visitara a Inglaterra, fazia seis anos, as roupas femininas haviam adquirido um caráter extravagante. Era difícil dizer quais partes de uma moça eram reais e quais haviam sido criadas por meio de artifícios. Embora apreciasse tais efeitos, ficou feliz ao descobrir que o que parecia ser um corpo de curvas gloriosas só era levemente artificial. A julgar pelas partes cálidas com as quais tivera contato, o corpo dela era tão curvilíneo quanto ele supôs. E seu cheiro era delicioso.

Lisburne viu os olhos dela – de um azul vívido, que ultrapassavam a beleza de safiras e dos céus da Toscana – se arregalarem e os lábios carnudos se abrirem ligeiramente.

– Parece que a senhorita conseguiu – comentou ele, em voz baixa. – Todos estão olhando.

E não era exagero. Os presentes pararam tudo que estavam fazendo ou dizendo; estavam imóveis e boquiabertos. Quem poderia culpá-los? Não era todos os dias que ruivas maravilhosas caíam nos braços de um homem.

Pessoas de outros salões foram atraídas pelo tumulto.

O dia estava se tornando infinitamente menos tedioso do que ele esperara.

– Srta. Noirot!

Swanton atravessou sua multidão de adoradoras – pisando em alguns pés durante o processo – para correr na direção deles. As jovens o seguiram. Até Clara e Gladys Fairfax, primas de Lisburne, as acompanharam, embora nenhuma das duas parecesse especialmente deslumbrada ou mesmo entusiasmada.

– Ah, céus, o que aconteceu? – perguntou Swanton.

– A moça desmaiou – disse Lisburne.

Leonie sabia que muitas pessoas haviam percebido que fora na verdade um tropeço – pelo menos as que conseguiram tirar os olhos de Swanton. Lisburne olhou ao redor, convidando calmamente as testemunhas a contradizerem-no. Ninguém o fez. Até mesmo os patifes Meffat e Theaker ficaram de boca fechada pelo menos uma vez na vida.

É verdade que lady Gladys Fairfax fez um comentário de desaprovação, mas as pessoas nunca prestavam atenção nela – a não ser que quisessem ser alvo de um acesso de fúria assassina. Embora ela também tivesse retornado a Londres fazia pouco tempo, após alguns anos de ausência, ninguém a havia esquecido, do mesmo jeito que ninguém se esquece de uma desgraça, como o Grande Incêndio de Londres, por exemplo, ou um ataque de hidrofobia.

– *Merci* – disse a Srta. Noirot, bem baixinho.

Lisburne sentiu mais do que ouviu as palavras serem pronunciadas próximas a seu peito.

– *Je vous en prie*. O prazer foi meu – respondeu ele.

– Foi apenas uma tontura momentânea – afirmou ela, agora de maneira mais audível. – Pode me colocar no chão outra vez, milorde.

– Tem certeza, madame? – perguntou Swanton. – A senhorita está vermelha, o que não me surpreende. Faz um calor infernal aqui dentro. Não há uma única brisa hoje. – Ele olhou para a claraboia acima. – E ali está o sol, lançando suas chamas, como se tivesse errado a direção do deserto do Saara. Será que alguém faria a gentileza de pegar um copo d'água para a madame?

Madame? Lisburne lembrou-se então do elegante cartão de visitas. Em geral, as pessoas se referiam às modistas, sobretudo as caras, como madames, independentemente de seu estado civil.

E Swanton parecia conhecer aquela madame em particular. Ele nunca dissera uma única palavra, o covarde. Mas não, talvez não fosse nada disso. Era mais provável que algum êxtase poético tivesse tomado conta e ele tivesse apenas se esquecido dela, até que a vira outra vez. Típico.

O pai de Swanton morrera jovem, em Waterloo, e o de Lisburne havia assumido o papel de pai. Isso transformara Lisburne em um irmão mais velho e protetor, um papel que ele precisava manter até hoje, conhecendo bem como Swanton era.

– Milorde, o senhor é muito gentil – disse ela. – Mas não preciso de água. Estou muito bem. Foi apenas uma fraqueza. Lorde Lisburne, se o senhor pudesse fazer a gentileza de me colocar no chão...

Ela se contorceu um pouco nos braços de Lisburne. Foi divertido.

Era um homem saudável, com todas as partes do corpo funcionando de maneira excelente, então não estava muito ansioso para livrar-se dela. Entretanto, como era necessário, ele tirou o maior proveito possível, colocando-a no chão com muito cuidado, deixando o corpo dela descer lentamente tocando o seu, soltando-a apenas depois de um longo e palpitante momento, quando os pés dela já estavam no chão.

Leonie fechou os olhos e disse algo em voz baixa. Em seguida, abriu os olhos e esboçou um sorriso voltado diretamente para ele. O sorriso era tão sedutor quanto o olhar. O efeito combinado o deixou um pouco atordoado.

– Madame, se a senhora sentir que está forte o suficiente, permita-me apresentar-lhe meus amigos – disse Swanton. – Tenho certeza de que estão ansiosos para conhecê-la.

Os cavalheiros, sem dúvida. Estavam loucos para ser apresentados a qualquer mulher atraente, principalmente naquela circunstância, quando era impossível atrair a atenção de qualquer pessoa do grupo que perseguia Swanton.

Mas e as damas? Não estavam loucas para serem apresentadas a uma modista?

Talvez fosse até possível que sim, decidiu lorde Lisburne. As irmãs Noirots tinham ficado famosas. Ele ouvira falar delas havia pouco tempo, no continente. Seu trabalho, diziam, não ficava atrás das criações da famosa Victorine de Paris, que exigia que até rainhas marcassem um horário para serem atendidas.

Lisburne observou o olhar deslumbrante estudar o grupo ali reunido.

– É muita gentileza de sua parte, milorde. Mas acho que já atrapalhei todo mundo o bastante por hoje. As damas sabem onde me encontrar: é só seguir até a St. James Street, número 56. E as damas, como o senhor sabe, são meu maior interesse.

Assim que terminou de falar, Leonie olhou para alguém na multidão. Prima Clara? Em seguida, fez uma reverência e se afastou.

As pessoas – primeiro as mulheres – viraram para o outro lado. Swanton continuou a declamar e romancear, ou o que quer que estivesse fazendo, e todos seguiram para outro quadro: *Entre a virtude e o vício*, de Veronese.

Lisburne, por sua vez, ficou observando a partida da Srta. Noirot. Ela parecia caminhar sem equilíbrio, não com a mesma graça e leveza de antes. No alto da escada, ela se segurou na balaustrada e estremeceu.

Leonie não conseguiu sair sem ser notada.

Ouviu os passos do marquês de Lisburne atrás dela. Sabia que era ele sem ter que olhar para trás. Provavelmente, isso se devia ao fato de ter ficado em grande sintonia com o homem, graças à maneira imprópria como o lorde a colocara no chão momentos antes. Leonie ainda estava tremendo.

Ou talvez ele tivesse enviado algum tipo de sinal, da mesma forma que os deuses faziam, para anunciar sua chegada, com luzes estranhas, sons mágicos e perfumes divinos.

– A senhorita parece estar sentindo alguma dor – disse ele. – Posso ajudá-la?

– Eu estava tentando sair sem que ninguém percebesse.

– Sem problemas. Todo mundo está ao redor do meu primo. Ele está falando sobre C.S. Lewis e todos acreditam que esteja dizendo algo relevante.

Enquanto falava, Lisburne pegou no braço esquerdo de Leonie e o colocou ao redor de seu pescoço. Em seguida, enlaçou-a pela cintura.

Ela perdeu o fôlego.

– Deve estar doendo bastante – comentou ele. – Pensando bem, é melhor eu verificar o seu tornozelo antes de continuarmos. Pode estar mais machucado do que imaginamos.

Se ele tocasse o tornozelo de Leonie, ela desmaiaria, não necessariamente por motivos médicos.

– Foi apenas uma torção – disse ela. – Se tivesse acontecido algo pior, estaria deitada no degrau, soluçando de dor.

– Eu posso carregá-la.

– *Não!* – exclamou ela, acrescentando logo em seguida: – Muito obrigada.

Eles continuaram a descer lentamente as escadas. Ela tentou afastar da mente a lembrança do calor do corpo dele sustentando o seu. Não era fácil. Leonie havia passado muito tempo admirando o Botticelli, e sua cabeça estava criando imagens de braços e de um torso musculosos, sem nada para cobri-los.

Quando chegaram ao primeiro lance, o cérebro de Leonie, em geral muito concentrado, vagueava por caminhos estranhos e prestava atenção excessiva nas sensações físicas.

Ela se forçou a falar.

– Só espero que as pessoas pensem que fiquei tonta devido ao meu breve encontro com lorde Swanton.

– É isso que vou dizer a todos, se a senhorita assim o desejar. Mas tive a impressão de que já se conheciam.

– Paris – disse ela. – Séculos atrás.

– Não pode ter sido há tanto tempo. A senhorita pode estar um pouco debilitada, mas não parece decrépita.

– Era a primeira vez que ele visitava Paris.

– Há mais de cinco anos, então.

Na época em que Leonie tinha quase 16 anos e vivia feliz com seu trabalho e sua família, especialmente com a linda sobrinha, deleitando-se com o sucesso de Emmeline, a maravilhosa loja de roupas da prima Emma.

Antes que seu mundo fosse destruído.

– Lorde Swanton foi à loja de minha prima comprar um presente para a mãe. Ele era um rapaz doce e gentil. Em Paris, os cavalheiros muitas vezes confundem lojas com bordéis.

Aqueles que insistiam no erro costumavam sofrer acidentes terríveis.

Uma das primeiras regras que Leonie aprendeu foi que os homens só se interessavam por uma única coisa. Prima Emma havia ensinado às meninas sob sua responsabilidade não apenas a arte da costura, mas também a se defender dos homens. Entretanto, esquecera de lhes falar sobre como lidar com deuses gregos. Era uma situação muito delicada ter que manter uma atitude estritamente profissional, ainda que Leonie fosse a mais centrada das três irmãs. Mas isso não era nenhuma vantagem. Marcelline e Sophy sempre tiveram a cabeça nas nuvens: sonhadoras, estrategistas e típicas Noirots, típicas DeLuceys.

Ele cheirava a limpeza, como o ar depois da chuva. Como conseguia isso? Que aroma era aquele? Um novo sabonete mágico?

Quando chegaram ao térreo, o tornozelo dela já não latejava tanto.

– Acho que consigo andar sem me apoiar em seu braço.

– Tem certeza?

– Meu tornozelo está melhor. Não preciso me apoiar no senhor com tanta força.

O fato era que ela não precisava se apoiar nele de forma alguma, porque ele a segurava com muita firmeza junto ao corpo. Leonie tinha consciência de cada milímetro daquele braço musculoso e – sob camadas e mais camadas de camisa de baixo, corselete, vestido e pelerine – do ponto exato onde os dedos dele descansavam em suas costas.

Ela largou o pescoço de Lisburne e por sua vez ele soltou a sua cintura e lhe ofereceu o braço. Leonie colocou a mão enluvada sobre a dele e Lisburne a tomou com a mesma firmeza com que segurara sua cintura.

Leonie se convenceu de que aquilo não era um gesto íntimo, ao menos não comparado a segurá-la tocando todo o seu corpo, mas o fato era que havia anos que nenhum homem chegara tão perto dela. Ela sabia como se defender, não sabia? Sabia que não devia se mostrar fascinada por um homem de rosto e corpo bonitos e uma voz rouca e sedutora.

Ela não podia se deixar tomar pelo pânico. Seu tornozelo estava apenas um pouco melhor. Sem ajuda, teria que voltar à loja mancando, sob o sol quente. Quando chegasse lá, o problema poderia ter piorado e ela não conseguiria fazer mais nada.

Os negócios em primeiro, segundo e último lugar. Quando passaram pela porta e saíram na direção de Pall Mall, ela começou a pensar nos contatos que ele tinha, lembrando a si mesma de importantes esposas e/ou amantes, esmagando friamente as emoções indesejáveis, como costumava fazer. Sua falta de jeito podia ter desanimado a amiga de Clara, e aquela podia ter sido sua única oportunidade naquele dia de atrair novas clientes.

– A senhorita falou algo sobre negócios – disse ele.

– Falei?

O coração dela bateu mais forte. Estaria pensando em voz alta sem perceber? Teria sofrido uma concussão sem se dar conta?

– Antes, quando foi na direção de meu primo.

– Ah, sim. É verdade. Aonde quer que lorde Swanton vá, sempre há um bom número de jovens damas. Ele havia mencionado para uma de nossas clientes que tinha a intenção de visitar a British Institution esta tarde. Pareceu-me uma boa oportunidade de fazer com que a loja ficasse conhecida por mais pessoas.

– Não veio pela poesia, então.

Ela deu de ombros.

– Sou proprietária de uma loja, milorde. Não tenho sensibilidade romântica.

Leonie trabalhava desde a infância. As jovens que demonstravam adoração por lorde Swanton não tinham vivido em Paris durante o caos, a miséria e a destruição causados pela cólera. Dor, sofrimento e morte não eram nada românticos para ela.

– Admito estar surpreso – disse ele. – Não sei o que há de romântico em quadros assim. Mas os outros homens também não sabem. Esse mal parece afetar as mulheres jovens, com poucas exceções. Embora esteja em uma idade vulnerável, prima Clara me pareceu entediada. Minha prima Gladys me pareceu mal-humorada, mas ela é sempre assim, por isso é difícil saber se também gosta dessas coisas ou não.

– Prima Gladys – repetiu ela. – A jovem ao lado de Clara?

– Lady Gladys Fairfax. Filha de lorde Boulsworth. Tio-avô de Clara, como a senhorita deve saber. O herói militar. Não sei bem o que trouxe Gladys de volta a Londres, embora tenha uma ligeira suspeita. Estou com a impressão de que a senhorita não está muito bem, Srta. Noirot.

Eles haviam chegado ao início da St. James Street, e o intenso calor do dia, que já estava bem forte em Pall Mall, agora os incomodava ainda mais sob a forma de um vento quente que trazia consigo a poeira de veículos, cavalos e pedestres. A cabeça de Leonie doía tanto quanto o tornozelo. Ela estava tentando se lembrar da última vez que ouvira o nome de lady Gladys Fairfax, mas a dor, o calor e a confusão haviam sufocado seus pensamentos.

– Agora chega – decidiu ele. – Vou carregá-la no colo.

Antes que ela tivesse tempo de protestar, já estava de novo enroscada no lenço de pescoço dele.

– Sim, todos vão olhar – disse ele. – Uma boa propaganda, não acha? Sabe, acho que estou pegando o jeito dessa coisa de negócios.

Enquanto isso, de volta à British Institution

Sir Roger Theaker e o ilustríssimo Sr. John Meffat estavam entre os poucos que haviam prestado atenção à partida de lorde Lisburne ao lado da Srta. Noirot. Os dois haviam chegado com o grupo de lorde Swanton, mas não faziam exatamente parte dele, muito embora fossem antigos colegas de escola do poeta.

Eles não eram os colegas favoritos de lorde Swanton, uma vez que o perturbaram sem dó nem piedade por quase um ano antes que seu primo Lisburne ficasse sabendo e acabasse com eles. Várias vezes. Porque eram lentos para entender. E mais ainda para esquecer.

Eles haviam se afastado alguns passos da multidão que seguia lorde Swanton, em parte para manter uma distância segura do perigoso primo.

O olhar de Theaker permaneceu na escada. Assim que Lisburne e a dama desapareceram de vista, ele comentou:

– Estou vendo que Lisburne está perdido.

– Se há alguém perdido, certamente é a costureira francesa – disse Meffat. – Aposto dez libras.

– Você não tem dez libras – respondeu Theaker.

– Nem você.

A atenção de Theaker se voltou para o poeta. Eles observaram por alguns minutos as moças empurrarem umas às outras sem a menor cerimônia para ficar mais perto de seu ídolo, enquanto ele se aproximava do Veronese.

– Esse sujeito é muito irritante, não é? – comentou Theaker.

– Sempre foi.

– Escreve um monte de besteiras.

– Sempre escreveu.

Ninguém poderia acusá-los de não fazer tudo o que fosse possível para esclarecer o público. Antes do retorno de Swanton à Inglaterra, os dois amigos contribuíram para vários jornais, enviando meia dúzia de críticas satíricas anônimas sobre a obra do poeta, além de duas quintilhas grosseiras. A maioria dos críticos concordou com eles.

Entretanto, uma mulher da nobreza ignorou as críticas e comprou *Alcinthus e outros poemas*, o livro de versos lúgubres de Swanton, e, ao que parecia, não conseguiu parar de chorar. Ela declarou a todas as amigas que ele era o novo Lord Byron ou bobagem parecida. Pelo que se soube depois, a procura foi tamanha que os tipógrafos não conseguiram dar conta.

Como ficar observando aquele ser desprezível não era muito agradável, Theaker e Meffat voltaram sua atenção para o infeliz pintor, que, tendo recolocado de pé o cavalete, estava tentando consertar a tela danificada.

Eles se aproximaram para oferecer conselhos jocosos e, fazendo parecer um incidente, derrubaram de propósito os itens que o rapaz havia recolocado com todo o cuidado no lugar. Sugeriram seus temas favoritos e discutiram sobre se um trecho da pintura se parecia mais com um chapéu ou com as partes íntimas femininas. Preocupados em atormentar uma pessoa pobre, fraca e intimidada demais para revidar – seu modus operandi usual –, eles não notaram a aproximação da mulher até que fosse tarde demais.

E quando ela disse "Preciso que me ajudem", eles não riram, como também costumavam fazer diante de pessoas de menor importância que lhes pediam ajuda ou proteção. Nem sequer fizeram sugestões libidinosas, o que era estranho, considerando-se que ela era extremamente bonita – loura, esbelta e jovem. John Meffat olhou para a mulher uma vez, duas vezes, e se mostrou perplexo. Dirigiu um olhar inquisidor ao amigo, que franziu o cenho, parecendo ter sido atingido por algum objeto.

Theaker lançou um olhar de advertência a Meffat, que conteve a língua. Em seguida, Theaker deu um sorriso gentil, o que deve ter lhe valido um esforço considerável.

– Ora, por certo, minha querida. Vamos procurar um lugar menos *público* e você pode nos contar tudo.

Capítulo dois

Embora o ato de vestir-se e arrumar-se nunca deva absorver tamanha atenção, a ponto de interferir nas tarefas mais nobres da vida, ele deve, assim como o vestido de uma jovem, por mais simples que seja, ser considerado um critério para o julgamento de seu bom gosto e, portanto, merece toda a atenção.

– *O guia das donzelas*, 1829

Lorde Lisburne carregou Leonie por toda a St. James Street, em pleno calor sufocante, passando por inúmeros rostos boquiabertos. Dois veículos esbarraram as rodas uma na outra e um cavalheiro que atravessava a rua deu de cara em um poste.

Leonie pensou em como Sophy teria visto a situação como uma oportunidade de ouro. Ela ignorou a dor de cabeça e o tornozelo latejante e manteve a serenidade no rosto, como se ser carregada até a loja fosse uma ocorrência comum. Por um deus romano que nem ofegava.

Ao erguer os olhos, ela notou a insinuação de um sorriso na boca perfeitamente esculpida dele.

– Isso é divertido – comentou ele. – Que número a senhorita mencionou? Certo, 56. Oh, veja só. Que charmoso. Muito francês. Aquele garoto usando um incrível libré lilás e dourado pertence à loja?

– Sim – respondeu ela, sem precisar olhar. – Aquele é Fenwick, nosso faz-tudo.

– Ele abre a porta ou apenas fica lá de enfeite?

– Uma de suas funções é abrir a porta.

Era um menino de rua que Sophy havia trazido de uma de suas aventuras. Um aprendiz de batedor de carteira. Uma vez retiradas as camadas de sujeira que haviam se acumulado em sua pele, revelou-se uma aparência surpreendentemente angelical. Ele fazia grande sucesso com as mulheres. Ele...

Foi então que Leonie se lembrou de que Sophy havia encontrado Fenwick no mesmo dia em que visitara uma concorrente nos negócios. Para entrar na loja da Sra. Downes, ela se disfarçara de *lady Gladys Fairfax*. Pelo menos se vestira e agira como imaginava que lady Gladys fosse, baseada em uma descrição feita por lady Clara e em seus próprios talentos melodramáticos para inventar personagens.

Mas Leonie não tinha tempo para pensar em lady Gladys. Fenwick já havia aberto a porta e lorde Lisburne a estava carregando para dentro, com todas as moças da loja em grande alvoroço.

Houve breves gritos e exclamações de "Madame!". Todas saíram de trás dos balcões e se colocaram ao redor do casal quando lorde Lisburne exclamou: "Não, não. Ela precisa de ar!", retornando pelo caminho oposto. Elas pediram umas às outras que trouxessem água e sais de cheiro, chamassem o médico e discutiram sobre o melhor a ser feito. Enquanto isso, ninguém estava prestando atenção nas clientes, que poderiam ter saído dali carregando metade da loja, inclusive os manequins, enquanto as funcionárias estavam perdidas em meio à histeria geral.

Felizmente, Selina Jeffreys, a contramestra, correu para o salão, tirando de Leonie o fardo de disciplinar a tropa. Com firmeza, Jeffreys controlou as meninas e levou lorde Lisburne até os fundos da loja. Dali, Leonie o direcionou até seu escritório.

Ele a acomodou na poltrona. Pegou um tamborete e, ignorando a afirmação dela de que era capaz de mover o próprio pé, ajoelhou-se e, com gentileza, colocou a perna machucada por cima de seu joelho. O toque das mãos dele percorreu como uma corrente elétrica sua perna e se espalhou para todos os lados, inclusive para algumas partes que as mulheres escondiam até de si mesmas.

– Acredito que algum revigorante seja necessário – disse ele, enquanto se levantava.

Ele parecia completamente frio. Ela precisava de um banho gelado.

– O senhor tem alguma objeção ao conhaque? – perguntou ela.

– Eu me referia a algo para a senhorita. Parece estar mal.

– Passei uma enorme vergonha na frente do poeta mais amado de Londres. Tropecei duas vezes no mesmo salão e todos pensarão que eu estava bêbada. Na segunda vez, tropecei de tal maneira que torci o tornozelo. O marquês de Lisburne me carregou por toda a St. James Street, para o divertimento das multidões e a confusão mental de minhas funcionárias. Sinto dores de cima a baixo e estou suada, apesar de não ter feito nada além de ter sido carregada. É claro que pareço mal. E estou zangada, pois deveria ter agradecido ao senhor antes de me perder em tantas reclamações.

– Não precisa agradecer. Acredite. Foi a maior diversão que tive desde que Swanton e eu retornamos a Londres. – Ele tirou as luvas. – Onde fica o conhaque?

Ela lhe apontou. Ele encheu uma taça para si e outra para ela. Em seguida, caminhou pelo escritório como se fosse o dono do lugar. Nada de estranho nisso. Os aristocratas sempre eram os donos do lugar – mesmo que tecnicamente isso não fosse verdade –, já que eram os donos da Inglaterra.

Mas, então, ele começou a *tocar nas coisas dela.*

Lisburne estava fascinado.

De um lado da parede livros de registro haviam sido organizados perfeitamente alinhados em três lustrosas estantes. Da mesma forma, em uma escrivaninha polida até dizer chega, havia um tinteiro e uma bandeja de lápis, todos afiados com pontas letais. Nas outras paredes, gravuras sobre a moda francesa e algumas cenas parisienses, afixadas de maneira precisa quanto à altura e à distância entre elas. Quaisquer outros objetos contidos ali deviam estar guardados em segredo nas gavetas e armários trancados.

Ele inclinou a cabeça para ler a lombada dos livros e puxou um deles para olhar a capa. Folheou as páginas. Colunas cuidadosamente escritas traziam descrições completas de transações realizadas. Ao lado delas, com a mesma ordem rigorosa, colunas de números.

– Não há uma única mancha de tinta. É a senhorita quem faz isso? Anota todos esses números e dados sem um único borrão?

– Milorde, isso é informação financeira confidencial. – A voz de Leonie subiu de tom.

– Seus segredos não poderiam estar mais bem guardados – respondeu ele. – Para mim, não passam de hieróglifos. Poderia ler isso durante dias e continuaria sem nada. Não, isso não é bem verdade. Eu sei exatamente o que a tinta vermelha significa. Meu administrador já me mostrou isso vezes o suficiente. Quer dizer, ele me mostrava até eu deixar esses assuntos com Uttridge, meu secretário. Ele me avisa quando estou entrando em território vermelho.

– Seu secretário administra seu dinheiro? – perguntou ela, visivelmente chocada. – O senhor nunca olha os livros?

Que linda caligrafia ela tinha! Tão precisa e organizada, e completamente feminina.

– O problema com esse negócio de analisar os livros é que isso joga na cara de um sujeito todas as suas falhas – disse ele, evitando o desconforto da situação. – Observo que há muito poucos registros em vermelho aqui, Srta. Noirot. E a senhorita faz tudo isso sozinha, sem nenhum Uttridge, ou administrador? Simplesmente anota cada item abominável, o quanto custa, quanto alguém paga por ele, qual é o total e, de alguma maneira, faz com que tudo dê certo no final?

– Esse é o meu trabalho. A duquesa de Clevedon é especialista em desenhar roupas. Lady Longmore fica com a tarefa de manter a boa imagem da Maison Noirot aos olhos do público. Eu administro o negócio.

– Quer dizer que toma conta das finanças.

– Em parte. Eu contrato e despeço as costureiras, cuido de suas várias crises e histerias, pago os salários e monitoro todas as compras.

Ele fechou o livro e encarou Leonie por algum tempo. Era muito para ser assimilado. Aquele rosto extraordinário, para início. Os imensos olhos azuis, a boca macia e o queixo determinado.

O queixo combinava com as colunas de números organizados e a ausência de borrões.

O vestido pertencia a algum reino encantado.

Babados e rendas brancas em cascata até a cintura, como a espuma do oceano. Abaixo da renda, mangas enormes e volumosas. Da delicada cintura, surgia uma saia: um tecido branco, bordado com o que pareciam ser milhares de minúsculas flores azuis. Era uma saia linda e extremamente feminina, que fazia um homem desejar tocá-la só de escutar seu farfalhar.

Bem, não *apenas* por isso.

Que delícia fora carregá-la por toda a St. James Street!

Ele olhou bem para o rosto, para o vestido, e pensou nos números registrados com precisão em suas devidas colunas.

Colocou o livro de volta na estante.

Ela soltou um pequeno suspiro.

– Então, está tudo bem agora? – indagou ele. – Seu pé está doendo? Gostaria de mais conhaque?

– Não, não, obrigada. Milorde, não devo prendê-lo mais. O senhor foi muito gentil e cavalheiro.

– Foi um grande prazer. Pode ter certeza. – Ele se aproximou da escrivaninha para analisá-la. – Esperava outra tarde tediosa ouvindo Swanton e todo o seu sentimentalismo.

Ele pegou um dos lápis perigosamente apontados e enfiou-o na ponta do dedo indicador criando uma minúscula retração no local. Provavelmente nada letal, a menos que alguém o enfiasse ali com ferocidade, algo que adivinhou que Leonie era bem capaz de fazer. Examinou os lápis. Quando os colocou no lugar, percebeu que ela respirava de maneira errática, em pequenos sopros.

– Está muito quente, Srta. Noirot? Deseja que eu abra a janela? Ou isso só esquentaria mais o aposento?

Ela fez um pequeno som sufocado.

– Se o senhor pretende bisbilhotar, milorde... e percebo que todos os nobres agem como querem... poderia pelo menos fazer o favor de colocar meus pertences no lugar de onde os tirou?

Ele deu um passo para trás, afastando-se da escrivaninha, e cruzou as mãos às costas. Não porque estivesse envergonhado, mas sim porque estava sentindo uma enorme tentação de desalinhar tudo ao alcance, inclusive, e especialmente, as roupas dela.

Ele olhou para os lápis e o tinteiro, em seguida de novo para os livros de registro.

– Eu... não. Quer dizer, eu poderia tentar, mas não ficaria do jeito de antes. É por isso que Uttridge intervém, entende? Me entedio facilmente e as coisas não dão certo.

Não era totalmente mentira. Ele ficava entediado quando dominava por completo um assunto ou tarefa.

– Sua roupa parece imaculada – comentou ela.

Ele deu uma olhada para si mesmo.

– Estranho, não é? Não sei como consigo. Bem, conto com Polcaire, meu camareiro, é claro. Não conseguiria me vestir assim sem ele.

O lorde contemplou o próprio colete por um instante. Era um de seus favoritos e tinha certeza de que lhe caía muito bem. Algum gênio perspicaz devia ter soprado em seu ouvido hoje.

Na verdade, fora Polcaire.

Polcaire: Mas milorde não pode usar o colete marrom em um evento como este.

Lisburne: Swanton é o evento, o que significa que todas as mulheres vão olhar para ele. Ninguém vai se preocupar com o que eu estiver vestindo.

Polcaire: Nunca se sabe quem podemos encontrar, milorde.

O que provava que Polcaire era não apenas um gênio entre os camareiros, mas também um oráculo.

Lisburne desviou o olhar do colete de volta para a Srta. Noirot.

Um tom de rosa-claro espalhou-se pelo rosto dela, como uma onda, subindo aos poucos. Era maravilhoso.

– Devo me arriscar a tentar colocar tudo de volta como estava antes? Meu trabalho pode não estar à altura de seus padrões. Suspeito que a senhorita vá dar um salto dessa poltrona e... – ele fez uma pausa – ... esfaquear-me com o canivete?

Lisburne percebeu o quanto ela se esforçava para aparentar calma. Não era fácil discernir. O rosto de Leonie deveria estar no dicionário, como exemplo da palavra *inescrutável*. Embora fosse ruiva, sua pele era estranhamente gentil quando se tratava de enrubescimento. Mesmo assim, quaisquer que fossem os outros defeitos que ele possuísse, ser pouco observador não era um deles, principalmente em se tratando do sexo feminino. No caso dela, ele estava atento como um falcão. A maneira como ela relaxara não era, de forma alguma, inconsciente. Ele a viu rearrumar as feições e trazer os ombros para baixo.

– A ideia me passou pela cabeça. Mas é muito difícil se livrar de cadáveres, principalmente se forem aristocráticos. As pessoas tendem a notar quando um nobre desaparece.

Como a porta havia sido deixada entreaberta, ele escutou os passos que se aproximavam um instante depois que a viu adotar uma postura mais alerta.

O rápido bater à porta foi seguido por um "*Entrez*" da Srta. Noirot. Então, uma das jovens que estavam no salão principal adentrou o escritório.

– Oh, madame, sinto muito por interrompê-la – disse a moça, ou pelo menos pareceu ser isso que ela falou em seu francês deplorável, antes que ela desistisse e voltasse para o inglês. – Mas é lady Clara Fairfax e... outra lady.

– Outra lady?

O rosto da Srta. Noirot se iluminou e ela se levantou da poltrona, esquecendo-se por um instante do tornozelo machucado. Ela estremeceu e praguejou baixinho em francês, mas seus olhos e o rosto não perderam o brilho.

– Mande-as subir para a sala de consultas e leve alguns refrescos. Estarei lá em um segundo.

A moça saiu.

– *Subir* para a sala de consultas? – disse ele. – Está pretendendo subir escadas em sua condição?

– Lady Clara trouxe lady Gladys Fairfax. O senhor não viu?

– É claro que vi Gladys. Ninguém consegue ignorá-la, assim como não se pode ignorar o desmoronamento de uma casa ou uma enchente de quarenta dias. Eu mesmo a apontei para a senhorita.

– Estou me referindo ao vestido dela.

– Eu desviei o olhar no mesmo instante. Era uma catástrofe, como sempre. O que Gladys não tinha de bom humor, compensava em mau gosto.

– Era mesmo – concordou a Srta. Noirot, o rosto radiante com uma animação incompreensível e de tirar o fôlego. – Ela precisa de mim. Vou subir essas escadas nem que tenha que me arrastar.

Que chatice!

E a tarde estava indo tão bem.

Só mesmo Gladys para aparecer de repente, sem ser convidada.

– Não diga bobagens – falou Lisburne. – A senhorita não pode se arrastar escada acima. Vai amassar seu vestido.

Aproximou-se da Srta. Noirot e ofereceu o braço antes que ela tentasse chegar cambaleando até a porta.

– Eu a levaria no colo – disse ele –, mas, se elas nos virem, Gladys ficará ainda mais sarcástica. E tornará a sua tarde pior do que já está. Tem certeza de que quer vê-la? Não poderia mandar uma daquelas meninas?

– Tratá-la com inferioridade? – Ela se apoiou no braço dele. – Vê-se que o senhor tem muito o que aprender sobre negócios, milorde.

– E a senhorita tem muito o que aprender sobre Gladys. Mas vejo que não conseguirei impedi-la. Algumas pessoas precisam aprender da maneira mais difícil.

Ele a levou até o andar superior, mas retirou-se quando a porta foi aberta e ouviu a voz de Gladys. Ela já estava rabugenta.

Lisburne se lembrava, como em um pesadelo, da primeira vez que a vira, esperando em casa após o funeral de seu pai. Uma menina de 15 anos sardenta, grosseira e com uma língua afiada, e que nunca deveria ter saído da sala de aula. E o pai! O famoso herói militar que havia abordado uma viúva ainda em luto para que ela prometesse o filho àquela menina horrorosa. Lorde Boulsworth agira como se o pai de Lisburne fosse um de seus soldados, como se tivesse morrido em combate e ele tivesse adquirido o comando de sua família, que deveria marchar de acordo com suas ordens. Lisburne encontrara Gladys algumas vezes desde seu retorno a Londres. Tirando uma cor de pele mais natural, ele não vira nenhum sinal de melhora na moça depois da maturidade. Ao contrário, ela se parecia cada vez mais com o pai.

– Desculpe-me por ser covarde e sair correndo – disse ele –, mas não seria bom para a senhorita se eu ficasse. Clara é ótima, sem dúvida. Mas Gladys é outra história. Digamos apenas que ela e eu não trocaríamos elogios. Só de me ver ela ficaria com um humor ainda pior, se é que algo assim é possível, e eu prefiro não dificultar ainda mais o seu trabalho.

Quarenta e cinco minutos depois

– Você por acaso é cega? – perguntou lady Gladys. – Olhe bem para mim! Não posso deixar meus seios pulando para fora do vestido. As pessoas vão pensar que estou desesperada para chamar a atenção.

Ela olhou para as três mulheres que a estudavam, a cor do rosto passando para um vermelho intenso, o nariz como o de um bêbado.

Ela estava furiosa, mas Leonie percebia a tristeza em seus olhos. Milady era difícil: imperiosa, rude, impaciente, pouco cooperativa e rápida em atirar insultos. Em outras palavras, comportava-se igual à maioria das clientes da loja.

Lady Gladys estava agora diante do espelho, apenas de corselete e camisa de baixo, graças à habilidosa assistência de Jeffreys e ao apoio moral de lady Clara. Mesmo assim, chegar até aquele ponto fora uma verdadeira batalha. Enquanto isso, o tornozelo machucado de Leonie doía, assim como sua cabeça, mas nada disso importava, muito menos o comportamento ofensivo de lady Gladys.

Aquela era uma oportunidade imperdível.

– Milady, um dos princípios básicos de um vestido é fazê-lo realçar as áreas mais belas de uma mulher – explicou Leonie. – No que se refere aos homens, seus seios são o seu melhor atributo.

– Se *melhor* quer dizer imenso, não posso discordar – disse lady Gladys. – Sei que não sou nenhuma sílfide.

Ela lançou um olhar de raiva para lady Clara, que era majestosa demais para se qualificar como sílfide. Entretanto, tinha uma beleza impressionante: loura, olhos azuis, uma pele lustrosa e um corpo perfeito. E inteligência. Além de uma natureza agradável.

A natureza não havia oferecido a lady Gladys nenhum traço de beleza clássica. Cabelos castanhos sem vida. Olhos também castanhos e comuns, assim como a boca, que era pequena demais para o rosto redondo. Uma aparência longe da ideal. A cintura era fina, mas o colo era bonito e os quadris, bem aceitáveis, embora, no momento, isso só ficasse claro aos olhos de um bom observador.

– Isso não significa que a senhorita não tenha curvas – insistiu Leonie.

– Está ouvindo, Gladys? – disse lady Clara. – Eu não lhe disse que você estava escondendo as partes mais atraentes?

– Eu não tenho partes atraentes! Não me trate com condescendência, Clara. Vejo muito bem o que está no espelho.

– Peço licença para discordar – interveio Leonie. – Se pudesse se enxergar direito, veria que seu corselete não está adequado às suas formas.

– Que formas? – perguntou lady Gladys.

– Bem, vejamos o que acontece quando tiramos o corselete.

– Não! Já estou praticamente nua. A modista da minha cidade...

– ... deve ter algum problema com a bebida – completou Leonie. – Não posso imaginar que uma profissional que estivesse sóbria fosse enfiar uma cliente nessa... nessa linguiça.

– *Linguiça?* – Lady Gladys estremeceu. – Clara, já estou cansada da insolência dessa criatura.

– Jeffreys, faça o favor de ajudar lady Gladys com o corselete – disse Leonie com firmeza.

A modista que permitisse a uma cliente assumir o controle deveria fechar a loja e ganhar a vida fazendo remendos.

– Afaste-se, mocinha – respondeu lady Gladys. – Você não vai fazer nada disso. Eu me recuso a ser tocada por uma criança tuberculosa, que fala um francês tão repugnante que chega a machucar meus ouvidos, numa cidade onde sobram pessoas ignorantes.

Jeffreys havia crescido em meio a dificuldades. Aquilo era quase afeto materno, se comparado às suas experiências de infância. Ela foi sem pestanejar em direção à cliente, mas, quando tentou tocar as cordas do corselete, lady Gladys remexeu o corpo e levantou os braços, praticamente rosnando.

Como um animal acuado.

– Ora, milady não está com medo de minha contramestra, não é? – disse Leonie.

– Jeffreys não tem nenhuma doença – disse lady Clara. – Se tivesse, teria morrido depois de todo o esforço para tirar você de sua túnica e suas anáguas.

– Eu lhe disse que seria perda de tempo! – exclamou Gladys.

– E eu lhe disse que estava cansada dos comentários maldosos de certa pessoa, lembrando-se sempre dos vestidos que você usou em sua primeira temporada. E você disse...

– Eu não me importo com o que os outros falam!

– *Ça suffit* – disse Leonie. – Saiam todos. Lady Gladys e eu precisamos conversar em particular.

– Eu não tenho nada para lhe dizer – respondeu Gladys. – Você é a pessoa mais invasiva... não, Clara, não se vá!

Mas lady Clara saiu e Jeffreys a seguiu, fechando a porta suavemente.

Lady Gladys não podia ir atrás delas usando apenas a roupa de baixo. E não conseguiria se vestir sozinha, porque, como a maioria das damas, não fazia ideia de como era o processo. Estava presa.

Leonie tirou de um guarda-roupa um vestido de modelo excessivamente francês. Era creme e ricamente bordado com flores cor-de-rosa, galhos e folhas em verde-claro, mas não fora feito de musselina, como costumavam ser os vestidos de baile. Era de seda. Uma seda muito fina, quase transparente.

Ela o ergueu. Lady Gladys sentiu seu cheiro e fez uma careta, mas não se virou. Seu olhar se detinha no malicioso pedaço de seda, sua expressão de repente assustada.

– Você não pode pensar que isso é digno. Isso serve para uma meretriz.

Leonie deu um passo à frente e pendurou o vestido nos ombros tensos de milady.

Ela se virou para o espelho. A expressão rebelde de lady Gladys suavizou-se. Ela piscou com força.

– Eu... eu nunca usei uma coisa dessas e você tem muita coragem de me fazer essa sugestão.

Leonie notou o anseio na voz dela, e seu coração calejado e duro de modista se enterneceu.

Lady Gladys não era nenhum parâmetro de beleza. Nunca fora e nunca seria, por mais que a moda a ajudasse.

Mas ela podia ser *mais*.

– Não estou sugerindo que o compre – explicou Leonie. – Ainda não. Ele seria mais adequado ao seu enxoval.

– Enxoval! Que piada!

– Veja bem o que faremos. Vamos livrá-la desse corselete monstruoso.

– Você é a pessoa mais mandona e imprudente...

– Vou lhe trazer algo mais apropriado até que eu possa criar exatamente o que milady precisa.

Os corseletes eram a especialidade de Leonie.

– Você não vai... não vai... – Lady Gladys piscou com força e engoliu em seco.

– Milady nunca mais vai usar corseletes já prontos – prosseguiu Leonie, sem se abalar. Nunca se permitia ser emotiva com as clientes. Elas que cuidassem das próprias emoções. – Eles não oferecem o suporte apropriado e não acentuam suas formas.

– Eu não tenho formas. Ou melhor, tenho forma de b-barril.

– Milady tem formas, sim. Podem não ser clássicas, mas isso não importa aos homens. Eles não são tão exigentes quanto as mulheres jovens imaginam. A senhora é generosamente dotada no colo e, assim que tirarmos essa coisa horrorosa, verá que seus quadris e nádegas têm excelente proporção.

Lady Gladys olhou-se no espelho, o rosto tenso. Ela se afastou e se sentou em uma cadeira.

– Vamos rever quais são seus pontos positivos.

– Pontos positivos! – A voz de lady Gladys estava sufocada.

– Além dos que já enumerei, a senhora possui uma pele bem clara, um nariz elegante e belas mãos.

Surpresa, lady Gladys encarou as próprias mãos.

– É claro que o decote é de extrema importância – prosseguiu Leonie. – Os homens olham para o decote. Na verdade, é para onde olham primeiro.

Gladys ainda observava as próprias mãos, como se nunca as tivesse visto.

– Eles não olham – disse ela. – Nunca olham para mim. E então, eu digo coisas e... – Ela se interrompeu. Uma lágrima escorreu pelo nariz.

Leonie lhe deu um lenço.

– Sua primeira temporada não foi muito bem – disse Leonie.

Ela se lembrou de lady Clara mencionando o fato... ou teria sido Sophy? De qualquer maneira, ela não conhecia os detalhes. Não precisava.

Gladys assoou o nariz.

– Essa é uma maneira delicada de descrevê-la! Você sabe. Todo mundo sabe. Foi um fracasso colossal. Foi tão medonho que fugi para casa, em Lancashire, e nunca mais voltei.

– E, no entanto, aqui está milady.

Lady Gladys ficou vermelha, dessa vez mais graciosamente.

– Não tem nada a ver com a temporada – rebateu ela, de imediato. – De qualquer maneira, ela já está quase no fim. Mas li nos jornais que lorde Swanton faria leituras de suas obras e daria algumas palestras sobre poesia. É... é puramente literário. O motivo que me trouxe aqui. Não tem nada a ver com... quer dizer, eu não vou enfrentar aquela tortura outra vez, os bailes, as festas e coisas assim.

– Eu sempre achei que a primeira temporada de uma jovem fosse como uma luta de boxe, ou uma corrida de cavalos – comentou Leonie. – Muitas garotas apresentadas à sociedade ao mesmo tempo, só pensando em conseguir um marido, sem serem justas. Suas rivais podiam não ter um chicote ou esporas quando estavam ao seu lado, mas elas tinham as palavras como armas.

Lady Gladys riu.

– Rivais! Eu não sou rival de ninguém. E ali estava eu, debutando junto de Clara. Afrodite talvez tivesse alguma chance. Ou é possível que não.

– Eu compreendo sua dificuldade – disse Leonie. – Mesmo assim, não podemos nos esquecer de que a senhorita debutou antes do que eu e minhas irmãs estivéssemos estabelecidas em Londres. Não estávamos adequadamente preparadas.

Entre outras coisas, as governantas e professoras de dança de lady Gladys haviam feito um trabalho tão ruim quanto o da modista. Milady não andava: ela se arrastava. E seu andar era apenas um dos problemas.

– Com certeza a senhorita não estava vestida corretamente.

– Ah, sim. Isso explica. Se você tivesse cuidado de tudo, eu teria sido a mais bela do baile.

Leonie deu um passo para trás, cruzou os braços e analisou a nova cliente com um olhar crítico. Depois de um longo instante, enquanto sua mente executava cálculos complicados, prosseguiu:

– Sim, milady. Definitivamente teria sido. E ainda pode ser.

Início da noite de sexta-feira, 10 de julho

– Sua cobra venenosa! Eu sempre a atendo!

– Sempre? Uma única vez, dois meses atrás.

– Pois na semana passada eu atendi a Srta. Renfrew enquanto você estava flertando com o Sr. Burns.

– Eu nunca flertei com ele!

– Ele pode não ter flertado com *você*, mas você bem que estava se esforçando.

Leonie ouvira os gritos e correra do escritório até a oficina ao mesmo tempo que Jeffreys, que fazia o caminho contrário até o escritório de Leonie com a mesma intenção.

No momento em que elas irromperam pela porta, Glinda Simmons estava segurando Joanie Barker. Elas se arranharam, chutaram, bateram e puxaram o cabelo uma da outra, gritando o tempo todo. As outras moças também gritavam e, em questão de minutos, haviam derrubado por todo o chão rolos de tecidos caros, caixas de fita, flores, plumas e outros artigos.

Leonie bateu palmas, mas ninguém estava prestando atenção. Ela e Jeffreys tiveram que entrar no meio para separar as duas brigonas, o que não as impediu de parar de gritar. As combatentes pediram o testemunho das colegas para os vários crimes perpetrados pela outra parte, e as não combatentes viram nisso um convite para expressar suas próprias mágoas contra as duas.

Foi preciso quase uma hora para restaurar a paz completamente. Depois de avisar a elas que seriam imediatamente demitidas se brigassem outra vez, Leonie subiu e tirou a roupa de trabalho. Jeffreys a seguiu.

– É melhor você mandar Mary Parmenter para ajudar a me vestir – disse Leonie. Mary havia ficado no comando do salão principal enquanto Jeffreys fora interromper a guerra. – Fique de olho nas costureiras. Você é a melhor pessoa para lidar com essas brigas.

Esse era apenas um dos motivos pelos quais Selina Jeffreys era a contramestra, apesar de ser jovem e da aparência frágil.

Jeffreys a ignorou e começou a desamarrar a pelerine de Leonie.

– A senhora vai se atrasar, madame. E sabe que Parmenter fica nervosa e desajeitada quando é apressada. Eu, não.

Atrasada não estava bom o suficiente, na opinião de Leonie. *Nunca* seria muito melhor. Ela não estava nada ansiosa para o encontro que teria naquela noite.

Lorde Swanton faria uma leitura de seus poemas a fim de angariar fundos para o Instituto de Surdos e Mudos. Esse não era o tipo de atividade que Leonie apreciava. Ela exibiria sua presença, depois daria um jeito de ir embora cedo e escrever alguma coisa para o jornal de escândalos mais famoso de Londres, o *Foxe's Morning Spectacle*. O relato incluiria descrições detalhadas da roupa de cada cliente da Maison Noirot que estivesse no evento.

Leonie estava tão ansiosa para escrever essas notícias quanto seus ancestrais por se encontrar com a madame Guilhotina.

Sem entender o motivo de Leonie franzir a testa, Jeffreys disse:

– Por favor, não se preocupe com as meninas, madame. Elas ficarão bem. É aquela época do mês e a senhora sabe como é quando há muitas mulheres juntas.

Todas tinham Aquele Período do Mês ao mesmo tempo.

– Este mês está ainda pior, e sabemos o porquê – disse Leonie.

Marcelline havia se casado com um duque; e Sophy, com um futuro marquês. Embora qualquer outra mulher pulasse de alegria diante da possibilidade de parar de trabalhar, Marcelline e Sophy não eram como as outras. Algum dia, elas até poderiam abrir mão da loja, mas não sem antes resistir bastante.

As moças não entendiam e não era algo fácil de explicar, uma vez que nenhuma das irmãs aparecia havia algum tempo. Marcelline, que vinha enfrentando terríveis enjoos matinais, tinha que ficar de cama, seguindo ordens médicas. Sophy fora obrigada a passar um tempo fora, para que a alta sociedade tivesse tempo de se esquecer da aparência da viúva francesa que ela havia interpretado fazia pouco tempo.

Isso deixou Leonie sozinha. Ela era capaz de fazer o que as irmãs faziam, mas não com a mesma habilidade e brilho. Cada uma das irmãs tinha seu próprio talento especial e Leonie sentia enorme falta deles. E da companhia de Marcelline e Sophy.

Estava muito preocupada com o futuro da Maison Noirot. Havia dedicado tudo o que tinha à loja – mente, corpo e alma. A cólera havia matado a prima Emma e destruído a vida que elas levavam em Paris. Emma podia ter morrido cedo demais, mas, em Londres, seu espírito e genialidade permaneciam vivos no coração e na nova vida que as três irmãs haviam erguido com enorme sacrifício.

– As meninas vão melhorar quando minhas irmãs voltarem a ficar na loja com regularidade – afirmou Leonie. – Rotina e hábito, Jeffreys. Você sabe que as nossas meninas precisam não apenas de ocupação, mas de ordem na vida. – Muitas delas estavam em instituições de caridade. Viviam de maneira difícil e caótica. – Mas as coisas mudam e todo mundo precisa se adaptar.

Para aquelas meninas, adaptar-se não era fácil. As mudanças as perturbavam. Leonie entendia. As mudanças também a perturbavam.

– Temos uma tarefa difícil pela frente, de acostumá-las à nova rotina.

– A senhora não precisa de mais trabalho – disse Jeffreys. – Precisa é de mais descanso, madame. A senhora não pode ser três pessoas diferentes.

Leonie sorriu.

– Não, mas, com a sua ajuda, posso ser quase três. Mas vamos nos apressar. Preciso chegar lá antes que acabe.

Mais tarde, naquela mesma noite

Leonie correu para a sala anexa ao auditório do New Western Atheanaeum e parou de supetão quando uma figura alta, vestindo preto, surgiu das sombras da fresta de uma janela.

– Pensei que a senhorita não fosse chegar nunca – disse lorde Lisburne.

Ela percebeu que ele não estava completamente de preto. Além da camisa e do lenço brancos, usava um colete de seda verde, requintadamente bordado em ouro. O colete atraía a atenção para sua cintura fina, por isso ela abaixou o olhar, fixando-se nas calças de noite que ressaltavam com delicadeza os contornos musculosos de suas longas pernas.

Leonie precisou de um momento para recuperar o fôlego.

– Nós tínhamos combinado um encontro? Se sim, devemos ter marcado quando eu estava ainda tonta, porque não me lembro.

– Ah, eu tinha certeza de que a senhorita estaria aqui. – Ele fez um sinal com a mão enluvada para a porta do auditório. – Swanton. Jovens moças a torto e a direito. – Ele apontou para o vestido de Leonie. – Propaganda.

Para esse evento, ela havia escolhido um vestido de seda verde. Embora fosse um traje para a noite e expusesse mais pescoço do que as roupas de dia permitiam, era um vestido simples o suficiente para uma palestra pública. Nenhuma renda de seda, nenhum babado e apenas um pouco de bordado, de um verde mais escuro, acima do debrum da saia e ao redor da barra. As imensas mangas forneciam a atração principal, com um corte que parecia revelar as mangas da camiseta de dentro – em outras palavras, um vislumbre da roupa íntima. Por cima delas, Leonie jogou, com aparente negligência, um fino xale de seda com um padrão floral em cor de vinho e dourado sobre um fundo branco, que chamava atenção para a pele lustrosa tentadoramente visível pelo corte da manga.

– Eu pretendia chegar mais cedo, mas tivemos um dia difícil na loja e o calor deixa todos impacientes e de mau humor. As clientes são grosseiras com as atendentes, que acabam entrando na oficina e brigando com as costureiras. Tivemos uma pequena crise. Levei mais tempo do que imaginava para resolver a questão.

– Sorte a sua. Você perdeu "Pobre pássaro".

– "Pobre pássaro"?

Ele ajeitou o chapéu, abaixou a cabeça e, com uma voz sepulcral, declamou:

Quando ouvi aquela tão linda balada,
Na singeleza dos pensamentos meus
Logo senti a dor que me avisava –
Adeus, doce pássaro, adeus!

Chega a manhã, trazendo o orvalho,
O pobre pássaro ali não aparece!

Oh, que falta sinto dele sobre o galho
Percebo a lágrima que por meu rosto desce.

– Oh, céus! – exclamou ela.

– E continuou por um número de estrofes que parecia não ter fim – explicou Lisburne.

Ela sentiu um aperto no coração. Era preciso dar crédito a lorde Swanton por fazer uso da sua influência para angariar fundos para uma instituição tão merecedora. Ao mesmo tempo, se ela fosse obrigada a escutar "Pobre pássaro" por duas horas, ou talvez mais, teria vontade de se jogar no rio Tâmisa.

– Lorde Swanton parece levar muito a sério as tristezas da vida – disse ela.

– Não consegue evitar. Ele me disse que tentou se assemelhar a Byron quando escreveu "Don Juan", mas o resultado sempre acabava sendo uma versão muito mais sentimental de "A peregrinação de Childe Harold". E isso na melhor das hipóteses. Mas, felizmente para a senhorita, não há mais lugares vazios.

Sem lugares. O alívio tomou conta dela como uma brisa refrescante. Ela não teria que passar horas sentada, ouvindo poemas sombrios.

Mas lembrou a si mesma que não fora até ali para se divertir. Estava lá pelos *negócios*. Onde quer que lorde Swanton aparecesse, a clientela em potencial da Maison Noirot estaria presente.

– Melhor para mim se o salão estiver lotado. E uma entrada depois do horário chama atenção.

– Ainda que a senhorita esvaziasse as mangas e a saia, não caberia ali. Eu me levantei e *duas* mulheres pegaram o meu lugar. O auditório está lotado. Aliás, os homens se retiraram pelas laterais. Como estão entediados e a senhorita é jovem e bela, pode esperar por um bocado de mãos suadas tentando tocar lugares inapropriados.

A pele de Leonie se arrepiou. Ela já havia sido apalpada antes. Ter sido capaz de se defender não tornou a experiência menos repugnante.

– Eu disse a lady Gladys que estaria presente – afirmou ela.

– Por que cargas-d'água a senhorita fez isso?

– Negócios – disse ela.

– Em outras palavras, nada a ver comigo.

Ela não tinha nenhuma intenção de explicar a ele sobre Paris e a noite em que correu para casa, a fim de avisar as irmãs sobre o perigo, e se viu no meio de uma turba de homens, sendo agarrada e quase estuprada.

Ali não era Paris, disse a si mesma. Estava em Londres e não havia nenhuma multidão. O lugar estava apenas cheio, como tantos outros eventos sociais. Ela se aproximou do auditório.

Ele a seguiu.

– Um salão quente e abafado, repleto de jovens animadas e homens irritados, e Swanton e seus amigos poetas soluçando por causa de folhas caídas, pássaros mortos e flores murchas – disse ele. – Sim, posso compreender por que a senhorita não suporta a ideia de ficar de fora.

– São *negócios*.

Ela abriu a porta e olhou para dentro.

Sua visão era limitada, via apenas através de um espaço estreito que os porteiros conseguiram manter na entrada. A plateia era formada em sua maioria por mulheres, que ocupavam os assentos no térreo e estavam tão aglomeradas que quase se sentavam no colo umas das outras. Mais jovens e alguns poucos homens – pais e irmãos, provavelmente – estavam no mezanino lotado e também na galeria superior. Este último parecia querer ceder com tamanho peso. Os homens ocupavam cada centímetro do espaço sem cadeiras. O local estava extremamente quente e o cheiro de corpos próximos demais uns dos outros invadiu suas narinas.

Enquanto isso, alguém que não era lorde Swanton estava lendo, em um tom consternado, uma ode a uma rosa moribunda.

Leonie deu um passo para trás. Suas costas encontraram algo aconchegante e sólido. Seda farfalhando com seda.

Lorde Lisburne inclinou-se para olhar por cima do ombro de Leonie, e a mistura de fragrâncias de roupas recém-prensadas e loção de barba afastou o cheiro da multidão e inundou seus sentidos.

– A senhorita não está contente por ter chegado atrasada? – perguntou ele. – Poderia estar sentada lá no meio. – Sua respiração fez cócegas na orelha dela. – E a senhorita não poderia sair até que acabasse.

Ela teria ficado presa, ouvindo ladainhas poéticas durante horas. Leonie fechou os olhos, lembrou a si mesma que eram *negócios*, respirou fundo e os abriu. Ela atravessaria aquela porta. Ela...

A mão grande e enluvada de Lisburne pousou na porta, a milímetros do ombro dela. Fechou a porta.

– Tenho uma ideia – disse ele. – Vamos ao circo.

Capítulo três

Nunca me peça para estar sempre vigilante,
Quando danço com Lancer, tão esperto e inconstante;
Que quimeras não cria a mente aos 18,
Que não cativam o coração de um prudente aos 28.

– Sra. Abdy, "Um homem casadouro"

A Srta. Noirot se virou depressa. Como Lisburne não se moveu, ela foi de encontro a ele, seu peito tocando o colete do lorde por um delicioso instante. Seu cheiro também era delicioso.

Ela levantou a mão e o empurrou, não de maneira brincalhona ou sensual, como era de se esperar. Foi um safanão firme. Embora não fosse forte o bastante para fazê-lo se mover, estava claro que ela não estava bancando a coquete.

Ele entendeu a mensagem e deu um passo para trás.

– Ao circo? – repetiu ela, com a mesma entonação com que teria perguntado: "À lua?"

– O Astley's Circus – disse ele. – Vai ser divertido.

– Divertido, claro.

– Pelo menos lá não teremos versos melancólicos. Uma segunda vantagem: *não teremos versos melancólicos.* E como terceira...

– Mas fica do outro lado do rio! – disse ela, como se o tal lugar representasse a distância até a lua.

– Exatamente! Isso coloca todo o rio Tâmisa entre nós e os versos melancólicos.

– Nós – repetiu ela.

– Você já está toda arrumada. Seria um enorme desperdício se não se divertisse um pouco.

– Então vamos ao circo – concordou ela.

– É muito pitoresco. Juro. Atores, acrobatas e palhaços. Mas o melhor de tudo são as acrobacias em cima dos cavalos. Ducrow, o gerente, é um cavaleiro brilhante.

Apesar de seu jeito desatento, Lisburne não deixava muitas coisas ao acaso. No que se referia a ela, ele havia se informado. Seu nome era Leonie e ela era, como afirmara, a administradora da Maison Noirot. Uma das irmãs havia se casado com um duque, a outra com o herdeiro de um marquesado. Mesmo assim, ela ia à loja todos os dias, como se a mudança da família para os mais altos escalões aristocráticos não fizesse a mínima diferença. Isso era no mínimo excêntrico e esclarecedor.

Segundo ele ficara sabendo, as costureiras trabalhavam seis dias por semana, das nove da manhã às nove da noite, e os horários de Leonie pareciam ser os mesmos, ou ainda mais longos. Isso o levara a concluir que ela não tinha muitas oportunidades para se divertir – no Astley's Circus ou em qualquer outro lugar.

Ela balançou a cabeça e acenou com a mão de uma maneira adoravelmente imperiosa, sinalizando para que ele saísse da frente.

Lisburne sabia que estava próximo demais – ou seja, tão próximo quanto seria possível sem que pisasse na bainha do vestido, uma vez que ultimamente as mulheres ocupavam muito espaço na área do braço e dos ombros, assim como abaixo da cintura. No caso dela, ele testou os limites mais do que seria o aceitável. Mesmo assim, era um homem que detinha considerável e bem-sucedida experiência com as mulheres.

Obedientemente, ele saiu do caminho e se colocou ao seu lado.

– A ideia é a seguinte – disse ele, enquanto atravessavam juntos o salão. – Podemos pegar uma carruagem de aluguel até o Astley's, assistir ao espetáculo e voltar antes que esse funeral aqui termine. Então, a multidão terá diminuído bastante. As moças estão aqui com seus acompanhantes. Muitas delas, prometo, serão levadas de volta para casa mais cedo do que gostariam, porque existe um limite até onde um irmão se permite fazer sacrifícios pela irmã. O mesmo serve para papai, mamãe e tia-avó Philomena.

Alcançaram a porta da antecâmara. Ele a abriu.

Ela adentrou em meio a um excitante farfalhar de seda.

– Eu sei que a senhorita não vai encontrar sua clientela preferencial em um lugar como o Astley's – disse ele. – Mas pensei que poderia apreciar as fantasias das mulheres.

– Não tanto quanto o senhor, ouso dizer. Parcimoniosas, não?

– Certamente, como uma bailarina, ou ninfa, ou seja lá qual for o papel que a Srta. Woolford estiver interpretando. Ela é uma beleza. Mas a apresentação inteira é maravilhosa. Os artistas ficam de pé sobre os cavalos e dão voltas na arena. E os cavalos fazem truques inacreditáveis. São tão bons quanto os acrobatas.

Ela ergueu os olhos azuis, parecendo procurar algo.

Ele não se importava em ser analisado. Um rapaz que nasce com beleza se torna alvo de outros meninos, e as escolas que ele frequentou tinham sempre um bom estoque de valentões. Desde cedo, ele aprendera a não demonstrar os sentimentos e a mantê-los fora de alcance, a não ser que precisasse usá-los.

Você é como um diamante, dissera-lhe uma de suas amantes. *Tão lindo, tanta luz e fogo. Mas, quando alguém tenta conhecer o homem ali dentro, só encontra reflexos e superfícies reluzentes.*

Por que alguém precisaria ver mais?

Na verdade, ele não era mais o mesmo rapaz de quase seis anos antes, quando o pai morreu. A perda devastou todos os membros da pequena e unida família criada por seu pai. Essa família, que consistia não apenas de Lisburne e da mãe, mas também de uma tia – a mãe de Swanton –, assim como o próprio Swanton, havia fugido na mesma época da Inglaterra. Foi preciso um bom tempo no exterior, bem longe de Londres e da alta sociedade, para se recuperarem.

Poucos, mesmo os muitos que respeitavam e amavam seu pai, entenderam a magnitude da perda. Não que Lisburne desejasse essa compreensão. Seus sentimentos só diziam respeito a ele.

Portanto, sabia o que era a verdadeira dor, e esse sentimento enjoativo o fazia querer dar um soco em alguém.

Ele não podia dar um soco em Swanton nem em suas admiradoras.

Seria muito mais sensato dedicar-se a um jogo que prometia ser desafiador: seduzir uma ruiva fascinante.

– A senhorita vai gostar. Juro. E prometo que a trarei de volta antes do fim do sarau.

Ela desviou o olhar.

– Nunca vi uma apresentação de cavaleiros – disse ela.

O coração dele deu um salto, deixando-o assustado.

O Astley's estava lotado, como sempre, mas a aglomeração não parecia perturbar a Srta. Noirot tanto quanto o bando que foi ouvir os poemas de Swanton. Talvez fosse porque o espaço era maior e mais aberto. De qualquer maneira, Lisburne a levou a um enorme camarote privativo, onde ela não seria empurrada e de onde teria a melhor vista tanto do palco quanto da arena.

Eles chegaram tarde demais para assistir à peça de teatro, o que foi uma pena, pois em geral havia belos cavalos e emocionantes representações de batalhas. Mas chegaram a tempo de participar do show na arena. Ele e a Srta. Noirot acomodaram-se em seus assentos, enquanto os funcionários ainda estavam jogando serragem no picadeiro.

Fazia muito tempo que Lisburne não entrava em um circo e ele imaginou que, agora que era adulto e que vivera fora do país, onde vira espetáculos maravilhosos, o local poderia lhe parecer meio caído.

Talvez o circo despertasse o menino que havia dentro dele e que, de alguma maneira, sobrevivera às catástrofes e às lições da vida sem nunca ter crescido de verdade ou se tornado completamente educado. Devia estar enxergando tudo com base em seu olhar da infância, porque o circo parecia grandioso como sempre. As luzes ao redor do picadeiro foram acesas e ele percebeu que os candelabros continuavam deslumbrantes e a orquestra, glamourosa, exatamente como se lembrava.

Ou talvez estivesse enxergando tudo de uma maneira diferente, através dos grandes olhos azuis da Srta. Noirot.

Lisburne tinha observado nela pequenos sinais de preocupação no instante em que entraram, mas percebeu que haviam se dissolvido tão logo ela se acomodou na cadeira e começou a admirar o ambiente. A Srta. Noirot recuou, um pouco tensa, quando um palhaço se aproximou e brincou com a plateia. Ela observou, sem manifestar nenhuma emoção, quando o apresentador apareceu carregando um longo chicote. Seu olhar não demonstrou nada quando o rapaz caminhou pelo picadeiro e travou um diálogo divertido com o palhaço.

Então, o apresentador chamou a Srta. Woolford. A multidão se entusiasmou.

A Srta. Noirot inclinou-se para a frente, segurando-se no parapeito.

A famosa amazona adentrou a arena, o público entrou em êxtase e a Srta. Noirot, a Inescrutável, absorveu tudo aquilo de olhos arregalados, ansiosa como uma criança, a partir do instante em que o apresentador ajudou a Srta. Woolford a subir na sela e durante cada segundo da apresentação. A Srta. Noirot chegou a perder o fôlego quando ela ficou de pé em cima do cavalo.

– Simplesmente maravilhoso! – exclamou ela. – Eu não sei nem montar num cavalo e ela fica de pé nas costas do animal... enquanto ele corre!

Quando, depois de inúmeros circuitos, a Srta. Woolford fez uma pausa para descansar e deixar que o cavalo fizesse o mesmo, a Srta. Noirot bateu palmas e mais palmas e gritou "*Brava! Bravíssima!*".

A pausa deu espaço para mais brincadeiras entre o apresentador e o palhaço, mas a Srta. Noirot desviou o olhar das bizarrices... e flagrou Lisburne a encarando.

Ela devolveu o olhar, por um instante. Em seguida riu, uma risada espontânea e verdadeira.

Foi a vez dele de perder o fôlego.

O som. A aparência dela nesse momento, os olhos brilhando, o semblante enrubescido.

– O senhor tinha toda a razão – disse ela. – Muito melhor do que versos melancólicos. Como ela é talentosa! Pode imaginar quantas horas levou para aprender isso? Com que idade o senhor acha que ela começou? Será que foi criada para isso, como acontece com frequência aos atores... e também às costureiras?

A animação na voz dela. Era uma moça tão jovem, vibrante e cheia de vida.

– Eu imagino que, mesmo que sejam criadas para isso, elas não deixam de levar uns bons tombos antes de pegar o jeito – disse ele. – Mas devem começar bem cedo, quando têm menos possibilidades de se machucar gravemente.

– Ao contrário das costureiras. Cedo ou tarde as futuras amazonas precisam subir no cavalo. Mas nós não podemos cortar um pedaço de seda enquanto não tivermos costurado durante uma eternidade e feito milhares de lenços e aventais. Que prazer é ver uma mulher com tais habilidades. Em geral, são os homens que montam cavalos, não?

– Isso explica, em parte, a popularidade da Srta. Woolford.

– Mas ela é muito boa. Ou será por conta de minha total ignorância sobre o assunto?

– Ela tem um enorme talento. Uma amazona-bailarina.

– Que maravilha. Minhas irmãs estão sempre falando que preciso sair mais da loja, mas só há um domingo por semana e gosto de passar meu tempo com minha sobrinha, ou passeando no parque, ou, de preferência, as duas coisas juntas. Algumas vezes, vamos juntas ao teatro, mas isso aqui é totalmente diferente. O cheiro é bem diferente.

– Deve ser por causa dos cavalos – disse ele.

– Maravilhosas criaturas – observou ela.

Ele captou o tom de melancolia. Pensou um pouco a respeito, e também sobre as reações dela à Srta. Woolford, e armazenou tudo na cabeça para consultas posteriores.

A segunda parte da apresentação começou e ela se voltou para a arena.

Ele olhou para a mesma direção, externamente controlado, porém perturbado em seu íntimo. Ela havia se transformado diante de seus olhos, de uma parisiense sofisticada para uma menina animada, e, por um instante, pareceu tão vulnerável que ele sentiu... o quê? Vergonha? Mas de quê? Ele era homem. Ela era mulher. Sentiam-se atraídos um pelo outro e estavam em um jogo, um jogo bem antigo. Entretanto, junto com a excitação da caça, ele sentiu uma pontada, uma dor no coração.

E por que não sentiria? Ele não havia suportado uma hora inteira de rimas sobre morte? Não era agora obrigado a voltar para os poemas?

Leonie teve a sensação de que pouco tempo havia se passado antes que ela e lorde Lisburne estivessem de novo em uma carruagem de aluguel, atravessando a Westminster Bridge Street, de volta às "exéquias", como ele tinha se referido ao programa havia alguns instantes.

Ele cumprira a palavra.

Mas Leonie tinha certeza de que ele o faria; caso contrário, não o teria acompanhado.

Sim, ela tinha consciência de que ele a observava durante a apresentação, quando achou que ela estava distraída. Como se fosse possível sentar-se ao seu lado sem notá-lo, mesmo que um exército de anjos celestiais flutuasse até o palco, ou uma manada de elefantes invadisse o picadeiro. E, quando ela se virou e o pegou em flagrante, ele agiu como um menino que fazia algo errado – um menino que ela gostaria de conhecer –, deixando-a perdida, sentindo algo ceder dentro de si.

Mas só por um momento.

Agora, ele era de novo um homem sedutor e experiente, e ela era Leonie Noirot, uma inteligente mulher de negócios, capaz de tirar conclusões sólidas.

– O senhor não gosta da poesia de lorde Swanton, mas o acompanhou a Londres para o lançamento do livro dele. Isso é uma grande prova de lealdade.

Ele riu.

– Um homem precisa estar ao lado de seu amigo nos momentos difíceis.

– Para protegê-lo das jovens alucinadas?

– Esse não era o plano original. Estávamos preparados para um retorno humilhante. Os críticos não o pouparam. A senhorita não sabia disso?

– Não sou muito ligada à literatura. Leio as críticas de peças de teatro e concertos, mas meu interesse maior está no que as mulheres estão usando. Raramente tenho tempo para ler as críticas literárias.

– Alguns dos poemas dele foram publicados em revistas, antes do lançamento do livro *Alcinthus e outros poemas*. Os críticos odiaram seu trabalho, de maneira unânime e incondicional. Eles o dilaceraram. Fizeram paródias. Um verdadeiro massacre. Swanton estava na dúvida se deveria ou não vir a Londres quando seu livro fosse lançado para o grande público. Após ler as críticas, a escolha ficou clara: voltar e enfrentar a situação, ou ser rotulado como covarde.

– Eu não sabia de nada disso – disse Leonie. – Tomei conhecimento de que lorde Swanton havia retornado a Londres quando o livro foi lançado, pois só se falava nisso. Nossas clientes não tinham outro assunto. Não vejo tamanha comoção desde o último grande escândalo.

Aquele que Sophy havia precipitado.

– Ainda não sabemos exatamente o que aconteceu. Chegamos a Londres um dia antes de o livro estar nas lojas. Houve uma pequena celebração e Swanton estava aceitando as más críticas com bom humor. Ele já não tem uma boa opinião sobre si mesmo, por isso não ficou tão chateado quanto outro sujeito ficaria. Fizemos piadas sobre isso no White's Club. Então, poucos dias depois de nossa volta, tivemos que encomendar mais exemplares, e bem depressa. Multidões de jovens mulheres correram para a porta das livrarias.

Os vendedores disseram que nunca tinham visto nada parecido desde que Harriette Wilson publicou suas memórias.

Harriette Wilson fora uma famosa cortesã. Dez anos antes, os homens pagaram a ela para *não* serem mencionados em seu livro.

– Lorde Swanton parece ter tocado o coração feminino – disse ela.

– E ele ficou tão perplexo quanto os críticos.

Lorde Lisburne olhou para fora da janela.

Nessa época do ano, a noite chegava mais tarde e, mesmo naquele horário, a escuridão ainda não era total. Era ainda mais iluminada por uma lua cheia, e Leonie viu que tinham cruzado a Westminster Bridge havia algum tempo. Ela notou, também, a mandíbula de Lisburne estremecer.

– Ondas repentinas de fama podem ser perigosas – disse ele. – Principalmente quando envolvem mulheres jovens. Eu gostaria de levá-lo de volta ao continente antes que... – Ele se interrompeu e deu de ombros, mudando de assunto. – Aquela multidão a perturbou. Lá no auditório.

– Quando vejo muitas pessoas juntas – explicou ela, devagar –, tenho medo que ocorra algum tipo de tumulto.

Houve um momento de silêncio.

– Eu tenho o mesmo temor, Srta. Noirot. Deveria ter ficado lá de guarda. Mas... – Ele fez uma longa pausa.

– Mas... – repetiu ela.

– Tive uma chance de roubar uma moça bonita da multidão e aproveitei.

Leonie e lorde Lisburne chegaram a tempo para o encerramento da noite poética, quando, de acordo com a programação, lorde Swanton declamaria uma de suas mais recentes composições.

Como lorde Lisburne previra, a multidão estava menos densa. Embora a antecâmara estivesse cheia, os homens haviam saído das alas apertadas ao longo das paredes, sentando-se nas fileiras de trás. As galerias já não pareciam estar prestes a cair.

Enquanto ela e lorde Lisburne estavam parados à porta, procurando um lugar para se sentar, uma família encaminhou-se na direção do casal. Lisburne afastou Leonie, por cortesia ou porque não estava com pressa de juntar-se à plateia, abrindo caminho para a família que se retirava. Quando o outro cavalheiro agradeceu a gentileza, lorde Lisburne sorriu demonstrando compaixão e murmurou uma reposta que fez o homem sorrir de volta.

Aquilo era a arte da fascinação em plena atividade, e das mais traiçoeiras: engraçada, autodepreciativa e surpreendentemente franca e confiante.

Leonie entendia muito bem esse tipo de encanto. Era uma especialidade de sua família.

E ela o conhecia bem demais para deixar que funcionasse. Mas era uma fascinação realmente traiçoeira. As pessoas se deixavam levar sem perceber. Pensavam que havia uma verdadeira intimidade, quando tinha apenas uma falsificação magistral.

Ela tentou se controlar enquanto ele a conduzia na direção de onde o grupo viera, para tomar os assentos que haviam acabado de ficar vagos, na outra extremidade da última fileira.

Embora preferisse se sentar mais perto de uma porta, para sair com mais facilidade, aquele lugar era melhor do que qualquer outro que ela teria conseguido mais cedo. Com menos gente, o ar podia circular e, quando as portas se abriam à saída das pessoas, o ar frio da noite penetrava no ambiente.

Com um homem grande e forte ao seu lado – mesmo sendo uma ameaça à paz de espírito de uma mulher –, ela se sentiu mais calma.

Uma vez que não estava mesmo com vontade de ouvir poesia, Leonie deixou-se atrair por outros detalhes do salão. Ela contabilizou 22 criações da Maison Noirot. Um bom número. Talvez não fosse ser difícil escrever o artigo para o *Foxe's Morning Spectacle.*

Entre as mulheres que vestiam as roupas da loja estava lady Clara e... que felicidade! Lady Gladys Fairfax usava seu novo vestido cor de vinho! Uma vitória!

Leonie sorriu.

Seu companheiro aproximou-se.

– O que foi? – sussurrou ele.

Ela sentiu um sopro na orelha e no pescoço. Dali, pareceu ter viajado sob a pele até chegar ao fundo do estômago.

– Excesso de emoção poética – murmurou ela.

– A senhorita não ouviu uma única palavra proferida por Swanton. Ficou analisando a plateia. Quem a fez sorrir? Será que tenho um rival?

Quem poderia ser? Apolo? Adônis?

– Dezenas deles – disse ela.

– Não posso dizer que fico surpreso.

Os olhos verdes de Lisburne começaram a perscrutar a multidão. Ela o viu observar todo o salão e chegar até o grupo sentado na última fila, à direita deles, mais perto das portas.

– Clara! – exclamou ele. – E Gladys ao lado dela. Não as vi quando entrei, graças ao cavalheiro desesperado para arrastar a família para fora. Mas não há mais lugares daquele lado, portanto não somos obrigados a nos juntar a elas, graças aos bons deuses e espíritos deste lugar! Bem, então... – Ele inclinou a cabeça para um lado e franziu o cenho. – Se bem que não reconheci Gladys de imediato.

Ele se virou para Leonie, os olhos verdes cintilando.

– Pela primeira vez na vida ela não está usando cores rançosas. Isso foi obra sua?

Leonie balançou a cabeça afirmativamente, com orgulho.

Ele se virou de novo para observar Gladys.

– E lá está Valentine, obrigado a fazer a escolta das duas, pobre coitado.

Lorde Valentine Fairfax era um dos irmãos de Clara. Ao contrário da compleição morena de lorde Longmore, lorde Valentine era um típico Fairfax: louro, de olhos azuis e extremamente bonito.

– Ele está aqui desde o início, o infeliz – disse lorde Lisburne. – Passando tempo tendo fantasias exuberantes sobre como se matar, provável. Ou, sendo um sujeito prático, Val deve estar imaginando maneiras de assassinar Swanton sem ser pego.

– Por que os homens vêm, se odeiam tanto a poesia?

– Para que as moças pensem que eles *são sensíveis*.

Ela abafou uma gargalhada, mas não com sucesso total e nem depressa o suficiente. Uma mulher jovem sentada na fileira da frente virou-se para trás e a encarou.

Leonie tirou um lencinho da bolsa e fingiu limpar uma lágrima. A moça virou para a frente outra vez.

O local não estava mais tão abafado como mais cedo, quando Leonie ficou apenas espiando pela porta. Embora muitos dos que ocupavam os lugares mais à frente estivessem extasiados – ou adormecidos no caso dos homens –, outras pessoas estavam cochichando e, das galerias, ouvia-se o murmúrio de conversas, que eram normais em recitais de poesia.

O nível de barulho cada vez mais alto não parecia perturbar lorde Swanton.

Alguém o havia ensinado a se fazer ouvir em um evento público e ele estava aplicando o treinamento, fazendo com que cada dolorida palavra fosse audível.

> *... Sim, profunda e completa, jorra a rebelde torrente,*
> *Forte, como a alegria da juventude, o fluxo da esperança ardente;*
> *Pois quando almas se encontram lá em cima, como os seres se encontram na Terra,*
> *Sua mais profunda intensidade, em tempo algum colocar-se-á em guerra!*

– Não, Deus me livre, não vou ficar quieto! – gritou uma voz masculina, acima do burburinho da plateia.

Leonie olhou na direção do som. Não muito longe dos Fairfaxes, um cavalheiro gordo, de meia-idade, estava empurrando sua família para a porta de saída.

– Uma perda de tempo precioso – prosseguiu ele. – Era para caridade? Se eu soubesse, teria enviado o dobro do dinheiro e ficado em casa. E ainda acharia barato.

A esposa tentou novamente, em vão, fazê-lo se calar.

– Prefiro mil vezes um Thomas Moore – vociferou ele. – Ou Rabbie Burns. Vocês chamam isso de poesia! Eu chamo de língua solta.

Lorde Lisburne emitiu um som abafado.

Outros homens que estavam por perto não se deram ao trabalho de segurar o riso.

– É uma piada, só pode ser – prosseguiu o crítico. – Eu poderia ter ido aos Jardins de Vauxhall, em vez de perder uma noite de sexta-feira ouvindo esse monte de besteiras sobre nada. Isso só pode ser obstrução intestinal. Eles precisam é de um bom laxante.

As damas ao redor arfaram de indignação.

– Não escutei ninguém pedir a sua opinião, senhor – veio a voz musical de lady Gladys. – Ninguém o está impedindo de ir ao Vauxhall. Por certo que ninguém aqui pagou entrada para ouvir o *senhor*. Não me lembro de ver nada no programa sobre homens ignorantes e rudes fazendo críticas.

– Fico feliz em fazê-las de graça, madame – rebateu o homem. – Quanto a *ignorante*, pelo menos alguns de nós têm bom senso para perceber que o rei está nu.

Lorde Valentine se levantou.

– Senhor, eu agradeceria se não se dirigisse à dama usando esse tom.

– Ela o usou primeiro comigo, senhor!

– Que diabos! – exclamou lorde Lisburne. Ele também se levantou. – Só mesmo Gladys. Agora Valentine será obrigado a chamar o sujeito para um duelo, tudo graças a ela.

Os homens estavam levantando de seus assentos. Lorde Swanton percebeu que algo estava acontecendo. Tentou prosseguir a leitura da poesia, mas a atenção do público tinha se voltado para a discussão, e o nível do barulho aumentava a cada instante.

Leonie percebeu a movimentação nas galerias. Ela olhou para cima. Os homens estavam deixando seus assentos e se dirigindo à porta. Um duelo já seria terrível, mas aquilo mais parecia o início de uma revolta.

Imagens vieram à cabeça de Leonie, da multidão em Paris correndo pelas ruas, colocando fogo nas casas onde vivam as vítimas da cólera... sua pequena sobrinha Lucie tão doente... a batida de centenas de passos aumentando de volume à medida que se aproximavam...

O pânico tomou conta dela.

Fechou os olhos, abriu-os de novo e balançou a cabeça, tentando se livrar das imagens do passado. Resolveu contar as fileiras no salão e calcular o número de espectadores, tranquilizando sua mente.

Estava em Londres, um lugar completamente diferente de Paris. Eram outros tempos e uma circunstância diferente. Aquelas pessoas estavam morrendo de tédio, não de uma doença descontrolada.

– Senhoras e senhores, gostaria de sua atenção – disse lorde Swanton.

– Você já teve nossa atenção por mais de três horas – respondeu alguém. – Não é o suficiente?

Outros sujeitos abusados também começaram a fazer suas próprias observações.

Nesse momento, lorde Lisburne já havia alcançado as primas e o indignado cavalheiro, que estava ficando mais nervoso, a julgar pelo vermelho cada vez mais intenso de seu rosto.

Enquanto isso, o público foi se tornando mais agitado e barulhento.

Leonie lembrou a si mesma que era uma Noirot e uma DeLucey. Apesar do total merecimento, vários de seus antepassados franceses não tiveram a cabeça cortada. Quase ninguém, de nenhum dos dois lados, fora idiota ou incompetente o suficiente para ser levado à forca. Ou mesmo à prisão.

Marcelline ou Sophy teriam lidado com a situação com as mãos nas costas, disse a si mesma.

Engoliu em seco e se levantou.

– Obrigada, milorde, por seu gentil convite – disse ela, erguendo a voz para ser ouvida. – Gostaria de declamar um poema da Sra. Abdy.

– Mais poesia! – gritou uma voz. – Alguém me enforca, por favor.

– Segure essa língua, seu asno! É uma moça!

Lorde Swanton interrompeu o relatório.

– Senhoras e senhores, a Srta. Noirot, ou seja, madame, da Maison Noirot, teve a gentileza de concordar em contribuir com nossa miscelânea poética.

Leonie estava pronta para a missão. Ela sabia que chamaria atenção dos homens porque era jovem e atraente, e das mulheres porque seu vestido era lindo.

Ela observou que a discussão prosseguia à sua direita e também que seu coração palpitava e que não conseguia fazer as mãos pararem de tremer. Disse a si mesma para não ser ridícula: ela atuava todos os dias, para mulheres extremamente difíceis, e conseguia controlá-las.

Leonie começou:

– Já me cansei de não ter companhia...

– Por que não me disse? – gritou alguém. – Venha sentar perto de mim, boneca!

– Ora, cale a boca! – disse outro. – Deixe a moça declamar.

Leonie recomeçou:

Já me cansei de não ter companhia,
Odeio os clubes do sul ao norte;
Acho graça de casais em agonia
Eu anseio por um consorte;
Mas minha felicidade não será coroada,
Pois enfrento um grande empecilho
Ai de mim! Minha tristeza é revelada,
Não passo de um Segundo Filho!

Uma explosão de gargalhadas.

Aquele primeiro sinal de diversão era tudo de que ela precisava para continuar. A ansiedade e o constrangimento sumiram e o lado DeLucey tomou conta dela.

Leonie prosseguiu, dessa vez com gestos dramáticos:

Meu perfil, todos conhecem

Nem Byron tem minha cultura, (ela virou a cabeça para um lado e para o outro)

Cachos castanhos por minha testa descem (ela brincou com os cachos perto das orelhas)

Sou um homem de grande altura (ela esticou o pescoço e todos riram)

E diante de minha destreza,

O circo equestre perde todo o brilho (ela imitou uma das poses elegantes sobre o cavalo, que vira no circo)

Mas de que adiantam a forma e a beleza

De um pobre Segundo Filho?

Ela escutou risinhos femininos entre as gargalhadas masculinas.

Ela os tinha nas mãos.

E foi em frente.

Por um instante, enquanto o cavalheiro ficava mais exaltado, o rosto mudando de vermelho para roxo, Lisburne teve certeza de que o único resultado possível seriam pistolas ao alvorecer. Sua única esperança era uma briga generalizada. Quando os homens começassem a se socar e as mulheres a gritar, Valentine e o outro sujeito talvez parassem com aquela atitude idiota.

Quando ouviu a Srta. Noirot chamar Swanton, ele quis sacudi-la. Teria ela enlouquecido? Oferecer mais poesia, algo que estava levando todos os homens racionais à loucura? E provocá-los logo agora, quando ele não tinha como chegar até ela com a rapidez necessária?

Um tumulto incontrolável poderia acontecer.

Mas, ele tinha que reconhecer, só aconteceria sem...

... sem aquilo que ela tinha: uma qualidade tão óbvia e tão difícil de explicar.

O mesmo poder de personalidade que o atraíra e prendera sua atenção na British Institution parecia funcionar também com o público em geral.

Acrescente-se a essa atraente qualidade a aparência dela, e nenhum homem seria capaz de resistir. Era extremamente bonita e tinha cabelos ruivos, e aquele vestido de seda verde, por mais excêntrico que parecesse, era sensual.

Mas as mulheres também?

Ah, sim, é claro. O vestido de seda verde.

Além disso, a Sra. Abdy havia escrito, junto com as baboseiras sentimentais de sempre, alguns poemas cômicos, que Swanton daria um órgão vital para ser capaz de imitar.

O poeta favorito de Londres estava sorrindo. Gentilmente, ele a fez lembrar-se de quando ela pareceu ter esquecido uma estrofe. Era um poema longo – não tanto quanto os de Swanton, mas ainda assim bem difícil de ser decorado.

E ela havia dito que não fazia o tipo literário, aquela atrevida.

Até o cavalheiro indignado sorria.

– Isso é bem melhor – disse ele.

– Não é, não – rebateu Gladys. – É um trecho divertido, mas nada além disso.

– Devemos respeitar as diferenças de gosto – disse Lisburne. – Esse vestido é novo, prima? Muito elegante.

Para a surpresa de Lisburne, ela corou, quase com formosura.

– Eu não poderia usar o vestido do ano passado em uma ocasião tão especial.

– Ah, está explicado – disse Lisburne ao cavalheiro indignado. – Ela usou um novo vestido e o senhor mencionou as novas roupas do rei. Um ligeiro mal-entendido. Só isso.

Gladys bufou.

– Lisburne, como pode ser tão grosseiro? E por que ainda pergunto? Eu o conheço muito bem...

– Sei que está ansioso para sair antes da multidão – disse Lisburne ao cavalheiro indignado. – *Bon voyage*.

A mulher do cavalheiro pegou o marido pelo braço e disse algo em voz baixa. Depois de um instante de hesitação – e mais um instante encarando Valentine –, o homem se permitiu ser conduzido para fora.

A voz de Swanton veio por detrás do apoio para livros.

– Muito obrigado, Srta. Noirot, por sua encantadora contribuição. Talvez mais alguém queira participar?

Crawford, um dos melhores amigos de Longmore, levantou-se.

– Eu tenho uma quintilha humorística – disse ele.

– Se for algo que enrubesça uma dama, terei prazer em estrangulá-lo – replicou Swanton, com um sorriso.

– Lorde Swanton é tão gentil – disse Gladys, com uma voz suave que ninguém escutara antes. – Um *perfeito* cavalheiro.

– Que gosta de uma quintilha irreverente, assim como qualquer cavalheiro – completou Lisburne. – Se Crawford quiser que seja algo inocente, ele será o último a fazê-lo. Fairfax, sugiro que você leve as damas para casa enquanto todos ainda estão se comportando bem.

– Você sempre foi um déspota – disse Gladys, um exemplo maravilhoso do roto falando do esfarrapado. – A leitura de poemas ainda não acabou e tenho certeza de que não estamos prontas para ir embora.

– Tenho certeza de que estamos – disse Clara. – Minha cabeça está doendo, isso para não mencionar meu traseiro. Val, leve-nos para casa.

– Finalmente, depois de horas de sofrimento e tragédia, temos um pouco de divertimento, e você quer ir embora – falou Valentine.

– Isso mesmo, antes que você se sinta tentado a desafiar alguém por causa de um *poema* – respondeu a irmã.

Na verdade, ela queria dizer *antes que Gladys possa causar mais problemas*, pensou Lisburne. Só mesmo Gladys para transformar uma declamação de poesia em um verdadeiro motim.

Uma confusão que a costureira ruiva havia impedido simplesmente levantando-se e declamando alguns versos.

Ele deixou as primas sem cerimônia. Mais famílias e grupos de mulheres estavam saindo, atrasando seu avanço para o lugar onde vira por último a Srta. Noirot, de pé, em meio a toda aquela profusão de ondas de seda verde, recitando seu poema divertido com a verve de uma comediante.

Quando chegou ao local onde a vira, ela já havia partido.

Lisburne foi abrindo caminho por entre a multidão que saía para a rua. Não encontrou nem sinal do vestido de seda verde ou do xale cor de creme.

Agora, carruagens de aluguel e particulares haviam convergido para o lado de fora da entrada. Cocheiros praguejavam, cavalos relinchavam, arreios chacoalhavam. O público comentava sobre os poemas, o quase motim, a modista no exuberante vestido verde.

E ela havia desaparecido. Nesse momento, já devia estar a caminho da St. James Street, calculou Lisburne.

Ele debateu entre ir naquela direção ou deixá-la em paz. Já era tarde e ela trabalharia no dia seguinte. Ele gostaria de mantê-la acordada até tarde, mas isso não aconteceria hoje. Havia feito progresso, mas não o suficiente. Persegui-la nessa mesma noite seria imprudente e atrapalharia tudo o que ele já havia conquistado.

Ele retornou à antecâmara e acabou dando de cara com Swanton em uma das salas reservadas.

O poeta estava organizando papéis em uma pasta, com um jeito desesperado que Lisburne reconheceu de imediato.

– Estou vendo que está preparando sua fuga – disse Lisburne. – Nenhuma jovem agarrada às lapelas do seu paletó.

Swanton enfiou um monte de versos na pasta.

– E ainda por cima, sabe aquele sujeito que estava gritando? Pois concordo inteiramente com ele. É tudo lixo!

– Não é nada genial, mas...

– Eu devia desistir disso amanhã mesmo, mas é como uma maldição. E o pior de tudo é que segundo lady Gorrell conseguimos mais dinheiro em uma só noite do que os patrocinadores do Instituto de Surdos e Mudos conseguiram em seis meses. – Ele fez uma pausa e tirou os olhos dos poemas amassados, considerados preciosos por tantas moças. – Eu vi você entrar. Com a Srta. Noirot.

– Ela tentou chegar cedo, mas não havia mais lugar. Então eu a levei ao circo.

– Ao circo?

– O Astley's – acrescentou Lisburne. – Ela gostou muito. E, como o cérebro dela não foi tomado por tanta dor e sofrimento quando retornamos, ela teve a presença de espírito para salvar a sua pele.

A expressão de incômodo no rosto de Swanton suavizou-se em um sorriso. Então, ele deu uma boa gargalhada.

– Eu me lembrava da Srta. Noirot, é claro. De Paris. Quem poderia se esquecer daqueles olhos? E do sorriso misterioso? Mas eu não me lembrava de como ela era perspicaz. O que ela fez não foi pouca coisa, ao mudar o humor da plateia.

– Você não sabe da missa a metade. Seu evento poético não foi a única coisa que ela salvou. Minha prima Gladys quase meteu Valentine em um duelo.

– Aquela moça que respondeu à altura àquele sujeito barulhento era sua prima Gladys? – surpreendeu-se Swanton. – Não consegui enxergá-la. Os homens estavam de pé e ela estava atrás de uma coluna. E não pude ouvir exatamente o que ela disse. Mas a voz dela é maravilhosa! Tão melodiosa! Realmente bela.

Lisburne nunca parara para pensar na voz de Gladys. O que ela disse foi tão desafiador que não deu para refletir sobre a qualidade vocal.

– É melhor escutar Gladys a distância – disse ele, pensando que Lancashire seria uma distância bem aceitável no momento.

Swanton fechou a pasta, franzindo a testa.

– Tenho que agradecer à Srta. Noirot. Não, isso não será o bastante. Preciso encontrar uma maneira de retribuir o favor. Teria sido um fiasco sem ela. Isso vai me ensinar a não deixar as coisas correrem soltas por tanto tempo. Uma hora, no máximo, no futuro.

– Mas as moças desejam que você emane poesia o dia e a noite inteiros. Metade delas teve que ser arrastada para fora do auditório. Se você lhes der apenas uma hora, elas vão se sentir enganadas.

Swanton ainda estava com a testa franzida.

– Moças... – disse ele. – Elas levam muito a sério os eventos de caridade e coisas do tipo.

– Elas quem?

– As irmãs Noirots – respondeu Swanton. – Alguém me contou. A Srta. Noirot disse alguma coisa? Ou teria sido Clevedon?

– Eu sei que elas adotaram um garoto que encontraram na rua – respondeu Lisburne.

Swanton meneou a cabeça.

– Elas fazem coisas desse tipo. É melhor eu investigar. Posso conseguir agendar algum evento para levantar fundos para elas. – Ele fez uma careta. – Mas algo menos tedioso e… fúnebre.

– Vou me informar – disse Lisburne. – Você está muito ocupado, agradando a todas aquelas moças inocentes, de cuja adulação você não pode se aproveitar. Eu que estou sem nada para fazer.

Capítulo quatro

PERFEIÇÃO SIMÉTRICA – A Sra. N. Geary, costureira de corseletes da corte, na St. James Street, número 61, tem a honra de comunicar à alta e pequena nobreza que acaba de retornar do continente, trazendo consigo (além de seu famoso recém-criado "Corset de toilette", *sem barbatanas) o corselete de maior elegância e inovação jamais visto... acabando, por completo, com toda aquela pressão letal causada por peças similares nos últimos trezentos anos... dois guinéus, pagamento no ato.*

– *Jornal da Corte,* 16 de maio de 1835

Segunda-feira, 13 de julho

– Uma rotina estável é de primordial importância – Leonie ouviu a preceptora explicar. – Quatro horas de aulas, quatro horas de trabalho, duas horas de exercícios e tarefas, meia hora para as refeições. Como milorde verá, a Sociedade das Costureiras para Educação de Mulheres Desafortunadas é um empreendimento modesto. Só podemos cuidar de uma pequena fração das moças que precisam de nós. Mas isso é apenas o começo. A Sociedade Filantrópica, como o senhor deve saber, começou em uma pequenina casa em Cambridge Heath e hoje acomoda cerca de duzentas crianças em Southwark. Nós também esperamos crescer, com a ajuda de contribuições de caridade, assim como com as vendas dos trabalhos de nossas meninas, que terei prazer em lhe mostrar.

De onde Leonie estava no corredor, ninguém na oficina podia vê-la. Entretanto, mesmo com a visão apenas das costas, ela não teve dificuldades para reconhecer o cavalheiro a quem a preceptora fazia o máximo para agradar.

Ah, sim, sem dúvida, lorde Lisburne não poderia encontrar nada que lhe desse maior prazer do que apreciar o trabalho de costura das meninas.

Leonie ficou em dúvida por alguns instantes. Não em relação ao que deveria fazer, porque ela raramente tinha dúvidas quanto a isso. Mas ela se perguntava o que o trouxera ali, entre tantos outros lugares. Sabia que ele estava entediado em Londres. Ele mesmo dissera que desejava retornar ao continente. Enquanto isso, parecia interessado apenas em se divertir, e ela parecia ser um de seus alvos de divertimento.

Muito bem. Seria fácil tirar proveito da situação. Negócios são negócios, ele era rico e estava por perto.

Ela abriu a porta de súbito.

– Muito obrigada, preceptora, por levá-lo para conhecer a instituição – disse ela. – Sei que segunda-feira é um dia cheio para a senhora. Eu mesma continuarei a mostrar a casa para lorde Lisburne e a senhora pode retomar suas atividades regulares.

A preceptora deixou lorde Lisburne com visível relutância. E quem poderia julgá-la? Toda aquela beleza masculina. Todo aquele encanto.

Infelizmente, tudo aquilo parecia ter atrapalhado o cérebro da preceptora. Não fosse por isso, ela não o teria levado à oficina. Muitas das meninas naquela sala clara e arejada aproximavam-se da adolescência, ou já estavam nela. Colocar um homem lindo e aristocrático por perto daria problemas na certa.

A maioria ficou sentada, em completo estupor. Três espetaram a si mesmas com agulhas e estavam sugando o sangue dos dedos, com a cabeça nas nuvens. Verity Sims derrubara o cesto de materiais. Bridget Coppy começou a costurar o avental que estava fazendo na manga de sua roupa.

Aquelas meninas ficariam confusas por vários dias.

Mesmo Leonie tinha consciência da aura romântica que atordoava seu próprio cérebro. Ele havia se intrometido em seus sonhos de noite. E hoje também a estava importunando. Sua mente criava imagens dele no Astley's Royal Circus, mostrando vislumbres tentadores do menino alegre que ele devia ter sido um dia.

Entretanto, ela tirou milorde da oficina sem muitas gentilezas e o conduziu ao corredor.

– Nosso espaço é limitado, como pode ver – disse ela.

– Mas a senhorita consegue aproveitá-lo com enorme eficiência. Não me surpreende, considerando sua propensão a organização. Mesmo assim, uma coisa é escrever números de maneira tão ordenada em um livro de registros e outra é organizar uma casa muito antiga e transformá-la em um ambiente tão agradável e aconchegante.

Embora estivesse em estado de alerta, ela não conseguiu abafar a emoção causada pelos elogios. Ela e as irmãs trabalhavam com afinco para tirar o maior proveito de tudo o que tinham. O que não era muito. Seu sucesso financeiro era apenas recente, e ela sabia muito bem que devia valorizá-lo e cultivá-lo. No ramo da moda, o fracasso podia acontecer do dia para a noite, fosse por catástrofes naturais ou apenas pelos caprichos das mulheres da alta classe. Com a Sociedade das Costureiras, elas procuravam não dar nenhum passo maior do que as próprias pernas, contraindo despesas que não pudessem cobrir.

Elas haviam criado a Sociedade por causa de prima Emma, que dera a três meninas rejeitadas um verdadeiro lar e instrução. Ela lhes ensinara a fazer coisas belas e as resgatara da vida sem sentido e desvairada que os pais levavam.

E infelizmente morrera muito cedo, sentindo apenas um gostinho do próprio sucesso.

Leonie agradeceu a Lisburne, sentindo calma suficiente para dizer:

– Mesmo assim, ficaríamos felizes com menos aconchego. Sonhamos em expandir nossos domínios até o imóvel ao lado.

– Sempre há espaço para expansões

Nesse momento, eles já estavam fora do alcance do ouvido das outras mulheres.

– Muito bem, estou confusa. O senhor estava passando por perto e resolveu dar uma olhada, ou é tudo parte de um plano maior?

– Um plano – afirmou ele. – Swanton incumbiu-me de visitar sua instituição de caridade. Ele deseja levantar fundos para vocês enquanto as pessoas ainda o amam. A senhorita sabe como o público pode ser inconstante, principalmente a parte feminina.

– Ele o incumbiu – repetiu ela.

– Para ser sincero, eu me apresentei como voluntário. Com muita ansiedade. Isso porque hoje em dia tenho duas tarefas. A primeira é ouvir e ver Swanton fazer poesia. A segunda é ficar ao lado dele, ostensivamente, para protegê-lo das mulheres apaixonadas por poesia, quando, na verdade, faço muito pouco e me deleito com a edificante experiência de ser invisível aos olhares femininos.

– Duvido muito – respondeu ela. – O senhor não ficou invisível para a preceptora nem para as meninas da oficina.

– De qualquer modo eu me diverti muito mais investigando suas atividades – disse ele.

Dentro da cabeça dela, várias Leonies em pânico corriam de um lado para outro gritando: *O quê? O que ele descobriu? O que ele viu? Por quê?*

Do lado de fora, nenhum músculo se mexia.

– Isso me soa entediante.

– Pois foi muito mais difícil do que eu esperava. As irmãs Noirots são estranhamente reservadas em relação à filantropia que praticam.

As Leonies interiores se acalmaram e disseram, *Ah, tudo bem, então.*

– Não há muito o que contar – respondeu ela.

– Não? – Ele olhou para a sala de onde haviam acabado de sair. – Eu vivi uma vida bastante protegida. Acho que nunca vi, em apenas uma sala, tantas meninas que levam... – Ele fez uma pausa, fechou os olhos e pareceu refletir. – Digamos, vidas não protegidas. – Abriu os olhos, o verde escurecendo enquanto ele a estudava por um instante intenso. – A senhorita fica cada vez mais interessante. É como uma nova experiência.

– São negócios. Algumas das meninas são mais talentosas do que as outras. Nós escolhemos o *crème de la crème* para se tornar aprendizes na Maison Noirot. Além disso, nós mesmas as treinamos e educamos, o que significa que sabemos o que esperar delas. Não somos tão desinteressadas quanto suas duquesas e condessas. Não é pura filantropia.

– Mas não se pode negar: vocês as tiram das ruas, orfanatos e casas de correção.

Ela sorriu.

– Elas nos custam menos dessa maneira. Com frequência a mão de obra sai de graça.

Ela o conduziu até a pequena loja, onde a produção das meninas ficava exposta.

– Se milorde nos fizer a gentileza de comprar algumas de suas obras, elas ficarão em êxtase.

Ela foi até um balcão bastante desgastado e abriu uma caixa de vidro.

Ele parou por um instante, observando a coleção de fitas, correntes para relógios de bolso, almofadas para alfinetes, lenços, sachês, bolsinhas para moedas e coisas do tipo.

– Srta. Noirot – chamou ele.

Ela ergueu o olhar. Ele ainda observava o conteúdo da caixa, com uma expressão surpresa.

– As meninas que fazem essas coisas? Aquelas que estão naquela sala de aula?

– Sim. Lembra-se de que a Preceptora lhe disse que precisamos levantar fundos vendendo o trabalho delas?

– Sim, mas... não imaginei...

Ele se afastou e foi até uma das pequenas janelas da loja. Cruzou as mãos às costas e olhou para fora.

Ela ficou perplexa. Olhou para a caixa de vidro e, mais uma vez, para a roupa feita sob medida de Lisburne.

Depois do que pareceu um longo tempo, ele deu as costas para a janela. Voltou ao balcão, com um pequeno sorriso nos lábios.

– Estou comovido. Surpreendentemente à beira das lágrimas. Fico muito feliz por ter vindo aqui no lugar de Swanton. Ele estaria soluçando por todo lado e escrevendo lamentações de cinquenta estrofes sobre a inocência perdida, abusada, ou encontrada, ou outras coisas sem pé nem cabeça. Por sorte vim sozinho e o público não corre o perigo de sofrer nenhum verso surgido nesta instituição.

Por um instante, ela ficou perdida. Mas, com calma, a lógica tomou o lugar da indecisão. Ele devia estar se emocionando por causa das meninas, ou fingindo alguma magnanimidade e inclinações caridosas, como tantos aristocratas costumavam fazer. A filantropia era um dever e eles o cumpriam de maneira ostentosa, sem se preocupar de verdade. Se pelo menos a metade deles realmente se importasse, Londres seria um lugar bem diferente.

Mas ela disse a si mesma que o que ele sentia de fato não significava nada. O importante eram as moças. E dinheiro era dinheiro, fosse ele oferecido por genuína compaixão ou só por ostentação.

– Parece que a poesia de seu amigo o contagiou com uma excessiva misericórdia – afirmou ela.

– Pode até ser, madame, embora eu me pergunte como um homem poderia suportar algo assim. – Ele acenou para os objetos da caixa de vidro. – Olhe para eles. Pequenos corações e flores, arabescos e lírios do campo e renda. Feitos por meninas que praticamente só conhecem privações, miséria e violência.

Ela examinou as almofadas de alfinetes, as fitas para prender relógios, as luvas e os lenços.

– Elas não têm pinturas de Botticelli nas quais se inspirar – disse Leonie. – Se querem beleza em suas vidas, precisam criá-la.

– Madame, é absolutamente necessário partir meu coração por completo?

Ela encarou os olhos verdes e pensou em como seria fácil perder-se neles. Os olhos de Lisburne, como sua voz rouca, pareciam repletos de promessas. Eram como um convite para que ela descobrisse as fascinantes profundezas de seu caráter e os segredos que ninguém mais conhecia.

– Bem, isso quer dizer que o senhor vai comprar tudo? – perguntou ela.

Residência Lisburne
Mais tarde

Swanton olhou fixamente para os objetos que Lisburne havia disposto sobre uma das mesas da biblioteca – depois de ter tirado as pilhas de cartas e papéis cobertos de rabiscos poéticos.

Após o que pareceu um tempo longo demais, Swanton finalmente levantou o olhar para cima.

– Sobrou alguma coisa na loja?

– Achei difícil escolher – disse Lisburne.

– E ainda assim você diz que sou eu que me deixo influenciar – disse Swanton.

– A Srta. Noirot não me influenciou em nada. Como uma boa mulher de negócios, ela apenas tirou vantagem de mim em um momento de fraqueza.

Ele não tinha certeza do que o levara a ser fraco. Não era a primeira vez que visitava uma instituição de caridade. Ao lado do pai, havia participado de incontáveis jantares filantrópicos e visitado abrigos, orfanatos e escolas para crianças pobres. Já vira presos com seus uniformes e crachás, parados, tensos, e então desfilando para a inspeção de seus benfeitores, ou cantando os louvores de divindades, monarcas ou ricaços benevolentes.

Estava acostumado a esse tipo de situação. Ainda assim, sentiu vontade de se sentar, enterrar o rosto nas mãos e chorar por aquelas meninas e seus pequenos corações delicados, lenços bordados com amores-perfeitos, violetas e miosótis.

Maldito Swanton por plantá-lo em seu canteiro poético de *sentimentos*!

– Imagino que você não se dê conta do quanto ela é sagaz – disse Swanton.

– Não mesmo – respondeu Lisburne. – Ela é uma impressionante mulher de negócios.

Depois de ter quebrado o coração dele em pedaços e limpado toda a caixa de vidro, assim como seus bolsos, ela se livrara dele com o maior charme do mundo.

– Fico feliz por você não ter ido até lá – disse ele a Swanton. – Você poderia ter morrido. Eu mesmo quase morri quando ela me disse "elas não têm pinturas de Botticelli nas quais se inspirar. Se querem beleza em suas vidas, precisam criá-la".

Swanton piscou com força, mas isso não deu muito certo. Ele era vencido pela emoção nove em cada dez vezes, e aquela não era a décima vez. Seu pomo de adão oscilou e seus olhos lacrimejaram.

– Não ouse chorar – disse Lisburne. – Você está se transformando em um poço de lágrimas, pior do que aquelas mulheres descontroladas que o seguem por toda parte. Controle-se, homem. Foi você quem propôs angariar fundos para a instituição predileta da Maison Noirot. Descobri tudo para você. Trouxe diversas evidências do trabalho que realizam. Você pretende compor algum soneto lúgubre sobre isso, ou podemos discutir planos práticos?

– É fácil para você falar sobre se controlar. – Swanton pegou um lenço e assoou o nariz. – Não é você que tem que ficar pisando em ovos com as mulheres. Eu preciso ter cuidado para não ferir os sentimentos delas e, ao mesmo tempo, não dizer nada que seja gentil demais, para não ser entendido como um convite para uma sedução perversa.

– Sim, é um trabalho muito difícil – ironizou Lisburne. – Se quiser voltar a Florença ou Veneza amanhã, vou com você na maior alegria.

Ele até que poderia voltar. Que mais tinha para fazer em Londres, a não ser manter Swanton longe de problemas com jovens que desmaiam ao seu redor? Embora fosse adulto, teoricamente capaz de tomar conta de si mesmo, o poeta tinha uma tendência a ficar distraído. Isso o tornava presa fácil de mulheres desagradáveis, como Alda, a filha de lady Bartham.

Quanto à Srta. Leonie Noirot...

Se Lisburne decidisse retornar à Itália amanhã, será que ela sentiria sua ausência, ou será que encontraria outro sujeito para deixar intrigado, enquanto assaltava seus bolsos?

Swanton pegou uma das almofadas de alfinetes que haviam perfurado o coração de Lisburne.

– Esse trabalho é de Bridget Coppy – disse Lisburne. – A Srta. Noirot diz que é tradicional essas almofadas terem formato de coração. Mas, em vez do vermelho costumeiro, a moça exercitou a imaginação e o fez com um acabamento em coral, para realçar as flores coloridas. O cordão fica preso na cintura.

– As flores são encantadoras – comentou Swanton. – Muito delicadas.

– Bridget está se tornando uma bordadeira habilidosa – acrescentou Lisburne.

– Minha mãe iria gostar disso – observou Swanton.

– Então, faço questão de entregar a ela pessoalmente. Também temos presentes para minha mãe e para o novo marido dela. Ficarão encantados.

A mãe de Lisburne havia escolhido o segundo marido com a mesma sabedoria com que escolhera o primeiro. Lorde Rufford era um homem bom e generoso, que a fazia feliz. E conquistara a amizade do enteado, o que era um feito considerável.

– Você está louco para voltar – comentou Swanton.

Lisburne riu.

– Pode ser que esteja. Eu devia ser um homem experiente, mas permiti que uma costureira francesa de cabelos ruivos se aproveitasse de mim. Acho que estou querendo fugir de tanta vergonha.

– Disso eu duvido. Acho que você está tão longe de querer ir embora que continua sem entender como ela o fez comprar tudo isso e já planeja como levar a melhor no próximo encontro.

Lisburne o encarou.

– Ela é a única mulher em quem você prestou atenção desde que chegamos a Londres. E eu o conheço bem. Quer dizer, na medida do possível.

– Como se houvesse alguma coisa importante para ser conhecida – comentou Lisburne.

Mas Swanton era um poeta. Ele imaginava que todo ser humano tinha profundidades desconhecidas. Se Lisburne as tivesse, não estava interessado em explorá-las e, por certo, não encorajaria ninguém a fazê-lo.

– E quanto a você? Sente-se compelido a ficar?

– Eu sinto que devo.

– Tem certeza? Não falta muito e vou preferir ser perseguido por lobos em vez de donzelas educadas com tamanha docilidade.

– Elas logo se casarão de mim. Enquanto isso, eu seria covarde em fugir quando posso fazer tanto bem. Seria indigno da memória de seu pai.

– Isso mesmo, ponha meu pai no meio da conversa.

– Eu sei que não é justo, mas é a única maneira que conheço de vencer uma discussão com você – disse Swanton.

– Está bem. Ficaremos até elas se virarem contra você. E aí rezamos para conseguirmos fugir a tempo.

Ele olhou para a pilha de correspondência que havia jogado no sofá da biblioteca alguns minutos antes.

– Será que seu secretário precisa de um secretário? Essas pilhas de cartas só fizeram crescer desde ontem. São todas cartas pedindo algo? Um dos perigos de quem tem posição e riqueza. Todo mundo estica a mão e alguém precisa decidir quem merece e quem não merece.

– Essa é a parte mais fácil. Só hoje recebei dois pedidos de apoio a crianças e uma mensagem extorsiva ameaçando me processar por quebra de promessa.

Os que conheciam Swanton de perto sabiam que tais processos eram absurdos. Entretanto, era sempre melhor levá-los a sério.

A fama gerava inveja e cobiça e, às vezes, os piores instintos em alguns seres humanos. Muitas pessoas estavam dispostas a acreditar em maldades a respeito dele.

– Deixe-me ver essas cartas – pediu Lisburne.

Noite de terça-feira, 14 de julho

Se Lisburne não tivesse que prestar tanta atenção na desagradável correspondência do primo, poderia ter ouvido falar do outro assunto com antecedência. Ou talvez não.

Embora visitasse o White's com frequência, fazia dias que ele não consultava o livro de apostas. Por que o faria? As apostas eram ridículas, resultadas do tédio. Quanto tempo uma mosca andaria pela janela antes de sair voando ou morrer, por exemplo.

Lisburne, pelo menos no presente, não estava entediado. Observar as mulheres rodearem Swanton era cansativo, e os possíveis perigos decorrentes dessa situação não haviam feito de sua vida algo excitante. Mas então a Srta. Leonie Noirot entrou em cena e Londres se tornou muito mais atrativa.

Como ela poderia ser tudo, menos entediante, Lisburne não ficou chocado ao descobri-la no centro das mais recentes fofocas.

Ele e Swanton haviam participado da reunião da condessa de Jersey, onde as donzelas fizeram o rebuliço usual ao redor do poeta. Enquanto as jovens perseguiam Swanton, Lisburne foi até o salão de carteado. Estava prestes a entrar quando lady Alda Morris o impediu, para sussurrar algo por trás de seu leque.

Maison Noirot
Quarta-feira, 15 de julho

Lady Gladys estava diante do espelho, o rosto corado.

Quatro mulheres – Leonie, Marcelline, lady Clara e Jeffreys – observavam e aguardavam.

Hoje, pela primeira vez, lady Gladys estava usando o corselete que Leonie criara especialmente para ela.

Diferentemente do primeiro, que elas foram obrigadas a adaptar para substituir a monstruosidade que Gladys trouxera de casa, este empregava todos os conhecimentos matemáticos de Leonie, assim como os de fisiologia e física. Até o momento, ela ainda não pudera desfrutar de seu feito porque lady Gladys se recusara a vir experimentá-lo e ver como ficava, alegando que não iria desfilar com roupas de baixo para que todas a examinassem.

Isso, porém, fora antes que ela visse o vestido de noite dourado.

Quando o mostraram a ela pela primeira vez, lady Gladys fez uma careta, afirmando que a cor a faria parecer uma pessoa doente do fígado. Mas, para os padrões dela, foi um protesto bem fraco. Um instante depois, ela disse que não via problema em experimentá-lo. Então, insistiu para que Jeffreys – aquela que, em sua opinião, assassinava o francês – a auxiliasse no provador.

As damas eram sempre cheias de caprichos, mas ela parecia ter dedicado seus poucos anos de vida a fazer todos ao seu redor terem vontade de esganá-la.

– Bem – disse ela, finalmente.

Uma única palavra, mas Leonie captou a pequenina gota de prazer que continha. Lady Gladys tinha uma bela voz, tão potente quanto a de uma cantora de ópera.

– Nunca pensei que essa cor ficaria bem em mim.

– Você deixou isso bem claro várias vezes – concordou lady Clara. – Achei que teríamos que dopá-la para que viesse provar alguma coisa hoje.

– Isso não é verdade. Eu não criei nenhum tumulto para *experimentar* o corselete. Só não queria ficar desfilando de roupa de baixo, com todo mundo me olhando.

Ela ajeitou a frente do vestido, embora Jeffreys naturalmente já tivesse se assegurado de que cada costura caísse no lugar exato.

– O corselete é confortável – disse lady Gladys. – Não sei bem o que você fez, mas... – Ela se interrompeu, estudando a própria imagem no espelho. – Mas foi alguma coisa – completou ela.

Leonie havia feito muitas coisas. Ela criara o corselete para sustentar o colo generoso de milady. O formato do corselete moldava a cintura dela de um modo que a fazia parecer menor, embora a compressão fosse mínima.

A aparência de Gladys continuava maior e menos curvilínea do que seria o ideal. Mas ideais não passavam disto: ideais. O importante era fazer uma mulher parecer tão bela quanto possível, explorando seus melhores atributos. E o cetim dourado foi uma surpresa não apenas para lady Gladys, mas também para Leonie.

Marcelline havia, como sempre, imaginado o vestido inteiro em sua cabeça. Dessa vez, porém, ela se baseara apenas nas descrições detalhadas de Leonie.

Ainda de cama, e apesar dos enjoos quase constantes, Marcelline tinha criado um vestido que parecia um milagre. Cetim dourado com acabamentos em renda de seda preta. Simples, mas nada menos que fabuloso. O cós em ponta criava a ilusão de uma cintura mais fina, e os fechos pretos, usados na frente, ampliavam esse efeito.

O cós em ponta estava supostamente fora de moda, mas Marcelline nunca se preocupava com o que considerava meras oscilações de gosto.

Leonie calculou que esse vestido traria de volta à moda o cós em ponta. A mantilha de renda negra, presa na ponta das mangas, não apenas acrescentava dramaticidade ao traje, mas atraía os olhares para o colo amplo de lady Gladys. Talvez não fosse a roupa ideal para uma donzela, mas lady Gladys pareceria ridícula nos vestidos que se adequavam à média das mulheres solteiras.

Ela levou a mão à borda do corpete.

– O decote é bem profundo – comentou.

– Mas é claro, minha querida – disse Marcelline. – Seu colo é lindo. Queremos atrair os olhares para ele.

– Eu me sinto nua – disse lady Gladys.

– E o que tem de mais nisso? – rebateu lady Clara. – Você vai se sentir nua e, mesmo assim, estar perfeitamente respeitável.

– Eu não diria *perfeitamente* respeitável – retrucou a prima.

– Parecer atraente não é algo ruim – disse lady Clara.

– Parem com isso! – exclamou lady Gladys, em tom de quem dá ordens, assustando a todas com sua veemência. – Parem de ser *gentis*. Nem sei explicar o quanto essa roupa é provocante. Não, esperem, sei sim. Vocês só precisam estalar os dedos para qualquer homem que desejarem. E não têm ideia do que é ser... ser... *não* ser bonita e delicada!

– Eu não sou nem um pouco delicada – disse lady Clara. – As pessoas só acham isso por causa de minhas roupas.

– Isso que quero dizer! Você pode falar qualquer coisa!

– Não posso, não – contestou lady Clara. – Não posso ser eu mesma. Mamãe fica o tempo inteiro em cima de mim. Você não tem ideia do quanto isso me *sufoca*.

– Ah, sim, todos aqueles homens ao seu redor, implorando por um sorriso.

– Eles só enxergam o exterior. Não sabem quem sou ou o que valorizo de verdade. Você me conhece... ou deveria conhecer. E sabe que estou ao seu lado e sempre estarei, apesar da maneira como dificulta isso.

Lady Gladys ficou roxa e seus olhos lacrimejaram.

– Eu não sei como me comportar! Eu não sei fazer *nada*! Você reclama porque sua mãe está sempre atrás de você. Mas, pelo menos, você tem uma mãe. Você teve mulheres para ensiná-la a ser *feminina*. Olhe para mim! Meu pai é militar e eu poderia muito bem ter sido criada em um acampamento do Exército. Ele me trata como se eu fizesse parte do regimento. Ele me dá ordens e vai embora para lutar contra algum inimigo da Rainha. - Ela saiu correndo e voltou para o provador. - Jeffreys! Tire essa coisa de mim!

Com uma expressão de pânico, Jeffreys correu atrás dela.

Lady Clara desabou em uma cadeira e ficou imóvel.

Marcelline olhou para Leonie.

Leonie deu de ombros e murmurou: *Não faço a menor ideia.*

- Mas o que foi que aconteceu? - perguntou Marcelline a lady Clara.

- Não sei - respondeu ela.

- Eu sei o que aconteceu - disse lady Gladys, atrás da cortina. - Não vou ao Almack's hoje à noite, por mais que tentem me convencer. Eu disse que nunca mais faria esse tipo de coisa, mas Clara não parava de insistir. E agora vocês me deram esse vestido maldito como munição!

- Você ficou muito bonita nele, mas é teimosa demais para admitir! - gritou lady Clara.

- Não me importo se fiquei bonita. Elas nunca deveriam ter feito este vestido porque nem terei onde usá-lo. Não quero! Como me arrependo de ter voltado para Londres!

Lady Clara suspirou, colocou uma das mãos na testa e ficou olhando para o chão.

Um soluço contido foi audível por detrás da cortina do provador.

Fora isso, as salas de consulta estavam em silêncio, aparentemente em paz.

Foi então que Mary Parmenter entrou, toda esbaforida, para anunciar que os lordes Lisburne e Swanton haviam chegado. Queriam falar com a Srta. Noirot. Deveria Mary pedir que aguardassem no salão, ou seria melhor no escritório?

- Estamos ocupadas - disse Leonie. - Pode dizer a eles para marcarem uma hora.

Ela ouviu um choro atrás da cortina.

- Você não pode deixar lorde Swanton *esperando* - disse lady Gladys, com voz trêmula. - Você já não está ocupada comigo. Pode ir ver o que os cavalheiros desejam.

- Diga a eles que marquem uma hora - repetiu Leonie a Parmenter.

Em seguida, ela mandou que todas saíssem e entrou no provador.

Leonie encontrou lady Gladys sentada na beira do estrado, a cabeça apoiada entre as mãos.

– Não quero falar com você – murmurou milady. – Você é uma tortura em forma de gente.

– Um dos segredos de nosso sucesso é conhecer a mente de nossas clientes – disse Leonie. – Nós conseguimos entrar em suas mentes, de uma forma ou de outra. É melhor a senhorita me contar qual é o problema e nos poupar uma energia que pode ser utilizada em coisas mais divertidas.

– Divertidas!

Leonie sentou-se ao lado dela.

Lady Gladys levantou a cabeça.

– Você só finge ser minha amiga. Só quer que eu encomende mais roupas – disse ela.

– Eu ainda nem cheguei a fingir que sou sua amiga. Mas quero mesmo que você encomende mais roupas. Para que acha que eu me dedico aos negócios?

– Não passou pela sua cabeça que posso ser o fim da sua loja? Toda Londres sabe que você está me vestindo. Já estão apostando no resultado.

Na verdade, entre todas as possibilidades que poderiam estar provocando em lady Gladys um comportamento irracional, uma aposta não fora a primeira a cruzar a mente de Leonie – provavelmente devido a uma distração maior chamada marquês de Lisburne.

Ainda assim, a existência de uma aposta não surpreendeu Leonie. Os membros da cidade, homens e mulheres, apostavam principalmente por se sentirem entediados e por não terem mais nada a fazer. Mas, com ou sem apostas, as mulheres ainda estariam profundamente interessadas nos resultados das visitas de lady Gladys à loja.

Leonie tinha consciência disso. Na verdade, era parte do que a instigara a procurar lady Gladys. Quando a Maison Noirot obtivesse sucesso em mostrar milady em sua melhor forma, toda a alta classe estaria batendo à porta da loja.

Mas milady precisava cooperar.

– Os aristocratas apostam em qualquer coisa – disse Leonie, de repente. – É claro que se a senhorita se incomoda com isso...

– Mais quando aquela filha irritante de lady Bartham se dá ao trabalho de explicar os termos das apostas. Você não vai se surpreender ao saber que o ditado "só se faz bom queijo com bom leite" surgiu mais de uma vez.

Lady Bartham era uma grande amiga e uma venenosa rival social de lady Warford, mãe de lady Clara. Leonie não entendia por que alguém faria amizade – ou, depois de tê-la feito sem saber, conseguiria mantê-la – com uma víbora. Ela sabia que uma das filhas de lady Bartham, lady Alda, também era venenosa.

– Algumas pessoas são tão ignorantes, egoístas ou profundamente infelizes que ferir os sentimentos dos outros lhes dá prazer. É perverso, mas elas não se importam. A melhor maneira de revidar é encontrar um motivo para rir ou se sentir feliz. Isso as confunde e as irrita. Acredito ser uma boa vingança.

Lady Gladys franziu a testa.

– Diga-me como é divertido. Diga-me por que devo sentir prazer.

– Por que ela se daria ao trabalho de insultá-la e feri-la se não fosse para minar a sua autoconfiança? Talvez ela tema que a senhorita se transforme em uma rival.

Lady Gladys lançou um olhar de perplexidade a Leonie, como se perguntasse: você enlouqueceu?

– Reflita comigo. Imagine se a senhorita tivesse afagado a mão dela de maneira tranquilizadora e dissesse: "Minha querida, sinto muito por deixá-la preocupada, mas prometo que não vou tentar roubar seu pretendente, se conseguir evitar." Em seguida, daria uma boa risada. Sua risada é tão bonita. E ela iria embora bem mais zangada que a senhorita.

– Uma risada bonita?

Lady Gladys virou-se para observar uma gravura francesa na parede à frente.

– Uma bela voz também. – Leonie levantou-se. – Por favor, pare de desejar se parecer com sua prima. Isso a deixa cega para suas próprias qualidades. A senhorita nunca será parecida com lady Clara. Mas ela jamais terá a sua voz.

– Isso está longe de nos deixar empatadas!

– O maior dos exércitos, mesmo nos melhores uniformes, nem sempre vence as batalhas. Seu pai nunca lhe falou do quanto a inteligência e a sorte têm um papel fundamental nisso?

A essa hora do dia, quando as mulheres da alta classe estavam se vestindo para o passeio no Hyde Park, Lisburne imaginou que a loja estaria relativamente calma. Caso contrário, ele não teria deixado Swanton acompanhá-lo. A loja estava calma o suficiente. No salão principal, algumas vendedoras recolocavam no lugar os objetos usados no atendimento às mais recentes clientes. Estavam guardando fitas e bugigangas nas gavetas, reorganizado as vitrines dos balcões, ajeitando chapéus que a clientela havia amassado e recolocando as saias dos manequins. A única cliente era uma senhora de idade, que não conseguia decidir entre vários tons de fita marrom.

Swanton estava andando de um lado para outro no fundo da loja quando a moça retornou para informar que precisariam marcar um horário.

– Elas devem estar ocupadas com uma cliente importante – disse Lisburne. – Por que você não vai até o White's? Não haverá mulheres lá e você poderá fortalecer sua mente tumultuada com um pouco de vinho ou uísque.

Swanton parou de caminhar e olhou ao redor, como se tivesse esquecido onde estava.

– White's – repetiu ele.

– Isso mesmo. As moças não podem abordá-lo lá.

– E você?

– Vou esperar. Sou perfeitamente capaz de resolver sozinho nosso problema. E posso fazê-lo de maneira mais profissional se você não estiver por perto, com a cabeça nas nuvens.

– Preciso escrever alguns poemas novos em menos de uma semana! – exclamou Swanton. – Você também ficaria distraído no meu lugar.

– Mais um motivo para você ir embora, para um lugar mais silencioso, onde as mulheres não fiquem rindo, enrubescendo e inventando desculpas para ficar perto de você.

Naturalmente, Swanton não se dava conta do que acontecia ao seu redor. As vendedoras teriam atingido sua cabeça com um porta-chapéus se com isso conseguissem sua atenção. Mesmo assim, ao contrário das jovens da cidade, elas estavam animadas apenas por terem uma celebridade tão perto. Era provável que nunca tivessem tido tempo para ler a poesia dele – se soubessem ler. Seu interesse, em outras palavras, era *pessoal*.

Swanton olhou para os lados, enxergando como de costume uma versão nebulosa de realidade.

– Muito bem. Sei reconhecer quando não me querem por perto.

Não sabe, não, pensou Lisburne.

Com um pouco de sorte, pensou Lisburne, Swanton poderia atravessar sozinho a St. James Street sem se colocar na frente de alguma carruagem em movimento. Caso contrário, se ele encontrasse algum perigo, alguma mulher correria para salvá-lo, nem que fosse apenas por sua aparência angelical, no caso de ser uma das raras pessoas em Londres que não o reconhecessem.

De qualquer maneira, Lisburne não era babá do primo. Além disso, ele já havia lutado bastante com os problemas do poeta nos últimos dois dias.

Estava precisando muito de algum alívio mental.

Como, por exemplo, a Srta. Leonie Noirot.

Que estava *ocupada* demais para recebê-lo.

Ele andou pela loja, estudando os manequins e o conteúdo das vitrines dos balcões. Até se permitiu ser consultado sobre fitas marrons.

Lisburne estava diligentemente examinando-as através de seu monóculo, para decidir qual delas tinha o brilho mais amarelado, quando Gladys entrou depressa no salão e, em seguida, cruzou a porta, deixando o estabelecimento. Clara a seguiu. Nenhuma das duas percebeu sua presença, e ele não tentou atrair a atenção delas.

– Imagino que a Srta. Noirot possa me receber agora – disse ele à moça que lhe pedira que marcasse um horário.

A moça saiu.

Ela voltou quinze minutos depois e o conduziu ao escritório da Srta. Noirot.

Capítulo cinco

O manejo de uma contenda era, em outros tempos, empreendido por meio da razão e do argumento; mas a nova maneira de solucionar todas as divergências é através da espada, ou de uma aposta; como resultado, o único método cavalheiresco de resolver tal situação é arriscar-se a perder mil libras, ou a ter o corpo perfurado.

– Revista *The Connoisseur*, 1754

Quando Lisburne entrou, encontrou a Srta. Noirot colocando em dia seus livros de registro com excessivo esforço.

Como ela passara mais de uma hora com Gladys, ele diagnosticou aquela postura como raiva reprimida. Nenhuma surpresa.

No entanto, ele se distraiu pela arrebatadora figura de Leonie, que usava uma roupa extremamente feminina de musselina branca, capaz de enlouquecer qualquer um: o farfalhar das mangas ondulantes e a maneira como o vestido de cima – o manto, ou o que quer que fosse – levantou-se e caiu sobre o vestido de baixo, o agitado movimento da renda. O colo se movia com a respiração, o bordado e a renda parecendo a espuma branca de um mar tormentoso.

Era apenas uma mulher de mau humor, algo que ele conhecia muito bem. Ao mesmo tempo, teve que se dar um instante para desacelerar a respiração até alcançar um ritmo normal e arrastar seu juízo para fora do mar sombrio no qual estava afundando.

– Mandei Swanton para o White's, mas achei melhor esperar – disse ele, a voz um pouco mais rouca do que deveria.

Ela tirou o pequeno relógio da cintura e o abriu.

– Uma hora e vinte minutos – constatou.

– Mas eu estava esperando pela *senhorita*. Esse tempo não foi nada. E me permitiu executar atos de misericórdia sem precisar me esforçar.

– Atos de misericórdia. O senhor por acaso andou ajudando minhas vendedoras a perder o juízo? Ou estava caridosamente oferecendo sais para as clientes, depois que elas desmaiavam?

Ele fez uma expressão ofendida.

– Ajudei a avó de alguém a escolher fitas.

– O senhor precisa ter cuidado ao ser "misericordioso" com pessoas mais velhas. A constituição delas pode não suportar o ataque devastador de tamanha beleza e encantamento. O senhor pode não perceber como é ruim para os negócios quando as senhoras entram em estado apoplético em nosso salão.

Ela guardou o relógio, cruzou os braços e fez uma expressão amável, mas mantendo o semblante neutro.

Como se ele fosse um cliente qualquer.

Ele oprimiu uma pontada de irritação e disse a si mesmo para não agir como um adolescente sensível demais. Tomando cuidado para manter a voz em um tom gentil, retomou:

– Obrigado por me lembrar, madame. No futuro, tomarei cuidado para infligir minha beleza e encantamento somente a mulheres fortes.

– Eu sei que o senhor não consegue evitar. Nasceu assim. Mas algumas de minhas melhores clientes são senhoras já de certa idade e não quero que elas venham a morrer antes da hora.

– Prometo tentar não assassinar nenhuma idosa por acidente.

– Tecnicamente, não seria assassinato se fosse por acidente. Ou se parecesse um – acrescentou ela, como se falasse consigo mesma.

Ele viu o olhar dela desviar-se para a escrivaninha... onde guardava o canivete e provavelmente outros instrumentos propícios para situações caóticas, como tesouras afiadas. As modistas sempre tinham instrumentos pontiagudos ao seu redor: tesouras, agulhas, alfinetes. Lisburne teve a estranha sensação de inadvertidamente ter se metido em perigo. A atmosfera parecia estar vibrando com a paixão que ela se esforçava tanto para reprimir.

Ele ficou bastante tentado a provocar para ver – e experimentar – o que aconteceria se ela perdesse o controle.

– Tenho clientes me esperando, milorde. Se não me engano, Parmenter me disse que o senhor e lorde Swanton vieram aqui para tratar de *negócios*.

Ele percebeu o tom de impaciência. O que aconteceria em seguida? Ela lhe atiraria objetos?

– É verdade – respondeu Lisburne.

Ele colocou dois dedos na têmpora esquerda e fingiu que estava pensando. O ar ao redor dele parecia pulsar ainda mais forte.

– Talvez fosse melhor a senhorita ir conversar com lorde Swanton, no White. Se os dois raciocinarem juntos, talvez se lembrem do que era tão desesperadamente urgente.

Ela caminhou na direção da porta.

– Ah, sim, agora me lembro – disse ele. – Tem a ver com as moças que a senhorita protege com tanta devoção. Swanton e eu desejamos ajudar.

Ela fez uma pausa.

– Minhas meninas – disse ela.

As meninas *dela*.

– A Sociedade das Costureiras – confirmou ele. – O gênio da poesia e eu viemos lhe contar a brilhante ideia que tivemos para levantar fundos.

Ela queria mandá-lo para o inferno. Mas precisava de dinheiro para suas meninas. A luta entre sentimentos opostos foi tão bem disfarçada que ele não a teria reparado se não estivesse observando a Srta. Noirot com tanto cuidado.

Ela não conseguiu se acalmar por completo, mas controlou a impaciência.

– Eu não deveria tê-la incomodado hoje, principalmente quando está claro que a senhorita está muito *ocupada* – disse ele. – O problema é que precisamos fazer isso depressa, e eu não tinha certeza de que conseguiria um horário com a devida antecedência.

Ela cruzou os braços.

– É muita bondade sua e de lorde Swanton pensar na Sociedade das Costureiras.

– Acho que era inevitável, após eu ter levado para casa todos os produtos da loja. Mal podemos entrar na biblioteca sem tropeçar em almofadas de alfinetes, bolsas e Deus sabe o que mais. O fato de ter que planejar evitou que Swanton derramasse lágrimas em excesso. Fiquei muito feliz por ele não ter ido até lá comigo. Ele teria precisado de semanas para se recuperar. E acredito que não temos semanas, já que as donzelas costumam ser muito volúveis.

– O senhor disse que tinha um plano – afirmou ela, controlando a irritação com toda a doçura possível.

– Ah, sim. O plano.

Ele o descreveu. Em detalhes, com vários rodeios e possibilidades.

Se esperava por uma explosão, ele a havia subestimado.

Ela foi até a escrivaninha, pegou uma pena e fez algumas anotações rápidas.

Enquanto ela escrevia, ele falava e perambulava pelo escritório, aproximando-se cada vez mais, até parar ao lado dela e ver o que estava anotando.

Ela havia resumido de maneira extraordinária toda a verborragia de Lisburne: um evento de caridade no Vauxhall durante a grande gala de segunda-feira à noite. Swanton leria seus novos poemas em um dos teatros menores, com a cobrança de uma taxa de cinco xelins para assistir à declamação. Uma pequena porcentagem seria entregue aos proprietários do Vauxhall pelo uso do teatro e o restante seria destinado à Sociedade das Costureiras para Educação de Mulheres Desafortunadas.

Ele tinha consciência das palavras e, mais ainda, dos sons. Tudo ao redor dela flutuava e ondulava, de maneira que, embora quase imóvel, apenas escrevendo, ela produzia uma melodia murmurante, ainda mais baixa do que o arranhar da pena no papel. Misturado ao som, estava o perfume dela, um aroma leve e puro de lavanda.

A mente de Lisburne invocou imagens das montanhas da Toscana, no alto de uma casa, com vista para uma pequena vila... vaga-lumes piscando na escuridão dos vinhedos em socalcos logo abaixo... e o perfume de lavanda carregando consigo os primeiros sinais de alívio da dor e da possibilidade de paz.

Ele sentiu uma pontada no coração, de um calor tão súbito que o assustou e o fez recuar.

Ela o olhou.

– Que jeito a senhorita tem para... reduzir as coisas ao essencial.

– Tenho muita prática. Minhas duas irmãs são gênios, mas não são objetivas. – Antes que ele pudesse fazer algum comentário, ela prosseguiu: – Segunda-feira à noite nos deixa muito pouco tempo. A maior parte das pessoas já terá assumido outros compromissos.

– Enquanto a estrela de Swanton estiver em rota ascendente, as pessoas encontrarão espaço. Começaremos cedo, o que permitirá que as admiradoras o ouçam por uma hora e ainda tenham tempo de seguir para outros compromissos. Mas serão poemas novos, o que sempre traz uma tensão maior. Estamos combinados?

Ela colocou a pena de volta no lugar.

– É claro. É muito generoso da parte de lorde Swanton.

– A senhorita salvou a apresentação dele na outra noite. E ele viu depois as peças que as moças fizeram. Muito tocante.

– Realmente.

Ela se afastou da escrivaninha e dele com tamanha suavidade que ele só notou depois que o aroma irresistível desapareceu.

– Imagino que desejem que uma das patronesses da Sociedade esteja presente.

Ele resistiu ao desejo de se aproximar outra vez. Não devia ter ficado tão próximo do pescoço dela. Era perigoso ser tão óbvio.

– E ela precisa fazer um pequeno discurso – disse ele. – Para solicitar doações adicionais. Os homens tenderão a abrir os bolsos com mais facilidade se uma mulher atraente estiver no palco fazendo o pedido.

– Terá que ser eu mesma. Marcelline não está se sentindo muito bem e Sophy está fora do país. Mas sou boa para falar sobre dinheiro e tirá-lo das pessoas, portanto, tudo bem. Então, milorde... Eu realmente lhe agradeço muito. Mais alguma coisa?

A dispensa não poderia ter sido mais clara.

Ele disse a si mesmo que não estava sendo provocado e que por certo não precisava provocar em retaliação, como se fosse uma criança. Mesmo assim, não se apressou. Primeiro, releu as anotações dela. Depois, olhou para os itens na escrivaninha.

– O senhor se esqueceu de alguma parte do plano? Enganou-se quanto ao horário? O preço da entrada?

– Não, está tudo em ordem. – Ele se afastou. – Tudo em ordem.

Mas ela não estava. Continuava a arder em chamas.

Por causa de Gladys.

Ele se lembrou de súbito da voz sussurrante atrás do leque.

– Só há uma coisa... – Ele se interrompeu. – Mas, não, acho que isso não vai interessá-la. Não passa de fofoca inútil.

Ele sentiu que a Srta. Noirot ficou em estado de alerta. Não sabia nada sobre costura, mas entendia de negócios muito mais do que deixava transparecer. Para os negociantes, fofocas nunca eram verdadeiramente inúteis. Se um cavalheiro estivesse à beira da falência, se um lorde estivesse se cansando de sua amante, se alguma lady estivesse escondendo do marido gigantescos débitos adquiridos no carteado, seus fornecedores iriam querer ser os primeiros a saber.

– Ora, então não vou prendê-lo – disse ela alegremente.

Ele precisava ir embora. Os enganos que ela cometia nos negócios não eram problema dele – e ela mal podia esperar para livrar-se de Lisburne. Ele se dirigiu à porta.

Um, dois, três passos. Estava colocando a mão na maçaneta quando o leque azul e rosa de lady Alda vibrou em sua mente e ele a ouviu sussurrar, fingindo preocupação.

Alguém poderia ter deixado de aconselhar a querida lady Gladys? É uma vergonha que ela se coloque em mãos como essas. Não digo que aquelas mulheres sejam exatamente inescrupulosas. *Mas, mesmo assim...*

Ele parou e se voltou de novo para a Srta. Noirot.

– Não, não posso ir embora sem saber, estou morrendo de curiosidade. Diga-me que a senhorita não prometeu a Gladys que faria dela a mais bela do baile.

Ela pestanejou.

– A senhorita piscou. No seu caso, só pode ser um sinal de enorme surpresa. Talvez eu devesse ter contado a novidade com mais cuidado.

– Não, não. Eu apenas fiquei surpresa com a mudança de assunto. – Ela meneou a cabeça. – Nada disso me surpreende. Já ouvi falar que estão fazendo apostas.

– Estavam todos rindo no evento de lady Jersey ontem à noite – contou ele. – Está me dizendo que é verdade? A mais bela do baile? *Gladys?*

Ela lhe ofereceu um sorriso gentil e amigável.

– O senhor parece achar inconcebível que lady Gladys tenha um potencial ainda desconhecido. Para o senhor, parece impossível que alguém que não tenha nascido bela e atraente possa algum dia conquistar um coração masculino. Ou entendi errado?

– Não estamos falando de uma pessoa qualquer. Estamos falando de *Gladys*. A senhorita não pode estar falando sério.

– Eu não brinco com as esperanças e os sonhos de uma jovem. Meu sustento depende de ajudá-la a alcançá-lo. Nesse caso, tenho a expectativa de alcançar nossos objetivos mútuos, já que está tudo encaminhado para tal. Quando a Maison Noirot tiver terminado seu trabalho, lady Gladys só precisará estalar os dedos para ter o homem que desejar.

Leonie sentiu vontade de enforcá-lo.

Como ousava! Aquela pobre moça!

– Isso é loucura – disse ele. – Pensei que fosse uma mulher de negócios sensata.

– Por favor, não se preocupe. Sei muito bem o que tenho pela frente, milorde.

– Não, não sabe no que está se metendo. A senhorita não conhece Gladys.

– Conheço-a melhor do que o senhor.

– Ela tem um talento especial para criar problemas aonde quer que vá. Na outra noite, ela quase colocou Val em um duelo. Não sei como, mas ela a instigou a aceitar um desafio impossível de ser alcançado e a senhorita se deixou levar.

– Eu me deixei levar? – questionou ela, com um sorriso. – A ideia de uma Noirot se deixar levar por quem quer que seja é hilária.

– A senhorita vai se tornar motivo de piada. Seus negócios pagarão o preço. E minha prima Gladys nunca ficará agradecida por nenhum esforço que a senhorita fizer por ela. Não irá agradecer por nenhum sacrifício de sua parte. O que ela fará é culpar a Maison Noirot por não ter realizado o impossível!

– O senhor me subestima. Não é o primeiro a fazê-lo.

Houve um silêncio curto e tenso.

Ele a olhou de cima a baixo.

Estava analisando-a.

Ela estava acostumada a lidar com o olhar de homens arrogantes. Mas ele só faltou colocar as mãos no lugar que seus brilhantes olhos verdes observavam. Ela se sentiu ansiosa e confusa. E cometeu um erro.

Retribuiu o olhar.

Um erro bem idiota, devido ao rosto esculpido com perfeição, aos perigosos olhos verdes, ao torso poderoso... que ia afinando e formando uma cintura firme, e à visão mais abaixo... longas pernas musculosas. Ela sentiu uma onda de vertigem, que decidiu ignorar.

– Quando a Maison Noirot tiver terminado seu trabalho... – repetiu ele, devagar, tão devagar quanto seu olhar a estudava de cima a baixo, como se fossem mãos. – Isso é convenientemente vago. Parece-me o trabalho de uma vida inteira.

Ela iria se vingar. O orgulho dos Noirots e dos DeLuceys exigia isso.

– Vejamos – disse ela, colocando dois dedos na têmpora em ironia, imitando o gesto que ele fizera. – Que dia é hoje? Dia 15. Ela terá cavalheiros aos seus pés até o fim do mês.

Leonie inclinou-se sobre a escrivaninha para pegar um lápis que havia fugido um milímetro da organização dos irmãos. A posição, como ela sabia, a deixava oposta aos seus olhos. Uma estratégia não muito sutil. Entretanto, a sutileza era em geral desperdiçada com homens.

– Aos pés dela – disse ele. Sua voz havia ficado mais baixa e áspera. – Um pouco mais do que duas semanas.

– Sim.

– Qualquer um que ela queira – disse ele.

– Sim. – Ela brincou com o lápis, esperando.

– A senhorita gostaria de fazer uma aposta? – perguntou ele.

Ela conteve um sorriso.

Madame não se apressou em colocar o lápis na bandeja, alinhando-o com os outros.

Ele sentiu suas próprias mãos se fechando. Fizera aquela pose de propósito, para atrapalhar seu juízo.

E funcionou.

As costas do vestido eram quase tão elaboradas quanto a frente. Uma renda delicada tocava-lhe a nuca. Dali desciam fileiras de musselina, formando finas pregas, alternadas com fileiras de bordados do mesmo material, em um formato de V, cuja ponta terminava na cintura. Pontas soltas dos cabelos ruivos saíam da touca de renda perto das orelhas, como se o penteado estivesse se desmanchando.

Ele sabia que não era o caso. O arranjo era para criar um efeito... e que efeito era! Ele queria bagunçar tudo, o cabelo, ela, tudo. Queria que os livros de registro dela ficassem tortos, queria colocar os lápis no lugar das penas. Queria deixar o tinteiro sem a tampa. Queria varrer tudo o que estava na escrivaninha para o chão e deitá-la ali em cima...

A Srta. Noirot se ajeitou e se virou para encará-lo, gerando uma bela onda de musselina e renda brancas.

Ela era uma modista, ele disse a si mesmo. Sabia usar as roupas como se fossem armas. E era muito eficaz, como uma paulada na cabeça.

Ela lhe lançou um sorriso enigmático, muito parecido com o da Vênus de Botticelli.

– Uma aposta – repetiu ela.

– Todo mundo está apostando. Por que não faríamos o mesmo?

– Porque o senhor perderia?

– Ah, mas tenho certeza de que quem vai perder é a senhorita. E minha mente está divagando sobre possibilidades interessantes de prendas.

– A minha também – disse ela. – Devo usar minha imaginação, já que dinheiro não significa nada para o senhor.

– Eu tinha riscos mais altos na cabeça. Nada tão ordinário quanto dinheiro. Algo significativo.

Ela repousou as mãos sobre a borda da escrivaninha e se inclinou para trás.

Ele não conseguia vislumbrar o que ela pensava. A Srta. Noirot era boa demais em esconder o que era capaz de fazer. Mas ele sabia que ela estava pesando e analisando, por isso também fez seus próprios cálculos.

Lisburne percebeu quando ela havia chegado a alguma conclusão. Mesmo assim, esperou um instante. E mais outro.

Ela estava brincando com ele, aquela raposa.

Prolongando a situação, fingindo pensar.

Ela era fascinante.

Ele esperou.

E então...

– Já sei – disse ela. – O Botticelli.

Ele ouviu o próprio arfar, uma rápida e involuntária golfada de ar. Mas suavizou o rosto, embora suspeitasse de que era tarde demais.

Não esperara por isso. Entretanto, deveria ter sido a primeira coisa que deveria ter pensado. *A primeira.*

– O senhor disse altos riscos. Não sei quanto ele vale, mas sei que é insubstituível.

Ela o encarou com uma inocência imaculada.

Por um instante, o ar entre eles crepitou.

Então, ele deu uma gargalhada.

– Eu realmente a subestimei, madame. Alto risco, de fato. Vejamos. O que a senhorita vai oferecer em contraponto ao meu Botticelli? O que é insubstituível em sua vida? Tempo. Lucro. Negócios. Suas clientes. – Ele fez uma pequena pausa. – Bem, então a senhorita aceitaria duas semanas?

– Duas semanas – repetiu ela, impassível.

– Comigo – disse ele. – Quero duas semanas.

Os olhos azuis dela ficaram aguçados.

– De sua atenção exclusiva. Em um lugar de minha escolha.

Ele não podia ter certeza – ela era especialista em esconder o que sentia; parecia ser capaz até de controlar o enrubescimento –, mas pensou ter visto um leve cor-de-rosa surgir no rosto dela e desaparecer.

– A senhorita entende o que quero dizer, certo? – perguntou ele.

– Não sou ingênua – respondeu ela.

O que ele vira poderia ser mesmo um enrubescimento, porque desapareceu por completo, deixando-a pálida. De medo? Bom Deus, o que ela imaginava que ele faria a ela? Era uma linda costureira. Vários homens já deviam tê-la abordado de maneira repugnante.

Ele não era esse tipo de homem, embora tivesse a impressão de que dera um passo em falso e começasse a sentir um calor lhe subindo pelo pescoço - aquele tipo de calor desagradável e embaraçoso.

– Eu não violento mulheres, se é isso o que pensa.

– Ah, não – disse ela. – Suspeito que as mulheres façam fila para que o senhor as livre de sua virgindade.

Então, por que a palidez?

Ou teria sido apenas imaginação? Sua cor agora parecia normal.

– Quero duas semanas inteiras de atenção só para mim, só isso – disse ele.

– Só isso?

– Eu gostaria de duas semanas sem ficar em segundo, terceiro, ou décimo oitavo lugar em relação aos *negócios*.

– E? – ironizou ela.

Ele sorriu.

– Quanto sarcasmo, madame.

– E? – insistiu ela. – Não que me importe, porque vou ganhar, mas me interesso em saber o que exatamente se passa em sua cabeça.

– Exatamente? – indagou ele.

– Sim.

Ele a encarou por um instante, a cabeça inclinada para o lado, raciocinando. Então ele avançou.

Lisburne agarrou a borda dos ombros de Leonie, logo acima do enchimento das mangas.

Ela ficou parada, o coração acelerado, o olhar fixo no lenço de pescoço, tão branco que quase a cegava, perfeitamente amarrado, dobrado e vincado.

– Madame – disse ele.

Ela ergueu o olhar. Foi um erro.

Viu as laterais da linda boca de Lisburne se movendo, transformando-se em um perigoso sorriso. Viu os olhos dele, tão verdes quanto deveria ser o mar entre Cila e Caríbdis, com reflexos de ouro aqui e ali, onde o sol os tocava. Águas perigosas e ela – a que deveria ser responsável – queria mergulhar.

Então o sorriso desapareceu e ele se inclinou e a beijou.

Um toque dos lábios dele nos dela. Só isso e o mundo mudou, ficou infinito e aconchegante, oferecendo um vislumbre... de algo. Mas acabou antes que ela pudesse identificar o que divisara ou sentira.

Ele começou a se afastar.

– Droga! – exclamou.

Teria sido mais inteligente da parte dela ter se afastado, mas estava perdida e atordoada, incapaz de qualquer ação.

Ele colocou as mãos na cintura dela e a levantou, até que estivessem olho a olho. Então a beijou novamente.

Dessa vez, foi mais do que um toque dos lábios. Muito mais. O puro poder físico dele, a maneira como a ergueu com a mesma facilidade com que colheria uma flor. Ele pressionou os lábios contra os dela com firmeza, como se a desafiando, e ela aceitou esse desafio, embora não soubesse o que fazer. Ela achou que o conhecia, mas a sensação e o sabor daquela boca eram doces e perigosos, completamente além das pequenas brincadeiras que um dia ela chamou de *beijos*. Era mais como uma correnteza irrefreável.

Ela levantou as mãos, pousou-as sobre os ombros dele e se segurou, enquanto o mundo desabava. Alguma coisa pressionava o coração de Leonie e enviava sensações de voo, como bandos de pássaros assustados, as asas batendo enquanto se afastavam às pressas.

Só um momento e acabou. Só um momento, mas havia toda uma vida entre o Antes e o Depois.

Ele a colocou de volta no chão. Ela o soltou e pôde sentir a textura da roupa dele contra a palma de suas mãos. A sala inclinou-se, como um navio sob forte tempestade.

Ele a encarou por um instante. Ela sustentou o olhar, enquanto tentava fazer sua mente recuperar o equilíbrio, e as minúsculas Leonies em sua cabeça gritaram: *Não ouse desmaiar!*

– Esse tipo de coisa – disse ele.

– Foi o que pensei.

– Foi?

– Não sou ingênua – respondeu ela.

– Tem certeza? Eu teria jurado que...

– *Sem experiência* – disse ela, exaltada.

Ela havia perdido o controle. E com tanta facilidade que sua cabeça ainda rodava. Mas ele fizera coisas com ela, ou ela fizera algo consigo mesma.

Uma coisa estava dolorosamente clara: Leonie cometera um erro. Nenhuma surpresa. Ela era uma Noirot e uma DeLucey, e o fato de ser a mais sensata de todas não contava muito.

– Há uma diferença. Não que isso importe, porque o senhor vai perder.

– Duvido. E estou ansioso para ampliar a sua experiência.

O que quer que Lisburne esperasse, não era isso... *virgem*?

Não, não, isso era absurdo demais. Ela era uma modista parisiense. Tinha 21 anos, estava longe de ser uma criança. Suas irmãs haviam conquistado dois dos mais sofisticados homens de Londres.

Inexperiente, ela dissera. Não era exatamente a mesma coisa. E mesmo assim... a maneira hesitante com que se comportara no início e a vaga impressão de incerteza antes de relaxar e beijá-lo, demonstrando alguma coisa que se parecesse com confiança e... sentimento.

Talvez, afinal de contas, não fosse nada além de incerteza em relação a um homem que ela mal conhecia. Ele não teve tempo para identificar o que realmente era. Fora um beijo muito rápido.

Deixou as dúvidas de lado e a observou caminhar de volta para a escrivaninha, em meio a um escarcéu ondulante de babados e de musselina.

– Precisamos ser específicos quanto aos termos – disse ela, com um tom profissional, enquanto ele ainda estava tentando recuperar o sangue-frio. – Eu fiz afirmações gerais, que ficam abertas a diferentes interpretações. O que o senhor entenderá como prova?

– Prova? – disse ele.

– De que Gladys conquistou a alta sociedade.

– Toda a alta sociedade? Jamais sonharia em contestar suas habilidades, madame, mas acredito que seria um feito gigantesco demais para ser alcançado em apenas meio mês, por qualquer mulher que não fosse lady Clara Fairfax.

Ela ficou tensa. Era irresistível a tentação dele de atravessar a sala e beijar-lhe a nuca até fazê-la ceder.

Mas ele já havia se precipitado demais.

Ele jamais se precipitava.

Sua paciência era prodigiosa. Ele gostava do jogo da caça, tanto quanto da conquista.

Mesmo assim, fora apressado e desajeitado.

Ele se forçou a raciocinar, tal como deveria ter feito antes. Tentou lembrar-se do que ela dissera.

Gladys. Ela se tornara emocional em relação a Gladys.

– O que a senhorita acredita que *Gladys* gostaria de alcançar?

– Essa não é uma questão simples.

Leonie deu a volta ao redor da escrivaninha, como se soubesse o que ele estava pensando em fazer em seu pescoço e desejasse um móvel bem grande para separá-los.

– O senhor sabe que lady Gladys ficaria feliz se as pessoas parassem de se comportar como se ela fosse um daqueles cachorrinhos horrorosos que algumas damas costumam carregar por todo lado.

Ele ficou um momento sem conseguir assimilar o que ela dissera. Gladys não se importava com o que as outras pessoas achavam dela, assim como não refletia sobre o que dizia e fazia para ofendê-las e machucá-las.

– Quem precisa estar nas boas graças dela finge que ela é apenas mal-humorada e mal-educada e lhe oferece um sorriso pesaroso. Lady Gladys acredita que um sorriso pesaroso é a reação mais gentil que pode conseguir. Eu aspiro a muito mais do que isso, milorde. Quero que os homens desejem a companhia dela. Quero que ela receba pedidos de casamento. Quero que ela tenha parceiros de dança que a convidem por vontade própria, não porque suas famílias ordenaram. Quero que ela seja chamada não para um, mas para vários eventos e festas.

Ele lembrou a si mesmo o quanto Gladys fora insuportável em um momento em que ele tentava, com grande esforço, ser o chefe da família e não ceder à tristeza que o envolvia. E ao pai dela!

Lisburne sentia tremores e um agudo desconforto.

– É bastante fácil averiguar quando uma jovem é popular com os homens e quando não é. Se nós não conseguirmos enxergar isso, os jornais de escândalos irão nos mostrar. Digamos que, se minha prima Gladys conquistar admiradores até o fim do mês, a vitória é sua. O que acha?

Ela o encarou.

– O senhor está facilitando muito, milorde. Ela terá admiradores em questão de dias.

A Srta. Noirot transpirava confiança.

O suficiente para que ele duvidasse de si mesmo.

Mas não. Ela devia estar fora de si. Pelo menos nesse aspecto. Era um dos perigos da profissão. Como os chapeleiros malucos.

Mas ela não era completamente insana. Não poderia ter acertado um alvo mais letal quando escolheu o Botticelli. De todos os seus bens, a perda daquela obra seria irreparável. Por outro lado, o quadro ficaria em um bom lar, pertencendo a uma mulher que sem dúvida o apreciava tanto quanto ele, se não mais. E, provavelmente, ela o compartilharia com as moças indigentes da tal Sociedade.

Mas perder as duas semanas nas quais ele poderia ensinar Leonie Noirot, em deliciosa intimidade? Logo agora que ele havia provado o sabor pelo qual tanto ansiava?

Nem pensar.

– E então? – disse ele. – Digamos meia dúzia de pretendentes? Uma proposta de casamento?

– Mas não de um sujeito que tenha débitos a pagar – afirmou a Srta. Noirot. – Calculo que o dote de lady Gladys deva ser algo entre 25 e 50 mil libras. Não podemos contar com as propostas claramente mercenárias.

– A senhorita está *tentando* perder? Estou lisonjeado, madame.

– Meia dúzia de pretendentes. Ou os homens ficam atrás dela, ou não ficam, e isso é fácil de se julgar. O sucesso social também é medido por convites. Ela terá pelo menos três convites para festas campestres. E, sim, pelo menos uma proposta de casamento.

– Tudo isso até o dia 31 de julho – completou ele.

– Sim. Algo mais, ou essas três condições já o satisfazem? – indagou ela.

– Tenho toda a certeza de que vou vencer – disse ele.

Ela revirou os grandes olhos azuis.

Lisburne teve vontade de rir e ao mesmo tempo vontade de beijá-la sem parar. Que mulher!

A Srta. Noirot tirou uma folha de papel da gaveta.

Ele se aproximou da escrivaninha.

Ela dobrou o papel em dois, pegou uma pena e escreveu o contrato duas vezes. Assinou as duas cópias e entregou a pena a ele.

– Aqui e aqui – apontou.

Ele assinou.

Usando uma régua, ela cortou o papel no meio, conseguindo que as metades ficassem idênticas. Entregou a ele uma cópia assinada e lhe desejou bom-dia.

Na manhã seguinte, Lisburne estava tomando o desjejum, lendo o *Foxe's Morning Spectacle*, como qualquer outro membro da alta sociedade.

E, como todos os demais naquele dia, ele se viu lendo duas vezes o relato da reunião noturna no Almack's. Porque, como todo mundo, ele não acreditou em seus olhos na primeira vez.

> *O baile na quarta-feira foi muito prestigiado, estando presentes mais de quinhentas pessoas importantes. A música não parou e os casais dançaram até as quatro horas. Uma das presenças mais impressionantes em meio àquele grupo tão admirável era lady Gladys Fairfax, que usava um vestido de um estilo completamente diferente, em cetim dourado, enfeitado com renda de seda preta, uma criação da Maison Noirot, cujas proprietárias são extremamente talentosas. Fomos informados de que milady deleitou um pequeno grupo com sua agradável declamação de um poema cômico, sua própria adaptação da provocante* Lisístrata, *de Aristófanes, que milady, segundo ela mesma, compôs em resposta a um membro do Parlamento que havia declarado que as mulheres não tinham direitos.*

Uma imagem assustadora começou a se formar na mente de Lisburne quando ele tomou consciência de Swanton colocando o prato na mesa.

– Você parece doente – disse o poeta. – Aquele patife do Foxe ficou sabendo das cem almofadas de alfinetes que você comprou?

– Minha prima Gladys anda recitando poesia. Em público.

– É aquela moça de voz melodiosa? Eu gostaria de ouvi-la declamar alguns dos meus poemas. Talvez ela consiga fazê-los soar inteligentes.

Lisburne abaixou o jornal e olhou para o outro lado da mesa.

– *Lisístrata*. Ela escreveu um poema sobre a obra.

Os olhos azuis de Swanton se arregalaram.

– Mas essa é aquela sobre... sobre as mulheres, a Guerra do Peloponeso... e as mulheres se unindo para acabar com a guerra e recusando-se a... – Ele fez o gesto universalmente entendido como coito. – É obscena. Como foi que ela leu uma coisa dessas? Não é uma obra para ser lida por uma dama. Ou será que me afastei de Londres por tempo demais?

– Ela não recebeu uma educação digna de uma dama – explicou Lisburne. – E o pai nunca estava em casa. Ela aprendeu grego e latim e, provavelmente, leu o que quis. Não posso acreditar que ela tenha feito isso. Será que está *tentando* ser expulsa da sociedade?

Claro que ele tinha que ganhar a aposta feita com a Srta. Noirot. Mas isso não queria dizer que desejava que Gladys se humilhasse. Não outra vez. Ele não estava em Londres quando ela debutou, mas a mãe de Clara, lady Warford, que assumiu o papel de sua madrinha no baile de apresentação, escrevera uma carta desesperada e detalhada para a mãe de Lisburne. Muitas outras senhoras também escreveram, mas sem a mesma compaixão, porque em pouco tempo Gladys conseguira fazer com que todo mundo a odiasse.

Todo ano, várias donzelas faziam seu *début* social. Naturalmente, nem todas eram bem-sucedidas. Sob todos os aspectos, o fracasso de Gladys fora tão espetacular que estabelecera um novo padrão.

– Deixe-me ver. – Lorde Swanton puxou o jornal da mão de Lisburne e leu a manchete. – Não me parece escandalosa. Ela "deleitou" os presentes e a declamação foi "agradável". É claro que a versão que ela fez deve ter sido bastante amenizada. Se ela tivesse chocado e ofendido as pessoas, o *Spectacle* teria adorado dar a notícia. – Ele devolveu o jornal ao primo.

– Talvez não. O *Spectacle* pode ter decidido que a discrição é a melhor das qualidades. Ela é filha do Boulsworth. Você se lembra dele, não? No funeral do meu pai?

– Quem poderia esquecer? – respondeu Swanton. – Ele foi assustador. Imagino que esse seja o motivo de seu sucesso no Exército. Ao mero som de sua voz, os soldados inimigos deviam fugir, gritando como criancinhas. Eu faria o mesmo. Gladys é filha dele? Coitada! Ou talvez não tenha sido tão maltratada quanto se poderia imaginar. Uma moça capaz de compor um poema baseado na *Lisístrata* e declamá-lo em pleno Almack's me parece uma mulher de espírito forte.

Lisburne olhou para ele.

– Parece? Você a viu em mais de uma ocasião. Como pode não se lembrar? O general a levou com ele ao enterro de meu pai.

Swanton meneou a cabeça.

– Aqueles dias são uma névoa de tristeza. Mas não me esqueço do general. Sua personalidade é igual à de um touro enfurecido.

– Ela estava na British Institution naquele dia – insistiu Lisburne, lutando para não perder a paciência.

Como é que alguém que tenha visto Gladys uma única vez consegue esquecê-la, ainda que o queira?

– Com Clara. Você tem que se lembrar. Você deve ter falado com ela. E tenho certeza de que já a encontramos em outras ocasiões.

Swanton deu de ombros.

– Há sempre tantas moças. Os rostos delas se tornam iguais. – Ele meneou a cabeça. – Mas sua prima Gladys não pode ter conversado comigo. Não teria me esquecido de ter escutado a voz dela. – Ele olhou para o próprio prato na mesa e pareceu recordar-se, de repente, do motivo que o levara até ali, pois pegou os talheres e começou a comer.

Um dia antes, Lisburne teria feito o primo lembrar-se de que Gladys era inesquecível, e de maneiras muito pouco agradáveis. Mas os comentários da Srta. Noirot o fizeram calar-se quanto a esses detalhes.

O pai de Gladys, porém, era um alvo fácil.

– Até Tom Foxe deve ter pensado que era melhor não despertar a ira de Boulsworth – comentou.

– Se sua prima Gladys tivesse despertado a ira das patronesses do Almack's, todos ficaríamos sabendo. Não acredito que Foxe deixaria passar uma história tão picante. – Swanton mastigou em silêncio por alguns instantes. Então disse: – Só há um jeito de saber se ela se tornou ou não persona non grata. Ela está hospedada com a família Warford, não está? Vamos fazer uma visita a eles.

Se Gladys não havia causado nenhuma impressão em Swanton quando se encontraram pessoalmente, Lisburne preferia que continuasse assim. Embora não pudesse acreditar que ela de repente se tornara atraente para os homens, sabia que Swanton muitas vezes só enxergava o que queria. Ele não era o mais judicioso quando se tratava do sexo feminino. Tinha um coração mole e aceitava imposições com facilidade. Não era então de todo impossível imaginar Gladys atraindo alguém pela simples força de sua personalidade.

A ideia de ver Swanton preso a Boulsworth e sua filha, tendo sua alma sensível esmagada a ponto de nunca mais ser a mesma, era algo terrível de ser imaginado.

Com ou sem aposta, sendo ou não justo, não restava a Lisburne alternativa senão intervir.

– Você não tem tempo para visitas sociais – disse ele. – Não era você que estava reclamando ontem por ter que escrever meia dúzia de poemas em menos de uma semana? Vou até a Residência Warford essa tarde, depois que os lordes admiradores de Clara tiverem saído. Quando voltar, eu conto tudo a você.

Capítulo seis

Quantas vezes vemos o mesmo semblante mudar de expressão, de acordo com a influência dos sentimentos! E quantas transformações de beleza acontecem sob o poder mágico da varinha de condão da Moda? Inesgotável em seus recursos, comanda toda a parte feminina da espécie humana com um despotismo singular.

Revista *La Belle Assemblée*, 1827

Terça-feira à tarde

Lisburne tivera uma tarde repleta de novidades, na Residência Warford e em outros lugares. Ele ainda não acreditava no que lera. Tinha que ver por si mesmo.

Em uma carruagem aberta, ele foi até o Hyde Park, mas não deixou de perceber a cor acinzentada do céu e a opressão crescente do clima. Mas era apenas uma percepção distante. Da mesma maneira, ele tinha consciência das ruas e veículos, animais e pessoas que atrapalhavam o caminho. Naquela tarde, pareciam um estorvo ainda maior. Sua mente, entretanto, estava mais focada no fenômeno que aqueles 160 hectares continham naquele dia.

Não era uma longa viagem entre a St. James Street e o parque. O problema era que, a essa hora do dia, todos – quer dizer, todos que eram alguém na alta sociedade – estavam indo na mesma direção. Embora a temporada se aproximasse do final, a cidade conseguia fazer surgir carruagens e cavaleiros em número suficiente para tomar conta do parque durante o período que consideravam seu. Principalmente hoje, todos queriam estar lá, pois lady Gladys Fairfax estaria presente com a prima, lady Clara.

Todos queriam saber o que ela estaria vestindo, segundo lady Warford e as vendedoras da Maison Noirot.

As pessoas queriam ver o que *Gladys* estaria usando, não Clara.

Quando Lisburne chegou à Hyde Park Corner, percebeu que o interesse havia se espalhado também entre os menos nobres. Não apenas havia uma aglomeração mais comum aos domingos, mas uma parede de curiosos estava amontoada nas grades que contornavam a área.

Assim que conseguiu se desembaraçar da aglomeração, perto do Arco de Wellington, e conseguiu olhar ao redor, ele não teve problemas em achá-la no meio da multidão.

Não Gladys.

Leonie Noirot.

Ela estava cercada de homens perto das grades, não muito longe da estátua de Aquiles.

Usava um vestido de um azul profundo, enfeitado com babados e renda brancos, que se espalhavam como uma capa por cima dos ombros e terminavam na cintura, reaparecendo por baixo do cinto em duas abas flutuantes. Uma fina echarpe verde drapeava o decote do traje, chamando atenção para cima, para as flores e os laços verdes do chapéu.

Embora ela não demonstrasse notar a admiração dos homens, Lisburne não tinha dúvidas de que ela sabia exatamente quantos estavam ali implorando por sua atenção, e que já avaliara as contas bancárias deles e fizera uma estimativa razoável do valor do arrendamento de suas propriedades.

Ele parou a pequena carruagem de repente, o que causou reclamações em voz alta dos outros condutores. Seu criado, Vines, pulou de seu assento na parte traseira do veículo e correu para a frente dos cavalos.

Lisburne desceu.

– Que droga, Lisburne! – gritou alguém. – Você está bloqueando o caminho.

A rua era larga o suficiente para que vários veículos andassem lado a lado. Hoje, porém, havia muitos tentando se enfiar no mesmo lugar. A cena o fazia lembrar-se de Paris, principalmente Longchamp, durante a Páscoa.

– Cavalheiros, peço sua indulgência por um momento – disse ele. – Não mais do que isso, se a sorte estiver do meu lado.

Ele se encaminhou para a grade onde a Srta. Noirot estava. Em sua maneira costumeiramente indolente, deixou o olhar vagar pela multidão que a rodeava.

Os homens se afastaram.

– Srta. Noirot – disse ele. – Que surpresa agradável.

– Milorde – respondeu ela, com um gesto educado de cabeça que fez os babados tremularem. – É mesmo?

– Agradável, mas não tão surpreendente, já que me avisaram que eu a encontraria aqui.

– Estou esperando por lady Clara e lady Gladys – disse ela. – Pensei que seria o melhor lugar para ficar, já que os caminhos que levam ao parque se encontram aqui.

– Mas que inferno, Lisburne – berrou alguém atrás dele.

– Se tivéssemos todo o tempo do mundo, minha cara, eu poderia ficar conversando parado aqui por vários dias. Cem anos eu dedicaria ao prazer inocente de contemplar uma mente brilhante e uma inteligência prodigiosa, embaladas em um belo pacote. Mas, atrás de mim, ouço os gritos na rua dos que estão em terrível pressa para seguir em frente. Parece que estou no caminho deles. A senhorita se juntaria a mim... na carruagem, é claro – disse ele, inclinando-se e baixando a voz. – O outro encontro virá mais tarde, espero... em algum lugar de minha escolha.

Ela não corou. Ele só percebeu um sinal – mais como uma promessa, de tão sutil – de cor aparecendo no rosto dela. E se perguntou o que seria necessário para que ela enrubescesse por completo.

– Na carruagem – disse ela. – Um passeio?

– Era isso que, com meu modo desajeitado, eu estava tentando sugerir.

Ele observou os olhos azuis cintilantes contemplarem sua bela parelha de cavalos. Lembrou-se da reação dela no circo Astley's ao ver os animais e o tom de saudade que detectara em sua voz.

– Esses cavalos são seguros? – indagou ela.

– Eles não têm permissão para ir aonde quiserem nem escolher a velocidade. Não estão autorizados a seguir os próprios caprichos nem a morder uns aos outros e nem as pessoas que olhem para eles de um jeito que desaprovem. A senhorita estará em total segurança.

– Não foi isso o que eu quis dizer. Eles me parecem maravilhosos. Só estava me perguntando se minha impressão estava correta.

– Como sempre, senhorita, seu gosto é impecável. Mas a questão permanece: me permitiria conduzi-la por um passeio no parque? Eu a deixo segurar as rédeas.

A Srta. Noirot arregalou os olhos.

– O senhor só está querendo me provocar – disse ela. – Eu posso não saber nada sobre cavalos, mas sei como os homens se sentem sobre mulheres conduzindo suas carruagens. De qualquer forma, a questão não é discutível, porque estou do lado de cá da grade e o senhor, do outro, e não vou... oh... não! Não ouse...

Lorde Lisburne a levantou do chão e a passou por cima da grade, a pegando de surpresa.

– Não era a isso que eu me referia – disse ela, a voz ainda não completamente firme.

– Agora estamos do mesmo lado – falou ele a colocando de pé. – Além disso, demos às pessoas algo sobre o que falar além de minha prima Gladys.

Agora Leonie debatia com o que seu corpo estava lhe dizendo. A roupa bem-feita, de um estilo quase perfeito, escondia uma estrutura física que ela percebeu, com entusiasmo, ser feita de músculos definidos.

Diferentemente de outros homens grandes e fortes, cuja musculatura não se estendia até o cérebro, ele era perspicaz até demais.

Ela não tinha tempo para essas coisas. Era responsável por garantir o futuro de uma dama, isso sem mencionar a loja. Não podia se dar ao luxo de ter a mente atravancada por homens. Grandes, fortes, cheirando a coisas masculinas – goma, loção de barbear e couro misturados com o odor estimulante de cavalos.

Enquanto tentava recuperar o bom senso, ele descobriu a parte do braço dela que não estava envolta por enchimentos – o antebraço – e a pegou, conduzindo-a até a carruagem. Em outras palavras, como qualquer aristocrata, ele fez o que teve vontade, deixando para os outros a tarefa de lidar com as consequências.

A Inglaterra pertencia a eles. Portanto, ela também.

Leonie percebeu o modo como ele deixara claro essa última mensagem aos homens que estavam perto dela.

Ora, muito bem, ela, tola que era, sentira um arrepio porque um homem lindo tinha demonstrado interesse sobre ela aos outros, e ela era um ser humano, não era feita de madeira, de pedra ou de aço, o que seria infinitamente mais prático. Por outro lado, havia aquelas lindas criaturas. Ele tinha prometido que a deixaria segurar as rédeas porque ela dera sinais de que isso a agradaria.

Leonie subiu na carruagem e ficou imaginando se algum dos ancestrais de Lisburne podia ter sido um Noirot ou DeLucey.

Ele assumiu seu lugar e as rédeas, e seu criado pulou para a traseira da carruagem. Os presentes aplaudiram.

Lorde Lisburne sorriu para ela e colocou a carruagem em movimento. E fez tudo isso, desde o instante em que parou o veículo e se aproximou da grade, com uma graça natural. Tão suave, elegante e encantador que tornava fácil esquecer o quanto ele era perigoso.

Na noite anterior, ela havia jantado na Residência Clevedon e o duque lhe contara uma história sobre lorde Lisburne – lorde Simon Blair à época – em Eton. Um grupo de garotos estava zombando de lorde Swanton. O pequeno Blair brigou com todos eles, saindo da confusão com alguns cortes e hematomas.

– Os outros ficaram no chão, quebrados e sangrando – disse o duque. – Lisburne era como um animal selvagem, se você puder imaginar um que fosse frio, calado e metódico.

Leonie não tinha dificuldades para imaginar a cena. Lobos e tigres também eram lindos e graciosos. Desde o início, ela percebera que ele não era inofensivo. Aqueles deuses romanos nunca o eram.

Ele a havia carregado não uma, mas três vezes, com a mesma facilidade com que levantaria um gatinho. O gatinho *dele*. Para brincar, ela lembrou a si mesma. Para ele, era tudo um jogo. E ele era bom demais nessa atividade.

– Isso é excelente – comentou ele, quando a carruagem começou a andar. – Criamos uma distração.

– Foi por isso que veio? – perguntou ela. – Para criar uma distração?

– É claro que não. Vim porque as moças da loja disseram que a senhorita estaria aqui e eu precisava saber quais eram seus planos.

– Eu queria me dar o prazer de ver minha mais nova cliente em um vestido de passeio muito adequado. Cheguei tarde demais, mas ouvi alguns homens dizendo que foi uma bela entrada.

– Isso não me surpreende por completo. O pai dela jamais toleraria que os cavalos não fossem bem manejados.

– Lady Gladys é esperta – disse ela. – Só precisei dar uma dica... e ela criou uma estratégia completamente nova.

Pelo canto do olho, ela percebeu o olhar penetrante que ele lançou.

– Ouvi dizer que lorde Boulsworth era um brilhante estrategista – prosseguiu ela. – Ela me disse que ele a tratava como um soldado do regimento. Isso explica alguns traços que as pessoas detestam tanto nela. Lady Gladys é uma jovem que foi treinada de uma maneira quase militar. Agora, ela está descobrindo nisso traços que lhe sejam vantajosos. Está pensando como um oficial.

– Que traços? Declamar poemas obscenos no Almack's?

– Não são obscenos. O senhor me parece perturbado.

– Eu quase desmaiei quando li no *Spectacle* – disse ele.

– Tente ver isso de modo racional. Se milady tivesse se comportado de maneira imprópria, teria sido expulsa. O pai pode ser um grande herói e, segundo me disseram, um herói bem intimidador, mas as patronesses do Almack's não têm medo de ninguém. Uma vez, elas barraram a entrada do duque de Wellington porque ele chegou atrasado.

– Srta. Noirot, sabe do que se trata a *Lisístrata*?

– É claro que sei. – Leonie não entendia nada sobre cavalos, mas o resto de sua educação fora excelente e, em alguns casos, até melhor do que a de muitas damas. Ela sabia sobre as Guerras do Peloponeso e também sobre a peça de Aristófanes. – Mas ela agiu com inteligência, porque muitas senhoras mais velhas, principalmente as casadas, se divertiram muito. Como o senhor deve saber, em uma sociedade respeitável, não adianta conquistar os homens se uma mulher não tiver outras do seu lado.

– Ela parece ter se safado com o que fez. Se for uma estratégia, porém, é bem arriscada.

– Os métodos convencionais não funcionam para ela, porque ela não é como as outras moças. Ela não aprendeu a ser feminina, a se sujeitar aos homens, muito menos a ocultar o que pensa. Ela tem um grau de liberdade que as outras moças não têm. Ela anda como um homem, porque ninguém a ensinou a andar com graciosidade. Tudo isso a faz parecer pouco feminina. Por outro lado, ela conduz uma carruagem como um homem. Usando um vestido bonito, com sua bela prima ao lado, deve ser uma imagem bem interessante.

– Interessante como uma cavalaria prestes a atacar?

Quando a carruagem de lady Clara se aproximou, a situação ficou bastante óbvia.

Vários homens em seus cavalos escoltavam o veículo, e o Sr. Bates, um dos admiradores de lady Clara, estava conversando animadamente com lady Gladys. Ela parecia feliz. Graças a isso, e ao esplêndido vestido de passeio verde que Marcelline criara para ela, o rosto não tão belo de milady tinha um brilho diferente.

Mantendo uma expressão que nada revelava, Leoni observou o perfil de lorde Lisburne.

Ele também não revelava muita coisa. Apenas um pequeno piscar de olhos, antes que seu rosto se tornasse tão impenetrável quanto o de uma estátua de mármore.

Assim que lady Gladys se aproximou, ele a cumprimentou e ela retribuiu.

Quando ela passou, ele foi o único que não virou a cabeça para vê-la partir. Parecia estar concentrado em um pequeno espaço vazio em meio à parada de veículos. Para Leonie, parecia um espaço pequeno demais, mas, um instante depois, Lisburne entrou nele. Em pouco tempo, a maior parte da multidão estava atrás deles, todos esticando o pescoço para dar uma olhada em lady Gladys Fairfax.

– O senhor vai perder a aposta – disse Leonie.

Ele riu.

– A senhorita está tirando conclusões precipitadas. É verdade, eu vi o grupo de cavalheiros. Vi Bates conversando com Gladys. Mas todos os homens sabem que Clara tem um carinho especial por sua prima irritante e, assim sendo, estão tentando agradá-la. Esperando por bons frutos. Ela os mantém ao redor para se exibir, ou, mais provavelmente, para se defender. Segurança em quantidade, sem assim favorecer ninguém. Sem encorajar ninguém. Todos ficam ao redor dela, vivendo de esperança, pobres coitados.

Leonie não fez mais do que erguer uma sobrancelha.

Por dentro, no entanto, as Leonies estavam se entreolhando e dizendo: *O quê? Como ele pode saber?*

Exceto por Leonie e suas irmãs, ninguém, nem as pessoas mais próximas a lady Clara, tinha ideia do jogo que ela estava fazendo. As jovens não tinham permissão para se entregar às loucuras da juventude, como faziam os homens, mas ela estava decidida a aproveitar ao máximo a liberdade que tinha. Como dissera um membro do Parlamento, as mulheres não tinham direitos. Aquela era a única oportunidade na vida de Clara na qual ela efetivamente teria poder sobre os homens e ela se propusera a aproveitá-la ao máximo.

De alguma maneira, embora passasse pouco tempo com as primas Fairfaxes, lorde Lisburne havia percebido a artimanha.

Devia haver um DeLucey escondido em algum lugar de sua árvore genealógica.

– Ao que me consta, se o Sr. Bates estava conversando tão amigavelmente com lady Gladys, é porque ela fez um progresso bem rápido – disse Leonie. – O sorriso dele não me pareceu nem um pouco falso.

– Não me preocupo com eles – retrucou lorde Lisburne. – A rua está ficando mais vazia à nossa frente e a senhorita terá uma lição de como conduzir uma carruagem.

Eles vinham pelo trecho da rua paralelo à Park Lane. O marquês parou a carruagem sob uma fileira de árvores, perto do reservatório. O criado desceu e ficou perto dos cavalos, enquanto lorde Lisburne descia e se encaminhava para o outro lado. Ele fez um sinal para que Leonie, surpresa, se afastasse. Quando ela se moveu para o assento de Lisburne, mal se aguentava de tamanha agitação.

O assento ainda guardava o calor do corpo de Lisburne.

Lady Gladys desapareceu da mente de Leonie.

Lisburne acomodou-se no assento ao lado e entregou a Leonie o chicote e as rédeas. Era uma tarefa complicada. Ela precisava segurar as rédeas e deveriam ficar ao redor dos dedos de determinada forma. Era também preciso segurar o chicote com uma das mãos. Esse processo não deixou espaço na mente de Leonie para qualquer coisa que não fosse Lisburne e o que fazer com seus dedos.

– O assento foi feito sob medida para mim, portanto deve estar um pouco alto para a senhorita. Mas vamos percorrer apenas uma curta distância. De qualquer maneira, é bom aprender a conduzir qualquer veículo.

– Tão útil quanto aprender a dirigir um barco – disse ela. – Eu não terei minha própria carruagem nem vou me associar ao Clube dos Cocheiros.

– Nunca se sabe. Um dia, pode acontecer de a senhorita estar com algum cavalheiro e ele desmaiar por causa do calor, ou do excesso de bebida da noite anterior, ou mesmo devido à intensa felicidade de estar ao seu lado.

– Isso é o que eu chamo de uma imaginação fértil.

– Quando se trata da senhorita, é verdade. Muitas vezes imagino outros sujeitos ao seu lado, sentindo-se mal ou se ferindo. Agora mesmo, por exemplo, estou fantasiando um de meus amigos caindo do assento ao seu lado e batendo com a cabeça no chão. Esses pensamentos iluminam as horas intermináveis, enquanto espero que cheguem as duas semanas ao seu lado.

Sua própria imaginação despertou nesse momento e as cenas que criou enviaram sensações por todo o seu corpo.

– Achei que o senhor ia me ensinar a conduzir.

– A senhorita precisa aprender a conduzir e a flertar ao mesmo tempo – respondeu ele.

Lisburne descreveu os princípios básicos sobre começar a parar, a delicada pressão que era preciso aplicar, a importância de manter a cabeça dos cavalos para a frente, o uso apropriado do chicote e vários outros detalhes.

Felizmente, Leonie tinha facilidade para guardar minúcias. Além disso, ela já vira outras mulheres conduzirem. Se eram capazes, ela também seria. O que ela não conseguia fazer no momento era reprimir os sentimentos em relação a ele, ou apagar da memória aquele beijo. E agora era pior porque ela também sentiria gratidão por ele.

– Não senhorita, com os cotovelos um pouco mais próximos dos quadris. Os pulsos um pouco inclinados. Isso, assim mesmo. Bem, chega de teoria. Tudo bem, Vines, acho que estamos prontos.

O criado se afastou dos cavalos e voltou ao seu lugar na traseira do veículo. Nesse momento Leonie percebeu que a única coisa que controlava as imensas e não muito mansas criaturas era seu próprio domínio sobre algumas tiras de couro.

Seu coração bateu três vezes mais rápido.

– Coloque-os em ordem – instruiu lorde Lisburne. – Junte-os. É preciso que estejam completamente parados antes de começar a andar. Bom. Eles começarão quando receberem a ordem "Andem". Diga isso a eles da mesma forma que ordenaria que uma de suas vendedoras arrumasse o chapéu do manequim. Com calma, clareza e firmeza. Em resumo, com confiança, porque sabe o que quer.

Com o coração palpitando, Leonie verificou novamente a postura e as mãos e disse:

– Andem.

E eles obedeceram. Lenta e calmamente, como se não soubessem que uma principiante estava com as rédeas.

Um arrepio tomou conta dela e seu peito arfava. Se controlou para não chorar. Durante toda a vida, ela quisera fazer isto: estar perto de cavalos, para conduzi-los ou montá-los. Mas havia tantas outras coisas para serem aprendidas e feitas. Ela e as irmãs haviam sido treinadas para ser damas, pois tinham nas veias sangue aristocrático. Ao contrário das damas, porém, tiveram que aprender uma profissão. E antes que prima Emma as resgatasse, houve intervalos nos quais elas viveram com os pais, quando aprenderam a usar a perspicácia e a esperteza em ruas de inúmeras cidades diferentes, na Inglaterra e no exterior.

Ela mordeu os lábios e se obrigou a se concentrar, conservando a calma interior, mantendo as mãos na posição que ele lhe ensinara, sem se inclinar para a frente e sem empurrar. Leonie tinha uma consciência remota dos outros condutores e veículos que iam e vinham, mas, por ela, eles poderiam estar em Madagascar. Sua mente estava completamente ocupada com as mãos, os cavalos, o caminho à frente e a voz baixa de lorde Lisburne, corrigindo-a.

– Não sei como consegue não arrancar as rédeas das minhas mãos – comentou ela.

– Não posso fazer isso porque preciso aparentar absoluta confiança no que quer que eu faça. Os animais também precisam que estejamos calmos. Esses cavalos são muito bons, mas até os mais treinados podem reagir mal às surpresas. O que não queremos é que um animal grande e poderoso, com um cérebro não muito grande, chegue à conclusão de que precisa fugir.

– Então é melhor eu não fazer nada errado.

– Não foi isso o que eu disse. Pense que, se a senhorita fizer alguma coisa errada, terei que salvá-la de alguma maneira heroica. Ainda não tive a chance de fazer nada heroico em seu benefício, Srta. Noirot.

– O senhor me salvou na British Institution. Mas deve estar sempre tão ocupado resgatando damas em perigo que esqueceu.

– A senhorita subestima minha memória. Cada segundo daquele encontro está gravado em minha mente. Isso sem mencionar que sua ideia de heroísmo é bastante insignificante.

– Não é de bom-tom querer me seduzir quando estou ocupada em tentar não nos matar – reagiu ela.

– Eu a estou seduzindo? Não percebi que já chegara a essa parte. Devo ser incrivelmente inteligente. Mas preste atenção. Estamos chegando a Cumberland Gate.

Ele estava explicando a ela como conduzir os cavalos ao fazer uma curva, para continuar na rua que levava ao oeste, pela beirada norte do parque, quando parou, olhou para cima e exclamou:

– Droga!

Foi então que o mundo todo escureceu.

Lisburne estava tão envolvido em ensiná-la a passar com suavidade por veículos, cavaleiros e pedestres aglomerados no Cumberland Gate que demorou a se dar conta da rápida mudança do clima. Então viu pessoas correndo na direção deles, pelas veredas estreitas. Olhou para cima e praguejou. Em um instante, o céu mudou de cinza-chumbo para preto e as torneiras se abriram.

Embora grande parte da alta sociedade já tivesse saído do parque, o local ainda estava longe de estar vazio, ainda mais hoje, quando tantas pessoas haviam aparecido para ver o que lady Gladys estaria vestindo. Retardatários em carruagens e a cavalo corriam para o abrigo das árvores, para os portões ou para casa. Cavalos e veículos desatentos, pedestres correndo pelas estreitas veredas e atravessando a rua.

Enquanto isso, a chuva desabava. Batia no chapéu dele e pingava da aba, chegando quase a amassar o chapéu de Leonie – tudo porque ele saíra apressado demais da Maison Noirot para permitir que Vines levantasse a capota.

Leonie parou os cavalos sem esperar instruções, e Lisburne estava pegando as rédeas quando um pequeno vulto saiu de uma das veredas, correu na direção dos animais e caiu.

Eles se assustaram.

– Oh, não. A criança! – gritou Leonie.

Ela atirou as rédeas para Lisburne e, sem se preocupar com os inquietos animais, pulou da carruagem.

Ele conseguiu controlar os cavalos, o que não foi fácil, pois Leonie se jogou em cima deles para segurar a criança. Ela agarrou aquele pequeno corpo amolecido e o carregou até a lateral da rua, para o abrigo de uma árvore.

Deixando a carruagem aos cuidados de Vines, Lisburne foi atrás dela. A chuva caía torrencialmente, transformando o mundo ao redor em nada mais que um borrão. Ela estava completamente ensopada, o chapéu dependurado de qualquer jeito na parte de trás da cabeça.

– Isso foi uma grande burrice – repreendeu ele.

– O que o senhor queria que eu fizesse? Passasse por cima?

– Eu não queria que a senhorita... meus Deus! Está respirando. Passe-o para mim.

– Acho que o senhor não...

– Aqui, me dê isso.

Ele esticou os braços.

– *Isso* é uma menina.

Observando melhor, ele viu que era mesmo uma menina e que estava bem-vestida, não era uma menina de rua como as que perambulavam pelo parque, roubando as pessoas. E também parecia bem alimentada.

– É mesmo. Passe-a para mim. Ela é pesada demais.

Os braços de Leonie deviam estar doendo, pois ela não discutiu e entregou a criança. Mal ele a segurou e a menina abriu os olhos e a boca, soltando um choro penetrante.

– Nããããão! Me deixa! Estou molhada! Estou molhada! – A menina começou a esmurrá-lo, chutá-lo e a se debater, enquanto gritava.

Ela era pequena demais para causar algum ferimento, mas era extremamente irritante. Ele se sentiu tentado a fazer como ela exigia e colocá-la no chão. Na próxima poça d'água.

– Pare de gritar – ordenou ele. – Ninguém está machucando você.

– Estou molhada!

– Está chovendo. Se você não quisesse ficar molhada, não devia ter corrido no meio chuva.

A menina entrou em uma crise de choro agudo.

– É melhor me devolver a criança – gritou Leonie.

– Ela deve pesar quase 25 quilos – retrucou ele. Para a menina, ele disse: – Pare com esse barulho. Você não tem motivo para se comportar tão mal. Ninguém está machucando você. E vamos entregá-la ao seu responsável, o mais depressa possível.

Ela continuou a gritar, chutar e socar.

– Isso já está me cansando – disse ele. – Vines! – chamou Lisburne. – Pare de lutar com a capota e encontre o guarda-chuva!

Vines pegou o guarda-chuva, entregou-o e correu de volta para a carruagem.

– Srta. Noirot, se pudesse me fazer a enorme gentileza de segurar o guarda-chuva sobre nós, poderemos dar um jeito de devolver essa filha de Satanás para quem tem que cuidar dela.

Ainda estava chovendo, mas não tão forte quanto antes. De qualquer maneira, eles já estavam ensopados. Mesmo se começasse um furacão, ele daria um jeito de se livrar daquela maldita criança.

– Ela veio de uma das veredas – disse ele.

Havia dois caminhos que se juntavam no Cumberland Gate. Ele apontou para um deles.

– Esse aqui?

– Sim – respondeu Leonie. – Se ela tivesse vindo por trás de mim, eu não a teria visto até que estivesse no meio da rua.

Ela estava prestando atenção, como Lisburne mandara que fizesse. E tivera o bom senso de parar a carruagem a tempo. Entrara em pânico por causa da criança, mas não perdera totalmente o juízo.

Por outro lado, além do medo pela criança, ela quase se matara, só para salvar a pequena fera. Isso para não mencionar que a tal fera havia coberto de lama seu lindo vestido.

– Olhe bem para o que você fez – disse ele à criança, que não parava de chorar e não prestava atenção a mais nada. – Você estragou o vestido da Srta. Noirot.

– Nããããão! Me coloca no chão. Estou molhada!

– Eu sou uma modista – disse ela, um tom acima dos berros. – Faço outro.

– Mas não será o mesmo – disse ele. – Será no estilo de *amanhã*. E eu gosto desse.

– O senhor achou que eu usaria o mesmo vestido *duas vezes*?

– Eu odeio você! Quero ir para casa! Estou molhada! Me solta.

Mais gritos, chutes e contorções.

Quem sabe ele não poderia deixá-la cair no chão por acidente?

– Oh, lady Sarah!

A voz pertencia a uma babá encharcada, que corria na direção deles carregando um enorme guarda-chuva.

– Ai, meu Deus. Eu estava quase maluca, sua criança levada.

– Vejo que isso lhe pertence – disse Lisburne.

– Não! Não! Não! – berrou lady Sarah. – Eu odeio você, sua bruxa má!

– Sinto muito, senhor – disse a babá. – Vou levá-la para casa.

– Não! – Quando Lisburne tentou entregá-la, lady Sarah agarrou seu lenço de pescoço. – Não! Eu não vou!

– Você não gostou muito de mim antes. Agora não quer se separar de mim? *Mulheres.*

– Por favor, me desculpe, senhor.

A babá tentou tirar a menina do colo dele, mas ela chutou e acertou a moça bem no queixo.

Foram necessárias três pessoas para fazer a criança soltá-lo, e mesmo assim com dificuldade. No meio da luta, ela deu um chute no guarda-chuva, fazendo com que Leonie o soltasse, amassando o chapéu de Lisburne, que caiu em uma poça. Quando afinal conseguiram separá-la, ela deixou para trás um lenço de pescoço rasgado, lapelas mutiladas e enormes manchas de lama. Ele olhou para seu chapéu e o chutou para o lado.

A criada colocou a menina de pé ao invés de tentar carregá-la. A pequenina logo se sentou no chão e começou a chutar e a berrar. Quando a babá tentou levantá-la, ela se contorceu, chutou e deu socos, gritando sem parar.

Lisburne estava prestes a intervir – embora não soubesse como controlar a menina, a não ser deixando-a inconsciente – quando Leonie resolveu falar.

– Já chega, mocinha – disse ela, em francês. – Você é grande demais para ser carregada igual a um bebezinho. Além disso, damas não gritam até perder o fôlego nem chutam os mais velhos. Fique de pé agora mesmo... *neste minuto*... segure a mão de sua babá e vá com ela. Já passou da hora do chá. Não que você mereça tomar chá. Se eu fosse sua babá, mandaria você diretamente para a cama, sua menina malcriada.

Em algum momento do discurso, a menina ficou quieta.

– Levante-se – ordenou Leonie. – *Agora.*

A menina ficou olhando para Leonie, que manteve um olhar impassível.

A pequena milady se levantou, foi até a babá e lhe deu a mão.

Elas foram embora.

Lisburne não tinha ideia da raiva que estava até explodir. Isso aconteceu assim que a babá e a diabinha se afastaram.

Ele se virou para Leonie, que estava tão molhada e suja quanto ele.

– Em que diabo a senhorita estava pensando? Poderia ter sido pisoteada!

Ela respondeu com rispidez, os olhos azuis cintilando.

– Ela também. Caso não tenha notado, ela caiu... e ficou momentaneamente fora de si.

– Essa menina parece ser do tipo que está sempre fora de si.

– Ela estava morrendo de medo e teve um ataque – disse Leonie. – Crianças nem sempre se comportam com lógica. Na maioria das vezes, agem sem raciocinar. Como alguns homens que conheço.

– Isso não faz sentido. Os cavalos já estavam parados. Não iam a lugar algum. Era só segurá-los.

– Mas o senhor mesmo disse que eles não gostam de surpresas!

– E correr no meio das pernas deles lhe pareceu uma boa ideia?

– Ela já havia corrido na frente deles! O senhor me disse que os cavalos têm cérebro pequeno. Fiquei apavorada com a possibilidade de que eles pensassem que havia alguma coisa perigosa em suas patas. E pensaram mesmo! Ficaram agitados... o senhor viu.

– Só estavam um pouco nervosos, nada mais.

– Mas não ficavam parados, nem ao seu comando!

– Porque a senhorita pulou, sua maluca!

– O que o senhor teria feito, lorde Sabe-Tudo?

– Por que não me deixou agir? Poderia ter morrido esmagada! E se um cavalo tivesse pisado em sua cabeça? Pensando bem, isso poderia melhorar a situação. A senhorita pararia de ficar o tempo todo fazendo cálculos.

– Há um minuto, eu estava sendo acusada de não usar a cabeça.

– E não usou mesmo.

– Decida-se de uma vez! – gritou ela.

E foi embora zangada.

Ele a alcançou com dois passos e a deteve. Ela tentou dar a volta. Ele a segurou pelo pulso e a fez parar.

– Não me segure. O senhor não tem nenhum direito sobre mim. Não sou sua propriedade nem sua criada. O senhor não tem nenhum poder sobre...

Ele a puxou junto a seu corpo, abraçou-a e a beijou.

Capítulo sete

A obediência é tão exigida no comportamento feminino que muitas pessoas a consideram a principal virtude de uma mulher... Se um homem, como guia e comandante da mulher, fosse um ser perfeito, isso sem dúvida seria verdade; mas, sendo ela uma criatura responsável perante seu Criador, dotada por Ele de raciocínio – a obediência sem reservas a uma criatura igual a si mesma, sujeita a cometer muitos erros, não pode ser exigida de forma consistente.

O guia das donzelas, 1829

Talvez não fosse prudente. Pior ainda, talvez fosse aquela espécie de reação masculina típica, que Lisburne abominava. Ele era inteligente demais – sem mencionar engenhoso – para recorrer a tamanho histrionismo. Mas, no momento, foi a única ideia que lhe veio à cabeça.

Então, quando seus lábios encontraram os dela, não conseguiu pensar em mais nada.

Ela tinha gosto de chuva.

Além disso, tinha um sabor diferente de qualquer outra coisa sobre a Terra. Ele tivera apenas uma mostra, no dia anterior, mas fora o suficiente para mantê-lo acordado quase a noite toda. Agora, a noite parecia ter caído em todo o universo e ele estava ao mesmo tempo em um sonho e desperto.

O sabor de Leonie era de inocência, doce como o pecado. Ela estava toda molhada e seus elegantes babados e enfeites haviam murchado. Mesmo assim, ela parecia tão leve em seus braços e tão cheia de vida, resistindo por um momento e, depois, desistindo e deixando-se levar, a boca pressionando a dele e se abrindo à primeira insistência. E, quando ele aprofundou o beijo, ela fez o mesmo. Um instante de hesitação e a língua dela encontrou a dele em uma dança erótica, o sabor feminino se acentuando e se intensificando.

Como o surpreendentemente leve conhaque que ele provara no primeiro dia em que foi na loja dela, o beijo era doce e ardente. Lisburne havia ficado maravilhado diante dela na ocasião: tão delicada, feminina, aparentemente frágil, mesmo quando ele percebia, excitados, paixões e perigos reprimidos.

Agora, era preciso que ele tivesse consciência do risco. Deveria perceber que estava caindo em um lugar de onde não sairia com facilidade. Mas não estava raciocinando, sonhava acordado. Somente seus sentidos funcionavam, evidenciando o calor e a forma do corpo dela, a maneira como ela se encaixava em suas mãos e como aquela boca se ajustava perfeitamente à dele.

Lisburne sentia a musselina e a renda úmidas agitando-se ao seu redor, as fitas de chapéu espetando-lhe o queixo. Ele sentia a própria mão segurando a nuca de Leonie e o chapéu dela escorregando para baixo. Tinha consciência dos cabelos sedosos sob sua mão, da pele aveludada de seu pescoço e de seu cheiro: lavanda e Essência de Leonie. Não conseguia se sentir saciado. Queria mergulhar naquele perfume.

Ele escorregou uma das mãos para a cintura dela, a outra para o quadril, e puxou-a para mais perto.

Em seu estado febril, ele percebia a fragilidade e a inocência dela. Uma voz distante sussurrou algo sobre não ultrapassar os limites, mas ele não conseguia raciocinar. De que lhe serviria a lógica, quando ele estava sorvendo os beijos quentes e doces como se fossem conhaque? Que bem lhe fariam avisos quando ele já estava intoxicado? Além disso, ela havia agarrado seus ombros, pressionando o corpo contra o dele, provocando uma agitação em suas partes íntimas.

Ele a aproximou ainda mais de seu corpo e deslizou a perna entre as dela, empurrando camadas de anáguas.

Ela ofegou e se afastou e encarou os olhos azuis arregalados e atordoados.

– Não – disse ela, empurrando-o com força.

Pego de surpresa, ele cambaleou. Ou talvez cambaleasse por estar tonto.

Mas isso era um absurdo. Meros beijos não o deixavam tonto desde que era um garoto, roubando o primeiro beijo da menina de seus sonhos.

Naquela época, ficara tão excitado que fora obrigado a recorrer a cada gotícula de orgulho masculino para não desmaiar.

Agora?

Bem.

Excitante, claro. Mas isso era... calor. Luxúria. Luxúria frustrada.

Os olhos azuis flamejaram.

– Isso é típico! – disse ela, sem fôlego. – O senhor não pode ganhar a discussão com lógica, então recorre aos seus poderes de sedução.

– Eu não estava *recorrendo* – disse ele, também sem fôlego, por algum motivo. Provavelmente por ter arrastado aquela criança em fúria e por ter praticado muito autocontrole para *não* atirá-la no arbusto mais próximo. – E não finja que não estava gostando.

– Eu estava lutando com as suas armas. O senhor acha que sabe tudo.

– Isso era uma briga? – indagou ele.

– Era – respondeu Leonie.

Ela desamarrou as fitas do chapéu, não sem alguma luta, pois estavam muito molhadas, enfiou na cabeça a peça ensopada e amarrou as fitas de novo, com grande energia.

– Eu posso ser inexperiente, mas aprendo com muita rapidez, e qualquer coisa que aprendo, eu me proponho a fazer *extremamente* bem. O senhor acha que pode desviar meu foco de minha missão usando seus ardis masculinos, mas eu também tenho ardis dos quais o senhor não faz a menor ideia. E como ousou fazer *aquilo*? – acrescentou ela, com um olhar furioso sobre a coxa que ele pressionara, por um delicioso instante, tão perto de sua feminilidade, separados apenas por oito camadas de anáguas e babados. – O senhor achou que ia me possuir apoiada em uma árvore do Hyde Park? Em uma vereda pública?

– Eu não estava pensando direito. E como poderia esperar que eu raciocinasse estando sob seu ataque devastador?

Ela revirou os olhos, afastou-se e saiu andando pela vereda.

– Não posso acreditar que esteja bancando o inocente ferido. Fui eu que me joguei em cima do senhor, milorde?

– Não, e foi muita falta de consideração de sua parte não tê-lo feito, quando me empenhei tanto para me tornar atraente aos seus olhos. Por que deveria sempre ser eu a dar o primeiro passo? Por que a senhorita não pode se esforçar um pouco mais?

– Estou ocupada demais! Não tenho tempo para ficar perambulando por Londres seduzindo cavalheiros inocentes. Tenho uma loja para administrar e damas para embelezar.

– Espere só – disse ele. – Duas semanas, madame. Então veremos o que sabe fazer quando não está *ocupada*.

Uma idiota, uma perfeita idiota.

Leonie queria dar com a própria cabeça no poste.

Ela havia perdido totalmente o controle. Em apenas três segundos. Tudo o que ele fez foi tocá-la e ela ficou em chamas. E a primeira coisa a ser queimada por inteiro foi seu cérebro.

Foi até admirável Leonie ter tido o bom senso de parar naquele momento. Isso se devia à surpresa de ter sentido um membro poderoso masculino entre suas pernas.

Na próxima vez, ela não ficaria assustada e, como todos os Noirots e DeLuceys que a precederam, ela se entregaria feliz à ruína – o que não seria tão ruim se ela não tivesse certeza de que se entregaria também, com menos alegria, à tristeza de ter o coração partido.

Ele estava mexendo com seus sentimentos. Estava despertando nela *desejo*.

Ela – a irmã Noirot sensata, a que tinha os dois pés plantados com firmeza no chão – havia de alguma forma permitido que ele a transformasse em uma idiota sonhadora.

– O que a senhorita fez com o guarda-chuva? – perguntou ele.

Ela o havia soltado e se esquecido dele, entre a discussão e o momento em que se sentiu ansiosa por tocá-lo.

– Não sei. E não me importo. O senhor acha que ele vai nos deixar *menos* ensopados depois de tudo?

– Perguntei por mera curiosidade. Perdi também o meu chapéu. Quer dizer, eu sei onde ele está, mas prefiro morrer a recuperá-lo.

Ela o encarou em meio à névoa da garoa constante. Os cabelos dele brilhavam. Embora colados na pele e no pescoço, isso só fazia ressaltar o efeito dos cachos naturais.

E por que não? Os deuses romanos também eram homens mortais. Até quando estavam molhados dos pés à cabeça, eles faziam maravilhas.

Ela desviou o olhar. Eles haviam se aproximado da rua onde passavam as carruagens. Ela viu a de Lisburne esperando, agora com a capota levantada. Vines estava perto da cabeça dos cavalos, indiferentes à chuva, assim como aos caprichos dos amos.

– Teremos que continuar com suas aulas de condução outro dia – disse lorde Lisburne. – Embora seja improvável que fique com frio nesse tempo quente, não vai se sentir confortável andando por aí com roupas tão molhadas. Imagino que seja como carregar uma cesta de roupas ensopadas.

– Algo com que o senhor deve ter tido muita experiência, suponho.

– E a senhorita está bem suja – disse ele, olhando-a de cima a baixo, deixando-a surpresa por não sentir nenhum vapor levantar-se de sua pele.

Zangada, ela o examinou da mesma forma. Era a primeira vez que o via com uma aparência menos do que perfeita. Mesmo assim, ele conseguia não parecer imperfeito. O lenço de pescoço era um pedaço de pano murcho, manchado de lama; as calças agarradas aos músculos das pernas, como se fossem meias de seda, revelavam muito sobre aqueles membros rijos – inclusive seu ventre, que estivera em contato excessivo com sua parte mais íntima.

Ela estava molhada e imunda. Ele estava despenteado e glamoroso.

Ela desejou ter consigo o guarda-chuva, para acertá-lo na cabeça de Lisburne.

– Muito suja – disse ele, a voz mais baixa. – Estou tentado a levá-la para casa e lhe dar um banho.

Os dedos dos pés de Leonie se encolheram dentro das botas.

Sua mente se acelerou, avançando até o fim de julho.

Duas semanas com ele. Sozinha. As coisas que ele poderia fazer com ela.

– Ser tentadora faz parte do meu negócio. Da mesma forma que o senhor deve sempre se mostrar confiante no que faz, eu devo sempre parecer irresistível de alguma maneira, mesmo quando desarrumada. Mas vou ter de me contentar em me lavar sozinha hoje, milorde. Preciso voltar ao trabalho.

Não havia dúvida de que valera a pena ver por um breve instante a boca de Leonie se abrir e seus olhos brilharem, antes de Leonie se recompor. Entretanto, no momento em que subiram na carruagem, Lisburne desejou não ter mencionado nada sobre banhá-la. Agora ele não conseguia tirar a imagem da cabeça, e ficava bastante inconveniente fingir que se estava à vontade quando, na realidade, estava em uma verdadeira batalha para manter sob controle o rapazinho lá de baixo.

Ela estava molhada, suja, adoravelmente enlameada e zangada.

Mas, pelo fato de estar encharcada, suas roupas colavam ao corpo em lugares onde ficavam sempre estufadas, revelando mais de suas formas do que ela costumava deixar visível.

Não era uma visão que ajudava o intelecto masculino a executar as tarefas básicas de funcionamento.

Estar confinado e próximo dela, sob a lona protetora da carruagem e sob a capota, não facilitava em nada esse exercício.

Mesmo assim, manter os sentimentos guardados para si mesmo e apresentar uma aparência relaxada era uma espécie de segunda natureza para ele. É verdade que ela o demolira de maneira desesperadora por um ou dois instantes, mas as circunstâncias haviam sido excepcionalmente torturantes.

Quando pegou de novo as rédeas e deu aos cavalos o comando para andar, Lisburne já voltara a ser o cavalheiro cortês de sempre. Pelo menos por fora.

Ele manteve uma conversa leve e flertou da maneira costumeira e ela reagiu da mesma forma, sem fazer nenhum esforço visível – como se nada tivesse acontecido, como se a Terra não tivesse tremido no eixo, como se seu mundo não tivesse virado de cabeça para baixo. Cometera um erro crasso, do tipo que rapazinhos faziam, mas não os homens que já tinham vivido 27 anos.

De certa maneira, quando chegaram à loja, ele se sentiu aliviado. Precisava de tempo para colocar seu mundo em ordem outra vez.

Ainda assim, enquanto a observava atravessar a porta, se sentiu tentado a segurá-la e trazê-la de volta.

Lisburne retornou para a carruagem e foi para casa.

Sexta-feira

Como consequência do fato de tentar se distrair indo a festas e ficando fora até as cinco da manhã, Lisburne demorou a descer para o desjejum não tendo dormido bem. Pela primeira vez, Swanton havia chegado antes. Parecia, porém, não ter feito nenhum progresso com a refeição. Embora o prato estivesse na mesa, na frente dele, o conteúdo estava congelando, enquanto ele, passando as mãos pelos cabelos, olhava fixamente para o *Foxe's Morning Spectacle*.

– O que Gladys fez dessa vez? – indagou Lisburne, dirigindo-se ao aparador. – Deve ser algo extremo, para deixar você com essa cara.

– Não é sua prima – disse Swanton, com um tom estranho na voz. – Sou eu.

– Você? – Lisburne forçou-se a organizar os pensamentos. – O que você fez agora?

– Não é o que eu fiz. É o que eu *não* fiz, segundo aqueles difamadores desprezíveis e manipuladores.

Swanton colocou o jornal em cima da mesa e apontou.

Lisburne inclinou-se na direção do jornal e leu:

> *Nós não sabemos onde e como esses rumores ridículos começaram, mas fomos informados, por fontes seguras, de que não existem bases para certas histórias que andam se espalhando pela alta sociedade, de que certo nobre de inclinações poéticas foi processado pela quebra de um contrato de casamento. Como os que entendem desse assunto prontamente concordarão, nove em cada dez desses processos são meras tentativas de extorsão, ou buscas por notoriedade. Não há dúvida de que esse é o caso de milorde. Aqueles que conhecem o cavalheiro nos asseguraram que os rumores são totalmente infundados, e essas mesmas pessoas afirmaram que consideram um embuste a origem desse estranho relato.*

– Nada como repetir negativas para colocar todo mundo em dúvida – disse Swanton. – Só para fazer a cidade inteira pensar: "Quem nega demais tem culpa no cartório."

Lisburne afastou o jornal e voltou para o aparador, embora tivesse perdido o apetite.

– Um de seus suplicantes está apenas apostando que você vai aceitar um acordo confidencial, para proteger sua reputação – disse ele.

– Eu não vou fazer nenhum acordo – replicou Swanton. – Não enganei ninguém e não permitirei que ninguém pense que fiz isso, que é o que todos vão supor se souberem de algum acordo. E eles vão saber. Não haverá nenhum acordo secreto. Se Foxe descobriu isso, pode descobrir qualquer coisa.

Era surpreendente que a notícia de que havia mulheres processando Swanton por dinheiro tivesse ido parar no *Foxe's Morning Spectacle*. Em geral, as criaturas que tentavam esse tipo de fraude desistiam diante do primeiro revés e voltavam rastejando para dentro da toca de onde haviam saído. Não tinham nenhuma base legal. Swanton estivera ausente do país por mais de cinco anos. Uma breve carta de seu secretário deveria bastar.

– Só nos resta esperar para ver se uma de suas noivas imaginárias escreverá mais uma vez – disse Lisburne. – Então deixaremos que Rowntree lide com o caso. Assim que acionarmos um advogado, ela terá que desistir. Ele a lembrará da lei do *Scandalum magnatum*. – A lei impunha multas e sentenças de prisão a qualquer um que fizesse afirmações escandalosas, verdadeiras ou não, sobre um membro da aristocracia. – Isso fará com que ela procure outro otário.

– Não se pode multar boatos – disse Swanton. – Não se pode colocar boatos na prisão.

– Ela quer dinheiro – respondeu Lisburne. – Não se dá dinheiro a boatos. Se ela quer o dinheiro, terá que se mostrar. A vantagem está do nosso lado, primo. Tire essa mulher de sua cabeça.

O *Spectacle* de sábado de manhã trouxe mais uma negativa. Dessa vez, não era verdade que "um poeta conceituado da alta classe" havia seduzido "uma jovem e respeitável inglesa" em Paris fazia um ano, sendo que "a consequência resultante dessas ocasiões foi confiada, segundo fomos informados, aos cuidados de um orfanato mantido por irmãs de caridade".

Embora tivesse enviado prontamente uma mensagem ao editor do *Spectacle*, Rowntree explicou que muito pouco poderia ser feito. O *Spectacle* não havia publicado nomes, assim como também não acusara lorde Swanton de nada.

– Eles são espertos – concluiu ele.

– Isso mesmo, e vão acabar comigo através dessas negativas.

– O Sr. Foxe vai se enforcar com a própria corda no momento certo – disse Rowntree. – E milorde pode ter certeza de que lidaremos com eles, como metade da cidade anseia fazer há tempos.

– No momento certo – repetiu Swanton. – Enquanto isso, meu nome é arrastado pela lama com "Não é verdade!". – Ele se virou para Lisburne. – Você fez bem em se apressar com nosso evento de caridade. Nesse ritmo, minha reputação estará destruída antes que a semana acabe.

– Não se alguém protagonizar um escândalo maior – disse Lisburne. – Que eu farei, se for necessário.

– E por que você se colocaria em problemas só porque uma criatura desprezível está determinada a me fazer de idiota?

– Não são problemas, mas táticas de distração. E devo fazê-lo porque, em primeiro lugar, preciso exercitar minha imaginação, que está deploravelmente sem prática. E, em segundo lugar, porque suspeito que será muito divertido. Pare de se preocupar com esses boatos. Há alguém invejoso por trás disso, não tenho dúvidas. Deixemos que Rowntree siga com suas tarefas advocatícias, enquanto eu e você resolvemos os últimos detalhes para o evento de segunda-feira. Depois, espalharei as informações para todos os cantos indispensáveis de Londres, deixando-o à vontade para se jogar de cabeça em sua poesia.

Mais tarde, no sábado

Um dos cantos indispensáveis de Londres era a Maison Noirot.

Era bom que Lisburne tivesse um escândalo em que pensar, porque descobriu que seria obrigado a esperar e se acalmar no salão principal da Maison Noirot. Madame, como lhe havia sido informado, estava ocupada com clientes nas salas de consulta.

Ele havia se mantido a distância na sexta-feira porque, afinal de contas, não era nenhum jovem sonhador. Era um cavalheiro com outras coisas para fazer além de perseguir uma mocinha, esperando que ela o notasse.

Além das atribulações e do sofrimento de Swanton, ele precisava lidar com a personalidade do poeta. Fazê-lo concentrar-se em assuntos práticos ou logísticos quando estava mergulhado nas torturas da criação de versos era, na melhor das hipóteses, como tentar manter a atenção de um cachorro quando um esquilo aparecia por perto. Os boatos difamatórios, ou alguma outra coisa, o estava deixando mais desmiolado do que de costume.

Ninguém em sã consciência enviaria Swanton à loja naquele estado, em pleno sábado, quando o local estaria cheio e ele causaria um tumulto maior que o habitual.

Em outras palavras, Lisburne tinha motivos excelentes para estar ali.

O mesmo se aplicava, infelizmente, a Gladys, que apareceu logo depois de sua chegada. Ela veio com Clara, cuja criada, Davis, a acompanhava. Mas ali estava também Bates, como parte da comitiva.

Como a voz de Gladys surgira um pouco antes de sua entrada no estabelecimento, Lisburne não foi pego de surpresa. Nesse momento, o salão principal estava lotado. Ele se escondeu atrás de um dos manequins que estavam elevados em pedestais. Devido às saias amplas, às mangas balonê e aos enormes chapéus que enfeitavam as figuras – além das clientes pululando ao redor delas –, ele teria altas chances de não ser notado pelos membros de sua família.

Já que a voz supostamente "melodiosa" de sua prima se sobrepunha a todas, ele conseguia ouvi-la sem problemas, apesar do burburinho geral.

– Não, Parmenter, eu não me importo nem um pouco em esperar – disse ela. – Como enxergo muito bem, vejo que hoje é um dia de muito movimento. Todas devem querer um vestido novo para o Vauxhall, na segunda-feira. Você deve estar muito enrolada. Mas é tudo por uma boa causa. E, sendo assim, cabe a mim ser paciente, e a você ser forte.

Bates disse alguma coisa.

– Tente não ser excessivamente fútil, senhor – disse Gladys. – Embora eu apoie lorde Swanton em seus empreendimentos literários, não vou participar de todo e qualquer evento de caridade só porque ele quer. Por um lado, sei que meu coração é tão duro quanto uma pedra. Por outro, infelizmente, sou muito menos ingênua do que deveria. Esse é o problema quando se é sempre cercada por militares.

Bates achou graça, Clara disse algo e ele respondeu.

– Não é nenhum exagero de minha prima – disse Gladys. – Arrastei Clara até lá porque queria ver por mim mesma. O Instituto de Surdos e Mudos é uma coisa. Todos já ouviram falar dele. Mas quem conhece a Sociedade das Costureiras para Educação de Mulheres Desafortunadas? Não, não, é claro que eu tinha que ver o lugar com meus próprios olhos. E, depois de ter visto, coloquei meu nome como patrocinadora, e lady Clara gentilmente fez o mesmo, para me agradar, ou talvez por medo de eu me revoltar com ela.

Clara disse algo e gargalhou.

Bates fez algum comentário.

– Ah, aí está você, Lisburne – afirmou Gladys.

Ele olhou para a direita e a viu surgir. Para uma mulher alta, ela caminhava sem fazer barulho – mais silenciosa do que ele se lembrava. Ela usava um bonito vestido de passeio rosa-bege e um chapéu bem feminino, que deveria ter ficado ridículo nela, mas que, na verdade, e para sua surpresa, fazia seu rosto redondo e sem graça parecer bonito.

Ele se lembrou de que ela estava bonita no Hyde Park na terça-feira passada, mas aquela era uma mera recordação passageira, já que Leonie ocupava quase todas as suas memórias. Agora ele podia ver o quanto havia subestimado as habilidades da Maison Noirot. Se fosse supersticioso, teria suspeitado de algum tipo de bruxaria.

– Brincando com os manequins? – disse ela. – Ou veio brincar com as costureiras e vendedoras?

– Negócios com madame.

– É mesmo? – comentou ela, as sobrancelhas erguidas.

– O evento de caridade na segunda-feira – disse ele. – Vocês não estavam falando sobre isso um minuto atrás? Não é nada estranho que Swanton e eu tenhamos detalhes para resolver com uma das fundadoras da Sociedade das Costureiras.

A expressão de Gladys se suavizou.

– Ah, sim, é claro. Não se pode esperar que lorde Swanton venha pessoalmente resolver esses tediosos assuntos práticos. A imaginação poética nem sempre vem acompanhada de uma natureza pragmática. Isso é comum a muitos artistas. Alguém precisa agir como seu representante. Entendo perfeitamente.

Ela se virou para Bates.

– Embora fosse um exagero elogiar meu primo Lisburne por fazer tamanho sacrifício pessoal em resolver esse assunto, somos obrigados a admitir que ele está certo. Teremos que caçoar dele em outra ocasião. Que pena. Eu havia criado pelo menos três trocadilhos engraçados no instante em que ele disse "Negócios com madame".

– Mas, minha querida lady Gladys, eu estava tão ansioso por zombar dele – comentou Bates.

– Você terá que zombar de mim, por mais que não seja o mesmo – disse ela. – Ou sobre Clara, se tiver essa ousadia. Ou sobre nós duas, se estiver se sentindo especialmente temerário.

Ela se afastou para examinar um manequim. Várias mulheres observavam cada movimento de Gladys.

Clara a acompanhou, mas Bates ficou para trás.

– No caso de você estar se perguntando – disse ele –, apostei cinquenta libras em sua prima e estou mantendo os olhos em meu cavalo da sorte.

– Mas não estaria tentando influenciar o resultado, certo? – indagou Lisburne.

– Como se eu tivesse alguma chance disso – respondeu Bates. – Ninguém se importa com o que eu faço. Sem ter dinheiro ou título de nobreza, não sou nenhum prêmio conjugal e ninguém jamais me confundiu com um expoente da moda. O fato é que aquelas duas damas, principalmente quando juntas, são mais interessantes do que dez outras pessoas combinadas. Comecei a me aproximar delas por causa da curiosidade. Continuei porque é muito divertido.

Até um momento antes, Lisburne havia achado Gladys tão divertida quanto uma dor de dente. Embora a analogia de Leonie sobre os cachorrinhos horrorosos estivesse gravada em sua mente, isso não explicava como Gladys o havia desarmado hoje. A referência gentil à Sociedade das Costureiras? A compreensão sobre a natureza de Swanton e o trabalho que dava tomar conta do poeta? As piadas sobre si mesma?

Ou talvez fosse apenas o fato de o chapéu lhe cair tão bem.

– Ela me disse que eu era um idiota, que estava desperdiçando meu dinheiro com ela – prosseguiu Bates, quando Lisburne, preocupado em desvendar o enigma, não respondeu. – Primeiro, fiquei impressionado por ela saber sobre as apostas.

– Em seguida pensou melhor e deixou de ficar impressionado – concluiu Lisburne.

– Fofoqueiras – disse Bates. – Posso até adivinhar quem contou a ela.

Lisburne também podia. Lady Alda Morris, a filha mais nova e loura de lady Bartham, que tomara como sua a tarefa de colocar Lisburne a par na festa de lady Jersey na outra noite.

Naquele momento, Lisburne sentiu um arrepio na nuca.

– Não, não, tenho prazer em esperar, madame – disse a voz de lady Gladys de algum lugar atrás dele. – Meu primo Lisburne está aqui em uma importante tarefa literária. É melhor conversar com ele primeiro. Ele não tem nada para fazer a não ser esconder-se atrás de manequins, esperando não ser incomodado por mulheres maçantes, enquanto Clara e eu temos que discutir sobre este xale e eu estava prestes a demolir os argumentos dela com a minha lógica.

Um segundo depois, madame surgiu ao lado de Lisburne.

– Milorde – disse ela, com frieza. – Por favor, acompanhe-me.

Lisburne encontrou o escritório de Leonie menos organizado do que da outra vez. Papéis estavam espalhados pela escrivaninha, e um dos livros de registro estava meio centímetro desalinhado dos companheiros. Ele caminhou até a prateleira e o ajeitou.

– Não sei como mantém a sanidade – disse ele. – Cem mulheres devem estar esperando no salão, todas falando ao mesmo tempo. Minha cabeça ainda está latejando.

– Oitenta e sete, sem contar minhas funcionárias. É incrível. E tudo graças a lorde Swanton e ao senhor.

– A mim, não. Sou apenas um sujeito pragmático que executa as ideias brilhantes que tem.

– Ideias são inúteis se não forem executadas – respondeu Leonie. – Alguém precisa manter os pés no chão. Alguém precisa cuidar dos detalhes enfadonhos do dia a dia.

– E posso ver que alguém não anda dormindo o suficiente – comentou ele, aproximando-se dela.

É claro que ela não recuou. Ergueu o queixo e seus olhos azuis demonstraram um brilho desafiador. Mesmo assim, estava com olheiras e seu rosto parecia tenso.

– A senhorita anda trabalhando demais. O que precisa é de duas semanas longe da loja. Comigo.

– A improbabilidade de isso ocorrer aumenta a cada dia – respondeu ela.

– Não fique muito animada em relação a Bates – disse Lisburne. – Ele não tem onde cair morto, o que o desqualifica como pretendente.

– Mas ele gosta de lady Gladys. Ele se qualifica como um admirador. Além disso, tem a possibilidade de herdar um condado.

– Só se dois de seus parentes extremamente saudáveis, sendo que um deles acabou de se casar, resolverem morrer cedo e sem filhos.

– É verdade que isso o torna um candidato ruim. Mas ele não deixa de ser um admirador.

– A senhorita só precisa de mais cinco. Meia dúzia, lembra? Tenho isso por escrito.

– Não estou nem um pouco nervosa.

– Não precisa ficar. Verá que sou generoso na vitória. E muito mais do que o necessário.

– E na derrota? – indagou ela.

– Não é provável que isso aconteça.

– Mas é mais provável do que o senhor imaginou no início. Admita.

– Admito que a senhorita excedeu minhas expectativas em relação a lady Gladys – disse ele.

Como ele esperava uma catástrofe, reconhecer isso não era nada difícil.

Ela sorriu, parecendo deliciosamente satisfeita consigo mesma.

– Admito uma preocupação que não existia previamente, relacionada às nossas duas semanas juntos – explicou ele. – Mas é apenas um longínquo sopro de incerteza. Apenas o suficiente para me trazer um grau de excitação nos dias que se seguem. Um minúsculo indício de suspense onde antes não havia nenhum.

O sorriso dela se ampliou e ele percebeu que estava começando a se inclinar na direção daquela figura tentadora.

Ele se afastou dela e voltou para a prateleira de livros de registro.

Não confiava que as próprias mãos ficariam onde deveriam, o que era algo irritante. Ele não gostava nem um pouco da facilidade com que Leonie corroía seu autocontrole sem perder o dela.

Aquelas eram apenas as dificuldades dele. Mais perturbador era ver o quanto ela parecia pálida e cansada. Ele queria fazer algo a respeito, mas não havia nada em que pudesse ajudar no momento, a não ser observar e se exasperar.

– Sei que não devo fazê-la perder muito tempo – disse ele bruscamente. – Gladys tem hora marcada e duvido que a senhorita tenha muito intervalo entre uma cliente e outra. Só queria que soubesse que os arranjos são para segunda-feira à noite. Por várias razões, com as quais não quero que perca seu tempo, teremos que começar às dez horas. Mas teremos o pequeno teatro por uma hora inteira e, como não estaremos competindo com nenhum outro evento importante em Londres, aposto que o lugar estará cheio.

Ele foi até a escrivaninha, retirou de seu bolso uma folha de papel dobrada e a colocou sobre uma pilha de outros papéis que ali estavam.

Ela andou até a mesa, pegou o papel que ele acabara de adicionar à pilha e rearrumou os outros. Só então desdobrou o documentou e o leu.

Ele reprimiu um sorriso.

– O programa – disse ele. – Para segunda à noite. Só falta fazer com que Swanton pare de ficar mudando de ideia sobre a ordem na qual ele vai apresentar seus trabalhos inéditos. Ele não para de acrescentar novas estrofes. Como nosso tempo é limitado e precisamos deixar espaço para perguntas e pedidos, teremos que cortar algumas, ou até mesmo eliminar um poema inteiro.

Ela o encarou.

– Falando como alguém que tem duas irmãs com dotes artísticos, recomendo que não deixe isso por conta dele. Roube um dos poemas e não deixe que ele perceba até que o evento esteja para começar. Então, empurre-o para o palco.

Ele achou graça, pensando em todas as jovens sonhadoras para quem cada palavra de Swanton era sagrada.

– Simplesmente roubar um dos poemas. Como vou saber qual deles?

– E faz diferença?

– Não, minha querida, não faz, mas somente a senhorita diria uma coisa dessas.

Ele viu o rosto dela mudar, mas só por um instante – um mínimo sinal de emoção – antes que ela reassumisse o semblante da mulher de negócios.

Leonie dobrou o papel e o colocou na mesa.

– Muito eficiente e organizado – disse ela. – Para um cavalheiro que diz que vive em um tipo de caos abrandado apenas por secretários e homens de negócios, o senhor tem um impressionante jeito para logística.

– Quando há um prêmio que valha a pena à vista, consigo fazer qualquer coisa.

Um leve enrubescer surgiu e desapareceu do rosto pálido de Leonie.

– Melhorar a vida de jovens desafortunadas é realmente um grande prêmio. Fico feliz em saber que o senhor se esmerou por elas.

– Isso mesmo – disse ele. – Por elas também.

– Então, se isso é tudo, milorde.

Ela saiu de trás da escrivaninha e cruzou as mãos na cintura. O sorriso malicioso que ele vira antes havia desaparecido sem deixar sinal, e a curva da boca de Leonie agora era profissional: amigável, paciente e educada.

– Quase tudo – disse ele, atravessando a sala em poucos passos. – Eu me esqueci de anotar uma coisinha.

Ele se moveu para pegar o programa. Instintivamente, ela estendeu a mão para proteger a organizada pilha de papéis. Ele a segurou, puxou-a e a beijou. Ela inspirou com força, mas, antes que tentasse se livrar, ele já a havia soltado e colocado suas próprias mãos na cintura dela, levantando-a e colocando-a sobre a mesa.

– Não tente...

Ele segurou o rosto de Leonie entre as mãos e, com um longo e selvagem beijo, interrompeu o que ela pretendia dizer.

Em seguida, deu um passo para trás, virou-se e andou até a porta.

– Pensando melhor – disse ele –, acho que não preciso mais anotar.

– Ah, não precisa mesmo – respondeu ela.

Leonie pulou da mesa e atravessou a sala correndo. Antes que lorde Lisburne pudesse passar pela porta, ela a fechou com raiva.

Ele se virou, surpreso.

Leonie agarrou as lapelas dele – sem se preocupar em não amassar toda aquela perfeição – e o puxou.

– Venha aqui – disse ela, o rosto erguido. – Ainda não acabei de falar com o senhor.

Ela viu a cautela nos olhos verdes de Lisburne e sabia que também precisava ser cuidadosa em relação ao que estava fazendo, mas estava zangada demais. Ela o puxou e ele inclinou a cabeça. Ela se levantou, segurou o rosto dele do jeito que ele fizera com o dela, e aproximou a boca dele da sua.

Minha querida, dissera ele de maneira casual, e o coração dela dera um nó.

Ela o beijou com a mesma força com que ele a beijara, sem conter nada. Ele deixara todo o seu corpo excitado, por dentro e por fora, em apenas um instante. Ela *não* seria incendiada casualmente, *não* ficaria desejando mais, para depois ser colocada de lado e ele poder fazer uma saída triunfal.

Minha querida, dissera ele.

Ela o faria pagar.

Aquele não foi o melhor juízo que Leonie fizera em toda a sua vida, mas era tudo o que tinha naquele momento.

Então ele a envolveu em seus braços e o juízo não tinha mais nenhuma importância. Seus braços eram fortes e a seguravam com vigor, e ele era caloroso, e essas eram pequenas coisas que não poderiam explicar a felicidade crescente que ela sentia, como se estivesse bêbada, só que *melhor*. Ele tinha o próprio cheiro, um cheiro masculino, mas asseado e puro, diferente de tantos homens. Sob as mãos de Leonie, o maxilar dele era suavemente barbeado, quase como mármore, a escultura perfeita. Ainda assim, ele era quente e vivo, carregando consigo o odor masculino tão inequivocamente dele, mesclado a insinuações de loção de barbear e roupa limpa.

Não era nada de mais, apenas o cheiro de um homem, mas a deixou embriagada sem ter bebido e feliz mesmo estando com raiva.

Ele a beijou como ela queria que fizesse, algo real, não uma provocação. A boca dele pressionando a dela, enviesada, persuasiva, exigente. E ela cedeu, é claro, para conseguir mais, para dar mais... só para mostrar a ele. Ela também sabia provocar e brincar e atiçá-lo ainda mais. Se ela não conseguia se controlar, faria com que ele também perdesse o controle.

Ele a queria. Não era segredo. E, se ele estivesse determinado a fazer com que ela o quisesse, então ela faria com que ele a desejasse ainda *mais*.

Lisburne achou que poderia ir embora calmamente, mas ela não permitiu. Leonie o incentivou, estimulando-o a beijá-la de forma ainda mais pecaminosa. Passou as mãos em seu pescoço, envolveu os ombros dele e seu corpo se levantou com o movimento, se juntando ao dele.

Ela sentiu um tremor correr pelo corpo de Lisburne e não só ouviu, mas saboreou o gemido em sua boca. Ele deslizou as mãos pelas costas dela, desceu até as nádegas e a puxou com força. Sentiu a ereção mesmo através das camadas do vestido e a sensação fez um fluxo de calor percorrer seu corpo. Mas, junto com o calor, ela sentiu também um triunfo – sobre ele e sobre o controle fácil que ele tinha sobre ela. Mas o desejo era mais forte do que qualquer outra sensação.

Ela odiou.

Desejou.

Queria ficar livre do desejo por ele, parar de pensar nele e de ansiar por seu toque, porque esses pensamentos e vontades eram fortes demais e a faziam se sentir indefesa e perdida.

Ao mesmo tempo, ela desejava mergulhar no anseio, embriagar-se nele, ir com ele, livre e imprudente, aonde ele a levasse.

Ainda assim, em algum horizonte longínquo, ela ainda se lembrava de seus negócios, de onde estavam, da loja cheia de mulheres e da esplêndida oportunidade de vesti-las para o evento no Vauxhall.

Ela interrompeu o beijo e se afastou dele, mesmo seu corpo se rebelando por ter que parar e, por um apavorante minuto, desejou mandar para o inferno todas as clientes e suas malditas encomendas.

– Pronto – disse ela, sem fôlego. – *Agora* eu acabei.

Ele continuou segurando-a e também estava sem fôlego.

Ótimo.

Se ele pretendia acabar com ela, pelo menos Leonie o deixaria ligeiramente desconcertado.

– Sua menina má – disse ele, a voz baixa e grave.

– Eu lhe disse que aprendo rápido.

– É verdade. Isso está ficando mais interessante a cada minuto.

– E, por falar em minutos – disse ela o mais despreocupadamente possível –, não posso deixar lady Gladys esperando ainda mais. Bom dia, milorde.

Os olhos dele, cuja cor havia se aprofundado e adquirido o tom escuro de uma floresta, pareciam perfurar a alma dela. Não que, sendo metade DeLucey e metade Noirot, ela pudesse ter certeza de que tinha alma.

Então ele deu de ombros e riu.

– Muito bem, senhorita, como quiser. Por enquanto. *Au revoir*.

E foi embora.

Com muita suavidade e cuidado, ela fechou a porta. Apoiou-se nela. Precisou respirar fundo seis vezes antes de estar pronta para abri-la outra vez e sair pelo corredor até o salão para buscar lady Gladys.

Capítulo oito

Simpson, coluna coríntia de Vauxhall!
De vida bela como o arrebol,
Se de teu parque cada folha desvanecida
Fosse uma página para descrever teu exercício,
Não daria para contar de tua vida
A coleção de tuas virtudes em teu ofício.

– Revista literária *Fraser's for Town and Country*, 1833

Jardins Reais, Vauxhall
Noite de segunda-feira, 20 de julho

Lisburne tinha vontade de estrangulá-la.

Ele estava prestes a tropeçar nos próprios pés quando deixou Leonie no sábado. Não conseguiu se acalmar, nem mesmo depois de uma taça de vinho no White's e de uma extensa leitura de cada jornal que havia no clube. Nada adiantou.

Havia passado o domingo indo de um parque a outro, esperando vê-la, mas vira o mundo inteiro, menos ela.

Lembrou-se de ela dizer que gostava de passar os domingos com a sobrinha. Ele não sabia de outra a não ser a filha da irmã que se casara com Clevedon. Lisburne conhecia bem o duque. Frequentaram a mesma escola juntos e haviam passado um tempo juntos no continente. Ele poderia ter ido até a Residência Clevedon sem precisar de um pretexto a não ser o desejo de visitar um amigo.

Lisburne quase foi. Estava muito tentado. Mas no último instante seu orgulho venceu e ele disse a si mesmo para não ser um palerma.

Havia cometido um pequeno erro de julgamento, mas não era inteiramente culpado.

Jamais concebera que ele e Swanton permaneceriam em Londres por mais de uma ou duas semanas. Mas não, a estada se arrastou por tempo indeterminado. Então Lisburne conheceu a Srta. Leonie Noirot e imaginou um breve caso com uma jovem sofisticada e interessante, que compensaria as partes mais tediosas da viagem.

A parte sobre ser "sofisticada e interessante" estava certa.

Não estava nem um pouco entediado.

Mas a moça estava se tornando difícil, de uma maneira que ele mesmo não entendia – embora suspeitasse que a habilidade de Leonie para ser uma distração tivesse algo a ver com a história.

Era só olhar para ela!

Lisburne se colocou de um lado do palco do teatro, atrás das cortinas. Ela estava de frente para ele, trajando uma cor que de início lhe pareceu de um branco virginal. Mas depois ele percebeu que o vestido não tinha nada de virginal. Em primeiro lugar, não era de um branco puro, pois exibia, entre numerosos outros adornos, algumas coisas bordadas em rosa e verde. Em segundo lugar, devido à profundidade do decote.

Ela havia jogado sobre os ombros um xale finíssimo, azul-claro – algo que as damas chamavam de mantilha. Esse era outro detalhe que convidava um homem a examinar ainda mais de perto aquela pele aveludada. Havia renda adornando o decote, os punhos e os babados da saia; fitas e laços em um tom amarelo bem claro espalhavam-se sobre a criação, os laços dançando nos babados da saia e nas mangas, que não eram um único e enorme volume, mas múltiplos volumes menores.

Um elegante broche de topázio chamava atenção para o centro do profundo e rendado decote, um colar de topázios circundava seu pescoço suave, e brincos de topázio, parte do conjunto, oscilavam abaixo dos belos cachos ruivos. Mais acima, ramos de flores brotavam das tranças cuidadosamente elaboradas, que vinham do alto da cabeça.

Ele a olhou de cima a baixo, não apenas uma, mas três vezes. Não deveria ser tão difícil *não* agarrá-la e levá-la nos braços a algum lugar privado, onde pudesse desarrumá-la a seu bel-prazer.

– A senhorita se superou desta vez – disse ele, se aproximando dela.

– As damas esperarão ansiosamente por lorde Swanton. Obter a atenção delas exige cuidados especiais.

– Sua aparência é deliciosa. Como um delicado bolo francês.

Embora inúmeros lampiões iluminassem o teatro, eles produziam luz e sombra inconstantes, e Lisburne não podia afirmar se a fizera corar daquele jeito sutil que era só dela.

Ela se abanou com o leque.

– Muito gentil de sua parte, milorde. Se todos os outros cavalheiros sentirem o mesmo e isso os fizer esvaziar os bolsos, considerarei meu traje um verdadeiro sucesso.

– Todas as entradas foram vendidas – disse ele. – Os assentos estão todos ocupados e ainda temos alguns minutos antes de começar.

– Tivemos sorte em relação ao tempo. E com as suas habilidades de organização, ou as de seu secretário, se o senhor se recusar a levar o crédito. Milorde se assegurou de que todos soubessem que começaríamos pontualmente e sabe que as jovens não querem perder uma única palavra, ainda que tenham que me ouvir antes de receber a magia da poesia.

– A senhorita não parece nervosa por ter que enfrentá-las antes de Swanton – afirmou ele. – Se está, consegue fingir muito bem o contrário.

– Estou acostumada a lidar com damas. E, quando se trata de dinheiro, sei exatamente o que devo fazer. Mais importante, eu acredito de todo o meu coração na Sociedade das Costureiras.

Swanton juntou-se ao casal. Ao contrário da Srta. Noirot, ele estava sofrendo da inquietação que sempre lhe acometia antes de cada apresentação. Ou talvez fosse apenas o nervosismo poético de sua natureza.

– Swanton odeia subir no palco – disse Lisburne. – Ele estará bem assim que começar, mas fica agitadíssimo antes.

– Eu nunca tive a intenção de me apresentar – explicou Swanton. – Achei que, se tivesse sorte, as pessoas poderiam ler minhas obras umas para as outras, ou em silêncio. Às vezes, sinto-me como uma marionete.

– A poesia precisa ser ouvida – disse ela. – Foi isso o que aprendi.

– Parece que não serei ouvido por inteiro esta noite – rebateu Swanton. – Está faltando um poema.

– Você deve tê-lo atirado ao fogo em um momento de distração – disse Lisburne, tomando cuidado para não olhar para Leonie.

Ele fizera o que ela pedira, roubando um dos poemas e escondendo-o sob uma pilha de convites.

– Estamos em julho – rebateu Swanton. – Eu sei que aqui é Londres, mas não acendi uma lareira uma única vez desde que chegamos.

– Mais tarde você vai encontrá-lo em algum bolso – afirmou Leonie. – Eu sempre acho contas e ordens de pedido de fitas ou sedas bordadas nos bolsos dos aventais de Sophy e algumas vezes até em suas roupas de baixo.

Swanton a encarou. Apesar da luz fraca, era fácil enxergar o rosto romanticamente pálido do poeta ficando vermelho.

– Muito bem – disse Lisburne. – As roupas de baixo de sua irmã tirarão a mente de meu primo do nervosismo poético.

A expressão de Swanton suavizou-se e ele riu.

No teatro, o barulho das conversas começou a desaparecer.

Lisburne tirou seu relógio de bolso e, depois de consultá-lo, disse:

– Acho que está na hora.

– Não os deixe esperando – pediu Leonie.

Lisburne saiu e fez uma breve apresentação de Leonie. Tinha certeza de que ela estava totalmente à vontade. No entanto, quando começou a deixar o palco para voltar aos bastidores, ele a viu mudar no momento em que se preparava para enfrentar a plateia: um leve levantar da cabeça e um ligeiro movimento dos ombros.

Assim que ela tomou o lugar dele no centro do palco, as damas e cavalheiros fizeram um silêncio geral. Sua presença causava esse fenômeno, sem que ela precisasse falar ou gesticular nada, apenas pela força de sua personalidade. Depois fez uma reverência, que foi como uma obra de arte em movimento. Ela se abaixou e as fitas, laços e rendas flutuaram, e as luzes do teatro dançaram ao tocá-las. Era apenas uma reverência, um gesto gentil para com o público, mas ela ouviu as pessoas prenderem a respiração. E por que não? Era a reverência mais bela do mundo.

Quando ela se ergueu, estava sorrindo de um jeito deslumbrante, e Lisburne poderia jurar que os olhos azuis se tornaram mais brilhantes, como se estivessem iluminados por mil lampiões.

Então ela começou a falar.

Mais tarde

Leonie acertara em cheio em relação ao tempo, pensou Lisburne. O dia amanhecera nublado e opressivamente quente, mas começou a melhorar no fim da tarde. Um instante atrás, quando ele olhou para fora, o céu da noite estava mais claro do que jamais estivera em toda a Inglaterra e o calor úmido do dia desapareceu, dando lugar a uma agradável temperatura de verão, mais facilmente encontrada na poesia do que na realidade.

Quanto à poesia, tudo correra bem, como sempre. Como acontecera no New Western Athenaeum, a maioria dos homens ficou no fundo, muitos deles de braços cruzados e queixo no peito, em diferentes posições de sono.

As moças, porém, estavam bem acordadas e prestavam toda a atenção. A luz de lampião brilhava sobre uma legião de olhos marejados, sempre virados para o púlpito, enquanto Swanton recitava em tons baixos e sentidos:

Oh! Há pouco tempo eu a vi caminhando, um coração solidário;
Poucos meses depois, eu a beijei em seu sudário;
E seu brasão foi colocado sobre a esplêndida cobertura;
Mas foi uma lágrima de amor que glorificou a sepultura.

Um guerreiro abaixou a cabeça sobre seu lugar de paz infinda,
E com os lábios febris sussurrou o nome de Ethelinda –
Depois, fez uma oração e reprimiu o gemido de dor da despedida;
E, ao deixar o túmulo, ele disse – "Sim, nos veremos na próxima vida."

Lisburne precisou segurar o próprio suspiro, pois o fim do poema criou um silêncio prodigioso, quebrado aqui e ali por soluços abafados. Então as damas explodiram, batendo palmas e mais palmas e, apesar das luvas que usavam, fazendo as paredes do teatro tremer. Os fogos de artifício de Vauxhall teriam que ser muito perfeitos para superar a algazarra que as moças fizeram.

Lisburne tinha que admitir que "Ethelinda" era um dos poemas mais inteligíveis de Swanton.

Não que Swanton pudesse chegar aos pés do desempenho de Leonie Noirot, na opinião de Lisburne – e, sem dúvida, de todos os cavalheiros presentes. Seguindo-se à devastadora reverência e ao encantador sorriso, ela havia mergulhado em seu apelo curto e eficiente, dizendo aos presentes que ela sabia que não tinham vindo para ouvi-la, mas sim a lorde Swanton. Mas seu discurso de cinco minutos fez os ouvintes alternarem-se entre rir e chorar. Lisburne vira até mesmo aquele cínico do Crawford enxugar uma lágrima do rosto.

Ela também apresentou meninas bem-vestidas, um exemplo das favorecidas por sua organização. Entre o discurso e as três meninas escolhidas para representar as "mulheres indigentes", Leonie obteve resultados muito parecidos com o que arrancara de Lisburne quando ele entrou na pequena loja da Sociedade das Costureiras.

As moças distribuíram folhas para anotar pedidos e forneceram lápis para os que não haviam trazido. Depois de recolher os papéis em suas cestas lindamente decoradas, as meninas entregaram o conteúdo ao secretário de Lisburne, Uttridge. Sentado em uma das alas, ele anotou os pedidos em um caderno, como Lisburne recomendara. Não era uma boa ideia deixar assuntos monetários dependendo da memória falha da elite.

Swanton só precisou se misturar à plateia e se permitir ser parabenizado e bajulado.

Ele odiava isso ainda mais do que quando era obrigado a ler suas obras em voz alta, mas sabia qual era sua obrigação e a cumpria. No mesmo espírito de obediência, Lisburne havia resistido ao impulso de fugir do teatro e dos versos depressivos e ir ver os acrobatas, malabaristas e bailarinas. Ele aguentou toda a maldita programação, tendo o pequeno consolo de saber que madame também não conseguira escapar.

Mas em pouco tempo a parte do dever estaria acabada, e então...

Ele sorriu.

Tinha planos, deliciosos planos.

Leonie e a preceptora haviam juntado tudo o que se referia às suas incumbências e estavam se dirigindo para a saída, enquanto a plateia cercava lorde Swanton. Quando Leonie alcançou a porta, lorde Lisburne atravessou seu caminho.

– Ah, aqui está madame – disse ele, e cumprimentou a preceptora e as meninas. – Esplêndido trabalho, moças.

A preceptora sorriu, satisfeita. As meninas balançavam suas cestas, envergonhadas demais para encará-lo.

– Elas foram maravilhosas – concordou Leonie. – Embora eu suspeite que não tenham achado o poema muito compreensível, nenhuma delas bocejou uma única vez.

As meninas se entreolharam timidamente.

– Mas foi muito interessante ver as damas e os cavalheiros tão bem-vestidos, madame – disse uma delas, em voz baixa.

– Acho nesta noite que podemos fazer coisas mais interessantes do que ouvir poemas confusos – disse lorde Lisburne. – Madame, se fizer a grande gentileza de me dar sua permissão, o Sr. Simpson gostaria de levar a preceptora e essas meninas tão trabalhadoras para fazer uma visita aos jardins. Ah, ali está ele, bem na hora.

Naquele momento, um homem com aparência idosa, de sessenta e poucos anos, entrou no recinto, segurando seu chapéu bem acima da cabeça e fazendo uma reverência, um gesto que o tornara famoso em incontáveis caricaturas. Graças às frequentes aparições do cavalheiro em lojas de impressão e em folhetos, até Leonie reconheceu o célebre Mestre de Cerimônias do Vauxhall, o Sr. C. H. Simpson.

Teria sido cruel negar a elas aquela oportunidade – como Lisburne, o patife manipulador, sabia muito bem – e Leonie não teve coragem de protestar nem de procurar uma boa desculpa, apesar de estar aborrecida com Lisburne por ele ter feito planos e arranjos para suas meninas sem lhe dizer nada. Mas, mesmo que tivesse uma justificativa, ela não teria tempo de dizer uma única palavra antes que o Sr. Simpson começasse um de seus rebuscados discursos de boas-vindas.

Pouco tempo depois, ele estava conduzindo a preceptora e as meninas para a visita.

O que Leonie poderia dizer? O famoso Mestre de Cerimônias do Vauxhall as estava levando para conhecer um dos lugares mais incríveis de Londres. Havia feito uma reverência. Ele as fez sentir como se fossem princesas. Era o momento mais importante de suas vidas tão curtas e sacrificadas.

Ela olhou para Lisburne.

– Muito obrigada.

– Não agradeça. A senhorita sabe que minha motivação é egoísta e inconfessável.

– Isso não tem importância para elas. Até a preceptora ficou entusiasmada.

– Vamos deixá-las de lado. Agora a senhorita não está *ocupada*. Toleramos uma hora de flores e pássaros, homens e mulheres morrendo ainda jovens em forma de rima. Agora está na hora de...

– Como o senhor foi capaz? – Uma voz feminina foi ouvida atrás deles, acima das conversas. – Como pôde ser tão desumano, tão *cruel*, milorde? Depois de tudo o que representamos um para o outro, abandonar-me... e a sua filha?

Leonie olhou assustada para Lisburne e ele retribuiu a expressão. Em seguida, os dois se viraram ao mesmo tempo para o interior do teatro.

– Por que preciso me rebaixar dessa maneira? – prosseguiu a voz. – Não foi suficiente eu ter dado ao senhor a mais preciosa das dádivas de uma mulher?

O público que havia permanecido e as pessoas que já estavam se retirando fizeram uma pausa. No momento seguinte, estavam se movendo, de maneira tão inexorável quanto uma maré, na direção da voz da mulher.

– Diga-me que não se lembra das maravilhosas semanas que passamos juntos em Paris. Não é possível que tenha se esquecido de tudo o que disse naqueles dias e de tudo o que significamos um para o outro. O tempo que compartilhamos fugiu de sua memória, foi varrido como o lixo depois de uma festa?

A mulher prosseguiu seu discurso, enquanto Leonie e lorde Lisburne tentavam abrir caminho em meio aos espectadores.

Para Leonie foi mais fácil, porque ela passou pela parte da multidão em que os homens estavam e eles abriram caminho para ela. Ninguém precisava se aproximar da mulher para escutá-la. Sua voz atravessava todo o teatro e, provavelmente, chegava até os jardins no lado de fora.

À medida que Leonie foi se aproximando da cena, encontrou um grupo de jovens em seu caminho, bloqueando parte de sua visão. Felizmente, elas não ficavam paradas. Enquanto se acotovelavam, pisavam umas nas outras, colocavam-se na ponta dos pés ou se esticavam para ver melhor, e Leonie conseguiu enxergar, entre elaborados vestidos de noite e leques esvoaçantes, uma loura descabelada, trajando preto. Seu chapéu estava escorregando para a parte de trás da cabeça.

– Você *prometeu* – gritou a mulher de preto. – Para sempre, você disse. Mesmo assim, abandonou-me, mesmo sabendo que eu estava...

Ela se interrompeu, esquivando de uma pessoa que estava tentando tirá-la dali.

Leonie abriu caminho com os cotovelos para se colocar em uma posição melhor, ao lado de uma senhora e da moça que ela parecia estar acompanhando.

A mulher que se lamentava havia se agarrado ao fraque de Swanton e estava se ajoelhando no chão, em atitude de súplica.

Foi um feito quase acrobático, levando-se em consideração que, na outra mão, ela trazia uma criança pequena. A menina chorava copiosamente.

– Madame, não conheço a senhora, mas... – começou Swanton.

– Não me conhece! Não me conhece! Nós éramos *tudo* um para o outro! E aqui está sua filha, que se parece tanto com você!

A menininha, que devia ter a idade de Lucie ou menos, era loura. Assim como a mãe. Como inúmeras outras mulheres e homens ingleses. Embora Leonie não tivesse ilusões quanto aos homens, ela também não tinha ilusões quanto a muitas outras coisas. A cena podia muito bem ser verdadeira ou uma mentira. De qualquer forma, fora muito bem engendrada e não poderia ter acontecido em pior momento do que aquele.

Leonie não precisava saber a verdade para ver o desastre chegando – para a Sociedade das Costureiras, para sua loja. E para Swanton também, maldito seja.

– Chega, madame, chega disso – disse uma voz firme.

Não era Lisburne, que ainda estava tentando abrir caminho por entre um bando de mulheres. Era outro cavalheiro, que lhe parecia vagamente familiar. Ele se enfiou no meio da multidão como se fosse um policial ou soldado, e as mulheres abriam espaço, embora não sem antes comentar uma com a outra sobre a falta de cortesia. No que o Vauxhall estava se transformando? Quem ele pensava que era?

Ele ignorou as reclamações e foi direto para a mulher loura.

– Veja bem – disse ele. – Uma brincadeira é uma coisa, mas isso já foi longe demais.

– Uma brincadeira! – berrou a mulher. – Ruína! Abandono! Uma brincadeira!

O homem segurou-a pelo cotovelo e disse algo que Leonie não conseguiu ouvir. A mulher pareceu ceder pelo cansaço. Largou o casaco de Swanton e se levantou. Ainda chorando e cambaleando um pouco, como se estivesse emocionalmente debilitada, ela permitiu que o jovem cavalheiro a conduzisse. O choro da criança virou apenas soluços, enquanto ela era levada junto com os adultos.

A plateia estivera mais ou menos em silêncio durante aquela cena. Alguns estavam perplexos pelo choque, outros não conseguiam dizer nada pensando na história que contariam aos amigos. Por algum tempo, o silêncio continuou. Então os cochichos começaram, como vento soprando pelo teatro. E foi crescendo até um zum-zum-zum de conversas agitadas.

A senhora ao lado de Leonie pegou o braço da moça que estava acompanhando e murmurou:

– Isso é uma vergonha. Não ficarei aqui nem mais um minuto.

Ignorando os apelos da moça, ela a levou embora.

Leonie também partiu.

O final da cena deixou Lisburne tão surpreso quanto os demais espectadores.

Theaker? Aparecendo para ajudar Swanton?

Theaker? Bancando o juiz de paz em vez de instigar mais tumulto?

Então os cochichos começaram. E ficaram mais altos, fazendo com que Lisburne deixasse de lado qualquer pensamento sobre Theaker.

– Você ouviu o que ela disse?

– Uma bêbada. Ela não devia ter tido permissão para entrar aqui.

– Deve ter sido alguma brincadeira. De muito mau gosto, diga-se de passagem.

– Você acredita nisso? Fazendo uma apresentação para as *mulheres desafortunadas*, esse patife, e abandonando aquela que ele transformou em desafortunada, obrigando-a a sustentar à própria filha sozinha?

– Uma cena chocante! Mas a culpa é minha. No instante em que vi aquela criatura no palco... como uma bailarina!... tive minhas suspeitas. Eu devia ter levado você embora imediatamente. Que Sociedade das Costureiras que nada!

– Mas, mamãe, tenho certeza de que foi um engano. Ouvi alguém dizer que a mulher estava bêbada.

– Onde há fumaça, há fogo.

– Como eles ousam nos convencer a doar fundos quando ele deixa a própria filha mendigar, aquele hipócrita horrendo!

E assim os moinhos da alta sociedade começaram a macerar reputações – as de Swanton, de Leonie Noirot e da própria Sociedade das Costureiras.

Lisburne controlou sua raiva. Ele queria bater em alguém, mas este era exatamente o problema com esse tipo de acontecimento: não havia um alvo certo.

Percebendo que o espetáculo chegara ao fim, a multidão encaminhou-se para a saída. É claro que mal podiam esperar para espalhar a notícia.

Assim que os grupos de mulheres se dispersaram, Lisburne conseguiu finalmente alcançar Swanton.

– Agora não temos tempo de consertar a situação – disse ele. Não dava mais para alcançar Theaker nem a mulher. Já deviam estar bem longe. – Os malabaristas vão entrar a qualquer minuto. Precisamos sair daqui.

Swanton o encarou.

– Mas é possível consertá-la? – indagou ele. – Isso é diferente das cartas. Ela falou sobre aquele ano em Paris. Você se lembra do estado em que eu me encontrava. Aquelas semanas estão muito confusas em minha mente. – Ele coçou a testa. – Simon, e se for *verdade*?

– Então, teremos que corrigir o erro – disse Lisburne. – Em várias frentes. A Sociedade das Costureiras. A Maison Noirot.

Swanton recuou, como se tivesse levado um golpe físico.

– Meu Deus, eu me esqueci. Não sou apenas eu, certo? Madame. As meninas. É pior para elas, não é? Isso é um pesadelo.

– Sim. – Lisburne olhou ao redor. – E perdi madame.

Devido ao traje chamativo de Leonie, não chamar atenção não era uma tarefa das mais fáceis. Por outro lado, ela era uma DeLucey e uma Noirot. Até prima Emma conseguir a guarda das meninas, os pais de Leonie deixavam as filhas correrem soltas pelas ruas, onde aprenderam maneiras pouco honestas de enfrentar o mundo. Embora restrita, a experiência fora bastante educativa.

Leonie sabia disfarçar que carregava um segredo. E, se quisesse matar alguém, ninguém olhando para ela diria isso.

De qualquer maneira, ela ainda não tinha certeza de quem merecia ser morto.

Ela seguiu sua presa por toda a parte sul da passagem coberta da Gothic Piazza, entrando e saindo através de Kennington Lane.

Durante todo esse tempo, o cavalheiro parecia estar censurando a mulher e, de vez em quando, a criança recomeçava a chorar.

Estaria ameaçando chamar as autoridades, ou criticando a atuação das duas?

Quando alcançaram o pátio de carruagens, pareciam estar discutindo e o cavalheiro dava a impressão de querer arrastar a mulher para algum lugar. Então ele olhou ao redor, para os dois lados da New Bridge Street. Um pouco depois, uma carruagem de aluguel saiu do amontoado de veículos do pátio. O cavalheiro fez um sinal.

Leonie praguejou baixinho. Ela queria poder averiguar se o que estava vendo era real ou um golpe, mas sua posição era pouco favorável. A cena dramática fora muito inesperada. Embora ela fosse boa em ler expressões, e ainda melhor em descobrir fraudes e golpes, não tinha tido uma visão clara. Agora estava incerta, uma sensação que odiava.

Talvez a cena no teatro fosse exatamente o que aparentara ser e aquele cavalheiro que lhe era vagamente familiar fosse um dos amigos de Swanton lidando com um contratempo, como os aristocratas costumavam fazer pelos companheiros. Talvez a mulher estivesse bêbada ou alucinando. Talvez o cavalheiro tivesse a intenção de levá-las até o magistrado mais próximo. Talvez ele a estivesse ameaçando ou subornando para que fosse embora.

Talvez, talvez, talvez.

Não que a verdade fizesse alguma diferença, pensou Leonie. O estrago estava feito. Ela teria que encontrar uma maneira de consertá-lo – algo que, no presente, não tinha a menor ideia de como fazer. Lidar com escândalos era a especialidade de Sophy. Mas nem mesmo ela poderia conceber um contra-ataque que alterasse o rumo das coisas.

Foi por isso que Leonie seguiu o trio. Ela não sabia exatamente o que havia visto, mas era mais produtivo do que atacar Swanton e quebrá-lo em pedacinhos.

E, assim, ela ficou ali. Observando.

Então finalmente o patife se ergueu e ela o viu.

O sol já havia se posto e a lua ainda não tinha surgido, mas centenas de luzes iluminavam Vauxhall. Era um cenário tão poético e romântico quanto Lisburne podia desejar – mas do qual não podia usufruir, depois do que acontecera.

Ele ficou no meio do caminho que passava na frente das praças, escutando pela metade dois amigos de longa data de Longmore, Crawford e Hempton, discutindo sobre a motivação da atitude de Theaker: se ele estava tentando agradar a Swanton ou se era mais um de seus truques para atormentar o rapaz.

Enquanto isso, Leonie havia desaparecido.

Após uma busca rápida no teatro, ele correu para fora, onde poderia ficar de olho na entrada. Ela não teria ido embora sem as meninas, disso ele tinha certeza, e enviou um amigo atrás delas. Agora, só precisava ficar de olho naquele canto dos jardins.

Ele estava debatendo se fizera a coisa certa mandando Swanton procurar por ela, em vez de mandá-lo para casa, quando, olhando para a entrada pela centésima vez, Lisburne a viu.

Ela se aproximou da maneira usual – um gracioso flutuar de fitas e laços e a inabalável autoconfiança –, mas algo no modo como ela se portava lhe deu uma sensação muito ruim.

Naturalmente, ele partiu para a ofensiva, marchando para encontrá-la.

– Onde diabo a senhorita estava? – indagou.

– Nos bastidores – respondeu ela.

– A senhorita não estava nem perto do palco. Eu olhei. Procurei por toda parte e fiz Swanton também sair para buscá-la, para tirar a mente do coitado daquela cena tão constrangedora.

– *Não* venha se zangar comigo. E nem banque o devoto superprotetor, porque...

– Superprotetor! *Devoto!*

– Tenho certeza de que essa demonstração de possessividade comove outras mulheres, mas não a mim. Não estou com paciência para ser subjugada, comandada, nem para ouvir sermões. Percebo que sua natureza é protetora...

– Por certo que não é!

– Não seja ridículo – devolveu ela. – O senhor se coloca ao lado de lorde Swanton como se fosse da Guarda Pretoriana e tenta raciocinar no lugar dele, como se ele fosse mentalmente incapacitado. Não vi nenhum sinal disso. Ele me parece um homem perfeitamente normal e saudável, e vejo que não lhe falta virilidade, se aquela mulher não estiver mentindo.

– Mas que inferno, a senhorita não sabe de nada sobre... – Ele se interrompeu ao perceber que algumas cabeças estavam se virando em sua direção. – Não podemos ficar discutindo aqui... muito menos sobre a *virilidade* de Swanton. – E ele precisava se acalmar.

– Entendo que esteja aborrecida – prosseguiu ele, com muita calma. – Tem motivos mais que suficiente para isso. Mas podemos conversar sobre o assunto de maneira racional, em um lugar menos público? Crawford e Hempton estão olhando para nós e tentando se aproximar para ouvir sem serem vistos.

Ela lançou um sorriso deslumbrante para Crawford e Hempton e os dois velhacos intrometidos ficaram envergonhados. Eles logo se viraram e começaram a conversar com certa animação.

– Não vamos *discutir* nada agora – disse ela. – Preciso encontrar minhas meninas e levá-las para casa antes que algum engraçadinho decida humilhá-las com as tolices de Swanton. Alguém vai querer submetê-las a piadas sem graça, para mexer com elas. Mas é possível que também façam provocações mais óbvias e obscenas. Precisamos tirá-las daqui.

– Mandei Geddings atrás delas – disse ele, referindo-se a um dos inúmeros e desesperançados admiradores de Clara. – Ele conhece as rotas dos passeios de Simpson. Se tiverem seguido uma delas, ele as encontrará sem problemas. Além disso, Geddings é um sujeito grandalhão, cujos golpes são notoriamente mortais. Com a posição de guarda dele e o talento de Simpson para evitar problemas, suas meninas poderão aproveitar a noite sem serem incomodadas. Quanto a isso, não há com que se preocupar.

Ela o olhou por alguns instantes, o semblante impassível.

– Um garçom está guardando um enorme camarote vazio para nós – disse ele. Lisburne havia subornado o garçom para que fizesse isso. Ele gesticulou. – Então, se me fizer a gentileza, madame. Ah, sim, sei que não mereço nenhuma gentileza, mas estou contando com seus impulsos de caridade.

Isso lhe rendeu um olhar exíguo, que foi um pouco mais encorajador do que o anterior.

– Percebo que prefere não ser vista comigo.

– Muito pelo contrário, gosto de ser vista com o senhor – respondeu ela. – Sua roupa sempre realça os pontos fortes da minha. Escolhi este vestido porque percebi que seu camareiro sempre prefere um tom de verde para combinar com seus olhos: um alfinete de esmeralda, ou colete verde, ou um bordado verde em um colete branco. Isso é muito conveniente, pois as ruivas sempre ficam bem em tons de verde e amarelo, que poucas mulheres conseguem usar.

Ele percebeu o tremor na voz dela. Estava furiosa. E por que não?

– Obrigado. Minha humilhação está completa.

– *A sua?!* – exclamou ela. – Minhas meninas foram reduzidas a m-motivo de piada. Minha loja pode não se recuperar jamais...

– Vou consertar isso, prometo – disse ele. – A senhorita está zangada. Tem todos os motivos para estar. Pode me odiar o quanto quiser. Pode odiar Swanton também. Mas preciso que nos odeie em um lugar menos público. E imploro para que aceite alguma comida e bebida. Está tremendo.

– De raiva – rebateu ela, levantando o queixo e piscando com força.

– A senhorita precisa se sentar. Precisa de uma bebida.

– Não preciso de nada.

Ele lhe tocou de leve.

– Vamos – disse ele. – Não me faça carregá-la.

Se Lisburne a carregasse, ela desmoronaria.

Leonie permitiu que ele a segurasse pelo braço e a levasse ao camarote.

Ela se sentou, tentando se recompor – e imaginando como perdera a compostura para início de conversa –, enquanto Lisburne dava ordens ao garçom.

Mal o rapaz se retirou, lorde Swanton apareceu. Assim que a viu, ele começou a se desculpar.

Ela ergueu a mão.

– Não – disse ela. – Não diga nada.

Ele olhou para lorde Lisburne.

– Sente-se – disse Lisburne. – Não diga nada.

O poeta sentou-se. Parecia arrasado.

Mas por que ela se importaria? Para ele, era um problema temporário, para o qual seus advogados aplicariam uma cura infalível: dinheiro. Para ela e as meninas, era uma catástrofe.

– Eu não *entendo* – disse ela. – O senhor não tinha a mínima noção?

Swanton meneou a cabeça.

– Juro...

– Nenhuma ideia de que pudesse ser chamado à responsabilidade em público? – indagou ela. – Porque eu me lembro de uma ou duas menções no *Foxe's Morning Spectacle* a problemas com mulheres. Nunca lhe ocorreu que poderiam ser avisos, e não apenas a tentativa de divulgação de escândalos?

Swanton coçou a ponta do nariz.

– Não sei. Lisburne pode lhe contar. Eu recebo cartas todo dia de alguém que afirma que prometi isso ou aquilo, inclusive casamento.

– Mas aquelas eram típicas cartas de pedidos, ou tentativas incompetentes de fazer chantagem – disse Lisburne. – Quem as escreveu parecia ignorar o fato de que Swanton chegou a Londres há pouco tempo. Ele não poderia ter estabelecido o tipo de "relacionamento" reivindicado. E nem ter cortejado ninguém. Não teve tempo. Sou testemunha disso.

– Então a mulher está mentindo – disse Leonie. – Foi uma trapaça para desacreditá-lo, nada mais que isso?

Lorde Swanton olhou para o primo.

– Quem está por trás disso? – indagou Leonie.

Ela queria gritar, mas eles já haviam atraído atenção suficiente.

– A Sociedade das Costureiras perdeu no mínimo cem libras em encomendas esta noite, porque acabamos ficando maculadas por exposição. Não posso contra-atacar sem saber da verdade – afirmou ela.

– Minha querida, prometo... – disse Lisburne.

– Não – ela o interrompeu. – Nada de *minha querida*. Nunca mais. É mais do que provável que eu perca clientes também pelo mesmo motivo. Serão necessárias semanas, talvez meses, para desfazer o estrago. O mínimo que os *cavalheiros* aqui presentes podem fazer é dizer a verdade.

– Bem que eu gostaria – disse Swanton. – O problema é que não sei.

Capítulo nove

Do homem só se espera desalento –
Méritos ele quase não tem;
O homem é cruel e violento;
Falso e indiscreto ele é também.
O homem é ciumento e tem vaidade,
É mentiroso, caprichoso e ordinário
Mas as mulheres, em sua totalidade,
Acham que a vida sem ele é um calvário.

– *Gazeta Literária*, 1818

Pela primeira vez, Leonie não estava escondendo nada.

Pela primeira vez, seu rosto refletia seus sentimentos, e Lisburne os entendia muito bem.

Ela olhou fixamente para Swanton, exprimindo incredulidade.

– A menininha – disse Swanton. – A mulher falou que ela não tinha 5 anos. Falou que aconteceu em Paris. Pode ter acontecido.

– Pode ter acontecido – repetiu Leonie.

– Ele não se lembra – explicou Lisburne. – E não adianta tentar fazer com que se lembre.

– Está alegando amnésia? Porque, de outra forma... – Ela fechou os olhos por um instante. – Eu não me choco com facilidade, lorde Swanton. – A voz dela era quase firme. – Mas admito que estou um pouco surpresa. Havia tantas mulheres em sua vida em Paris que o senhor *perdeu a conta*?

O rosto de Swanton ficou corado.

Não havia como ajudá-lo. Ele só falaria desajeitadamente. As explicações ficariam por conta de Lisburne, como sempre.

– Foi um período difícil – começou ele. – Depois que meu...

– Corrija-me se eu estiver errada, lady Alda – disse uma voz feminina vindo de algum lugar próximo. – Eu sempre pensei, pelo menos meu pai general assim me disse e, como todos sabemos, ele está sempre certo... Mas o que eu estava dizendo mesmo? Ah, sim, eu sempre pensei que, nesta nossa grande nação, um homem era inocente até que provassem o contrário.

Todos à mesa de Lisburne ficaram em silêncio.

O enrubescimento desapareceu do rosto de Swanton, que assumiu a expressão concentrada que sempre tinha quando compunha seus versos.

– Sim, claro, qualquer coisa é possível, ou assim alguns acreditarão – prosseguiu Gladys. – As pessoas também acreditam em duendes. Talvez você não tenha percebido, minha querida, que o Vauxhall é notório por atrair pessoas esquisitas, principalmente aquelas desesperadas por atenção. Havia aquele sujeito... como era o nome dele? O Grande alguma coisa. Como era mesmo? Cerca de dez anos atrás, eu acho. Li sobre ele em um dos livros do Sr. Hone. O senhor sabe a quem me refiro, Sr. Bates?

Uma voz masculina respondeu. Não era Bates. Seria *Flinton*? Aquele sujeito tímido que vivia aterrorizado pela tia-avó? Conversando com Gladys?

Swanton virou a cabeça de um lado para outro tentando localizar os falantes.

A conversa parecia vir de trás do camarote, mas não dava para ter certeza. Tantas vozes... E a orquestra estava tocando. A voz de Gladys não era mais alta do que a das outras pessoas. Era apenas mais vibrante, como a de um pássaro canoro.

Essa era uma imagem estranha para se referir a Gladys.

– Sim, obrigada, lorde Flinton – disse Gladys. – O Aerial. Era esse o nome que eu queria. Algumas vezes chamado O Grande Desconhecido, como o senhor lembrou. Ele acreditava que sua beleza era única no mundo. Ele se pavoneava diante do público bem ali, na frente da orquestra, distribuindo cartões e desafiando os espectadores a mostrar alguém que se igualasse a ele.

Dessa vez foi a voz de Bates que respondeu algo. Em seguida, lady Alda Morris fez algum comentário.

Gladys riu.

– Isso teria sido bem mais divertido, sem dúvida – disse ela. – E imagine, minha querida, se eu estivesse ali para ver a expressão no lindo rosto dele quando eu aceitasse o desafio!

Outra voz masculina entrou na conversa. O sujeito disse apenas uma palavra ou duas, não o suficiente para que Lisburne o identificasse.

As vozes começaram a desaparecer.

Swanton pulou da cadeira, olhando ansioso ao redor.

– Onde ela está? – indagou ele. – Aquela voz!

– É apenas Gladys – disse Lisburne. – Uma pena que ela não pôde subir ao palco. Ela projeta tão...

– É ela? Aquela voz!

– Sim, perfeitamente audível – disse Lisburne.

– Preciso encontrá-la!

– Recomendo que não o faça.

– Ela me defendeu!

– Apenas para aborrecer lady Alda, garanto. Confronte Gladys e você se arrisca a se tornar seu alvo. Estou avisando: ela tem um jeito mordaz de usar as palavras.

– Então deixe que ela faça o pior – disse Swanton. – Eu até desejo que alguém o faça.

E então foi embora.

Leonie o observou sair.

– Ele é louco? – perguntou.

– Está exausto – respondeu Lisburne, e se levantou. – É melhor não deixar que ele vá sozinho. Está completamente fora de si.

Ela acenou com a mão enluvada.

– Vá. Não o estou segurando – respondeu ela.

Também estava exausta, embora disfarçasse bem.

Ele olhou na direção para onde Swanton havia ido e de novo para ela.

– É melhor vir comigo. A senhorita não pode ficar aqui sozinha.

O sorriso dela era frio.

– Duvido que eu fique sozinha por muito tempo.

Era verdade. Pelo menos cem homens ali, naquela noite, ficariam felizes em tomar o lugar de Lisburne. Talvez duzentos.

– Duvido que ele se machuque – disse ela. – Se quiser conversar com lady Gladys, terá que abrir caminho no grupo de admiradores dela. O senhor devia estar muito preocupado para não reparar quantos cavalheiros a acompanharam.

– Só contei três vozes masculinas. Lady Alda e Clara também estavam com ela. Os três homens poderiam ser admiradores de qualquer uma delas.

– O *Spectacle* de amanhã nos dirá. Isto é, se sobrar algum espaço depois que acabarem de destruir lorde Swanton, a Maison Noirot e a Sociedade das Costureiras.

Embora ela falasse com calma, ele detectou um sinal de raiva e pesar.

– Nós vamos resolver isso. Eu lhe dou a minha palavra.

– E me dará o Botticelli também, não se esqueça.

Ele estava tentando decidir o que retrucar a isso quando ela olhou ao redor e chegou mais perto, lançando sobre ele o estonteante perfume de lavanda. Isso não ajudou nem um pouco o Departamento de Respostas Inteligentes.

Baixando a voz, ela indagou:

– Ele não *lembra*?

Lisburne inclinou-se na direção dela, cuidando para evitar os acessórios de seu penteado.

– Swanton estava meio perturbado – disse ele, mantendo a voz baixa. – Depois que meu pai morreu... – Era difícil colocar em palavras. Ele detestava falar sobre aquela época. – Quando chegamos a Paris, procuramos nos divertir da maneira que os jovens costumam fazer. Swanton não tem energia para a libertinagem. Ficou doente. Quando se recuperou, só tinha lembranças confusas das semanas anteriores.

Ela novamente se recostou na cadeira. Levantou as pontas dos dedos e as colocou na têmpora.

– Eu sei que soa ridículo – disse ele. – No mínimo. A senhorita deve se espantar com a devassidão à qual nos dedicamos.

– Nunca me espanto com nada em matéria de homens.

– Tentamos ser completamente desregrados. Começamos frequentando certas festas exclusivas, onde havia um grande estoque de jogos, bebida, ópio e mulheres caras. Duas semanas disso quase nos mataram. Talvez a droga tenha destruído a memória dele. Ou talvez ele seja assim mesmo. A mente dele é como um oceano turvo, e algumas coisas afundam até as profundezas, como navios perdidos em tempestades.

– O senhor não acha que ele teria alguma lembrança, ainda que distante, de ter seduzido uma jovem inocente?

– É algo tão distante da natureza dele que só poderia ter acontecido naquelas duas semanas, mas tenho dificuldades para imaginar onde e quando ele teria encontrado mulheres inocentes nessa época.

– Mas nós não *sabemos* – respondeu ela. – Eu não colocaria a credibilidade da mulher em questão, a não ser que tivesse plena certeza. Muitas mulheres acabam na Sociedade das Costureiras, ou nas ruas, porque é sempre culpa da mulher, e agora talvez nem tenhamos mais uma Sociedade das Costureiras para acolhê-las.

Ele estava chocado. Nunca a vira tão perto das lágrimas. Ele se lembrou do quanto ela estava confiante, da graciosidade com que subira ao palco, da maneira como cativara a plateia, da expressão radiante quando voltou aos bastidores, na certeza do próprio triunfo.

Em poucos minutos, ela perdera tudo o que conquistara.

Agora o estrago ia muito além de desfazer tudo o que haviam alcançado. Ele se lembrou da visita à Sociedade das Costureiras. Sabia quando havia sido fundada e como era sustentada. Sabia que ela e as irmãs haviam colocado dinheiro na Sociedade, mesmo já não lhes sobrando muito dos ganhos da loja. Lembrou-se dos planos de expandir a instituição para a casa ao lado. Se o apoio que haviam conseguido com tanto sacrifício chegasse ao fim, poderiam perder tudo o que tinham conquistado. E se as clientes da loja também desaparecessem...

Não adiantava nada ficar pensando no *se*. Era um pesadelo, como Swanton afirmara, e ele não fazia ideia nem de metade do problema.

– Vou descobrir o que está acontecendo – disse Lisburne. – Juro. E vou consertar tudo.

Ela se virou para o lado, pestanejando, e deu um breve sorriso.

O garçom apareceu com a ceia.

A chegada do garçom trouxe Leonie de volta à realidade.

Ela olhou para cima e viu, atrás dele e em todo lugar ao redor, uma ilha da fantasia. Estrelas brilhavam no céu e luzes cintilavam entre as árvores e sobre as edificações. Quando atravessara o caminho coberto que levava ao grande camarote, ela observara o local da orquestra, com suas luzes multicoloridas, uma estrutura que poderia ter sido construída pela magia das *Mil e uma noites*. Dali vinha o som de música de verdade. Uma orquestra tocava e pessoas dançavam. Não era música feita em casa nem de realejos nas ruas.

Suas meninas escutariam música de verdade naquela noite, talvez pela primeira vez na vida. Elas veriam também as maravilhas do Vauxhall: os quadros e esculturas, o templo gótico e o chinês, a Fonte da Águia e a Caverna Submarina, os ermitões que liam a sorte, os malabaristas, as dançarinas, os acrobatas. E os fogos de artifício. Vauxhall, acima de tudo, significava jardins e um belo lugar ao ar livre, diferente de ruelas estreitas e quartinhos modestos.

Ela pensou na casa apertada que ela e as irmãs haviam se sacrificado para transformar em um lar confortável e atraente para meninas rejeitadas. Pensou em prima Emma, que teria ficado muito orgulhosa do trabalho que as irmãs haviam feito. Leonie sentiu um aperto no coração.

Observou Lisburne tirar as luvas. Por algum motivo, a visão daquelas mãos aristocráticas lhe deu vontade de chorar.

Ficou olhando para a comida no prato e também tirou as luvas, embora sentisse que não seria capaz de engolir nada.

– Quando foi a última vez que a senhorita comeu algo?

– No meio da tarde. Eu pretendia jantar antes de vir para cá, mas estava muito... – Ela engoliu em seco. – ... agitada. – Ela piscou com força. – Pela ocasião.

Lisburne a encarou por um instante, o rosto tenso.

– Eu vou dar um jeito nisso. Prometo. Mas a senhorita precisa comer alguma coisa. Um pouquinho de presunto. Veja. – Ele cortou um pedaço do presunto que estava em seu prato e o mostrou a ela. – O presunto de Vauxhall é famoso. É tão fino que a gente pensa que não engoliu nada que pudesse ser considerado carne. Não, a gente pensa que está ingerindo uma poção feita por fadas.

Ele imitou Swanton em seu estilo mais poético e sincero, e ela não conseguiu deixar de rir. Ainda assim, sentiu um peso e morreu de medo de cair em lágrimas.

Não pense no amanhã, disse a si mesma. *Não pense em fracasso. Você já passou por coisas piores. Assim como todos os Noirots e DeLuceys.*

Mas ela estava cansada demais para lidar com problemas. Extremamente cansada de perder tudo e recomeçar. E, dessa vez, não sabia se podia contar com Marcelline e Sophy para ajudá-la.

– Não se preocupe – disse ele. – Eu devia ter percebido: a senhorita já suportou aborrecimentos demais para uma única noite. Vou levá-la para casa.

Lisburne pagou pela ceia intocada e a levou embora. Ela se sentia humilhada demais para travar qualquer luta a respeito de abandonar as meninas da Sociedade das Costureiras, por isso ele teve que lhe certificar somente três vezes de que Simpson as enviaria para casa, com a preceptora, em uma carruagem de aluguel, que tudo já fora arranjado com antecedência e que ela não poderia realmente querer que elas saíssem antes dos fogos de artifício.

Como levaria horas até o fechamento do Vauxhall e como os que estavam na plateia de Swanton ficaram indignados demais e já haviam ido embora, Lisburne não demorou para conseguir sua carruagem de volta.

Se estava surpreso diante da partida repentina, Vines era disciplinado demais para demonstrar qualquer sinal de confusão ao ver a Srta. Noirot subir no veículo, em vez de Swanton.

Durante a viagem, Leonie contou a Lisburne o que estivera fazendo nas horas em que sumira. Embora pudesse sentir os cabelos arrepiando-se, Lisburne procurou controlar-se para não brigar com ela por colocar-se em tamanho perigo. Ele não falaria que, vestida como estava, ela era um convite para problemas. Nada terrível acontecera, disse ele a si mesmo. E agora já era tarde para discutir.

Mesmo assim, sua aflição ficou visível e, quando ela terminou o relato, ele precisou de enorme autocontrole para dizer apenas:

– Devia ser Meffat na outra carruagem. Ele e Theaker andam juntos desde os tempos de escola. Não estou surpreso. Quando vi Theaker levar a mulher embora, percebi que os dois estavam envolvidos. Devem achar que é uma brincadeira muito divertida. Eles sempre gostaram de atormentar Swanton.

Ela olhou bem para Lisburne.

– Eles são os mesmos com quem você brigou na escola? – perguntou ela.

Ele disfarçou a própria surpresa.

– Alguém tinha que fazer isso. Como ficou sabendo?

– Clevedon – respondeu ela. – Mas saber que eles estão implicados não nos dá a certeza de que contrataram aquela mulher para bancar a pobre iludida e nem que a encorajaram a colocar lorde Swanton em uma situação embaraçosa na frente de todos.

– A senhorita não acha muita coincidência o fato de terem encontrado por acaso justamente a mulher com quem Swanton poderia ter tido um caso de duas semanas? Em Paris?

Ela se virou, parecendo observar a paisagem que ia mudando ao andar da carruagem. Mas ele sabia que ela estava raciocinando. Era o jeito como ela se posicionava, a inclinação da cabeça e a curvatura do pescoço.

– Não é de todo impossível – disse ela por fim. – Eu estava tentando me recordar de onde eu conhecia Theaker. Foi na British Institution. Quando o senhor me segurou e...

– Eu me lembro. Em detalhes.

Ele se lembrava de como ela ficara arrebatada diante de um quadro que tantos outros desprezaram.

Lisburne se lembrava da seda, da renda, dos laços e do calor do corpo dela em suas mãos. Ele se lembrava do delicioso murmúrio do francês perfeito quando ela lhe agradeceu, e do leve e atraente sotaque de Paris em seu inglês irretocável. Ele se lembrava do perfume, simples, puro e completamente encantador.

– Eu percebi a presença deles. Theaker e o amigo – prosseguiu Leonie. – Pareciam estar com os outros, mas, ao mesmo tempo, estavam separados. Via-se que eram cavalheiros. Se a Mulher Misteriosa estivesse andando por ali, procurando uma maneira de chegar a Swanton, ela poderia tê-los visto e se aproximado. Ou eles poderiam tê-la notado.

Lisburne foi trazido de volta para a irritante realidade. Uma bela noite de verão arruinada por causa de Theaker e Meffat. Quando ele pusesse as mãos naqueles dois, iria matá-los. Lentamente.

– Como ela é jovem e atraente, eles não resistiriam a se aproximar – disse ele. – Embora eu ache que não o teriam feito caso ela estivesse com a filha. É difícil dizer. É bem possível que eles a tenham encorajado a incluir a criança nesta noite, para tornar a cena ainda mais comovente.

Eles eram canalhas o suficiente para pensar nisso. Theaker com certeza era. Se, em vez de arquitetar um plano completo, eles apenas tivessem aproveitado a chance de ajudar a mulher a constranger Swanton, seria antiesportivo matá-los mesmo assim?

– Posso imaginar que a multidão ao redor de Swanton tenha intimidado a mulher – disse Leonie. – Ela podia estar desesperada, mas não sabia como chegar perto dele. E, se ela parecesse vulnerável, eles mesmos teriam se aproximado, achando que haviam encontrado uma presa fácil.

Ela assentiu, satisfeita diante desse possível cenário, e as flores que enfeitavam sua cabeça balançaram, em um movimento incongruentemente feliz.

– Eu sabia que precisava segui-los – disse ela. – Então, quando eu a vi entrar na carruagem de aluguel e não se mostrar alarmada porque outro homem já estava lá dentro, tive certeza de que estavam juntos nessa história. – Ela alisou as luvas. – Isso mesmo, a situação melhorou.

– Tudo esclarecido, então? – indagou ele.

Ela o encarou.

Ele sorriu.

– A senhorita conseguiu limitar a angustiante cena e suas centenas de possíveis interpretações a apenas duas linhas de investigação. Posso visualizar o livro de registros na sua cabeça. Ou talvez, quando chegar em casa, a senhorita crie uma página no livro. Uma coluna para a Teoria A, outra para a Teoria B.

– Alguém tem que ser organizado. É preciso manter os pés no chão.

– Eu sei – disse ele. – Acredite. Eu sei.

A casa de Leonie estava escura quando eles chegaram, deixando Lisburne preocupado.

– Onde estão as criadas? – indagou enquanto destrancava a porta privativa nos fundos do prédio.

– Dormindo – respondeu Leonie. – Eu tento não fazê-las esperar por mim acordadas.

Ele não podia imaginar como ela se despiria sem a ajuda de uma criada. Provavelmente duas. Mas, então, sua mente começou a explicar o processo de despi-la e isso o levou a pensar nas maneiras em que ele poderia ajudá-la.

Lisburne afastou aquela linha de raciocínio.

Não fazia sentido deixar-se levar por fantasias. Só iria aumentar sua frustração. Não seria possível despi-la essa noite. Talvez nunca, se ele não consertasse a situação.

Nem todo o encanto do mundo a conquistaria depois de uma noite tão desastrosa.

– Uma delas terá que ser acordada – disse ele. – A senhorita precisa comer alguma coisa.

– Posso encontrar comida aqui embaixo. Estou acostumada a cuidar de mim mesma, como o senhor já percebeu. Nós nos mudamos para esta casa grande há poucos meses. No passado, tínhamos apenas uma criada. Na verdade, houve tempos em que não tínhamos ninguém e cuidávamos de nós mesmas.

– Se a senhorita subir as escadas no estado em que está, tem grande chance de tropeçar e quebrar o pescoço. As chances de sobreviver aumentarão se a senhorita subir segurando com força no corrimão. Vou acordar alguém e pedir que prepare uma refeição com o que tiver na despensa. – Ele fez um sinal com a mão. – Suba.

– Fenwick deve estar acordado – disse Leonie. – Ele não gosta de dormir cedo. Não cresceu em um mundo organizado e com regras.

– Vou encontrá-lo.

O prédio era alto, mas, como muitos outros em Londres, era estreito. Construções desse tipo tendiam a seguir o mesmo desenho. Ele sabia que os quartos dos criados deveriam ser bem menores que o de sua casa de campo em Regent's Park. É verdade que ele jamais havia se aventurado lá embaixo, pois o dono da casa simplesmente jamais o fazia e a violação dessa regra abalaria o estado mental dos criados. A administração de uma casa era um mecanismo delicado e complexo. Estados mentais abalados poderiam ser desastrosos.

Ao mesmo tempo, ele tinha uma imagem clara do andar térreo. Entendia cada uma das casas. Conhecia quem trabalhava ali, o que faziam e o quanto custavam. Ele havia vivido no exterior, mas isso não queria dizer que abandonara sua propriedade e os que trabalhavam para ele. Com posição, poder e fortuna vinham também encargos. Aquela fora uma das primeiras lições que seu pai lhe ensinara.

Alguém precisava ser organizado. Alguém precisava manter os pés no chão e assumir a responsabilidade, estando pronto ou não.

Pouco tempo depois

O marquês de Lisburne havia preparado sanduíches. Para *ela*.

Leonie ficou encarando a bandeja nas mãos dele, depois seu rosto, questionando se teria adormecido e entrado em uma terra de maravilhas e milagres.

– O garoto está meio adormecido e não entendi quase nada do que ele disse – explicou Lisburne. – Conheço várias línguas, mas não a que ele estava falando. Resolvi explorar o lugar por mim mesmo. Encontrei um pedaço de pão, presunto, queijo e mostarda. E também uma boa garrafa de vinho. Eu sei como se abre uma garrafa de vinho. Sei até como se faz um sanduíche.

Ele colocou a bandeja sobre a mesa.

Leonie ainda não havia ido ao quarto de vestir para iniciar o tedioso processo de troca de roupa; tirara apenas a mantilha. Ela não passara da sala de estar. Ao entrar, viu um dos cadernos de Sophy na mesa. Leonie o abriu e analisou aquela letra tão familiar, vertendo algumas lágrimas. Ela estava feliz pela irmã. Por ambas as irmãs. De verdade. Elas haviam se apaixonado e seus amados haviam se casado com elas, apesar de descobrirem que faziam parte dos Terríveis DeLuceys, além de serem Noirots, a parelha francesa dos DeLuceys. Isso era milagroso e magnífico. Elas estavam felizes, e ela queria isso para as irmãs.

O problema era que ela estava cansada, a noite fora difícil e desestimulante, e ela não havia comido e, portanto, sim, ela estava... emotiva.

Ela sabia de tudo isso. Assim, resolveu controlar-se.

E de repente ele atravessou a porta trazendo os sanduíches que preparara para ela com as próprias mãos aristocráticas.

Naquele momento, ela desistiu de lutar e se apaixonou por ele.

– Espero que tenha a intenção de se juntar a mim – disse ela, da maneira mais resoluta possível. – O senhor não pode achar que eu vou comer tudo isso.

– Eu esperava ser convidado. Estou morrendo de fome. Ao contrário de Swanton, não possuo sensibilidades delicadas e não sou capaz de viver de *sentimentos*.

Ele transferiu da bandeja para a mesa os pratos, taças e a garrafa, apoiou a bandeja na parede mais próxima e pôs-se a servir.

Ele pegou a cadeira de Marcelline e colocou-a em uma posição que não ficava nem de frente para Leonie nem ao lado dela.

– Coma – disse ele. – Trabalhei muito para preparar isso.

– O senhor é obcecado por fazer as pessoas comerem.

– E a senhorita trabalha demais para pular refeições. Precisa de suas forças. As meninas da Sociedade precisam de sua força. Eu preciso de sua força. Temos um mistério para solucionar e precisamos fazer isso sem demora. – Ele ergueu a taça de vinho. – Mas não nesta noite. Agora, vamos acalmar nosso turbulento espírito e sustentar nosso corpo com comida e bebida. Amanhã, nós dois iremos à caça.

– Nós dois – repetiu ela.

– Nós temos um problema. É de nosso interesse resolvê-lo juntos. Eu jamais o resolverei com Swanton. Preciso do seu cérebro. Aquele que limitou cem possibilidades a apenas duas. Esse cérebro. Amo esse cérebro.

O coração dela quase parou. Ela ergueu a taça.

– À justiça então – disse ela.

– Sim – respondeu ele. – Esta noite, só nós dois.

Por mais perturbador que fosse, os dois estavam sozinhos. Perturbador porque Lisburne podia sentir a ausência das irmãs. Ele não era um homem muito sensível. Aquela sensação nada tinha a ver com sentir o espírito de alguém na casa. Eram os pequenos sinais por toda a sala: um caderno aberto, cuja letra era feminina, mas não era a dela... um caderno de desenhos que devia pertencer à duquesa de Clevedon... três cadeiras ao redor da mesa... miudezas que indicavam outras personalidades. A sala em si havia sido preparada para três pessoas.

Era estranha a sensação de alguém não estar presente, mas, enquanto comiam, ele conduziu a conversa para assuntos mais leves. Fenwick era uma boa escolha. Lisburne descobriu que Leonie estava lecionando para ele e que o garoto aprendia depressa. Sua fala já havia melhorado, ele aprendera o alfabeto e já sabia escrever o próprio nome. Reconhecia muitas palavras, principalmente em impressos. Havia feito um enorme progresso, embora ela só trabalhasse com ele havia poucas semanas, em horários aleatórios. Mas, quando ele ficava cansado ou agitado, as consoantes e vogais do dialeto dos bairros pobres de Londres voltavam e ficava difícil entender o parentesco daquela língua com o inglês.

– A senhorita tem ideia do que levou sua irmã a tirá-lo das ruas e trazê-lo para esta casa?

– Sophy achou que tamanha inteligência criminal seria perigosa demais se fosse deixada solta nas ruas e que seria muito mais útil em nossas mãos.

– Eu só o vi abrir portas para as clientes – disse Lisburne, enchendo de novo as taças.

– Ele tem grande afinidade com cavalos e um extenso conhecimento sobre carruagens. Faz amizade com todos os cavalariços, cocheiros e condutores de carruagens de aluguel. Conseguimos muitas informações úteis dessa forma. Os antigos amigos e conexões dele já nos ajudaram mais de uma vez a resolver certos problemas. E nossas clientes parecem gostar dele, algumas chegando a se afeiçoar a ele. Mas nós não temos o hábito de recolher meninos das ruas, como o senhor parece estar insinuando. Optamos por nos dedicar às mulheres.

Mais de dois anos de esforços... destruídos em poucos minutos por dois aristocratas.

Ele tinha que consertar a situação. O que significava que precisava clarear a mente primeiro. Precisava pensar.

Terminaram de comer e ele não tinha mais desculpas para ficar. Já estava mais que na hora de ir embora.

Ele se levantou, com a intenção de se despedir, mas desistiu. Ela parecia tão sozinha, sentada a uma mesa para três. Lisburne podia imaginar três cabeças – uma morena, uma loura e uma ruiva – inclinadas, juntas, para fazer confidências, reclamações e brincadeiras.

Então ele olhou ao redor.

– Por favor, me diga que alguém mora com a senhorita, além dos criados – disse.

– Selina Jeffreys se mudou para cá, por insistência de Clevedon. O senhor não a encontrou porque ela já deve ter ido dormir há horas.

– Achei que a preceptora seria a mais indicada. Uma mulher mais velha.

– Como dama de companhia? – Ela levantou uma sobrancelha. – Não sou uma dama. Modistas não precisam de damas de companhia.

– Talvez não, mas muitas mulheres têm um homem em casa, nem que seja por segurança.

– Minhas irmãs e eu não somos como muitas mulheres. O senhor parece Clevedon falando. Ele quer que eu me mude para a Residência Clevedon. Pode imaginar isso?

Ele podia. Seria a melhor e mais sábia atitude.

E seria extremamente inconveniente.

– Queriam que eu tivesse um lacaio me seguindo toda vez que saio de casa, como Marcelline. Não sei como ela suporta isso. Mas ela não anda se sentindo muito bem ultimamente. De qualquer maneira, sei que é apenas uma forma de me fazer sair daqui. Ele quer que paremos de trabalhar na loja. Tem outros planos para nós. Mas eu não estou... pronta.

Lisburne pensou, e teve que pensar muito, porque as mulheres em seu mundo não trabalhavam e ele tinha dificuldade para percebê-la como uma mulher que não pertencesse ao seu mundo. Quem quer que a tivesse criado lhe dera uma educação igual à de uma dama. Ela era uma dama. Estava ali, em seu modo de falar, suas maneiras, seu jeito de caminhar. Não era uma atuação. Não havia nada a ser revelado.

Entretanto, ela não era uma dama.

Ele andou pela sala, admirando a coleção de gravuras na parede. Uma dúzia de ilustrações sobre moda francesa. E, surpreendentemente, um conjunto de gravuras satíricas de Robert Cruikshank. Cada uma delas retratando excessos e absurdos da moda.

– Imagino que a senhorita ficaria entediada – disse ele. – Sem nada para fazer. Quando uma pessoa não cresceu dessa maneira, a vida deve parecer vazia. Oh, isto aqui é brilhante.

Ele parou diante de uma gravura cujo título era *Um dândi desmaiando ou um almofadinha tendo um ataque*. Cruikshank havia desenhado a cena em um camarote de teatro. As imagens eram hilárias, assim como os balões de diálogo. Lisburne não teve como não rir.

Ela se levantou e se postou ao seu lado.

– Acho que os cavalheiros são tão meigos – disse Leonie.

– "Cuidado para não sujar a roupa branca do querido amigo" – ele leu. – O outro responde: "Temo pelas consequências! Aquela última melodia do Signeur Nonballences o deixou em tamanho êxtase." Haha! Eu vejo a mim mesmo. E Swanton, claro.

– O senhor é, sem dúvida, um almofadinha. Poderíamos culpar Polcaire, mas o resultado seria o mesmo. A gravura zomba dos cavalheiros, representando-os com um jeito afetado e efeminado. Mas exagera demais para conseguir o efeito cômico. A realidade é bem diferente. Muitos dândis que conheci são, por certo, homens tão *viris* quanto lorde Swanton.

Lisburne a olhou. Ela estava observando a gravura e sorrindo.

Seu ânimo havia melhorado bastante. Ele fizera a coisa certa ao obrigá-la a comer e beber. Eles haviam esvaziado a travessa de sanduíches e a garrafa de vinho.

Agora ele precisava agir com inteligência e ir para casa.

– Acho que já cumpri minha missão – disse ele. – A senhorita não se parece mais, nem de longe, com o pobre do dândi que estava desmaiando. Ainda assim, precisa dormir, ou não me servirá de nada amanhã. E estarei aqui bem cedo.

– Lá para o meio-dia, o senhor quer dizer – disse ela.

– Por aí, sim.

Ele olhou ao redor do quarto, procurando seu chapéu.

– Pode deixar a bandeja, os pratos e talheres sujos para a criada lavar – disse ela. – Eu sei que em ocasiões especiais cavalheiros costumam fazer seus próprios sanduíches. Mas duvido muito que seus nervos aristocráticos possam suportar o choque de lavar e secar.

– O chapéu – disse ele. – Só estou procurando meu chapéu. Agora me lembro. Lá embaixo. Deixei-o na mesa ao lado da porta.

– É melhor eu levá-lo até a porta. Se Fenwick estava mesmo dormindo quando chegamos, é melhor não o acordarmos de novo.

– Obviamente, a senhorita não é uma dama. Nenhuma dama teria preocupações com o sono de um criado.

Pare de adiar ir embora, disse ele a si mesmo.

Ela foi até a porta e a abriu. Passou por ele, fitas e renda tremulando, seda murmurando.

Ele a seguiu escada abaixo, aliviado por ver que ela estava mais firme sobre os próprios pés e recuperada.

Ele encontrou o chapéu perto da porta.

– Eu queria que esta noite tivesse sido perfeita. Sinto muito por ter sido o contrário – disse.

– A primeira parte foi boa. – Ela deu uma leve risada. – E a ceia também. Obrigada. Foi muito gentil de sua parte.

Ela se aproximou, ficou na ponta dos pés e o beijou no rosto.

Surpreso diante dessa atitude, ele virou a cabeça no exato instante em que a boca de Leonie estava ali. Os lábios de Lisburne tocaram os dela e, quando ele deu por si, uma de suas mãos estava segurando a nuca dela, enquanto a outra a puxava para mais perto, e ele a beijava com toda a ferocidade que vinha reprimindo durante aquela longa noite.

Capítulo dez

Piedade, integridade, coragem, caridade, obediência, consideração, sinceridade, prudência, atividade e alegria, com as disposições que brotam delas e as qualidades amáveis que delas se originam, podem, assim presumimos, quase definir os predicados morais recomendados para a conduta diária e o comportamento habitual de jovens damas.

– *O livro das donzelas,* 1829

Ela agira por impulso, só isso.

E ele ficou ali, a lamparina acesa do corredor lançando um brilho sobre os cachos dourados de seus cabelos. Naquele momento romântico, a fantasia simplesmente suplantou a realidade, a praticidade e a lógica, e Leonie fez o que qualquer outra moça faria, depois que um homem lhe preparasse sanduíches e a fizesse falar, rir e parar de afundar na tristeza e na autopiedade. Ela o beijou de volta.

O problema era que ela não era uma moça como as outras. Seus impulsos vinham de um lugar profundo e estreito, onde ela acumulava anos e anos de segredos.

Ao primeiro toque dos lábios dele, a porta do alçapão se abriu, como a tampa da caixa de Pandora. Os segredos de seu coração pularam para fora e avançaram, como um enxame, sobre o cérebro sensível de Leonie, invadindo-o, e ela se entregou ao abraço apertado de Lisburne sem um segundo de hesitação, sem o mínimo receio.

Ela sempre era a que tinha os pés no chão. Era a pessoa lógica, organizada mas, mesmo assim, caiu de cabeça, com toda a imprudência.

Leonie enlaçou o pescoço de Lisburne e arqueou o corpo para que se ajustasse ao dele. Ela retribuiu o beijo com todas as suas forças, e o tempo lhe pareceu uma eternidade de fúria malcontida.

Eles tiveram um suave encontro de lábios antes que a ternura desse lugar a uma premência selvagem, que ela não sabia identificar, não compreendia e nem possuía as armas corretas para combater. O que quer que fosse, aonde quer que levasse, era irresistível.

Ela já havia sido beijada antes, também de maneira ousada, e gostara. Com Lisburne, ela havia adentrado um reino completamente diferente. Chamar o que ele fez com ela de beijo era chamar o oceano de água. Ela se perdeu naquele beijo. Afundou no estranho regozijo e no prazer brutal e voluptuoso que ele proporcionava: o calor do torso musculoso, a pressão possessiva dos braços, a roupa delicada e a lã macia roçando em seu corpo. Uma erótica combinação de sabor e movimento tomou conta dela.

Ela queria ficar ali, segura nos braços dele, para sempre.

Um alerta soou em sua consciência, mas ela se recusou a ouvi-lo.

Ele deslizou a mão pelas costas dela, chegando até as nádegas e a puxando contra si. Havia muita coisa no meio do caminho. As camadas do vestido, os enfeites e todas as anáguas eram como um colchão de penas colocado entre o casal. A vida de Leonie eram as roupas, mas, naquele momento, ela desejava se livrar delas.

Ele interrompeu o beijo, a respiração acelerada.

– Preciso ir embora – disse ele. – Agora.

– Sim – assentiu ela, tentando ser sensata.

Em outro canto do seu cérebro, em uma ilha pacífica entre os mares revoltos dos sentimentos, seu intelecto continuava a trabalhar. Ele a lembrou do que acontecera mais cedo naquela noite, de tudo o que estava em jogo, de tudo o que as pessoas que dependiam dela e da loja poderiam perder. O plano brilhante de Lisburne a colocara em uma enrascada e ela precisava sair dela. Não havia tempo para se apaixonar e ter o coração partido.

Leonie ficou de pé por um instante, a cabeça baixa, a testa descansando nas dobras do lenço de pescoço dele, lutando contra si mesma. Precisava voltar ao seu mundo organizado, o lugar estável onde poderia viver em paz. Ela sabia disso. Tentou colocar esse fato no foco de sua mente, mas o tecido delicado do lenço de Lisburne a impedia.

Tão cuidadosamente colocado e amarrado no início da noite, agora ele pendia vacilante e amassado. A última vez que ela o vira assim fora no Hyde Park. Na chuva. Quando eles se beijaram e quando, percebeu, ele lhe ensinou a querer mais dele do que apenas beijos.

Ela deixou suas mãos deslizarem até o nó. Queria muito desamarrá-lo e tocar com os dedos o pescoço nu dele.

Lisburne cobriu a mão dela com a sua.

– Preciso ir – disse ele.

– Sim – concordou ela.

Leonie moveu a mão para enredar seus dedos nos dele. Pele com pele. As mãos deles eram quentes. As mãos entrelaçadas descansavam sobre o coração dele. Ela podia senti-lo bater. Ou talvez não. Seu próprio coração batia tão depressa que ela não saberia dizer.

– Vou embora agora – insistiu ele, tirando a mão dela da sua. – Vamos conversar amanhã, quando estivermos mais... calmos.

Ela não queria ficar calma.

– Sim – concordou ela, obrigando-se a recuar, afastando-se dele, afastando-se do tecido delicado, da lã, do corpo grande e cálido, onde se sentia tão segura quanto perdida.

Ele segurou a cabeça dela em suas mãos, puxou-a de novo para perto e a beijou, passando os dedos por seus cabelos, desmontando o penteado, espalhando grampos, flores e laços.

Alguma parte responsável do cérebro de Lisburne devia estar funcionando, porque ele finalmente a soltou.

Ela deu um passo para trás e disse a si mesma que era melhor assim. Alguém precisava resistir à tentação e ela não tinha mais ideia de como fazê-lo.

Ele pegou na maçaneta.

Então...

– Meu chapéu – disse ele. – Mas que coisa. Meu chapéu!

Ela queria bater o pé no chão, particularmente em cima do maldito chapéu. Sentia uma furiosa horda de desejos e decepções que devia reprimir. Precisava empurrá-la de volta para aquela pequena caixa-forte que era o seu coração. Queria ir embora para algum lugar silencioso, longe dele, e deixar de ser tola.

Mas não. Tinha que ficar e fingir que estava completamente calma e ajuizada e que só estava esperando ele sair para trancar a porta.

Enquanto isso, ali estava ele, todo elegante e gracioso, tentando enxergar alguma coisa no jogo de luz e sombras da entrada. Ali estava ele, no exato lugar onde o poste lançava um brilho, como se fosse um halo, no topo de sua cabeça, ressaltando os cachos de ouro escuro. Como o lenço de pescoço, eles também já não estavam em perfeita ordem, mas amassados, como se ele tivesse acabado de acordar. Ela se lembrou da sensação de passar os dedos por aqueles cachos grossos. Podia quase senti-los agora em suas mãos.

O quadro de Botticelli surgiu em sua mente e ela imaginou a deusa do amor colocando suas mãos sobre a pele nua do deus da guerra. Viu Marte tocando em Vênus, em lugares que algumas mulheres não ousavam tocar em si mesmas.

Leoni colocou as mãos na cintura e esperou. Viu a cabeça dele se imobilizar e os cachos voltarem para seus lugares, quando finalmente ele encontrou o chapéu no chão, onde o largara.

Ele o pegou e o colocou na cabeça, agarrou a maçaneta, abriu a porta e foi embora.

Menos de um minuto depois, antes que ela tivesse tempo para se livrar da decepção e da angústia e chegasse até as escadas, ele entrou de novo, bateu a porta atrás de si, jogou o chapéu sobre a mesa e a tomou nos braços, tudo em um só rompante.

Ele a beijou, passando as mãos sobre ela, os braços, as costas, apertando-a contra seu corpo. Leonie cravou os dedos nas costas dele e tentou ficar ainda mais perto.

A boca de Lisburne soltou a dela e ele se afastou.

Ela o empurrou e começou a se virar, para que ele pudesse ir embora – para o inferno, se dependesse dela. Mas ele a agarrou pelos braços e, quando deu por si, ela estava pressionada contra a parede e ele se inclinava sobre ela, dizendo, com voz rouca e baixa:

– Que droga, Leonie.

– Não sou *Leonie* para o... – retrucou ela, e a boca de Lisburne abafou aquela resposta zangada.

Ela deveria fazê-lo parar. Deveria feri-lo, se fosse necessário.

Mas nem fingiu lutar. O melhor que pôde fazer foi ficar onde estava, com a palma das mãos na parede, enquanto ele a arrastava de novo para a tentação, a boca e a língua provocando e exigindo, até ela oscilar à beira do que sentia ser um mar turbulento, cujas ondas se revolviam para arrastá-la para baixo.

Leonie tinha consciência das mãos dele pressionando a parede, junto às laterais do rosto dela. O corpo longilíneo estava a poucos centímetros de distância, prendendo-a, e seu cheiro, mais penetrante e carregado do que antes, tomou o pequeno espaço. O gosto dele estava em sua boca, percorrendo por sua mente, misturando-se ao estonteante cheiro masculino. Ela perdeu o equilíbrio e suas pernas queriam ceder e, se não se apoiasse nele, escorregaria pela parede.

Lisburne interrompeu o beijo.

Ela estava levantando a mão para golpeá-lo porque estava afundando e ele estava brincando com ela, quando o lorde colocou os lábios em seu rosto.

Leonie prendeu a respiração.

E então ele a estava beijando por todo o rosto, beijos carinhosos que a fizeram sentir dor e querer chorar.

Ela era capaz de lidar com a luxúria.

Mas não com tamanha ternura.

Ela não podia se mover. Ficou parada, encantada, derretendo-se, enquanto beijos caíam como uma lenta chuva de verão sobre seu rosto. E assim ela ficou, sem reagir, enquanto seus lábios iam descendo por seu pescoço, pelos ombros e, conforme tudo derretia, ela não tinha mais certeza se estava de pé ou caindo.

Ficou ali, perdida, enquanto ele tirava as mãos da parede e pegava seu rosto, descia lentamente sobre os ombros, sobre os seios, e ela precisava descobrir outra maneira de respirar, em um ritmo acima, abaixo ou igual àquele enorme assomo de sentimentos e sensações.

Anseio e prazer se misturaram e, em algum lugar entre deles, abaixo deles, conduzindo-os, havia uma efervescência de desejo para a qual ela não tinha sequer um nome.

A voz dele, rouca e profunda, ressoava em seus ouvidos.

– Me mande parar.

– Não – respondeu ela.

– Não deixe a decisão comigo – disse ele.

As palavras vinham entre beijos no pescoço.

– Deixarei – retrucou ela.

Se quisesse, ele que parasse. Ele sabia o que estava fazendo. Ela era inexperiente e, além disso, fraca em relação a ele. Deixou que ele decidisse.

– Leonie.

O som do nome dela, a maneira como ele o pronunciou, fez o coração de Leonie saltar. Não era justo que ele pudesse fazer isso com ela. O que ele queria? Por que não tomava o que estava tão obviamente lhe sendo entregue?

Ela levantou a mão e agarrou um pedaço do lenço de pescoço.

– Vá – disse ela. – O que o está impedindo? Por que saiu e depois voltou? Eu lhe implorei alguma coisa? Estou segurando você aqui?

– Você não me fez parar – respondeu ele.

Lisburne deixou a critério dela – da que havia se apaixonado e cujo coração ele iria partir, da que não sabia nada sobre fazer amor, além da parte mecânica, e esse conhecimento era *inútil*.

– Muito bem – disse ela. – Pare de brincar comigo.

Ela largou o lenço de pescoço, reuniu toda força de vontade que conseguiu encontrar e o empurrou com a maior força possível. Depois ela se afastou e começou a subir as escadas, afastando os cabelos que haviam caído sobre o rosto.

Ele era homem. Era de se esperar que desejasse Uma Coisa na vida.

Quão difícil isso deveria ser?

Marcelline deveria ter...

– Você não vai trancar a porta? – surgiu uma voz atrás dela.

– Quando tiver certeza de que você foi embora – respondeu Leonie.

– Não é seguro.

Ela continuou a subir.

Não é seguro. Qual era o problema dele?

Quando saiu do primeiro lance de escadas, ela ouviu o ferrolho sendo fechado com força.

Seu coração disparou.

Ela subiu ainda mais depressa os degraus que faltavam e entrou na sala de consultas. Reposicionou o manequim e endireitou os livros de desenho. Não tinha importância se ele voltasse e saísse outra vez. Ela sobrevivera à devastação em Paris e a uma catástrofe em Londres. Havia sobrevivido ao casamento nobre das irmãs. Em algum momento, ele tomaria uma decisão. E ela sobreviveria a isso, independentemente do que acontecesse.

Enquanto isso, Leonie passaria por todos os cantos do estabelecimento, se necessário, colocando tudo em perfeita ordem até que *ela* estivesse em perfeita ordem.

Ela ouviu os passos dele no corredor e sentiu a pausa que ele fez na soleira da porta. Não se virou.

– Você sabe que não posso sair quando não há ninguém para trancar a porta depois – disse ele.

– Boa desculpa – zombou ela.

– Venha aqui – disse ele.

O sangue de Leonie ferveu. Por um instante, o mundo ficou vermelho. Ela queria uma arma. Um machado enferrujado serviria, sem problemas.

Ela se virou.

– Venha aqui? – repetiu ela. – *Venha aqui?* O que há de *errado* com você?

– Tentei ir embora. Mas não posso deixá-la dessa maneira.

Ele fez um gesto vago ao redor de si.

– Não pode me deixar em minha própria casa?

– Não quero... não me dei conta... – Ele se interrompeu, franzindo o cenho. – Você está zangada e não é seguro...

– Você não sabe de nada a meu respeito.

– Se está tentando me dizer que pode tomar conta de si mesma, eu sei que não é verdade. Você deveria ter me dado um tapa ou um chute, ou mesmo me enfiado um alfinete de chapéu. E não fez nada disso!

Ela não achava possível ficar ainda mais enfurecida sem explodir em chamas, mas sentiu o rosto pegar fogo e as labaredas se espalharem por toda parte: constrangimento, frustração e uma imensa e caótica fúria.

– Eu não queria impedi-lo – gritou. – E como você ousa *me* culpar, quando sabe exatamente o que está fazendo? *Não* finja que não tem se esforçado para me seduzir desde o dia em que nos conhecemos. Você e sua ridícula aposta. Não importa para você se vai perder ou ganhar, porque pretende conquistar aquilo que realmente deseja. Quando se trata de sedução, você ultrapassa qualquer outro homem que conheci. Até os que ainda vou conhecer, provavelmente. Muito bem, você conseguiu. E ficou surpreso? Indignado? Está *fazendo objeções*?

– Não foi isso o que eu quis dizer.

– Você mesmo sabe o que quis dizer? – indagou ela. – Porque suspeito que não. Acho que você é como os outros homens, principalmente os aristocratas, que se cansam mais depressa do que a maioria. Desejam o que não podem ter e, quando conseguem, perdem o interesse. Muito bem. Você perdeu o interesse.

– Não perdi. *Não* foi por isso...

– Mas que engraçado. Eu perdi. Estou entediada agora. Quero que saia de minha casa. Gostaria de poder lhe pedir para sair da minha vida, mas isso não seria prático e eu sou uma pessoa prática, teimosa e organizada. Você bagunçou todo o meu trabalho, minhas responsabilidades, minha vida... você e o tolo do seu primo, que não consegue lembrar se engravidou ou não uma mulher, embora perceba cada margarida murcha e cada pardal que possa ou não estar sofrendo.

Para seu próprio horror, ela explodiu em lágrimas.

Ele se moveu na direção dela. Leonie pegou o objeto mais próximo – uma almofada de alfinetes – e atirou nele.

– Leonie.

Ela correu em direção à porta, tentando controlar o choro que teimava em querer despedaçar seu peito.

Ele a agarrou antes que ela alcançasse a porta e a abraçou, erguendo-a do chão.

– Não! – Ela bateu no peito de Lisburne e o chutou, em completo descontrole. – Ponha-me no chão! Estou cansada de você!

Ele a levou até a espreguiçadeira, como se ela fosse uma de suas clientes, prontas para desmaiar por excesso de sensibilidade ou de delicadeza, quando era o contrário e ela desejava fazer algo violento. Ele não a colocou sobre o móvel, mas sentou-se com ela no colo, enquanto Leonie lutava contra ele e a dor que ameaçava sufocá-la.

– Eu odeio você – disse ela, em um engasgo. – Odeio você e seu primo idiota. Vocês estragaram tudo!

A cabeça de Leonie afundou nos ombros de Lisburne e ela parou de lutar e começou a chorar. Estava muito infeliz – constrangida, desolada, furiosa. Tinha motivos para chorar. A vida que construíra com tanto sacrifício estava desmoronando. Ela estava apaixonada por um deus romano e todos sabiam aonde isso a levaria.

Lisburne não podia deixá-la ali, sozinha, em prantos.

Não podia deixá-la de jeito nenhum, podia?

Agora, ela estava em seu colo, quente, corada e descabelada, os cabelos literalmente despencando, as falsas tranças soltando-se de suas amarras. Então, para se dar tempo de decidir o que fazer, ele se pôs a desmontar de vez o penteado dela.

Tirou as flores e, com cuidado, desfez a trança falsa, coberta de fitas. Desatou os nós no topo da cabeça e, suavemente, soltou os cabelos dela, ali e nas laterais. Os cachos próximos das orelhas se soltaram também, caindo pelos ombros de Leonie.

Ela ficou em silêncio enquanto ele trabalhava. Quando terminou de remover os últimos grampos, ele a levantou de seus ombros para sentá-la. Ela manteve os olhos fechados e a cabeça afastada dele.

Ele observou o pescoço macio e teve certeza de que não iria embora tão cedo.

Você conseguiu, ela dissera, e ele não soubera explicar porque não sabia ao certo do que o fizera comportar-se daquela maneira. Se não a tivesse tomado nos braços, poderia ter entendido. Mas perdera o controle, ele a beijara e a trouxera para perto de si. Então, toda vez que ele tentava ir embora, era difícil demais e parecia que não ficar não fazia o menor sentido.

Ele não conseguia raciocinar agora. Toda aquela turbulência – a paixão, a raiva e o resto – parecia ainda estar ali, pulsando sob a superfície, e essa turbulência não deixava sua mente ficar clara.

Ele tinha nos braços uma linda mulher, o cheiro dela era delicioso, ela era sensual e curvilínea e ele a desejara pelo que parecia ser uma eternidade, e havia desmanchado seus cabelos, que caíram em uma cascata de ondas sobre seus ombros e costas.

Ele quis ver aqueles cachos avermelhados contra as costas nuas.

Encontrou o gancho nas costas do decote e começou a abrir o vestido. Ela inspirou com força e deixou o vestido descer, mas sem dizer nada. Permaneceu sentada, em silêncio, esperando.

Lisburne também não disse nada. Não conseguia pensar direito. O risco de dizer alguma coisa errada era grande demais.

Concentrando-se nos ganchos, ele conseguiu percorrer todo o caminho das costas do vestido. Tinha consciência da própria respiração se acelerando, enquanto os dois lados do vestido se separavam e ele podia ver as belas costuras de seu espartilho, as linhas e rodopios de cordões amarrando o algodão acetinado. A delicada camisa de dentro estava saindo pelos intervalos das amarras do corselete, bem na beira do decote.

Ele beijou a nuca de Leonie, acima do colar, depois abaixo, continuando a descer, criando um caminho de beijos suaves até as provocantes partes da camisa de dentro.

Ele a ouviu prender a respiração e soltá-la com um tremor.

Lisburne ainda não estava firme enquanto abria dois grandes ganchos nas costas da cintura dela. O vestido se abriu, bem abaixo da cintura, onde uma grande fenda ficava escondida sob uma dobra da saia. Mesmo com a abertura maior, tirar a parte de cima do vestido não era uma tarefa fácil, principalmente com os enchimentos das mangas, que ele precisava desamarrar e retirar. Mesmo assim, ele o fez com bastante eficiência, considerando-se que um homem quase nunca dedicava seu tempo para lidar com tais detalhes e nem precisava fazê-lo. Mulheres experientes sempre encontravam maneiras de preparar a situação com antecedência. Mais comumente, elas nem se importavam em tirar muitas peças de roupa.

Mas isso era diferente, embora ele não soubesse dizer por quê ou como.

Ele apenas fez um plano, como sempre fizera. Tinha uma ideia geral de como as partes se juntavam. Além disso, estivera estudando as roupas dela e fantasiando como abri-las.

Ele a fez erguer-se e ela obedeceu, sem olhar para ele. Lisburne se ajoelhou e desamarrou as fitas dos sapatos dela, fazendo seus pés deslizarem. Ele se levantou, levando consigo a bainha do vestido. Procurou sob a saia e desamarrou a anágua que o mantinha armado. Desceu a anágua e a tirou. Levantou o vestido pela cabeça e o jogou no chão, onde ele murchou com um fraco murmúrio.

– Há séculos que desejo fazer isso – disse.

Ela olhou para o próprio corpo.

Ainda havia várias camadas de roupa. Corselete, camisa de dentro, ligas, meias.

E então, pele. As partes macias e rosadas.

Lisburne estava ficando muito impaciente.

Ele a virou de costas, colocou a mão por baixo da camisa e desamarrou as calçolas, que escorregaram até o chão. Ela fechou os olhos, engoliu em seco e deu um passo para fora delas.

O coração de Lisburne batia descontrolado, como o de um rapazola prestes a ter sua primeira vez.

Ele a trouxe para perto de novo, inclinou a cabeça e beijou-a no pescoço, contornando a curva dos ombros. Ela tremeu. Ele também, o pulso galopante, as mãos não tão firmes quanto deveriam quando começou a trabalhar nos cordões do corselete. Os laços estavam sobre a curva das nádegas, cujo formato era lindo. Sem toda a artificialidade do vestido, as formas dela eram reais, com curvas suaves.

Perfeita.

O cheiro dela estava em todos os lugares. Lavanda e Leonie impregnavam-se nas roupas de baixo, uma fragrância muito mais intensa porque estava muito mais perto da pele. O coração dele batia forte e sem ritmo.

Ele queria agir com pressa. Mas obrigou-se a desatar o corselete com a mesma calma com que havia feito com o sapato e o vestido. Ele não era um menino, mas um homem experimentado, e sabia que um homem não apressava a mulher.

O corselete estava se abrindo e as mãos dela subiram para segurá-lo por cima dos seios. O gesto, tão inocente, fez a garganta dele dar um nó.

Ele começou a beijar suas costas, enquanto desprendia as cordas da camisa de dentro. Ela ainda segurava o corselete, cobrindo-se. Ele fez uma trajetória de beijos pelos braços dela, os braços nus, que ele ainda não vira. Ele os agarrou, a palma das mãos curvando-se pela pele cálida e sedosa, enquanto ele beijava atrás das orelhas dela, primeiro uma, depois a outra. Ela emitiu um pequeno som; se era uma risada ou choro, ele não sabia dizer.

Lisburne cobriu as mãos dela com as suas e as levantou do corselete deslizando-o para baixo. Quando ela quis segurá-lo, ele colocou as mãos nos seios dela. Ela arfou. O tecido fino estava quente, devido ao calor que vinha da pele de Leonie. Ele segurou os seios dela e os apertou.

– Ah – arquejou ela.

Ele a beijou no pescoço e nas orelhas, enquanto a acariciava, e ela soltou o corselete, deixando-o cair no chão. Estava tremendo outra vez, a respiração presa.

Se ele fosse capaz de raciocinar, talvez hesitasse. Poderia ter refletido sobre o significado das reações dela. Mas estava muito além do que se pode chamar de raciocínio. O mais perto que ele chegou foi pensar nas roupas, na pele e no que ele precisava fazer para conseguir o que queria. A diferença entre uma moça de experiência limitada e uma sem nenhuma experiência não lhe passou pela cabeça.

Ele virou o rosto dela e a beijou na boca, passando os braços ao redor dela. Mas, dessa vez, não havia indecisão ou dúvida. A armadura se fora e ela era macia, sensual e se moldava perfeitamente ao abraço dele, como se fosse a sua Vênus. Não havia mais decisões sobre certo ou errado, melhor ou pior.

Beijos profundos o embriagavam. A pele dela era como veludo ao toque. Ele tirou a camisa de dentro e a jogou de lado. Pegou os seios e os beijou e os sugou. Acariciou a barriga e desceu a mão, devagar, até os caracóis cor de cobre entre suas pernas. Quando a tocou ali, ela perdeu o ar.

Ele parou.

– Estou machucando você?

– Não. – Ela abriu os olhos, tão azuis. – Minhas meias – disse ela, a voz rouca.

O som fez com que um calor tomasse conta dele, ameaçando explodir as partículas de seu autocontrole.

– Quero deixá-las aí mesmo – conseguiu dizer.

Ela tremeu.

– E você? – respondeu.

– Vou tirar meu casaco.

Ela o encarou, os olhos arregalados e enevoados.

– Mais – disse ela, levantando as mãos até o lenço de pescoço e o desamarrando sem jeito, as mãos tão sem firmeza quanto as dele. Ela desenrolou o lenço e o deixou cair no chão. Apressadamente, desabotoou o colete e em seguida a camisa. Ela se abriu.

– Assim – sussurrou ela. E o beijou. Na base da garganta. E mais beijos, movendo-se para baixo, como ele fizera com ela.

Se ele não agisse rápido, envergonharia a si mesmo.

Ele a levou de volta para a espreguiçadeira.

Seu primeiro plano era agir sem pressa, mas já fizera isso, durante aquele tempo interminável, despindo-a, acariciando-a, como se ela fosse um passarinho que ele precisasse adestrar. Em sua primeira avaliação, não levara em conta a voz, os olhos e o toque dela.

Ele tirou o resto da própria roupa de baixo – sapatos, meias, calças – de maneira afobada, como se não tivesse um segundo a perder, como se o passarinho fosse voar para longe. Sua camisa chegava até as pernas, mas não escondia sua ereção, e ele percebeu que ela se afastou um pouco, os olhos arregalados.

Se alguma coisa pudesse tê-lo alertado para a verdade, teria sido isso, mas ele já não estava mais raciocinando.

Ele tirou a camisa por cima da cabeça e a jogou de lado.

– *Mon Dieu!* – exclamou ela.

O sangue pulsava, ressoando nos ouvidos dele, mas Lisburne fez uma pausa diante daquele som leve porém impactante. Ela o estava estudando, os olhos bem abertos e o observando de cima a baixo, parando no membro intumescido.

Então, ela inspirou profundamente e expirou, dizendo em francês, com a voz trêmula:

– Você é lindo. Aproxime-se.

Ela ergueu os braços, e ele foi até o divã para mergulhar neles.

Leonie estava apavorada, mas não iria parar.

Marcelline não havia lhe explicado nem uma fração do que era o sexo: o que um toque poderia fazer... a sensação da boca de um homem em sua pele... o prazer surpreendente quando ele tomou seus seios nas mãos e os acariciou... e, agora, aquele corpo longo e belo arqueado sobre o dela, os cachos rebeldes roçando-a no queixo, enquanto ele a enchia de beijos no pescoço e dali para baixo... o choque quando os lábios dele tocaram seus mamilos, sugando-os, a maneira como o calor corria dali até a ponta da barriga e a fazia gemer, arquear as costas e proferir sons que ela mesma desconhecia.

Não havia palavras para explicar isto: a maneira como ele não conseguia ficar parado, não conseguia parar de tocar... a maneira como ela precisava enterrar o rosto na pele dele, porque não conseguia saciar-se do cheiro e do sabor daquele homem.

Ninguém era capaz de explicar o desejo, a força que a levava a não parar, como uma correnteza furiosa.

Ninguém precisava explicar mais.

Ele deslizou a mão pela barriga dela e desceu para o local entre as pernas, onde a tocara antes. Ela sabia que ele o faria, mas ficou surpresa assim mesmo. Depois, ele se moveu para baixo e sua boca estava onde suas mãos estiveram e ele a estava beijando ali. O corpo de Leonie doía e se retorcia e ele acrescentou o polegar, levando o prazer para além de qualquer coisa. Foi num crescendo contínuo, até que ela sentiu que não poderia suportar, mas de alguma maneira suportou, porque não conseguia parar e, se ele parasse, ela morreria.

Nesse momento, ela havia perdido qualquer senso do que estava fazendo, pois seu corpo havia assumido o comando. Ela sentia o próprio sangue correr pelas veias e esmurrar o coração. Tudo vibrava, inclusive as pernas, até que a sensação aumentou, como uma explosão interna, e ela deixou escapar um pequeno grito, enfiando os dedos na carne dele, para se segurar, para não voar até o teto.

Então, ela o sentiu levantar-se e, no instante em que abriu os olhos para ver o que ele estava fazendo, ele a penetrou.

Ai!

Ela sabia que iria doer, pelo menos um pouco, mas isso foi antes, quando ela possuía um cérebro e agora ela estava surpresa, infeliz e desconfortável.

– Droga, Leonie – disse ele.

Ela o encarou. O homem que se parecia com um deus suava como um mortal, parecendo atordoado e selvagem.

– Eu não sabia – disse ele. A voz era rouca.

Ela mal conseguia encontrar a própria voz. Quando falou, parecia o som de uma mulher embriagada.

– Não sabia o quê?

– Foi sua primeira vez, não foi?

Era uma acusação.

– Tenho andando muito *ocupada* – respondeu ela.

Um momento longo e pulsante. Então ele soltou uma gargalhada, balançou a cabeça e a beijou.

– Agora não adianta mais parar – disse ela quando ele levantou a cabeça.

– Não estou parando – retrucou ele. – Já é tarde demais.

Ele estabilizou o próprio peso e enganchou as pernas dela sobre seus braços. Ela sentiu o lugar onde ele se apoiava ceder um pouco, e a sensação de estar sendo esmagada se atenuou. Ele se moveu para dentro dela e os músculos dela se relaxaram um pouco mais. E, em poucos segundos, o momento de transtorno terminou. As sensações retornaram com toda a força, e o calor, o prazer e a volúpia da penetração, da união de seus corpos, acalmaram suas apreensões e medos.

Ele continuou a se mover dentro dela, devagar, e o corpo dela cedeu, acomodando o dele. O calor aumentou e ela estava vibrando outra vez, como fizera antes, mas de maneira mais febril e poderosa. Ele a penetrou de novo, e mais várias vezes, e o corpo dela respondeu àquele ritmo. Era como dançar em uma tempestade, como cavalgar ondas do mar. Ela se esqueceu do desconforto, esqueceu-se de tudo, menos dele e daquela junção arrebatadora.

Mais uma vez, as sensações pulsaram dentro dela e pareceram jogá-la para cima, como se algum deus a carregasse ao Olimpo. Sem nenhuma pausa, o mundo mortal quente e latejante, as sensações, a grande tempestade de sentimentos, giravam dentro e ao redor dela. Por fim, ela chegou ao seu destino, um momento longo e crescente de prazer e, em seguida, de libertação. Então ele afundou nela e a beijou e ela retornou ao mundo, as mãos entrelaçadas nos cabelos dele.

Capítulo onze

Há uma história das mais escandalosas sobre um determinado inglês, o Sr. H., em Paris, e dois órfãos, filhos de um barão alemão e uma inglesa: vamos esperar para saber se essa história alcançou nosso círculo de correspondentes.

– Revista *Lady's Magazine & Museum*, março de 1835

O divã era estreito, não fora projetado para duas pessoas. Mas, quando Lisburne se moveu para tirar o peso de seu corpo de cima de Leonie, ela se virou, ainda dentro do abraço, juntou as pernas nas dele e os dois corpos se moldaram um ao outro com facilidade, como se tivessem praticado durante anos. Então eles tiveram todo o espaço de que precisavam, o que era o mesmo que dizer nenhum espaço os separando, embora ele não estivesse mais dentro dela.

Lisburne estava quase cochilando, uma parte sua querendo pegar no sono, uma das mãos descansando confortavelmente sobre o quadril de Leonie. Mas havia um fragmento seu que continuava atento. Era a parte onde sua consciência trabalhava em verdadeiro frenesi – agora, quando era tarde demais, depois de ter ficado em estado de estupor durante o tempo em que ela poderia ter sido útil.

– Você está bem? – perguntou.

O rosto dela estava aconchegado ao peito dele e as palavras soaram ligeiramente abafadas.

– Agora sei por que Vênus tinha aquele olhar. Ela estava pensando, "O que acabou de acontecer? Estou bem? Como ele pode dormir em um momento como esse?"

Essa resposta estava longe de ser a que Lisburne esperava. Lágrimas, vergonha, medo, culpa – não eram essas as reações habituais?

Ele deveria saber melhor. Aquela era Leonie, a mesma que permanecera imóvel por pelo menos quinze minutos diante do Botticelli. Ela o fizera, e agora ele entendia, porque estava tentando organizar e sistematizar a cena em seu livro mental de registros.

– Ele está dormindo – disse ele, deixando de lado as apreensões por um instante – porque sente como se tivesse realizado todos os trabalhos de Hércules no espaço de poucos minutos. Da maneira mais agradável possível. Mas, mesmo assim...

– Isso exige um grande esforço por parte do homem – respondeu ela. – Agora eu entendo.

Agora ela entende. Graças a ele. Lisburne sabia que outros homens se deleitavam com virgens e pagavam altos preços por elas. Entre esses homens, não estava Simon Blair, o quarto marquês de Lisburne. Seu pai lhe ensinara que um verdadeiro cavalheiro só tinha relações íntimas com uma única virgem, que seria a sua esposa, na noite do casamento.

Lisburne só podia culpar a si mesmo pelo que acontecera. Leonie era inocente. Por mais sofisticada que parecesse, era apenas uma principiante. Lisburne, que tinha muita experiência, era o responsável. Ele devia ter pensado melhor. Devia ter enxergado a situação. Mas ficou cego por sua própria vontade.

Agora, quando era tarde demais, ele se lembrou dos sinais: a maneira hesitante com que ela o beijou pela primeira vez, a sensação que ele experimentou de que ela estava aprendendo enquanto agia. Meu Deus, ela mesma não lhe dissera?

Eu posso ser inexperiente, mas aprendo com muita rapidez, e qualquer coisa que aprendo, eu me proponho a fazer extremamente *bem.*

Inexperiente. Ele fizera com que a palavra tivesse o significado que desejava que tivesse. Nem sequer pensou na possibilidade de que ela fosse virgem. Achou que seria altamente improvável. Tinha 21 anos. Era uma modista que vivera em Paris. Era sofisticada, muito mais do que debutantes que já haviam passado por uma ou duas temporadas.

Sim, isso fazia com que a virgindade fosse improvável. Mas não impossível.

Seu intelecto, de cuja lógica ele tanto se orgulhava, deveria ter concebido tal possibilidade. Mas ele permitira que o desejo e a vaidade sufocassem seu bom senso. Recusara-se a enxergar os sinais.

– Você trabalhou bastante e, mesmo assim, não parece querer dormir – comentou ela.

– Estou pensando – explicou ele.

Ele a sentiu ficar tensa.

– Que cometeu um erro? – indagou ela.

– Que fiz algo que sei que é errado – disse ele.

– Oh, sua *consciência* – disse ela.

– Minha querida...

– Eu não tenho consciência. Só a entendo na teoria. Também não tenho um código moral. Não sou uma dama.

– Não faz diferença. Foi sua primeira vez.

– Minha primeira vez teria acontecido há séculos se eu tivesse tido mais tempo, ou tivesse criado mais tempo para os homens. Se não fosse você, teria sido outra pessoa, em algum momento. Eu quis que fosse você. Sabia que faria com que fosse prazeroso, como realmente aconteceu. Foi muito... bom. Quase posso perdoá-lo por ter arruinado a minha vida.

Ele a beijou no ombro mais uma vez.

– Acho que foi mais do que muito bom.

– Não tenho base para fazer comparações – disse ela.

– Eu também não tenho.

A cabeça dela se ergueu e ela se afastou para poder encará-lo.

– Você é minha primeira virgem – disse ele.

Apesar da tristeza consigo mesmo, ele não podia evitar o prazer de ver as curvas luxuriosas e a pele cremosa que fazia uma moldura perfeita para os cabelos dela. Ticiano teria desmaiado. Botticelli também.

– Você está zombando de mim – disse ela. – Nem quando era garoto?

Ele não gostava de falar sobre o pai exceto na intimidade da família. Mesmo agora, a sensação de perda o dificultava de falar. O tempo havia diminuído a dor, mas não a apagara. Ninguém, a não ser parentes próximos, entendia como era.

Entretanto, ele se apoiou em um dos cotovelos, como algum romano da Antiguidade se preparando para uma conversa durante o jantar, e explicou. As regras. O que um cavalheiro fazia ou deixava de fazer. Os porquês e os portantos. Ela ouviu, os olhos azuis bem focados, com toda a atenção. Ele sabia que Leonie estava refletindo sobre o que ouvia, organizando tudo em arquivos e anotando nas colunas de seu livro mental de registros.

Ele se sentiu ainda *mais* nu.

Quando Lisburne terminou, Leonie colocou a mão no queixo dele. Ele se virou para beijar a palma da mão dela.

Ela engoliu em seco.

– Essa não foi a melhor demonstração de bom senso que nós dois exercitamos. Mas, para ser justa, lorde Lisburne... – começou ela.

– Simon – disse ele. – Acho que quando duas pessoas estão nuas, compartilhando um móvel tão estreito, algum grau de informalidade deve ser admitido.

Ela balançou a cabeça.

– Ainda não estou pronta para informalidades. Não tenho certeza de que algum dia estarei. Acho melhor o senhor me chamar de Srta. Noirot quando estivermos nus. Principalmente quando estivermos nus. Em um momento como esse, quando...

Ela se interrompeu, pensando no que falara, os olhos se arregalando.

– Oh, céus, o que foi que eu fiz?

– Leonie.

Ela procurou por algo no meio das roupas descartadas, espalhadas pelo chão e por várias outras superfícies onde haviam aterrissado. Encontrou seu lencinho de renda e se limpou depressa com ele. Agarrou a camisa de dentro e a vestiu.

– Como eu pude ser tão tola?

– Leonie, não é preciso...

– É melhor o senhor sair.

Ela desapareceu atrás de uma cortina, que parecia ser de um provador.

– Não vou sair, de jeito nenhum. Eu esperava lágrimas. E histeria, mas esperava mais cedo. Você disse...

Ele parou de falar no instante em que ela abriu a cortina, agora usando um roupão quase transparente, completamente obsceno, por cima de uma camisa feita de névoa.

– É claro que estou histérica! – berrou ela. – Justo nesta noite, eu me esqueci completamente de Tom.

Ela saiu correndo do quarto.

Lisburne precisou de alguns instantes para encontrar sua camisa e jogá-la no corpo de qualquer jeito. Ele estava confuso e assustado, mas teve suficiente presença de espírito para evitar assustar criadas inocentes que pudessem estar andando pela casa.

Pensar nas criadas o fez parar. Fofocas... mais escândalos se espalhando sobre Leonie e a loja...

E se ela ficasse grávida...

Um filho. Um filho. Leonie carregando um filho seu.

Não, não, ele não pensaria nisso agora. Já havia muitos problemas com os quais lidar no momento. Um problema de cada vez e, nesse instante, o pânico dela tinha precedência.

Como ela não havia fechado a porta atrás de si, ele ouviu um som abafado de passos e subindo os degraus. Saiu correndo da sala, olhou para baixo da escada e, depois, para cima. Teve um vislumbre do finíssimo roupão.

Quando alcançou a passagem para o segundo andar, ele viu uma luz por baixo da porta da sala de estar. Encontrou-a ali, colocando papel e um tinteiro sobre a mesa onde haviam ceado.

– Não acredito que Tom, seja ele quem for, morrerá de tristeza se você não lhe escrever uma carta de amor nesta noite.

– Não seja ridículo. Quem tem tempo para cartas de amor? São negócios, milorde...

– Simon.

– São negócios, *mon cher monsieur.*

– Muito bem, vou aceitar o *meu caro senhor* porque você falou exatamente como uma parisiense.

– Cresci em Paris – disse ela. – Sendo a mais nova, passei a maior parte da minha vida lá. Por favor, não me distraia mais. Isso já é difícil do jeito como está. Talvez seja melhor o senhor ir para casa. Ou... – Ela afundou em uma cadeira e ficou olhando para a folha de papel. – Ou talvez o senhor possa encher uma taça bem grande de conhaque para mim. Odeio isso!

Ele foi até a mesa e viu o papel em branco.

Ela o encarou.

– O senhor tem noção de como é difícil para uma mulher pensar quando um homem quase despido está por perto?

Era difícil pensar perto de uma mulher quase nua, cujo cheiro e sabor eram deliciosos. O que ele queria era arrancar papel, tinteiro e tudo o mais que estava em cima da mesa, colocá-la ali e ensinar a ela algumas coisas novas.

– Em que você precisa pensar a esta hora da noite? A meia-noite já se foi há tempos – respondeu.

– Eu sei! E ele precisa ter isso antes das cinco da manhã, se eu quiser que ainda seja inserido hoje.

– Por favor, do que está falando, madame?

Ela o olhou.

– Tom Foxe. O *Spectacle*. Se eu não enviar meu relatório sobre Vauxhall, o mundo inteiro só vai ler o que os outros correspondentes tiverem escrito e eles vão fazer com que a loja e a Sociedade das Costureiras pareçam vigaristas e degeneradas. Mas é Sophy quem tem aptidão para escrever. Mas ela... ela não está aqui!

Ele aproximou uma cadeira da escrivaninha e se sentou. Tirou a pena das mãos dela e a recolocou no tinteiro. Pegou as duas mãos de Leonie.

– Eis o que vamos fazer – disse ele. – Primeiro você vai se acalmar. Em seguida, vai me explicar o problema do seu jeito sempre organizado. Depois, vou lhe trazer uma bebida, ou tentar ajudá-la, fazendo o que achar que seja mais útil.

Leonie olhou para as mãos entrelaçadas dos dois e pensou que aquilo não era muito sensato. Ela não podia confiar nele só porque tiveram uma interação extremamente íntima. Não queria ver nele alguém a quem pudesse recorrer quando estivesse em apuros, porque, quando ele fosse embora, ela sentiria ainda mais saudades. Era só olhar para si própria e ver como estava destroçada sem as irmãs!

Mas ela estava em grandes dificuldades e, algumas vezes, explicar um problema ajudava a encontrar alguma solução.

E ele estava praticamente nu. E a maneira como a luz caía sobre ele o fazia parecer um deus dourado, e era muito difícil ter alguma sensatez com ele segurando as suas mãos.

Ela explicou que a Maison Noirot era um dos vários correspondentes anônimos do *Spectacle*.

– Em geral, relatamos o que nossas clientes usam em tal e tal evento. Tom combina isso com outras fofocas que lhe são trazidas sobre o evento, criando uma história apimentada e cheia de detalhes. Mas Sophy tinha suas próprias fontes de informações e sabia combinar os relatos com as descrições das roupas de uma maneira tão bela que chamava atenção para nossa loja.

Leonie fez uma pausa. O mundo nunca poderia descobrir que Sophy visitava esses eventos sociais disfarçada, para espionar a alta sociedade e expor o que todos fizeram e disseram. Ela passava para Tom fofocas exclusivas, em troca de um lugar privilegiado em seu imensamente popular jornal de escândalos.

– Sophy encontraria uma maneira de transformar o fiasco desta noite em algo vantajoso para nós, ou um jeito de fazer as pessoas pensarem duas vezes.

– Do jeito que Gladys fez? – indagou Lisburne.

Ela o encarou. Podia enxergar *tudo* através da camisa dele. Não fazia diferença ela ter visto pinturas, gravuras e esculturas de homens nus. Nenhuma daquelas imagens a fizera corar da cabeça aos pés.

– Gladys? – repetiu ela, tentando lembrar-se de quem era.

– A maneira como ela mudou o foco dos que a ouviam, de Swanton para outra coisa, sem que percebessem. Ela falou sobre como o Vauxhall atraía tipos estranhos e depois fez com que todos tentassem identificar quem era Aerial. Uma vez que chamou a atenção deles para essa história, ela continuou a contá-la. Uma maneira interessante de defender Swanton sem parecer que fazia isso. Em vez de dizer "não acredito", ou "não pode ser verdade", como a maioria das admiradoras faria, ela usou uma tática diversionista.

Apesar de seu extremo nível de ansiedade, Leonie sorriu. Ela havia se referido brevemente a estratégias militares, e a filha do general abraçara a ideia de maneira brilhante. Milady havia percebido que não precisava de uma metamorfose total. Ela havia entendido como ressaltar suas "partes positivas" e fazer bom uso dos aspectos menos atraentes de sua personalidade. Ela não estava mais à mercê das ladies Aldas do mundo.

– Eu preciso descrever o vestido de lady Gladys. Devo dedicar a ele o maior número de palavras, não só porque estava esplêndido, mas também porque ultimamente todos estão curiosos sobre o que ela veste.

– Podemos dizer que alguém "a ouviu mencionar" os tipos estranhos que aparecem no Vauxhall – disse Lisburne. – Depois, podemos dizer que estamos aguardando mais informações de nossos correspondentes. Dessa forma, a cena que todos testemunharam parecerá um mistério que ainda precisa ser solucionado, em vez de uma conclusão precipitada.

Isso soou como algo que Sophy faria, embora ela tivesse certa tendência a exagerar o drama. Leonie meneou a cabeça lentamente.

– Isso é... muito bom.

Ele soltou as mãos dela.

Leonie pegou a pena e encarou o papel.

– Talvez eu possa escrever sob a sua supervisão. Você me dá os detalhes das roupas e eu conto a história. Ou devo ditar minha parte e você escreve? – perguntou ele.

Ela o olhou.

– Observo que o senhor ofereceu duas opções, ambas com o seu envolvimento.

– Quanto mais cedo terminarmos – disse ele, a voz mais grave e áspera –, mais tempo poderemos nos dedicar a assuntos que exijam *menos* de nossa mente.

Ela colocou a pena na mesa.

– Vou pegar o conhaque – disse ela.

Com Lisburne auxiliando, a tarefa levou uma fração mínima do tempo costumeiro, com resultados superiores a qualquer coisa que Leonie pudesse ter criado sozinha. Isso foi algo que ela admitiu com alegria. Ela era boa com números, mas não com palavras.

Em cerca de meia hora, ele havia ditado uma notícia interessante e divertida, que incluía três itens de fofocas das quais Leonie não tinha ouvido falar. Ele até aprimorou as descrições dos vestidos da Maison Noirot. Possuía uma habilidade com adjetivos que faltava a Leonie. Mas a melhor parte foi sobre lady Gladys. Levando-se em consideração o quanto ele parecia detestá-la, Lisburne descreveu o traje dela e seus comentários com generosidade e desvelo. Foi quase lírico.

Mas aquilo não passava de uma tentativa de salvar lorde Swanton, e Leonie entendia os sentimentos de Lisburne. Ela se sacrificaria com prazer para ajudar as irmãs ou a sobrinha.

O conhaque que consumiram durante a escrita tornou a experiência menos dolorosa. Além disso, obrigou Leonie a desacelerar seu ritmo, enquanto descia as escadas com as preciosas descrições.

Ela não estava exatamente embriagada. Seriam necessárias mais que algumas taças de vinho e uma garrafa de conhaque. Mesmo assim, o mundo lhe parecia mais fácil de enfrentar, e seu equilíbrio não estava perfeito. Embora estivesse quente, o ar noturno que entrou quando ela abriu a porta dos fundos a fez dar um passo para trás. Ela logo se recuperou, colocou a mensagem na caixa onde o mensageiro de Tom a recolheria e voltou para o interior da casa.

Havia trancado a porta e estava se virando para a escada quando viu o chapéu de Lisburne. Estava no chão, ao lado da mesa onde ele pretendera colocá-lo. Ela o pegou e o limpou com as mãos. Depois, moveu-se com a intenção de colocá-lo sobre a mesa. Mudou de ideia e colocou-o na própria cabeça.

Ela percebeu o movimento no andar de cima. Lembrou-se de que ele não morava ali e que estaria indo embora. É claro que devia estar se vestindo. Ficou em dúvida se deveria colocar o chapéu sobre a mesa. Mas era grande demais para ela, o que a fez sorrir, e cheirava a Lisburne, e ela não estava pronta para deixá-lo ir embora ou para se desfazer de qualquer coisa que tivesse algo a ver com ele.

Subiu as escadas devagar, fazendo com que a sensação de prazer se prolongasse o máximo possível. Quando chegou ao topo, fez uma pausa para se preparar para a despedida, do jeito como se prepararia para enfrentar uma cliente difícil, ou para pisar em um palco diante de metade da cidade e pedir dinheiro.

Ela entrou na sala de estar. E parou na porta. Os sons que ouvira eram mesmo de Lisburne recolhendo suas roupas na sala de consultas, no primeiro andar. Ele estava separando as roupas em pilhas: dele e dela. Tirou os olhos da tarefa e a encarou.

Ela levantou o queixo, aprumou os ombros, colocou as mãos na cintura e lançou um devastador sorriso DeLucey.

Ele jogou no chão o colete que tinha nas mãos.

– Eu ia fazer a coisa mais sensata e ir para casa, mas devo estar louco por pensar que agiria com sensatez com você por perto. *Chérie*, acho que você está bêbada.

– É claro que não.

– Você está quase nua e está usando o meu chapéu. Que nome dá a isso?

Ela havia se esquecido do chapéu. Como pôde se esquecer? Ali estava ele, em sua cabeça.

– Não importa o nome que você dê a isso – respondeu ele. – Eu chamo de sedução. Venha aqui.

Ele abriu os braços. Dessa vez, ela não discutiu. Entrou diretamente no meio deles, o coração saltitante.

Lisburne havia dito a si mesmo que deveria, sob o manto da noite, sair pelos fundos e esgueirar-se pelo pátio e pela passagem que dava para a rua. Ele iria embora sem que ninguém percebesse, com exceção, talvez, de algum criado que não tivesse dormido durante o recente tumulto.

Qualquer um que o visse na St. James Street àquela hora provavelmente não o distinguiria de um cavalheiro dirigindo-se para qualquer um dos numerosos clubes ou estabelecimentos onde havia jogos naquela área.

A melhor conduta seria sair bem antes do nascer do sol. Depois disso, as pessoas estariam retornando de seus encontros. À luz do dia, elas não teriam dificuldades para identificá-lo e perceber seu singular estado de desalinho. Não precisariam de mais pistas para decidir onde ele passara a noite e o que estivera fazendo ali.

Então, Leonie surgiu à porta, exibindo aquele sorriso estonteante e o chapéu, quase nada mais, e foi o fim de qualquer conduta ajuizada.

Ela caminhou para braços de Lisburne e ele a abraçou, apertando-a com força, entortando a posição do chapéu. Quando se sentiu preparado para o momento e pôde saborear o calor e a suavidade daquele corpo de curvas perfeitas, ele se afastou e tentou recuperar o bom senso. Mas o chapéu havia coberto um daqueles olhos azuis e ela o encarou com um sorriso provocante e mal-intencionado.

Ele a ergueu e a levou até a mesa, onde a colocou, segurando-a com um braço enquanto o outro varria da mesa papéis, penas, lápis e tinteiros.

Os papéis voaram para todos os lados, garrafas se quebraram, e ele nem se importou. Estava tirando o chapéu da cabeça dela, beijando-a na testa, no nariz, no rosto, nos lábios. Ele estava beijando o pescoço e lutando contra as fitas do roupão. Ela cobriu as mãos dele com as suas e afastou-as das fitas. Ela mesma as desamarrou com delicadeza enquanto ele trazia a boca de volta para a dela e se perdia naquele gosto e no perfume daquela pele, ao mesmo tempo que afastava a roupa tão leve e capturava seus lindos seios. Eles cabiam perfeitamente em suas mãos, da mesma maneira que as bocas também se encaixavam com perfeição e os beijos dela respondiam aos dele, as línguas brincando e provocando, como uma dança cheia de pecados da qual só eles conheciam os movimentos.

Leonie agarrou a camisa dele e o puxou para mais perto, passando as mãos sobre seu peito, descendo para a barriga e os quadris. Ela o acariciou daquele jeito despudorado de quem sabe o que é seu e não tem medo de aproveitar. O toque confiante das mãos dela era como a chama de uma vela entrando em contato com um monte de palha.

Escorregou os dedos até a ereção dele, explorando-a com curiosidade. Lisburne tomou a mão dela e a segurou ali, para lhe mostrar como envolver seu membro com mais firmeza.

– Você gosta disso?

O coração dele se acelerou, como se fosse uma máquina a vapor funcionando acima de sua capacidade, bombeando sangue para suas veias.

Ele cometera um erro e subestimara o que ela poderia fazer com ele.

– Sim.

A voz dele era um sussurro abafado.

– Mostre-me – disse ela.

– Depois – respondeu ele. Estava mantendo o controle com enorme dificuldade. – Gosto muito.

Ele afastou a mão dela e a penetrou. Leonie deu um leve grito.

A cabeça de Lisburne estava pulsando e tudo o que mais queria era explodir dentro dela, mas controlou-se.

– Não, não pare – disse ela, arfando. – É *muito bom.*

Muito bom.

Ele deixou escapar uma risada abafada a despeito de si mesmo.

– Leonie – disse ele.

– Srta. Noirot, por favor, milorde. Ou madame.

– Madame – repetiu.

Ele posicionou as pernas dela de uma maneira que ela demonstrara achar mais confortável e foi surpreendente que ele conseguisse pensar nisso, foi surpreendente que conseguisse se lembrar de qualquer coisa. Mesmo assim, de alguma forma, ele o fez, até mesmo enquanto a penetrava e seu corpo e o dela entravam no mesmo ritmo. Dessa vez, ela demonstrou mais certeza do que estava fazendo e se levantou apoiando-se com os cotovelos e moveu o corpo de maneira a acompanhá-lo e a recebê-lo com maior profundidade.

Ela era linda, os olhos azuis apenas entreabertos, um meio sorriso curvando seus lábios. Ela aprendera depressa, como havia afirmado, e estava segura de si mesma e dele. O movimento instintivo, o entendimento rápido, a confiança no que fazia – tudo isso lhe trazia agonia e o tornava selvagem e sem juízo, levando-o além de qualquer pensamento. O que restou foi um desejo enlouquecedor e as mensagens de seu cérebro: o perfume e a suavidade dela... a sensação de estar dentro dela... a sensação de se mover dentro dela, de sentir seus músculos se enrijecerem ao redor dele, no mais íntimo dos jogos do amor.

Era íntimo, mas ele queria estar anda mais próximo. Inclinou-se na direção dela; ela se arqueou, beijou-o sem reservas e o abraçou. Segurou-se a ele, enquanto o ritmo de seus corpos colados os levava a uma pulsação crescente. Ela o agarrou quando o calor do sexo deu lugar a uma intensa felicidade. E não o soltou, enquanto o mundo mergulhava na escuridão.

Quando Leonie se recuperou – do auge –, a primeira coisa que reparou foi a respiração dele, profunda e estável. Lisburne havia se jogado em uma poltrona, a cabeça descansava sobre a coxa de Leonie. Ela passou os dedos pelos cabelos dele. Algum som do lado de fora a fez olhar para cima e foi então que ela percebeu a mudança de luz. O olhar dela foi até a janela, um retângulo que mostrava a escuridão se dissipando e a promessa do amanhecer.

Sua mente, tomada pela luxúria, levou algum tempo para entender o que aquilo significava, além da chegada da manhã. Então, os momentos que antecederam a devassidão que acontecera na mesa da sala voltaram à sua mente. Tom. O artigo para o *Spectacle*.

Que horas seriam?

Ela não fazia ideia de onde estava seu relógio, mas a escuridão insuficiente lhe deu uma noção. Ela sacudiu Lisburne com cuidado. E, quando ele gemeu e virou a cabeça para o outro lado, ela o sacudiu de novo.

Ele levantou a cabeça.

– O que foi?

Depois, pareceu perceber onde estava, pois se virou para beijá-la na coxa. Todo o corpo de Leonie pareceu derreter-se. Mas ela ouviu sons do lado de fora, não o de Londres despertando, mas o de uma parte da cidade que ia para casa dormir: o som de carruagens.

– Acorde – disse ela. – O sol já vai surgir e você não pode ficar aqui.

– Ainda não amanheceu – murmurou ele, beijando-a de novo na coxa. – Não foi a cotovia, apenas o rouxinol.

– Eu não estava falando de rouxinóis – disse ela.

– "Não foi a cotovia, apenas o rouxinol que o fundo amedrontado do ouvido te feriu" – disse ele, beijando seu joelho. – *Romeu e Julieta.*

Ela já assistira à peça mais de uma vez. Mas só se lembrava de pedaços ou de algumas frases. Tinha mais familiaridade com os gregos e romanos da Antiguidade, cujas histórias lera em francês e inglês.

– Tenho certeza de que é lindo – disse ela –, mas Shakespeare fala uma versão do inglês que acho difícil de entender.

– Eu vou lhe ensinar – disse ele, com suavidade.

– Não vai, não. Não temos tempo. Você precisa ir embora agora, antes que o mensageiro do *Spectacle* chegue. Eles devem imprimir as novidades que escrevemos, mas não podem descobrir e escrever sobre nós dois.

Ele se sentou e balançou a cabeça. Passou os dedos pelos cabelos e, de alguma forma, conseguiu ficar ainda mais atraente.

Mas aquilo estava só na cabeça dela. Leonie não conseguia enxergá-lo de um jeito que não fosse arrebatador e desejável; pobre menina, sem juízo e sem esperança!

Para resistir à tentação, ela deslizou da mesa.

– Você precisa se apressar – disse, olhando para a janela.

O retângulo estava um tom mais claro do que poucos momentos antes.

Isso era terrível. Ela não queria que ele fosse embora. Ninguém lhe explicara como era a sensação após uma intimidade tão grande. Ninguém lhe contara que ela desejaria mantê-lo ao seu lado e nem que a ideia da saída dele e o final de tudo deixariam uma tristeza enorme em seu peito...

É claro que ela entendia as consequências e se preocuparia com isso mais tarde, mas, nesse momento, a consequência era apenas a dor da separação.

Romeu e Julieta – a cena da qual ele tirara a citação. Agora ela sabia de onde as palavras vieram; lembrou-se da cena, quando Julieta tenta convencer Romeu de que ainda não havia amanhecido. Agora, Leonie entendia por que Julieta não conseguia agir com sensatez e não queria que seu amante se fosse.

Era uma tolice e compreendia isso. Os homens só queriam uma coisa e, assim que a conseguiam, iam embora. Leonie tinha consciência disso. Sabia que eram as mulheres que tinham que lidar com as consequências.

Não faria diferença.

Ela não queria que ele fosse embora.

Leonie fez movimentos para que ele se mexesse.

– Depressa, depressa! – disse ela. – Estou ouvindo carruagens e, em poucos minutos, o dia...

– Eu sei.

Ele se levantou e, em menos de dez minutos, ficou quase apresentável e foi embora.

Mais tarde, na Residência Lisburne

Lisburne estava começando a subir as escadas para seu quarto quando ouviu Swanton entrar.

Só então ele se lembrou de que havia deixado o primo sozinho para voltar do Vauxhall.

Lisburne fez uma pausa, enquanto pensava no que dizer.

– Aí está você – disse Swanton. – Ninguém sabia onde você estava, mas também não sabiam onde madame estava, então presumi que você foi procurá-la.

– Isso mesmo.

– Que terrível para ela!

Swanton começou a subir as escadas atrás de Lisburne.

Lisburne continuou.

– Foi mesmo. Achei que poderia reduzir os danos de alguma maneira. E você? Encontrou Gladys?

Swanton não respondeu.

Lisburne o encarou. O rosto do poeta estava vermelho.

– Ela não foi tão amigável e compreensiva quanto você esperava? – indagou Lisburne.

– Não a encontrei. De vez em quando, eu ouvia a voz dela, mas tão fraca e longe que só não a perdi porque é muito peculiar. Tenho certeza de que a escutei entre alguns de nossos conhecidos que estavam dançando. Mas não a encontrei. Parecia que o mundo inteiro estava dançando e... – Ele se interrompeu, franzindo o cenho. – Suponho que ela não seja tão alta quanto Clara?

– Não há muitas mulheres tão altas quanto Clara – respondeu Lisburne.

Ele achava que Gladys era larga o suficiente para que fosse impossível não vê-la na multidão. Por outro lado, ela parecia ter perdido peso. Ou isso ou suas novas roupas a faziam parecer um pouco mais magra. Mesmo assim, só um pouco. Não dava para chamá-la de esguia.

– De qualquer maneira, não tinha como saber qual era ela e, depois do que aconteceu nesta noite, tive receio de me aproximar de qualquer mulher sem ter certeza de que era a pessoa certa. – Swanton esfregou a testa. – E talvez eu tivesse pensado melhor sobre ir falar com ela. Além disso... – Ele fez uma pausa, o rosto ainda mais vermelho. – Fiquei ocupado em ouvir a voz dela e, um pouco depois, Crawford parou para conversar. Ele disse que aquela cena com a mulher foi ridícula. Ninguém acreditaria que eu fiz algo assim. Então, Hempton apareceu e *ele* disse que as pessoas acreditariam em qualquer coisa escandalosa. Os dois discutiram por causa disso, é claro. Juro por Deus, esses dois adoram contradizer um ao outro, porque é uma desculpa para fazerem uma aposta sobre quem está certo e quem está errado. Aí eu me perdi daquela linda voz e não consegui mais encontrá-la. Imagino que suas primas tenham ido embora do Vauxhall enquanto Crawford e Hempton estavam debatendo, porque quando vi Bates e Flinton, as damas não estavam mais com eles. Os dois estavam com outras mulheres e... bem, teria sido constrangedor eu perguntar sobre suas primas.

– Eles teriam feito zombarias assustadoras, imagino.

Eles haviam chegado ao topo das escadas e Lisburne se sentia com 100 anos. Era muito injusto que Swanton, um homem tão sensível, fosse colocado em uma posição tão humilhante. Se uma desconhecida acusasse qualquer outro homem de tê-la engravidado e abandonado a criança, a alta sociedade teria dado de ombros. Mas eles adoravam derrubar um ídolo. No caso de Swanton, a cidade o deixaria em pedaços e arrastaria os fragmentos para a lama.

Mas o pior de tudo – porque Swanton sobreviveria a isso e, com o tempo, acabaria se recuperando – era o estrago na vida de Leonie. Na de suas meninas. E na reputação da loja.

Mesmo assim, não adiantava ficar pensando nisso agora, não mais do que fazia sentido Lisburne refletir sobre sua própria honra. E nem sobre o fato de que ele estava aborrecido com tudo aquilo, como era de se esperar. Ele a prejudicara e, mesmo assim...

Estava feliz. A imagem dela flutuava em sua mente – quase nua, usando seu chapéu – e, embora conseguisse conter o sorriso, ele não conseguia reprimir a alegria.

De qualquer maneira, ele e Leonie haviam feito tudo o que podiam para minimizar o escândalo. Gladys também fizera a sua parte, intencionalmente ou não.

Não havia mais nada que pudesse ser feito no momento – nada que fosse valer a pena, até que ele tivesse tido uma boa noite de sono.

– Vá dormir um pouco – disse ele a Swanton. – Vai ser melhor para todos nós.

Capítulo doze

Ros: *Não há nenhuma marca de meu tio em você: ele me ensinou a reconhecer um homem que sente amor; em cuja gaiola de junco você não está aprisionado.*
Orl: *Quais eram os traços deles?*
Ros: *Um rosto magro, que você não tem; olheiras profundas, que você não tem... E suas meias deveriam estar soltas, seu chapéu desamarrado, suas mangas desabotoadas, seu sapato desamarrado e tudo em você demonstrando uma desolação descuidada.*

– *Como lhe aprouver*, Ato III, Cena II

Terça-feira, 21 de julho

Lisburne tentou dormir, mas não conseguiu, mesmo estando exausto quando se deitou. Ele se virou de um lado para outro e, de vez em quando, ficava completamente acordado, em uma espécie de frenesi, certo de que algum alarme de emergência havia tocado ou que o teto estava caindo e ele precisava correr, avisar às pessoas e fazer alguma coisa.

Embora tivesse desistido da ideia de pegar no sono quando o sol já havia surgido, ele permaneceu na cama. Com os braços cruzados atrás da cabeça, enquanto olhava para o dossel, ele revivia cada minuto com Leonie, principalmente as últimas horas.

Algum tempo depois, ouviu Polcaire entrar em silêncio, como sempre fazia, para preparar tudo antes que o patrão se mexesse. Nessa manhã, o patrão se mexeu, para aborrecimento do criado. Ele não ficou muito feliz quando Lisburne tomou banho, fez a barba, vestiu-se com uma pressa imperdoável e desceu para tomar o café da manhã.

Swanton já estava comendo. O *Foxe's Morning Spectacle* estava dobrado à beira do prato, para que ele pudesse ler com facilidade.

– As notícias não podem ser tão terríveis, já que você manteve o apetite – comentou Lisburne.

– Espero encontrar uma pista sobre a verdade – disse Swanton. – Um nome, uma palavra que eu pudesse ter perdido, algo, qualquer coisa, que pudesse despertar memórias adormecidas. Estou fingindo que o *Spectacle* está falando de outra pessoa. Até poderia ser, já que Foxe incluiu três versões conflitantes. A mais inteligível descreve, em exaustivos detalhes, o que cada um estava vestindo. – Uma pausa. – Principalmente o que sua prima Gladys estava usando. E o que ela disse. Nesse artigo, ela tem mais espaço na coluna do que lady Clara. – Ele olhou para Lisburne. – Eu até me perguntei se não teria sido obra sua, mas não consegui imaginá-lo escrevendo com tamanha animação sobre suas primas, nem mesmo a lady Clara, que todos parecem concordar ser a mulher mais linda de Londres. Entrar em êxtase por uma mulher não é muito do seu estilo. Acho que nunca o vi entrar em êxtase por nada. E o que você sabe sobre roupas femininas, além da maneira mais eficiente de retirá-las?

Era verdade que Lisburne não tinha inclinações para ser poético com as mulheres. Ele não agia assim desde que era jovem, na agonia de sua primeira paixão.

Entretanto, ele havia citado Shakespeare para Leonie – uma cena de amor descrita nada menos do que em *Romeu e Julieta*.

Não que Swanton precisasse saber disso.

– Você não presta atenção nem em suas próprias roupas – prosseguiu.

Lisburne olhou para si mesmo e franziu a testa.

Uma cena de *Como lhe aprouver* lhe veio à mente: Ros descrevendo como reconhecer um homem apaixonado.

> *E suas meias deveriam estar soltas... suas mangas desabotoadas, seu sapato desamarrado e tudo em você demonstrando uma desolação descuidada.*

Mas isso era drama e poesia – o território de Swanton –, e Lisburne *não* estava apaixonado. Apenas estava cansado e irritado demais para querer passar uma eternidade se vestindo.

Swanton dizia, com o jornal nas mãos:

– Você sempre deixa sua aparência a cargo de Polcaire. Talvez ele possa traduzir isso para nós. "Mangas com duplo enchimento e tamancos de renda? Incrustação de buquê à meia altura?" Você tem a mínima noção do que significam essas coisas?

Lisburne meneou a cabeça e foi até o aparador. Durante algum tempo, ficou olhando para as travessas cobertas, antes de perceber que sua cabeça não estava na comida. Estava presa em Leonie. Usando aquele chapéu e quase descoberta. Não usando nada além de um meio sorriso... acariciando-o... se certificando da presença dele...

Muito bem. Ele gostava dela mais do que deveria. Ansiava por ela, talvez mais do que seria confortável. Mas não estava *apaixonado*. Ele sabia que esse negócio de amor existia. Seus pais sempre se mostraram perdidamente apaixonados. Mas eram exceções, levando-se em conta tudo o que ele presenciara até hoje.

– Vejo que você está tão perplexo quanto eu – disse Swanton. – Imagino que a palavra signifique *bufante*, mas não tenho a menor ideia de onde esse tal bufante possa estar na manga e como ele pode ser duplo... vertical ou horizontalmente... e como se consegue isso.

– Vou perguntar a madame quando falar com ela – respondeu Lisburne. – *Se* ela quiser falar comigo.

– Quando se despediram ontem à noite, vocês estavam zangados um com o outro?

Antes que o cérebro esgotado de Lisburne pudesse formular uma reposta discreta, Swanton caiu para trás na cadeira e bateu forte com a mão na testa, um gesto digno de um poeta.

– Mas que burrice a minha! Como vocês poderiam não estar zangados um com o outro depois do que aconteceu? E ali estava eu, como o mais completo idiota, quando ela me perguntou sobre a criança. Você viu a expressão dela quando questionou se eu estava alegando amnésia? Meu Deus, um homem tem que ter pelo menos alguma noção sobre ser ou não o pai de uma criança! Eu estava agitado demais para examinar a menininha... mas você achou que ela se parecia comigo?

– Do pouco que pude ver, ela se parecia com você e com milhares de outros ingleses.

Lisburne jogou alguma comida no prato, sem nem ver direito o que era, voltou ao seu lugar à mesa e sentou-se. Comeu porque alimentar-se era algo necessário para manter um homem e ele precisava de forças porque tinha muitas coisas para fazer nesse dia. Não podia se dar ao luxo de se deixar definhar por amor, parando de se importar com coisas banais, como comida. Ele não era um poeta. Achou melhor deixar que Swanton mantivesse a cabeça nas nuvens. Lisburne tinha que ter os pés no chão.

Os dois comeram em silêncio, Swanton debruçado sobre o *Spectacle* como se fosse um arqueólogo examinando um pergaminho recém-descoberto nas cinzas de Pompeia.

Quando terminaram o café da manhã, Lisburne já havia resolvido o que fazer. Uma das decisões era contar a Swanton o mínimo possível sobre tudo o que queria descobrir. Outra era visitar a Maison Noirot, embora não tivesse certeza do que iria fazer ou dizer quando chegasse lá.

Mas ele cometeu o erro de mencionar o plano de visitar a Maison Noirot. Então, teve que dedicar um irritante período de tempo para convencer seu poético primo da possibilidade de resultados desastrosos caso ele o acompanhasse.

– Mas pode ser que lady Gladys esteja lá – alegou Swanton.

– Se você deseja tanto vê-la, vá até a Residência Warford – disse Lisburne. – É absurdo ficar torcendo por um encontro casual na Maison Noirot. Com que frequência você acha que as mulheres visitam suas modistas? Nem mesmo as mais vaidosas fazem disso um programa diário.

– A família não fica em casa às terças-feiras – disse Swanton.

Lisburne o encarou.

As orelhas e o pescoço de Swanton ficaram vermelhos como sangue.

– Eu ouvi alguém dizer alguma coisa sobre ir lá hoje e outra pessoa dizer que a família não recebe visitas às terças-feiras. Não que eles fossem me receber de qualquer maneira. Você não pode achar que quero mostrar minha cara para lady Warford um dia depois de ter sido exposto como um devasso que explora mulheres inocentes, além de pai de bastardos renegados e abandonados.

– Então recomendo que você caminhe pelo Hyde Park durante as horas de maior frequência. Quando Gladys aparecer, corra até o meio da rua e finja que está sofrendo de alguma agonia poética. Mas dê a ela tempo de parar a carruagem, a não ser que queira ser atropelado e morrer com uma mácula, possivelmente imerecida, em seu brasão.

Swanton lançou um olhar penetrante para o primo.

– Você está estranho hoje.

– Sou obrigado a exercitar minha imaginação, já que a sua parece tê-lo abandonado no Vauxhall. Não posso acreditar que preciso dizer a um homem de 25 anos como fazer para aprofundar seu relacionamento com uma moça. Não posso acreditar que você prefira se esconder e ficar ouvindo conversas no jardim. Não entendo por que não pode abordá-la de maneira direta.

Ele saiu da sala e subiu as escadas, onde um extremamente aliviado Polcaire colocou roupas apropriadas em seu pouco sentimental e não apaixonado patrão.

Maison Noirot
No final da tarde

– Teremos que chamar Sophy – disse Marcelline. – A notícia no *Spectacle* foi muito inteligente. Eu sei o quanto você detesta esse tipo de atividade. Mas fez um excelente trabalho e tenho certeza de que conseguiu aliviar um pouco a situação. Infelizmente, "um pouco" não é suficiente. Clevedon e eu conversamos muito e não sabemos como fazer isso da maneira certa. Precisamos de Sophy.

– O fato é que ninguém sabe como Sophy faz isso – disse o duque de Clevedon.

Os três estavam sentados no salão principal, onde não havia nenhuma cliente. A escassez de clientes não era incomum a essa hora do dia, quando as damas estavam em casa, vestindo-se para o passeio no parque ou descansando antes de se arrumar para a noite. Entretanto, as damas não haviam aparecido o dia inteiro. Até lady Clara havia enviado uma mensagem, desculpando-se por não ter ido até lá para demonstrar seu apoio, mas sua mãe não achou aconselhável que ela visitasse a loja por enquanto. Lady Gladys, segundo a mensagem, havia feito uma brilhante argumentação a favor da Maison Noirot, mas, como todos sabiam, era impossível fazer a mãe de Clara mudar de ideia. Somente Sophy poderia fazê-lo, e ela não estava ali.

– Não podemos trazê-la de volta – disse Leonie. – É cedo demais. As pessoas poderão reconhecê-la, ainda mais agora que estamos sob um escrutínio ainda maior.

– Aquele palerma do Swanton – disse Clevedon. – Eu bem que gostaria de arrancar a cabeça dele. E não sou só eu. Não se iluda, Leonie. Quando Longmore souber disso, o que deve acontecer em poucos dias, ou mesmo horas, ele voltará correndo para Londres para quebrar a cara de Swanton. E de Lisburne também, por não manter seu imprudente primo sob rédeas curtas.

– Não entendo por que as pessoas esperam que lorde Lisburne controle o primo – disse Leonie. – Lorde Swanton é um homem adulto. E ouso dizer que ele foi bastante homem cinco anos atrás, em Paris.

Feliz ou infelizmente, ela agora sabia por experiência própria do que Swanton poderia ou não ter feito com a mulher de preto. Embora Leonie tivesse cabelos ruivos, eles não eram de um vermelho comum. Ela não era sardenta nem tinha a tendência a enrubescer com facilidade. Mesmo assim, ela se sentiu incomodada e teve consciência de um formigamento em um lugar abaixo da cintura, que normalmente ficava quieto.

– Não adianta bancar o santo conosco, *chéri* – disse Marcelline ao marido. – Nós sabemos o que vocês estavam fazendo em Paris apenas seis meses atrás. Os ingleses vão até lá para a devassidão.

– Não é essa a questão – rebateu Clevedon. – Fato é que todos sabem que Swanton é um sonhador. Ele precisa ser vigiado. Lisburne é quem mais deveria saber disso.

– Não vejo por que a vida de lorde Lisburne deva sempre girar em torno da vida de lorde Swanton – disse Leonie. – Uma coisa é tomar conta de um primo mais novo e mais fraco quando são meninos na escola. Mas Swanton já tem idade suficiente para tomar conta de si mesmo. Ou, se isso não for possível, ele que contrate um guarda-costas.

Marcelline olhou para ela.

– *Mais tarde* – disse Leonie, apenas movendo os lábios, sem emitir nenhum som.

Ela sempre contava tudo a Marcelline. Mas ainda não tivera tempo para compartilhar aquela importante novidade. Marcelline estava ali com Clevedon. Embora gostasse dele e o respeitasse, ela não queria confidenciar nada com a irmã enquanto ele estivesse presente. Não apenas presente, mas furioso com lorde Lisburne e seu inábil primo.

– Isso não seria um problema – disse Clevedon –, se vocês três não estivessem diretamente envolvidas com a loja no momento. Se fossem simples modistas, ninguém nem sequer olharia duas vezes. Mas vocês não são mais modistas comuns...

– Nós nunca fomos – respondeu a esposa. – *Comuns*, imagine só! Não acredito que você disse isso.

– Você é uma duquesa – disse ele. – Sophy é uma condessa. Ninguém se importa com o que modistas fazem. Mas todos se importam com o que duquesas e condessas fazem. Pelo amor de Deus, Marcelline, você foi apresentada à rainha! Não entende as implicações? Você pode não se importar com a sociedade...

– Que bobagem. Eu me importo muito. A alta sociedade é a minha clientela.

– Aquelas pessoas formam o seu *grupo social* – disse ele. – É paradoxal demais você receber para um jantar em sua casa as mesmas damas a quem precisa servir no dia seguinte, na loja.

Leonie não tinha dúvidas de que não era a primeira vez que tinham essa discussão. No início, Clevedon havia permitido que Marcelline agisse como quisesse, sem nenhuma interferência, pois apreciava a paixão dela pelo trabalho. Ele entendia que ela era uma artista e que seu trabalho era parte de seu ser. Além disso, não sabia como fazê-la parar. Isso exigiria medidas extremas, como violência ou confinamento, e ele não era esse tipo de homem.

Mas agora ela estava grávida, o que a deixava indisposta, e ele se preocupava.

A verdade nua e crua era que ele estava certo, sob todos os aspectos. A lógica dizia a Leonie que o atual estado das coisas não poderia nem deveria continuar. Uma duquesa tinha responsabilidades sociais importantes. As grandes anfitriãs exerciam poder político e social. Marcelline tinha potencial para ser uma grande anfitriã. Possuía todo o encanto dos DeLuceys e dos Noirots. Era inteligente. Poderia realizar mais como uma grande duquesa do que como uma grande modista.

Mas ela ficaria arrasada se não pudesse desenhar roupas. Era uma artista. Precisava de sua arte.

A lógica ainda não havia mostrado a Leonie como resolver o conflito.

– Com certeza precisamos falar sobre isso – disse ela. – Mas, no momento, seria mais produtivo lidar com o problema imediato. Por que não vamos conversar em meu escritório? Não adianta ficar por aqui, esperando alguém entrar.

A campainha da loja tocou. As três cabeças se viraram para a porta.

Lorde Lisburne entrou.

– Lisburne.

– Clevedon.

Uma fria troca de acenos com a cabeça.

O coração de Lisburne batia mais rápido do que o necessário, mas isso tinha mais a ver com Leonie do que com algum receio de Clevedon. Lisburne não tinha medo de nenhum homem, nem mesmo do duque, que era grande, forte e parecia ainda maior, pois estava visivelmente cheio de raiva.

Lisburne também se fez ainda maior.

– Veio comprar alguns vestidos? – perguntou Clevedon. – Porque ninguém mais veio.

Lisburne olhou para Leonie, que não parecia muito feliz por vê-lo.

– Nenhuma cliente o dia inteiro – explicou ela.

Ele imaginara que seria ruim. Mas não tão ruim.

– Você tem ideia do que minha mulher e as irmãs enfrentaram nos últimos meses, enquanto você e Swanton passeavam no exterior? Enquanto seu primo estava em Veneza, assassinando a literatura inglesa...

– Eu não chamaria de assassinato – disse Lisburne. – Feridas na carne, nada além. Você dá valor demais a isso. E foi em Florença, não em Veneza, que ele compôs sua última fornada de versos. Em uma bela casa, de frente para o Arno.

– É melhor você não provocar um homem cuja esposa faz parte da família atingida – advertiu Clevedon, impondo-se ainda mais. – Sua Graça está debilitada o bastante sem a intolerável ansiedade de perder tudo pelo qual ela e as irmãs lutaram. Tudo porque Swanton é... o quê? Delicado demais para lembrar se seduziu ou não uma jovem inglesa em Paris? Ocupado demais para se dar ao trabalho de responder aos apelos de ajuda da mãe de sua filha? Por Deus, Lisburne, você sabe o que está envolvido nesses casos, mesmo que seu primo ande sempre com a cabeça nas nuvens. Como você pôde permitir que a situação chegasse a esse ponto?

– Clevedon, tente ser racional – disse Leonie. – Swanton não é uma criança. Por que você culpa Lisburne pelos erros do primo?

– Do mesmo jeito que culparia Longmore se um de seus irmãos se comportasse com tamanha imbecilidade. Esses dois são como irmãos desde a infância. E Lisburne tem inteligência suficiente para defender a si mesmo sem você pular em seu auxílio. Eu sei que todas as mulheres se desmancham por Swanton e acham que ele não seria capaz de fazer nada errado, mas eu pensava que pelos menos você tivesse mais senso e não se deixasse levar por um rostinho bonito.

– Eu não sabia que você era tão terrivelmente teimoso – disse Leonie. – Marcelline só está grávida, não nos últimos estágios de uma doença terrível. E se ela não estivesse tão enjoada no momento...

– Estou entediada, não enjoada – disse a duquesa.

– Eu tenho um rostinho bonito? – indagou Lisburne. – Fico feliz que alguém pense assim, ainda que seja apenas Clevedon.

– Não provoque – disse Leonie.

– Mas, minha querida...

– Sua *querida*? – exclamou Clevedon. – Sua querida o *quê*? – Os olhos verdes dele se desviaram de Lisburne e foram para Leonie. Ela ficou ligeiramente corada. – Vá para o inferno, Lisburne! Você seduziu minha irmã!

Ele investiu contra Lisburne, que deu um passo para trás. No instante seguinte, os dois estavam agarrando o pescoço um do outro, os olhos injetados. Caíram sobre uma cadeira e se esparramaram no chão.

– Parem!

– Na loja, não!

– Levantem-se! Parem com isso!

Os homens não ouviam nada. Continuavam a se digladiar, a cada instante um deles obtendo vantagem.

Mas as costureiras ouviram.

Ao escutar os sons da briga, elas correram para o salão principal, junto com Selina Jeffreys, que tentou, em vão, empurrá-las de volta para a oficina.

Elas chegaram quando os dois tentavam se levantar, dando socos sem parar.

Eles tinham a mesma força, eram excelentes pugilistas, e Leonie bem que apreciava uma boa briga. Mas não na loja. Derrubaram uma chapeleira e, em seguida, um manequim. As meninas gritaram e uma delas desmaiou.

Leonie agarrou um vaso de flores e jogou o conteúdo sobre os dois homens.

– Parem! Agora! – gritou ela.

Jogou o próprio vaso nas costas de Lisburne. Ele nem sentiu, mas quando a peça caiu no chão e se espatifou, com um enorme barulho, ele parou.

Ela correu até ele, agarrou-o pelo casaco e o arrastou para longe. Marcelline fez o mesmo com o marido.

Os dois homens se soltaram e fizeram menção de se bater outra vez.

– Chega! – berrou Marcelline. – Vou ficar enjoada!

Isso fez Clevedon parar no mesmo instante. Então Lisburne também se viu obrigado a desistir.

– Saiam! – ordenou Leonie às costureiras.

Elas saíram correndo. Jeffreys precisou de um momento para colocar de pé a moça que desmaiara para conseguir arrastá-la para fora, mas não demorou muito. A porta se fechou atrás deles.

Leonie olhou para Lisburne e o cunhado do mesmo jeito com que, poucos dias antes, havia encarado as duas costureiras brigonas.

– Isso é ridículo – disse ela.

– Brigando – disse Marcelline. – Dentro da *loja*. Clevedon, você é impossível.

Ele não se mostrou envergonhado. Continuava a olhar para Lisburne como se quisesse matá-lo. O que, de certa forma, era muito louvável de sua parte.

Quando Clevedon casou-se com Marcelline, ele assumira toda a família. As irmãs dela também se tornaram suas irmãs. A filha dela também era sua filha. Sim, era aristocraticamente possessivo da parte dele e, de vez em quando, era problemático ter um irmão mais velho depois de ter passado a vida inteira sem nenhum. Mesmo assim, era bom saber que alguém além de suas irmãs se preocupava com seu bem-estar – e com a sua virtude, se fosse o caso. Não que as Noirots levassem muito a sério esse último detalhe.

– Eu me recuso a pedir desculpas a ele – disse Clevedon. – A não ser que tivesse sido injusto, algo de que duvido muito. Ele sempre foi um sedutor de primeira.

– Você pode criticar e ridicularizar tudo o que eu faço – disse Lisburne. – Mas não parece perceber que também está colocando em questão o comportamento da Srta. Noirot.

– Então os dois estavam defendendo a minha honra? – questionou Leonie. – Que tocante! Não tenho a menor objeção a lutas, de forma alguma. Podem continuar a se bater no pátio atrás da loja ou, melhor ainda, na St. James Street. Isso daria a Londres algo novo sobre o que comentar. Se Sophy estivesse aqui, tenho certeza de que acharia isso uma excelente ideia.

Lisburne sorriu para ela e o mundo pareceu se iluminar. Sua vida estava em destroços, mas o sorriso afetuoso dele era como raios de sol atravessando uma escuridão.

– Como sempre, você foi direto ao ponto – disse Lisburne. – Temos um escândalo para desfazer e eu ficaria feliz em socar Clevedon até deixá-lo inconsciente, se você achar que isso ajuda.

– Se alguém vai ser socado, esse alguém é você – respondeu Clevedon. – E ficarei honrado em assumir a tarefa.

– Nada disso – retrucou Marcelline. – Já tivemos brigas demais por um dia e as costureiras logo espalharão a notícia. Táticas diversionistas são muito úteis, mas isso é especialidade de Sophy, e ela não está aqui.

– E eu tenho um plano – afirmou Leonie.

– É claro que tem – disse Lisburne, sorrindo.

Se alguém quisesse exemplificar alguém enamorado, era só ver a expressão no rosto de Lisburne. Mas era uma expressão que qualquer Noirot ou DeLucey teria sabido fingir, e Leonie era esperta demais para confiar em sinais tão frágeis só porque estavam de acordo com o que queria.

Realmente, na noite anterior, ela chegara a acreditar nas próprias fantasias. Até certo ponto. Mas ele havia preparado sanduíches para ela! E agora ela estava muito mais lúcida. E nem um pouco embriagada.

– Podemos discutir o assunto na sala de consultas – disse ela.

Seria difícil retornar àquela sala com Lisburne, lembrando-se do que acontecera no local. Mas as chances de que alguém ouvisse a conversa eram menores ali do que em seu escritório, no térreo. De qualquer maneira, Clevedon e Marcelline estariam com eles. Assim, a reunião não seria... perigosa. Não que Leonie fosse demonstrar sinais de confusão ou falta de jeito. Afinal de contas, ela crescera em Paris. Ela era uma Noirot. E uma DeLucey.

Ela usou o bocal para pedir a Mary Parmenter que tomasse conta do salão principal. A loja ficaria aberta durante o horário normal, embora Leonie não esperasse nenhuma cliente. Fechar cedo pareceria uma derrota. De qualquer maneira sempre havia a possibilidade de ladrões entrarem. Eles não se importavam se o local estivesse enfrentando algum problema.

Mas isso, além de uma parada rápida no escritório de Leonie, levou algum tempo e, quando ela chegou à sala de consultas, a irmã e o cunhado não estavam mais ali.

– Juro que não os assassinei e escondi os corpos – disse Lisburne quando Leonie entrou, trazendo uma folha de papel. – Sua Graça estava indisposta. Eu a vi ficar pálida e, depois, exibir um estranho tom verde. Ela saiu correndo para uma saleta nos fundos. Clevedon foi com ela. Quando ressurgiram, ele me disse que ia levá-la para casa. Saíram pelos fundos. Devemos nos encontrar com eles na Residência Clevedon.

– Encontrá-los?

Leonie olhou para os lados, com uma exasperação evidente em seu semblante.

Isso, ele percebeu, era incomum. Ela era sempre tão controlada. Mesmo na hora de fazer amor.

– Não posso deixar a loja! – disse ela. – Principalmente hoje. Vai parecer que abandonei meu trabalho.

– Mas as clientes já a abandonaram.

– Clevedon não entende – disse Leonie. – Ele tenta. Entende até certo ponto, mas nunca teve que trabalhar para sobreviver. Não... – Ela meneou a cabeça. – Ele leva a vida como um duque, só isso, e acha que nós também viveremos como a família de um duque. Ele o machucou muito?

– Nada além de um soco de raspão – respondeu Lisburne.

Ele se controlou antes de colocar a mão no maxilar, onde Sua Graça havia feito contato... e onde poderia ter causado danos graves, caso Lisburne tivesse demorado mais um milésimo de segundo para se desviar.

– Temos uma força parecida e não tivemos tempo de analisar os pontos fracos um do outro. Mesmo assim, percebi uma leve vermelhidão na parte superior da bochecha de Clevedon. Com um pouco de sorte, vai se transformar em um roxo. Mas, por falar em machucados – ele apontou para um lugar no maxilar –, sinto que está latejando. Talvez você pudesse beijar o local para melhorar.

Leonie se afastou.

– Não durante o horário de trabalho.

Ele olhou para o divã, depois para o nada, reprimindo um suspiro.

– Bem, então, aos negócios – disse ele. – Prefiro não ter que discutir com Clevedon cada detalhe do que precisa ser feito. Ele pode ser insuportavelmente arrogante. Ducal, como você mesma disse. Se me contar seu plano, prometo ouvir com atenção e ser um bom menino.

Se ele se aproximasse demais, sentiria o perfume dela. Então, não seria um bom menino.

Ele se afastou, indo até o espelho para examinar-se. Nada terrivelmente fora do lugar. Tudo abotoado e amarrado da maneira adequada. As botas brilhavam. Os cabelos estavam um pouco desalinhados e o lenço de pescoço não estava correto, devido à briga com Clevedon. Mas ele não viu nenhum sinal de *desolação descuidada.*

Ele ouviu uma risada leve, quase abafada, e se virou.

A expressão dela era de sobriedade, mas ele sabia que ela estava achando graça de vê-lo bancando o Narciso – ele, que sempre deixava a aparência aos cuidados do camareiro.

Ela olhou para a folha de papel.

– Você fez duas colunas? – disse ele. – Usando uma régua?

– Mas é claro. Primeiro, precisei pesar os prós e os contras de chamar Sophy. Havia mais contras do que prós. Não vou aborrecê-lo com detalhes. Ela encontraria uma maneira de redirecionar todo esse tumulto a nosso favor, disso eu não duvido. Mas temos fortes razões para que ela não volte ainda. Portanto, acredito que a melhor maneira de nos recuperarmos é descobrir a verdade. Devo explicar minhas razões?

Ele ficou imaginando por que Sophy, que parecia tão importante para a loja, precisava ficar longe. Ouvira histórias sobre ela e Longmore, mas nada, além da viagem de lua de mel, que explicasse uma ausência forçada.

Ele sabia que não devia perguntar. Leonie era sempre muito aberta e direta. Se não disse nada, ponto final.

– Eu também quero a verdade sobre a mulher misteriosa de Swanton – disse ele. – Mas os meus motivos são óbvios. Gostaria de ouvir os seus.

– Os meus também são muito simples. Se descobrirmos que lorde Swanton errou, ele vai consertar a situação. Isso é bom para nós. Uma vez que a Maison Noirot e a Sociedade das Costureiras estão agora associadas a ele, também ficaremos associadas à coisa certa. As pessoas amam confissões e redenções.

– Elas também amam enforcamentos.

– Espero que não chegue a isso, mesmo se descobrirmos alguma fraude. Mas, em primeiro lugar, precisamos saber onde essa fraude está.

Ele não tinha a menor dúvida de que ela havia enumerado possíveis cursos de ação para cada possível resultado.

– Ficarei feliz em arrancar a verdade de Theaker e Meffat – disse Lisburne. – Embora não precise de ajuda, acredito que Clevedon também teria prazer em dar uma mãozinha. Isso seria uma boa forma de... de... resolvermos nossas questões. Não gosto de ficar indisposto com ele.

Ele detestava ficar brigado. Detestava, principalmente, saber que merecera o ataque de Clevedon.

– Ele anda mais irascível nos últimos tempos por causa de Marcelline. Mas prefiro deixar a surra como último recurso. Prefiro encontrar a tal mulher.

– Exceto por Theaker e Meffat, ninguém sabe quem ela é. Ela pode estar em qualquer lugar. Não sabemos seu nome. Nem pudemos vê-la direito.

– Eu tenho o número da carruagem de aluguel – disse ela.

Ele pestanejou, surpreso. Então viu o quanto era tolo em se surpreender. Ela era lógica, organizada e boa com números. Tivera a presença de espírito – ou a imprudência, ou as duas coisas – de seguir Theaker e a mulher, enquanto Lisburne e Swanton ficaram indecisos, correndo atrás do próprio rabo.

– Você sabe quantas carruagens de aluguel circulam pelas ruas de Londres? Mais de mil. Elas podem estar em qualquer lugar, a qualquer hora do dia. Ou da noite.

– Fenwick conhece a maioria dos condutores dessas carruagens. Tenho certeza de que falei isso.

Ele então se lembrou que Sophy encontrara Fenwick nas ruas. O garoto gostava de cavalos e era amigo de cocheiros e lacaios. Leonie havia mencionado isso. Na noite anterior.

Antes do *agradabilíssimo* interlúdio.

– Até hoje não sabemos muita coisa sobre Fenwick – disse ela. – Ele não fala de seu passado. Mas sabemos que ele conhece a população menos elegante de Londres. Eu o mandei procurar nossa mulher de preto.

– Você mandou o garoto que usa aquele uniforme elegante, que fala sua própria versão de inglês para conseguir informações – disse Lisburne.

A mente dele não estava trabalhando tão bem quanto deveria. Ia sempre para o divã. Subia as escadas até a sala de estar. Ele se lembrou de quando a despiu. O delicioso e longo tempo que levou. O gesto de timidez quando ela segurou o corselete sobre os lindos seios... a completa falta de pudor e recato depois.

– As pessoas com quem ele vai falar irão entendê-lo muito bem. Não será a primeira vez que ele nos ajuda a encontrar uma pessoa desaparecida. Vamos torcer para que ele consiga informações bem depressa. O último evento do Almack's será amanhã à noite. As pessoas permanecerão na cidade depois disso, mas até o fim do mês já terão se dispersado.

– Dez dias – disse ele.

– Não podemos ficar dez dias sem clientes – comentou Leonie.

Ela fez uma pausa e se afastou, para pegar uma fita que estava sobre uma cadeira. Como não tinha clientes hoje, deviam ser restos da noite anterior.

A noite anterior.

Ele poderia fechar a porta. Não havia clientes. As funcionárias trabalhavam no andar inferior. Ele poderia agarrá-la atrás da cortina...

– Talvez eu seja forçada a vender o Botticelli – comentou ela.

O rosto de Lisburne demonstrava surpresa.

Leonie sabia que a mente dele estava em outro lugar e ela fazia uma boa ideia de onde. A mente dela também queria ir para lá. Na verdade, sua mente e seu corpo queriam. Direto para os braços dele. Queria mais daquilo que haviam feito na noite anterior. Leonie tivera lindos sonhos ardentes.

Mas aquele era um dia com muito a ser feito, um dia horrível, e sonhos, como fazer amor, eram para a noite. Sonhos, como fazer amor, eram uma fuga.

Ela não podia fugir agora. Tinha um problema colossal e ameaçador para resolver. Se não conseguisse, perderia tudo o que era importante, tudo pelo qual ela e as irmãs tanto se arriscaram e lutaram. Ela perderia tudo o que prima Emma lhe dera, o que seria como vê-la morrer outra vez.

Leonie precisava manter a cabeça nos negócios.

Lisburne era um prazer. Não, para ela, ele era muito mais. Ela estava apaixonada, entregara-se com alegria e o faria de novo e de novo, até que ele se cansasse dela. Ou até algum milagre acontecer e ela se curar e se cansar dele.

Mas os negócios vinham em primeiro, em segundo e sempre. Havia um desastre do qual ela precisava se recuperar e não havia um minuto a perder.

– O Botticelli – disse ele.

– Nossa aposta? Lady Gladys? Admiradores, propostas de casamento e convites até o fim do mês? Não se lembra?

Os olhos verdes de Lisburne se estreitaram.

– Eu me lembro. Duas semanas com você. Sua atenção plena. Sem *negócios*.

– Se as coisas continuarem do jeito que estão, não terei mais um negócio – disse ela.

– Mas como você se propõe a vencer se as mulheres não vêm mais à loja? Gladys está morando com lady Warford, enquanto o pai, o famoso general, está no exterior, assassinando soldados em algum lugar. Não faz diferença o fato de vocês agora estarem relacionadas. Se você fosse irmã de Clara e se metesse em um escândalo, lady Warford a mandaria embora para viver com carneiros, em alguma ilha isolada na costa da Escócia, e Clara seria proibida até de lhe enviar cartas.

– Lady Gladys precisa vir à loja – disse ela. – Temos dois vestidos de passeio, um vestido de baile e um de traje para jantar esperando por ela. E Joanie Barker fez para ela um maravilhoso chapéu. Sophy é um gênio da chapelaria e Joanie é sua protegida.

– Mas então onde está Sophy, se é tão indispensável assim?

– Está onde deve ficar.

Leonie se lembrou do que Clevedon havia dito sobre Longmore voltar correndo a Londres para matar Swanton. Mas isso não poderia acontecer em poucas horas. Eles estavam na Escócia.

– É melhor eu escrever para ela e mandar a carta com urgência. Vou dizer que está tudo sob controle e que ela não deve vir e complicar a situação – completou Leonie.

Ela foi em direção à porta. Lisburne a segurou pelo braço, um toque leve e confortável. Mas ela sentiu o calor e a pressão em toda parte, principalmente no lugar por onde ficaram unidos na noite anterior.

– Não tenho o mínimo temor de perder meu Botticelli – disse ele. – Mas quero que você tenha uma chance justa. Quer que eu escreva para Longmore? Ou converse com ele, se possível?

O que ela poderia fazer? Levantou a mão até o rosto dele. Ele virou a cabeça e beijou a palma de sua mão.

– Eu quero ajudar – disse ele. – E não quero ficar sentado esperando Fenwick trazer alguma notícia. Você não acha melhor eu me apresentar a Longmore para que ele tente me matar?

– Você é mais útil vivo, são e salvo. – Leonie retirou a mão. – Se eu escrever, Sophy vai me ouvir e dar um jeito nele... ou deixá-lo inconsciente, se for o caso. Preciso de você em Londres.

– Isso me parece promissor. Mas tenho a sensação de que você tem algo diferente em mente do que eu.

– Preciso de um espião – explicou ela.

– Isso quer dizer que eu venho lhe contar o que descobri, disfarçado, no meio da noite?

Falou em um tom baixo e insinuante. O vislumbre de um sorriso. A maneira como ela se aproximava e sua cabeça se inclinava e ele parecia não prestar mais atenção em nada ao redor, a não ser nela.

Leonie não podia permitir que ele aparecesse outra vez, no meio da noite. Não podia se arriscar, não nesse momento.

Ela era uma mulher de negócios, e os negócios vinham em primeiro, em segundo e último lugar sempre. Mas ela era também, como todos de sua linhagem, uma jogadora.

– Não deixe que ninguém o veja – disse ela.

Capítulo treze

Almack's. – *O baile da noite de quarta-feira foi o fechamento de uma temporada brilhante. A dança começou um pouco depois das onze horas, com música do maravilhoso conjunto musical de Collinet, que tocou obras de Musard, "Les Gondoliers Venetiens", seguida das valsas "Le Souffle du Zéphir" e a preferida, "Les Souvenirs de Vienne". Durante o evento, "Les Puritans, Rome" foi tocado em um estilo admirável. Às quatro horas, o baile terminou, quando o conjunto tocou "God Save the King".*

– *Jornal da Corte*, 25 de julho de 1835

Almack's
Quinta-feira de manhã bem cedo

Embora agora ele já tivesse observado lady Gladys o bastante para não ficar chocado, Lisburne ficou extremamente surpreso ao vê-la dançando com Crawford. Apesar de ser o filho do conde de Longmore cuja vida era mais difícil, detentor de pouca inteligência e perspicácia, ele era popular com as mulheres, pois era um dos melhores dançarinos de Londres.

Ele estava dançando com *Gladys*, sobre quem, Lisburne se lembrou, alguém escreveu, após sua primeira temporada, que "parecia um urso dançarino vestido de seda, renda e joias no valor do resgate de um rei".

Crawford dançava com ela e sorria, assim como ela, que se movia com a mesma destreza das outras jovens que também se entretiam no salão. Lady Alda estava por perto, observando avidamente, a cabeça se virando para um lado e para o outro e, de vez em quando, desaparecendo atrás do leque, quando cochichava e tecia comentários maldosos para quem estivesse mais próximo.

Quando os passos da dança aproximaram Gladys de Warford, ela disse algo e sorriu. Depois ele disse algo também. Ela riu e muitos olhares se viraram para ela, inclusive o de lady Alda. Lisburne percebeu vários olhares perplexos e alguns elogiosos. A expressão no rosto de lady Alda azedou.

Lisburne se deu conta de que Gladys tinha uma risada bonita e surpreendentemente agradável. Não era um riso silencioso. Não tentava ser um som delicado. Não era falso de maneira alguma. Vinha de dentro, um som de alegria, e parecia alegrar quem a ouvia.

Uma voz, ele sabia, poderia ser uma ferramenta poderosa.

Lisburne aprendera a usar a sua para comandar seus criados, para ser levado a sério por homens que tinham o dobro ou o triplo de sua idade e, é claro, para conquistar mulheres. Certamente a voz de Gladys parecia ter fascinado Swanton. Mas ele era extremo em tudo. Lisburne a achava apenas agradável, nada mais.

A voz de Leonie era outra história. Havia um tom direto, de uma mulher de negócios, que era perversamente excitante. Entretanto, muito mais deliciosa era sua voz quando estavam sozinhos, aquela que nem todos conheciam. A risada baixa e sugestiva não era para o público em geral. Nem a maneira como ela olhava para ele pelo canto do olho, o fantasma de um sorriso curvando seus lábios...

E ele não podia se permitir ficar pensando nisso, embora não a visse desde a tarde de terça-feira passada.

Como fizera no baile de lady Eddingham na noite passada, hoje em vários clubes e no jantar na casa de lady Gorrell algumas horas atrás, ele estava ali para juntar informações. Clevedon estava fazendo o mesmo, mas em outros lugares. Lisburne tinha esperanças de que o duque tivesse melhor sorte, em ambos os sentidos, no Crockford's e em quaisquer outras casas de jogos que pretendesse visitar nessa noite.

Lisburne nunca fora chegado a jogos. Um carteado de vez em quando era divertido, mas casas de jogos não o atraíam.

Nessa noite, ele havia assumido a função no Almack's. Deveria flertar e dançar com as mais famosas fofoqueiras. A próxima função em sua lista era uma valsa com lady Alda Morris.

Ele observou Crawford conduzir Gladys de volta ao seu lugar, onde lady Warford agia como acompanhante. Em seguia, Geddings trouxe Clara. Vários homens se aproximaram. Crawford ficou por lá, conversando com

Gladys. Flinton se aproximou para dançar com... Gladys. Outra pessoa conduziu Clara ao salão. Herringstone.

Era difícil ter certeza, mas Crawford, Flinton e Geddings pareciam estar no cortejo de Gladys. Ou, pelo menos, dividindo seu tempo entre ela e Clara.

Tudo o que Gladys precisava era de seis admiradores, três convites para festas ao ar livre e uma proposta de casamento, e o Botticelli teria um novo lar após a exposição.

Mas as chances ainda estavam a favor de Lisburne. Gladys só tinha oito dias para alcançar todas as exigências da aposta. Enquanto isso, ela parecia estar se saindo bem socialmente, um sucesso que Lisburne aceitava com tranquilidade.

Mas ele ficaria muito relutante em perder suas duas semanas com Leonie. Sua atenção plena... que não seria tão plena se não pudessem resolver o problema que ocorrera no Vauxhall.

E assim, ele fixou a mente em lady Alda, cujo olhar ácido se desmanchou quando ele a convidou para dançar.

– Fico muito triste ao ver que a temporada chega ao fim – disse ela, enquanto dançavam. – Lady Gladys a animou muito.

– É mesmo? Eu só a vi poucas vezes nos últimos dias. – Ele fez uma pausa. – Embora, como todos os outros, eu tenha acompanhado, pelo *Spectacle*, tudo o que ela disse e fez.

– Não se pode prever qual coisa espantosa ela vai dizer – comentou lady Alda. – Sei que alguns dizem que ela é atrevida e pouco educada por expressar suas opiniões com tanta veemência. Mas nós podemos perdoá-la por estar ansiosa *demais* para agradar, não podemos? Alguns podem até dizer que seu traje é muito maduro para ela, mas eu acho que uma dama deve ser vestir de acordo com seu corpo. A dança dela melhorou, não acha? Ela parece ter mais ritmo do que costumava ter e tenho certeza de que, se continuar a praticar bastante com um bom professor, ela vai aprender a mexer os braços com mais graciosidade. Mas o Sr. Crawford sempre faz suas parceiras parecerem boas dançarinas. Lorde Flinton também, como posso ver. Essa é a característica de um bom dançarino, não acha?

Esse monólogo se dava em intervalos, quando os passos da dança os juntavam.

Um poema veio à mente de Lisburne – não era de autoria de Swanton, mas um que ele gostava de citar. Uma das criações cômicas da Sra. Abdy. Como era mesmo? Algo sobre uma amiga, com elogios tão falsos quanto aqueles. Com certeza Leonie devia conhecer o poema.

Lisburne lembrou-se da maneira como ela declamara "O segundo filho", no Western Athenaeum. Tentou imaginar qual seria sua interpretação do poema sobre a amizade.

Ele percebeu o olhar de expectativa de lady Alda e se deu conta de que ela estava esperando que ele falasse que ela era a graça personificada, não importava com quem dançasse. Em outro lugar e momento, talvez ele dissesse mecanicamente as palavras certas. Agora, por algum motivo, não conseguia formular uma frase adequada e o momento passou em um silêncio constrangedor.

– Fico muito feliz pelo senhor, pelo fato de a dona da festa não ter levado em consideração a terrível cena no Vauxhall na segunda-feira à noite – comentou ela.

Ela havia usado o silêncio, é claro, a fim de reunir fôlego para outra leva de comentários maldosos.

– Este é o último baile do Almack's desta temporada – disse ele. – Nem valia a pena o esforço para afastar os indesejáveis.

Ela protestou que ele não era *indesejável.* Depois, riu baixinho. Ele sabia que deveria flertar. Ele gostava de flertar. Era um de seus passatempos preferidos.

Entretanto, sua mente ficou em branco e o melhor que pôde fazer foi dizer um educado "obrigado".

Eles continuaram a dançar em silêncio por algum tempo, até que ela disse:

– Percebo que lorde Swanton preferiu não vir. – E prosseguiu: – Acho que não quis testar a tolerância das donas da festa.

– Ele não foi o único – respondeu Lisburne. – Não vejo sinal de Theaker. Ele teve um papel importante no que aconteceu no Vauxhall.

– Admito que fiquei impressionada pelo fato de ele e o Sr. Meffat não terem sido proibidos de frequentar o Almack's.

Lisburne ergueu as sobrancelhas.

– Depois que o amigo deles, lorde Adderley, teve aquele problema medonho no mês passado, com a viúva francesa – disse ela. – Ou quem quer que fosse. Devo dizer que havia algo nela que não me parecia correto. – Ela o encarou. – Mas eu me esqueci. O senhor não estava em Londres nessa época.

– Quando foi isso?

– Pouco tempo antes de lorde Longmore se casar com a costureira. Ou melhor, com a Srta. Noirot. Devo admitir que foi um choque para a sociedade. Todos achavam que alguma coisa aconteceria entre ele e a tal viúva francesa. Mas ela desapareceu e lorde Longmore se recuperou de seu amor perdido com uma velocidade impressionante. Mas não posso imaginar por que minha cabeça foi desviada para esse chocante episódio. Só queria dizer que alguns esperavam que os amigos de lorde Adderley fossem prejudicados por associação. Isso não me parece totalmente justo. Não se deve julgar os amigos de um cavalheiro pelo comportamento *dele*.

Lisburne não perguntou se essa regra se aplicava também às mulheres. Mas podia adivinhar a resposta. De qualquer maneira, o que atiçou sua curiosidade foi o tema da conversa. Lady Alda não precisou de muito estímulo para explicar o "chocante episódio".

A história também não esclareceu muita coisa sobre Theaker e Meffat, e tudo o mais que ela disse só demonstrou o quanto ela dominava a arte do insulto indireto. Por outro lado, a parte sobre a misteriosa dama francesa era muito interessante.

Apesar de não ter sido o pior dia de toda a história da Maison Noirot, a quarta-feira também não foi o melhor dia da vida de Leonie. Apenas algumas poucas clientes entraram na loja, e não foram para comprar nada. Mexeram nos chapéus e xales, observaram os manequins, tentaram fazer comentários insolentes e não encararam as vendedoras. Felizmente, a maioria das meninas, como Selina, havia desenvolvido uma dura carapaça. Mesmo assim, lágrimas foram derramadas na oficina. Elas temiam pelo futuro.

A quinta-feira foi um pouco melhor. Uma das mais importantes clientes da loja, a Sra. Sharp, permaneceu leal porque sentiu que tinha uma imagem a preservar como líder da moda, pelo menos em seu grupo de amigas. Embora desse grupo não fizesse parte a mais alta roda da sociedade, incluía as famílias mais ricas de Londres.

A filha dela, Chloe, havia conquistado um dos solteiros mais escorregadios de Londres. Como ela logo se tornaria uma condessa, nada além do melhor serviria para seu enxoval. Não que ela se contentasse com menos em qualquer outra ocasião. Afinal de contas, a filha mais velha da família Sharp havia se casado com um príncipe e suas roupas e as de seus convidados haviam sido comentadas por toda Londres. Várias revistas femininas haviam descrito o guarda-roupa dela em detalhes, graças a Sophy.

– Eu disse ao Sr. Sharp que seria a Maison Noirot ou Paris – explicou a Sra. Sharp. – Ele desaprovou Paris, como imaginei que faria. Ele não entende, como eu, que nem Victorine é capaz de produzir um trabalho superior ao seu.

Por mais que depreciasse a mais famosa modista de Paris, a Sra. Sharp foi um tanto furtiva em relação à Maison Noirot. Ela trouxe a filha de manhã bem cedo, enquanto a maior parte da alta sociedade ainda estava dormindo, e pediu discrição a Leonie. A família principesca do genro compensava a falta de dinheiro com um excesso de moralidade. A Sra. Sharp não desejava ouvi-los fazer um sermão.

Ficar em silêncio sobre uma encomenda grande e cara não era uma boa maneira de melhorar os negócios. Sophy teria ficado uma fera.

Enquanto isso, Fenwick desaparecera havia dois dias. Quando voltou, logo depois de Leonie fechar a loja, na terça-feira à noite, seu relato foi curto: "Nada ainda. Melhor tentar Covent Garden."

Ele engoliu duas tortas de carne só porque Leonie insistiu bastante. Enquanto se alimentava, protestava que estaria cheio demais para comer quando chegasse ao Jack's Coffee House.

– Você não vai comer nada naquele lugar – disse Leonie. – É imundo.

A antiga cafeteria em Covent Garden era suja e mal-afamada. Ela preferia que ele não fosse até lá, mas sabia que ele prometeria não ir e iria de qualquer jeito. Disse a si mesma que, se ele sobrevivera em Londres por tanto tempo, um grande feito que poucas crianças indesejadas alcançavam, seria impossível trancafiá-lo. Lembrou que ela também sobrevivera às ruas de Paris quando tinha a mesma idade.

– O que você espera encontrar lá?

– Sei lá. O lugar onde a carruagem fica estacionada? Conheço um sujeito que vai lá. Ele pode saber alguma coisa.

– Não diga nada sobre Charlie Judd, o condutor da carruagem de aluguel.

Como tinham o número da carruagem, não tiveram dificuldade para descobrir o nome do condutor. Encontrá-lo seria o problema. Um condutor de veículos de aluguel precisava aceitar qualquer um que quisesse contratá-lo, a qualquer momento, não importava quantas horas ele já tivesse trabalhado, e poderia ter que dirigir uma longa distância fora da cidade.

O garoto meneou a cabeça.

– Ele vai aparecer, madame.

Mas quando? Apesar de toda a confiança que havia demonstrado para Lisburne, Leonie sabia que a busca poderia levar muito tempo. Algo que eles não tinham. Em agosto, grande parte da alta sociedade já teria partido de Londres, para suas propriedades rurais. Julho terminaria em oito dias.

Agosto era sempre um mês complicado em termos financeiros. Agora seria um mês fatal, embora as ambições da Sra. Sharp e o dinheiro do Sr. Sharp talvez permitissem a mera sobrevivência da loja.

Leonie estava a caminho do escritório para rever despesas, decidir onde poderia cortar e que contas deveria pagar primeiro, quando ouviu uma imperiosa batida na porta de trás. Fenwick, que estava prestes a sair, devia tê-la aberto, pois ela o ouviu falando e uma voz familiar respondendo.

Seu coração acelerou-se. Ela queria correr para a porta, mas obrigou-se a parar no corredor, do lado de fora do escritório, assumindo uma expressão educada, e ficou esperando, para dar a impressão de uma profunda calma.

Ela observou Fenwick sair e Lisburne fechar e trancar a porta atrás de si.

Então ele se virou para ela, e lá estavam aquele rosto esculpido à perfeição e o ouro brilhando nos cabelos e nos olhos verdes, a boca sedutora, que tocara cada milímetro da pele de Leonie, inclusive as partes íntimas. O coração dela deu repetidos saltos.

– Ainda não entendo uma palavra do que ele diz – comentou Lisburne. – Mal o reconheci. Ele está imundo.

– Como ele vai andar pelo submundo usando lavanda e libré dourado? Se estiver muito arrumado, alguém poderá roubá-lo.

– Diga-me uma coisa – disse ele. – Quando Sophy o encontrou, ela estava fingindo ser uma viúva francesa ou outra pessoa?

Leonie ficou confusa, feliz e temerosa ao mesmo tempo, mas manteve a expressão neutra. Mesmo apaixonada, ela não deixava de ser uma Noirot e uma DeLucey. Sabia como jogar suas cartas.

– Acho melhor não perguntar demais sobre as histórias de Sophy. Espero que tenha algo útil para me contar.

Ele não viera no meio da noite, como prometera. Ela não o via desde a tarde de terça-feira. Não que esperasse vê-lo. Naturalmente, ele fizera promessas que não cumpriria. Um homem com aquela aparência, que fazia amor daquele jeito, podia agir de acordo com as próprias regras.

– Lady Alda acredita que havia algo "não muito correto" sobre a viúva francesa de Longmore. Depois de muitos rodeios, que não foram fáceis, uma vez que lady Alda destilava veneno para todos os lados, e eu tentava cativar e encantar a falastrona, e a situação exigia que eu mantivesse minha compostura... – Lisburne franziu o cenho. – Essa é uma tarefa que tenho achado estranhamente difícil nos últimos tempos. Não sei por quê. Mas onde é que eu estava mesmo?

– Não tenho a mínima ideia. Seja lá o que for, não me pareceu nada útil.

Ela entrou no escritório.

Ele a seguiu e fechou a porta.

Ela foi até a escrivaninha e começou a colocar alguns papéis em ordem. Contas. Duas cartas cancelando pedidos.

– Agora me lembrei – disse ele. – Depois de muito raciocínio, tive um pensamento. Lady Longmore ainda não pode voltar a Londres porque as pessoas podem confundi-la com a viúva francesa de Longmore e o grande amor do qual ele se recuperou com uma rapidez impressionante.

– Ele é homem – disse Leonie. – O que foi que Byron disse sobre homens e mulheres apaixonados?

– Byron? Pensei que você não fosse chegada a literatura.

– Nós lemos *Don Juan* porque era considerado um livro apimentado – disse ela.

– "Na vida do homem, o amor é uma coisa à parte; na da mulher, é toda a vida" – citou ele. – Swanton adora *Don Juan*. E *Beppo*. Ele também adora Tom Moore. E você conseguiu me distrair de meu objetivo. – A voz dele ficou mais grave. – Venha aqui.

– Não – respondeu ela. – Preciso somar dois e dois e fazer com que a resposta seja dez ou vinte. Preciso ver se uma encomenda pode nos deixar solventes pelo mês de agosto inteiro e, quem sabe, setembro. Preciso...

– Senti a sua falta – disse ele.

Naquele momento, todo o bom senso fugiu da mente dela e tudo o que queria era ele.

Idiota, idiota, idiota. Não havia tempo para isso, para ser ridícula e irresponsável.

– Já se passou muito tempo – disse ele. – Os bailes e reuniões não terminam enquanto não amanhece e sei que as costureiras chegam às nove da manhã e que a loja precisa abrir às dez, mesmo que ninguém chegue nesse horário desumano. Sabia que não devia perturbar seu sono.

Ele não precisava estar lá para fazer isso.

– Faz pouco mais de dois dias que você esteve aqui pela última vez. – Ela pegou o relógio de bolso. – Umas 54 horas.

– Dava para ser mais precisa? Amo quando você é precisa.

O coração de Leonie bateu depressa. *Amo*. Mas não eu amo *você*. Era apenas uma palavra usada sem cuidado e só queria dizer que ela o divertia. Algo que ela já sabia desde o começo.

Na vida do homem, o amor é uma coisa à parte.
Na da mulher, é toda a vida.

Não na dela. Tinha uma vida cheia e ocupada. A vida que levava antes que ele a invadisse.

– Além disso, as clientes vêm naquela hora em que as suas grandes damas chamam de raiar do dia – disse ela, secamente. – Podem não ser grandes damas, mas pagam suas contas em dia. Muito burguês da parte delas, eu sei, mas...

– Eu pensei em ficar na rua, debaixo de sua janela, uivando como um cão para a inalcançável lua – disse ele. – Mas não quis perturbar seu sono. E talvez as pessoas jogassem sapatos em mim, ou esvaziassem seus penicos em minha cabeça. E eu não tinha certeza de qual era a janela do seu quarto. Lembre-se de que não chegamos até ele.

Ela ficou vermelha por todo o corpo.

– Então eu fui embora para casa, sem nada dizer – prosseguiu ele –, para minha cama, onde imaginava você em sua cama, seu rosto um pouco corado. Talvez você tirasse a roupa de dormir, porque a noite estava quente. Ou talvez pensasse em mim, o que a deixava ainda mais acalorada. Fingi que você pensava em mim da maneira que eu pensava em você...

Ele se interrompeu e ela ficou surpresa ao vê-lo corar do maxilar até as bochechas.

– Que o diabo o carregue! Esse meu primo é contagioso. O que estou dizendo? – questionou-se Lisburne.

– Poesia – respondeu ela. – De certo tipo. Do tipo galanteador.

Como se ele já não a tivesse cortejado e conquistado sem quase nenhum esforço. Ela se apaixonou desde o instante em que tirou os olhos do quadro e olhou para ele, na British Institution. Da paixão ao amor... como era incrivelmente fácil, até para uma moça sensata, que mantinha os pés firmes no chão.

Ou talvez tivesse sido fácil para ela justamente por não estar acostumada.

Ou talvez tivessem sido os sanduíches.

– Era o que eu temia – disse ele. – Está funcionando?

– De jeito nenhum.

Leonie deu as costas para ele, pegou uma conta e ficou olhando para o papel, embora pelo tanto que ela compreendia agora palavras e números poderiam estar escritos em grego, árabe ou chinês.

Ela o ouviu atravessar a sala. Não ergueu os olhos. Não precisava. Podia senti-lo atrás dela. O ar ficou carregado – com o cheiro de homem e a tensão entre eles, ou o que quer que ele tivesse feito para fazer o ar vibrar como cordas de uma harpa.

– O que você tem aí? – disse ele, suavemente. – Uma conta da loja de tecidos?

Ela se obrigou a se concentrar.

– Vou conversar com o dono da loja. Os números estão esquisitos e tenho certeza de que ele aumentou os preços na semana passada; nove xelins e seis pence por lustrina?

– Quanto de lustrina?

A voz dele ficou ainda mais grave.

Ela sentia a respiração dele na nuca. Mal conseguia controlar o tremor. Engoliu em seco.

– Cinquenta e um metros a nove xelins e seis pence – disse ele, usando o mesmo tom de quando a tinha nos braços.

– Sim – respondeu ela.

– E o que mais?

– Faz diferença?

– Leia para mim – pediu ele.

Ela podia sentir a alteração na voz dele. Lisburne não a estava tocando, mas parecia que suas mãos estavam por toda parte. A boca também.

– Noventa e oito varas de cambraia – disse ela. – A onze xelins e nove pence por vara.

– Por vara – disse ele.

– Sim.

– Continue.

– Catorze metros de veludo fino a quinze xelins e três pence o metro.

– Hum. – O rosto dele roçou o dela. – Não pare.

– Cento e dois metros...

– Cento e dois. Um bocado.

Ele beijou um ponto sensível atrás da orelha.

Ela tremeu.

– Não pare – disse ele.

– Cento e dois metros de *princetta* preta a doze xelins e nove pence o metro.

Ela continuou a ler a conta, enquanto ele a beijava, murmurando em seu ouvido, encorajando-a.

– Mais números – sussurrou ele. – Mais números.

Ele beijou o lado do pescoço dela, enquanto movia as mãos para a frente do vestido, pousando-as sobre os seios. Ela continuou a ler, embora seus joelhos estivessem perdendo as forças.

Trezentos e vinte e cinco metros de *Green Persian*, vinte e cinco metros de *mode*, e ela continuou a ler, embora mal pudesse enxergar direito por causa das mãos dele, que percorriam todo o seu corpo.

– Leonie, Leonie – murmurou ele. – Quando você fala de números, me deixa louco.

Ele deslizou as mãos para baixo e tecidos farfalharam quando ele levantou a saia, e os olhos dela se moviam tentando ler. Precisava fazê-lo parar, mas não queria. Era muito cruel e ela queria saber aonde isso ia levar. Não tinha certeza de que poderia parar, mesmo que fosse obrigada, pois estava sem forças sob o toque das mãos dele, sob o feitiço de sua voz. Ela percebeu que ele estava levantando sua saia e as anáguas. Então, ele colocou as mãos nas coxas dela, deslizando-as por cima da calçola.

– Seda – comentou ele. – Calçolas de seda, sua menina levada.

– Tafetá branco, três xelins e nove pence.

Ele a estava beijando na nuca. Ela ouviu sons conhecidos. Botões sendo abertos, o sussurro da lã contra a musselina.

Ele enfiou a mão entre as pernas de Leonie rendendo um gemido instantâneo dela.

– Continue contando – disse ele.

– Cetim, nove xelins e seis pence o metro. Veludo Gênova, vinte e sete xelins e seis pence o metro. *Oh*.

Ele havia colocado os dedos na abertura da calçola. Estava acariciando o local e ela tremia. Um calor percorreu o corpo dela, como se estivesse nadando em uma piscina de água mineral quente.

– *Mon Dieu!*

Soltou um grito abafado e involuntário, quando o prazer correu por seu corpo e avançou direto sobre o local, em uma explosão de alegria.

Ele empurrou os dedos para dentro dela e Leonie se apoiou na escrivaninha. O rosto dele estava colado ao dela.

– Menina travessa. – A voz de Lisburne era rouca, a respiração quente contra a pele de Leonie. – Senti a sua falta. Tive pensamentos perversos, enquanto ficava deitado à noite, desejando estar na sua cama, em seus braços. Pensei em tantas coisas interessantes que poderíamos fazer, tantas coisas que eu queria lhe ensinar e tudo o que poderia aprender sobre você, todos os segredos de sua pele, de sua boca, e... – Ele recuou a mão um pouco e a empurrou de novo para dentro. – E aqui. Dentro de você. Queria estar dentro de você.

E ela o queria dentro dela, embora fosse perigoso – talvez *exatamente* porque fosse perigoso. E ela era daquele jeito, e todos os números do mundo, um abaixo do outro nas colunas adequadas, calculados corretamente, não poderiam mudar isso. Ela era a mais sensata entre os dois, mas era uma Noirot e uma DeLucey, famílias com uma tradição pecaminosa de séculos.

Ele a penetrou ali mesmo, na escrivaninha, e ela o recebeu sem pudor, feliz, quase rindo, à medida que o calor e a urgência iam crescendo. Ela riu até quando gemeu. Riu dos gritos de prazer quase sufocados. Riu das palavras tolas sussurradas entre eles e da safadeza de tudo aquilo.

Era uma grande piada e uma grande alegria, e ela estava feliz, e mais feliz ainda, e feliz outra vez, até que não havia mais para onde ir e tudo ficou absolutamente perfeito por um glorioso momento.

Ela saboreou o momento enquanto durou e se lembrou quando terminou. E sabia que se lembraria para sempre, muito depois que ele tivesse partido e se esquecido dela.

Mais tarde

O que Lisburne *pretendia*...

... quando sua mente ainda funcionava...

... era cortejá-la – ou seduzi-la – e, aos poucos, levá-la para a cama, ou pelo menos até o divã lá em cima.

Mas ela estava ali, sentada à escrivaninha, franzindo o cenho para uma conta e recitando quantias e preços, com voz seca e profissional. E a mente dele se enevoou, abandonando o raciocínio naquela outra parte do cérebro, bem mais lá embaixo.

Então, depois de um tipo de sexo mais comumente associado a cortesãs e meretrizes experientes – por certo *não* a mulheres recém-iniciadas –, ela riu.

Ali estava ele, ainda curvado sobre ela como um cachorro, tentando recuperar o fôlego e o juízo, e ela plantou os cotovelos sobre a mesa, cobriu o rosto com as mãos e riu.

E o som conquistou o coração dele e o que restava de seu cérebro. Então ele também riu.

Ela se virou e se levantou da mesa, segurou o rosto dele entre as mãos e o beijou. Lisburne sentiu o beijo até a ponta dos pés, os dedos das mãos e a raiz dos cabelos, como se tivesse sido atacado por um raio.

Então ela interrompeu o beijo.

– Vamos subir – disse.

Mais tarde

Lisburne acordou com nádegas redondas e suaves pressionadas contra sua virilha. Do ombro sedoso, onde seu rosto descansava, um perfume delicioso soprava em suas narinas: lavanda e Leonie. Seu braço se curvou ao redor da cintura dela e sua mão pousou em sua barriga. Nua, totalmente nua.

Ele não se lembrava com clareza do momento em que a despiu, mas, quando abriu os olhos, as cortinas da cama, não completamente fechadas, denunciavam o dia seguinte a uma orgia. A luz chamejante de uma única vela iluminava as peças de roupa espalhadas, algumas sobre cadeiras, outras no chão, algumas dependuradas nas colunas da cama.

Então ele se lembrou.

Um despir apressado e um tempo longo e lento de sexo.

Ele sorriu.

Beijou os ombros de Leonie, ela se virou em seus braços e os braços dela subiram e se enrolaram em seu pescoço. Ele a beijou e seu coração se acelerou, sem ele entender o porquê. Deveria estar contente. Saciado. Mas não reconhecia aquela sensação. Era...

Ela interrompeu o beijo.

– O que é isso? – indagou. Ela o soltou e se ajeitou sobre os travesseiros. – Tem alguém à porta.

Ele teve que se esforçar para ouvi-la e não teria sido bem-sucedido se a janela não estivesse aberta. Um som vinha lá de baixo, várias batidas na porta, uma atrás da outra, ecoando no pátio. Alguém estava na porta dos fundos. Ou em uma das portas que ficavam de frente para o estreito pátio, atrás do número 56.

– Já deve passar da meia-noite – disse ele. – Quem pode estar querendo falar com você a esta hora?

Antes que ele conseguisse recuperar os sentidos, ela já havia pulado da cama. Correu para o guarda-roupa, abriu-o e tirou algo dali. Um roupão azul de veludo, similar ao de um homem, bordado com flores exóticas. Não era nada parecido com aquele pano transparente e obsceno que ela usara na outra noite. Não era uma peça leve, mas algo cortado em um estilo que parecia oriental e forrado de seda. Quando ela o jogou sobre o corpo, o roupão a cobriu por inteiro, mas sem esconder suas formas. Por algum motivo, isso lhe pareceu mais libidinoso do que aquele outro, tão fino.

Ele se sentou.

– Você não está pensando em abrir a porta – disse ele. – Não usando só *isso*. Volte para a cama. Deixe que as criadas lidem com quem quer que seja. A não ser que você tenha outro homem que a visite no meio da noite.

– Quando eu teria tempo para outro homem? Mal tenho tempo para você.

Ela saiu apressada.

Ele se arrastou para fora da cama e começou a procurar sua camisa. Levou algum tempo, porque estava distraído. Encontrou as meias dela e as dele, depois o corselete e uma liga. Apenas uma liga. Onde estaria a outra?

Ele não podia deixar as roupas no mesmo lugar em que as encontrara. Juntou-as, como fizera na outra noite, e separou-as ao pé da cama em duas pilhas distintas. Quando achou a camisa e a vestiu, imaginando onde estariam as calças, ela retornou.

– Rápido, rápido! – disse ela. – Não temos um minuto a perder.

Ele ainda estava aturdido. As roupas de baixo dela, colocadas ao pé da cama, obscureceram sua mente. Ele não estava pronto para se apressar. Não tinha vontade. O que ele queria era arrastá-la de volta para a cama. Ainda não havia terminado. A noite ainda não havia terminado. Ele se sentira tão confortável. Como se...

Sua mente se negou a completar o pensamento.

– Quem é? Devo pular da janela? A casa está pegando fogo?

– Pegando fogo. Não diga uma coisa dessas.

Ela tirou o roupão e começou a mexer de novo no guarda-roupa.

As costas dela, tão belas... a doce curva das nádegas...

Ele se forçou a raciocinar.

– Leonie, quem estava à porta?

Ela se virou para encará-lo. Seus cabelos eram uma confusão de mechas avermelhadas, tocadas por raios de fogo onde a luz da vela as iluminavam. Cachos caíam das têmporas e desciam pelo pescoço... pelas costas, as lindas costas. Uma neblina varreu a mente dele mais uma vez e ele estava começando a se aproximar dela, esquecendo-se de todo o resto, a não ser o calor do corpo dela e a sensação da pele de Leonie contra a sua e...

– Não é óbvio? – indagou ela.

– O quê? – disse ele. – Não.

– É Fenwick. Ele a encontrou.

Capítulo catorze

Está admirando seu rosto e formato?
Que sorte a sua não encontrar
Nenhum dos fuxiqueiros sem recato
Que moram aqui, neste horrível lugar!

Eles nunca se cansam da mentira;
Mas meu coração só louvores abriga
Pois a moça que você tanto admira
É minha muito especial amiga!

– Sra. Abdy, "Minha muito especial amiga", 1833

Arredores de Tottenham Court Road
Madrugada de sexta-feira

Leonie ficou sabendo que Fenwick nem precisara ir até o asqueroso Jack's Coffee House. Ele parou em todos os pontos onde havia carruagens de aluguel, quando estava a caminho do local – só por precaução, contara ele. Dessa vez, encontrou o homem. Ao descobrir que Charlie Judd se lembrava muito bem da corrida em questão, Fenwick achou melhor não perdê-lo de vista. Alugou a carruagem para levá-lo à Maison Noirot e esperar, caso Leonie quisesse interrogá-lo diretamente.

Como o condutor não ia a lugar nenhum, ela correu para cima a fim de se vestir e convencer um cético e pouco cooperativo Lisburne a fazer o mesmo.

Poucas perguntas, feitas assim que chegaram até o veículo, foram suficientes para mudar a atitude de Lisburne. Embora Judd tivesse recebido os tais passageiros na noite de segunda-feira e houvesse levado centenas de outras pessoas por toda Londres e arredores, ele se lembrava claramente da mulher, da criança e do "cavalheiro".

– Veio de Lambeth e retornou, certo? – disse ele. – Foi a única vez que eu fui ao Vauxhall na semana passada, em muito tempo, na verdade. E eles não me deram uma gorjeta muito boa.

Isso lhes deu a certeza de que haviam encontrado a pista certa. Em pouco tempo, Leonie, Lisburne e Fenwick estavam na carruagem de aluguel, a caminho do local.

Judd não teve dificuldades para se lembrar do endereço, pois parava lá com frequência. O pessoal do teatro frequentava o lugar, indo e voltando em horários os mais estranhos. Mais de uma vez, ele levou os amigos dos artistas para casa, depois de muitas festas.

Isso explicou por que o homem desalinhado que atendeu à porta nem sequer piscou quando recebeu visitas àquela hora e por que, depois de permitir a entrada de Leonie e Lisburne, ele os mandou direto para a "viúva do segundo andar".

A tal "viúva" estava claramente esperando outra pessoa. Ela abriu a porta, a expressão pálida de expectativa. Seus olhos se arregalaram quando viu quem eram os visitantes e teria fechado a porta na cara deles se Lisburne já houvesse colocado o pé no meio do caminho.

– Viemos ajudá-la – disse Leonie.

– Eu a conheço, Srta. Noirot – rebateu a mulher. – A senhorita estava no Vauxhall naquela noite. Pedindo dinheiro. Para as mulheres perdidas. Não sabe que ajudá-las só as encoraja a ter comportamentos libertinos?

A mulher deu uma gargalhada rápida, mas afastou-se e os deixou entrar. Em seguida, fechou a porta.

Leonie examinou o local. Parecia ter dois cômodos. Aquele no qual estavam era relativamente grande e arejado e era usado como sala. Havia outra porta, que Leonie imaginou ser a de um quarto menor. Levando-se em consideração a vizinhança e a condição do apartamento, ela calculou o aluguel entre sete e dez xelins por semana.

O lugar era asseado – mais do que a própria moça, por certo –, embora não houvesse muitos móveis para serem limpos e os que estavam ali parecessem antigos e bastante usados. Sobre uma mesa perto da porta havia um álbum de recortes aberto, um folheto, uma página de jornal, um pote de cola destampado e uma tesoura.

Leonie foi até a mesa e leu o folheto. Era um anúncio de uma noite beneficente, com o nome do homenageado impresso em letras garrafais.

– A senhora é uma atriz – disse ela. – Dulcinea Williams, certo?

A mulher entrou no meio do caminho, colocou o jornal e o folheto dentro do álbum, fechou-o e segurou-o contra o peito.

– Eu me perguntei se a senhora não seria uma profissional – disse Leonie. – A graciosidade da postura de súplica, sem mencionar sua destreza em segurar a criança, ao mesmo tempo que implorava lindamente pela ajuda de lorde Swanton.

A Sra. Williams ficou vermelha. Levantou o queixo.

– O público acreditou – disse.

Se Leonie pudesse ter tido uma visão mais próxima ou mais clara, não teria acreditado na história. Agora, mesmo em um aposento com pouca iluminação, as evidências eram claras. Todos os Noirots e DeLuceys eram atores até determinado ponto, mesmo poucos haviam subido aos palcos. Mas, com ou sem o talento da família, Leonie já vira apresentações teatrais suficientes para reconhecer quando estava diante de uma delas, pela maneira como a mulher se comportava e falava, sinais de quem trabalhava nos palcos desde criança. Muitos atores não conseguiam esconder seus maneirismos.

– Alguém lhe pagou para atuar – disse ela. – E a senhora precisava do dinheiro.

Ela olhou para Lisburne, que estava de guarda perto da porta que dava para as escadas, com uma pose pretensamente casual, o rosto com uma linda expressão de tolo.

O que demonstrava o quanto ele não era tolo. Ele entendeu que ela estava tentando ganhar a confiança da mulher e ele estava fazendo o possível para se mostrar inofensivo.

– Eu sempre fui capaz de cuidar de mim mesma e de minha filha – disse a Sra. Williams. – Trabalhei em uma boa companhia. Fizemos apresentações pelas províncias. Eu tinha trabalho e ninguém me fazia perguntas constrangedoras sobre Bianca. Muito pelo contrário. Ela era um chamariz. O público adora uma criança prodígio.

Seu olhar foi para o quarto dos fundos. A criança devia estar dormindo ali.

– Eu era a *Sra.* Williams, de qualquer maneira – disse ela, em voz mais baixa. – Nenhum de meus colegas atores perguntava onde estava o Sr. Williams. Bianca não sabe de nada. Ela pensa que o pai está trabalhando na América. Na outra noite, quando estávamos indo ao Vauxhall, eu disse a ela que estaríamos fazendo uma dramatização. Mas não estávamos.

Lisburne começou a se afastar da porta, mas desistiu. Sua voz era suave quando disse:

– Não estavam interpretando?

Mais uma vez, a mulher olhou para a porta entreaberta do quarto onde a criança dormia.

– Se a senhora foi enganada – disse Leonie –, lorde Swanton quer consertar a situação.

– Mas milorde não veio, não é mesmo? – disse a Sra. Williams.

– A senhora quer que ele venha? – indagou Leonie.

A Sra. Williams olhou para ela e, em seguida, para Lisburne. Depois andou até a porta do quarto e fechou-a.

Quando voltou para perto deles, recolocou sobre a mesa o álbum de recortes.

– Se eu pudesse imaginar que o pai de Bianca um dia me levaria embora em seu cavalo branco, eu não teria tido medo quando contei a ele que estava grávida.

– Ele não ofereceu nenhuma ajuda? – perguntou Leonie.

Não parecia algo que um Swanton faria.

A Sra. Williams riu.

– Eu é que o estaria ajudando. Talvez eu não seja boa o suficiente para os grandes teatros londrinos, mas sou capaz de encontrar trabalho com facilidade em outros locais. Sou boa o suficiente para não ficar dependendo de um homem.

Ela lançou um olhar desafiador para Lisburne. Ele apenas piscou como um idiota, aparentando ser um inofensivo aristocrata bobalhão, o que certamente não era.

A Sra. Williams prosseguiu mais depressa, do jeito que as pessoas fazem quando desabafam sentimentos presos há tempos.

– Como eu disse, juntei-me a uma boa companhia. Bianca e eu estávamos nos saindo muito bem. Então, no mês de maio, fiquei doente e não pude trabalhar. Meus colegas me ajudaram o máximo que puderam, mas eu parecia ficar cada vez mais fraca, imprestável. Tive que deixá-los partir sem mim. Estávamos em Portsmouth nessa época. Eu estava ficando sem mais nada para penhorar. Usei o pouco que tinha sobrado para pagar nossa vinda a Londres. Talvez não estivesse pensando com clareza, mas não podia pensar em mais nada a fazer, a não ser apelar para o pai de Bianca.

– A senhora escreveu para ele – disse Leonie. – E ele a ignorou.

– Oh, não – disse a atriz. – Eu sei como agem esses *cavalheiros* e seus advogados. Não podia permitir que ele se livrasse de mim por procuração e eu tivesse que me submeter a depoimentos e ameaças, não é? Fui a uma livraria e descobri onde ele estava no Guia de *Boyle's Court*. Fui numa manhã até a casa que ele alugava, sabendo que estaria dormindo. Fingi ser uma criada que trazia uma mensagem à casa errada. Aparentei estar muito constrangida. O criado dele flertou comigo, eu correspondi e acabei descobrindo aonde o patrão iria naquele dia.

Era o mesmo que Sophy teria feito. Ou Leonie. Ou qualquer Noirot ou DeLucey. Fingir ser outra pessoa. Jogar com a fraqueza dos outros.

Pensando nas irmãs, Leonie levou algum tempo para perceber a mudança em Lisburne, a maneira como a tensão se foi. Então ela entendeu. Quem quer que fosse o pai de Bianca, certamente não era Swanton. Entre outras pistas, o poeta não vivia em uma casa alugada ou temporária, mas na residência do marquês de Lisburne, em Regent's Park.

– Fiquei esperando por ele na British Institution – disse a Sra. Williams. – Mas não me toquei de que ele estaria com muitas pessoas por perto. Esperei o que me pareceu uma eternidade, tentando imaginar uma forma de ficar sozinha com ele, quando ele e o amigo se afastaram dos outros. Nesse momento, vocês já haviam saído e lorde Swanton e os outros haviam mudado de salão. Podem ter certeza de que os dois cavalheiros a quem me refiro queriam me tirar da vista dos amigos ricos. Então tivemos uma longa conversa. Ele disse que não tinha dinheiro. Eu disse que era melhor conseguir algum, ou eu faria escândalos por toda Londres, assombrando-o como o fantasma de Banquo, de *Macbeth*.

– Mas ele poderia ter mandado prendê-la – comentou Leonie.

A lei sempre estava do lado dos privilegiados. Eles não podiam ser perturbados ou molestados.

– Eu estava desesperada o suficiente para arriscar, Srta. Noirot. Ele conhece o tipo de escândalo que sou capaz de fazer. E eu sabia que ele não queria que ninguém soubesse nada a meu respeito. – A Sra. Williams deu um sorriso maldoso. – Não que eu tivesse forças para ficar andando atrás dele, como ameacei fazer. Mas ele não sabe disso. O problema é que nem mesmo o maior dos atores consegue tirar água de pedra. Eu devia ter percebido que ele daria um golpe em outras pessoas, aproveitando-se de minhas expectativas... do que eu não sei. A ideia que ele faz de um plano financeiro é esperar o próximo jogo de dados.

Agora estava claro quem eram os culpados: os mesmos dois homens que haviam dado sumiço à Sra. Williams no Vauxhall.

Leonie olhou para Lisburne, que apenas deu uma olhada ao redor da sala, aparentando indiferença, embora sua postura revelasse o contrário.

– Eu vi que não ganharia nada com ele – prosseguiu a Sra. Williams. – Vi como fui tola em imaginar que ele me ajudaria. Quando o amigo sugeriu que eu fizesse uma cena com o poeta, que opção eu tinha? Ele disse que lorde Lisburne me pagaria um bom dinheiro para me fazer ir embora.

– Por causa do filho de outra pessoa? – indagou ele. – Se a notícia se espalhasse, todas as mães solteiras de Londres bateriam à minha porta.

– Por vinte libras, eu vou embora – disse ela, levantando o queixo. – Eu já teria saído de Londres, se pudesse. Já estou cansada dele, dos seus amigos e de suas ideias brilhantes. Ele me prometeu resolver as coisas com você ou com o poeta. Mas já se passaram alguns dias e ele não deu notícias. Preciso pagar meu aluguel, e minha filha e eu precisamos comer.

– Eu lhe darei cem libras – disse Lisburne. – Mas há algumas condições.

A Sra. Williams era uma boa atriz, como dissera. Se estava com medo de ficar exposta ou de ser presa, disfarçou muito bem. Mas ela não conseguiu ocultar o espanto quando Lisburne lhe ofereceu cem libras.

Para ela, era muito dinheiro. Ele conhecia alguns homens que não pagavam mais do que vinte xelins por ano para sustentar os filhos bastardos.

– Primeiro, quero o nome do pai da menina. Sabemos que é um de dois homens – exigiu Lisburne.

Ele viu no rosto dela a luta entre a necessidade e o medo.

– Se eu lhe disser, não terei mais nenhum poder sobre ele. Eles me avisaram...

– São dois covardes – respondeu Lisburne. – Deixe-os comigo.

– Não posso me arriscar a expô-lo – disse ela. – Pela lei, a menina pertence ao pai. Ele poderia levá-la embora. – Ela mordeu os lábios. – Ele não se importa com ela. Mandaria Bianca para uma instituição de caridade e se esqueceria dela.

– Deixe que eu lide com eles – pediu Lisburne.

– Não se preocupe – disse Leonie. – Não faz diferença quem é o pai.

Lisburne a encarou. Não tinha certeza do que Leonie tinha em mente. Mas sabia que ela chegara àquela conclusão pela lógica e pelos cálculos.

– Tem razão – disse ele.

Ela ergueu as sobrancelhas.

– Você pode estar certa *uma vez* – disse ele. – Coisas mais estranhas já aconteceram.

A Sra. Williams estava com os olhos fixos em Leonie.

– Srta. Noirot, tenho certeza de que compreende. Juro que minha consciência não me deixou em paz desde aquela noite no Vauxhall. O pobre lorde Swanton parecia tão confuso. Mas me disseram que ele me pagaria e que o assunto ficaria esquecido. – Ela torceu as mãos. – E agora eu me encontro em uma situação terrível.

– Vamos resolvê-la – prometeu Leonie. – Não precisamos saber qual dos dois é o pai. É suficiente sabermos que eles agiram juntos para destruir o bom nome de lorde Swanton e outras reputações também. Só precisamos provar isso de maneira que o mundo acredite.

Enquanto ela falava, uma imagem se formou na mente de Lisburne.

– Tenho uma ideia – disse ele.

Ela estava olhando para a Sra. Williams.

– Também tenho.

A atriz parecia em pânico.

– Cem libras, lembre-se – disse ele. – Mas precisamos de sua ajuda.

– Não posso me arriscar a perder Bianca – retrucou ela. – Por nenhum dinheiro do mundo.

– O marquês de Lisburne é mais importante que aqueles dois sujeitos – disse Leonie. – Ele tem muito dinheiro. Assim como um exército de advogados.

– Se um daqueles dois tentar tirar a menina, o que eu duvido muito, verei com que seja condenado à morte – disse Lisburne. – Mas esse assunto precisa ser discutido e planejado, e este não é o lugar nem o momento. Sra. Williams, a senhora me pareceu estar esperando companhia. Os dois homens, imagino?

– Eles prometeram resolver a situação com lorde Swanton e me trazer dinheiro – explicou a atriz. – Tudo o que recebi até agora foram alguns poucos xelins para pagar o aluguel e a comida desta semana. Estou esperando por eles há dias.

– Eles não vão ajudá-la agora – disse Leonie. – A senhora não tem nenhum poder sobre eles. Não pode nem fazer uma cena sobre o verdadeiro pai depois de afirmar, na frente de centenas de testemunhas, que era Swanton.

A Sra. Williams a encarou por um momento. Seu olhar voltou para a porta do quarto.

– Nós entendemos por que a senhora agiu assim – disse Lisburne educadamente. – Mas se colocou em uma posição perigosa. Aqueles homens podem traí-la e dizer que não têm nada a ver com o episódio no Vauxhall. Eles sujaram o seu nome tanto quanto o de Swanton. Embora eu saiba que ele não vai processá-la, imagino que o escândalo dificulte a sua procura por trabalho.

A Sra. Williams cambaleou até uma cadeira e desabou sobre ela.

– Nunca pensei...

Ela cobriu o rosto com as mãos. Era uma atitude perfeita de desespero, e ela era uma atriz. Mesmo assim, Lisburne acreditou. Ele confiava no amor dela pela filha e no medo que estava sentindo de perder a menina. Qualquer um que já tivesse perdido um ente querido acreditaria.

– Bianca ficará em segurança – disse ele. – Prometo. O primeiro passo é tirar vocês duas daqui e mandá-las para um lugar onde ninguém possa incomodá-las.

Não era nada fácil fazer uma mudança no meio da noite, ou encontrar, em pouco tempo, um lugar para abrigá-las.

Mas a Sra. Williams não possuía muitos itens, graças a suas visitas frequentes às casas de penhor. Quase tudo o que ela e a filha possuíam cabia em uma grande mala. Enquanto Leonie as ajudava a guardar as coisas, Lisburne desceu até a proprietária e pagou o aluguel, além de dar algo extra para ela não permitir a entrada de nenhum outro visitante.

Em relação ao lugar onde colocá-las, a resposta era óbvia.

Leonie as levou para a Residência Clevedon.

Ela sabia muito bem que Halliday, o mordomo do duque de Clevedon, já estava acostumado a entradas e saídas em horários aleatórios. Em geral, era Sophy que chegava e saía, mas o fato de Leonie chegar antes do amanhecer não perturbou o equilíbrio dele nem o das outras pessoas. Sua aparição com Lisburne, uma estranha e uma menina não deixou Halliday perdido.

Não era a primeira vez que a mansão do duque em Charing Cross oferecia refúgio para mulheres bonitas em dificuldades, e Halliday não parecia desejar que aquela fosse a última vez.

Igualmente importante era o fato de que, sendo de total confiança do duque, ele sabia que havia uma busca por uma pessoa sumida. Ninguém precisava dizer ao mordomo da casa que a mulher loura, de roupas pretas, carregando uma criança no colo, era a tal pessoa. Em pouco tempo, Halliday estava acompanhando as desconhecidas até a ala de hóspedes.

Enquanto isso, Sua Graça, que tinha voltado para casa havia pouco tempo, vindo de uma malsucedida busca, recebeu as hóspedes com prazer. Ele pediu a Leonie e Lisburne que fossem até seu escritório.

Clevedon não fez perguntas embaraçosas sobre como Lisburne estava por perto na mesma hora em que Fenwick chegou à Maison Noirot com suas grandes novidades. Também não tentou estrangular Lisburne. Mas, de vez em quando, o duque lançava um olhar de poucos amigos na direção do marquês. Lisburne o encarou com aquela expressão bela, porém tola.

– Leonie, é melhor você dormir aqui esta noite – disse Clevedon, após ela ter lhe feito um resumo dos últimos acontecimentos. – Jeffreys pode abrir a loja. Não vai estar cheia de clientes de qualquer maneira. Você precisa descansar e Marcelline ficará ansiosa se não falar com você. Sei que ela anda preocupada. – Mais um olhar ameaçador para Lisburne. – E tenho certeza de que Lisburne desejará voltar para casa e acalmar o primo o mais rapidamente possível.

Algumas vezes, quando Clevedon se tornava excessivamente ducal, como agora, Leonie sentia vontade de esganá-lo, ou bater na cabeça dele com um dos bustos decorativos de mármore. Como não podia ferir o marido da própria irmã – mesmo porque ele era enorme e tinha uma cabeça dura demais –, ela reagia tornando-se obtusa e contrária ao que ele dizia. Nenhuma Noirot aceitava ser comandada.

Mas, nessa noite – ou melhor, manhã –, ela não tinha forças para discutir. Havia se sentado na carruagem de aluguel, observando a Sra. Williams acalmar a filha e fazê-la dormir outra vez, e ficou se perguntando o que faria se soubesse que carregava no ventre um filho de Lisburne.

Ela sabia que ele não rejeitaria a criança, como Theaker ou Meffat havia feito. Como era um homem de honra, além de protetor, não era de todo impossível que ele lhe propusesse casamento.

Leonie não queria se casar para salvar a honra ou o senso de responsabilidade de outra pessoa. Ela não queria ser uma mulher casada com um marido que não a amasse de volta.

Por outro lado, seria o certo para a criança.

Mas... a loja. Os argumentos que ela podia oferecer para Marcelline e Sophy abrirem mão da loja se aplicariam a ela também.

Era doloroso pensar em abandonar a loja. Ela era a ligação das Noirots com prima Emma, que fizera delas a sua família e lhes ensinara a lidar com a vida real, sem fraude ou falsidade. Cada ponto era algo que prima Emma lhes ensinara. Tudo fora inspirado por ela e seu grande amor – pelas três meninas que abrigara e pelo seu trabalho.

Como Leonie poderia abrir mão disso? Seria como desistir de uma parte do próprio coração.

Ela se controlou quando sentiu os olhos marejarem. O que havia de errado com ela? Não havia tempo para choro e sofrimento. Coisas importantes precisavam ser colocadas em ordem. O problema era que ela estava cansada. Na Residência Clevedon, ela receberia cuidados. E poderia fazer confidências para a irmã. E, depois de uma boa noite de sono e muitos mimos, seria capaz de pensar melhor.

Somente uma idiota perderia tempo e ficaria se preocupando em estar grávida enquanto não tivesse certeza. Nesse meio-tempo, ela precisava resolver um problema e planejar uma estratégia cujos detalhes ainda tinham de ser estudados. Era preciso uma cabeça descansada para isso.

E assim, somente dessa vez, ela deixou passar a atitude superprotetora de Clevedon. Apenas sorriu, bocejou, agradeceu e desejou boa noite, deixando os dois homens sozinhos para fazer o que quer que homens faziam quando estavam em situações como essa.

Biblioteca da Residência Lisburne
Pouco tempo depois

– Não é minha? – perguntou Swanton. – Tem certeza?

– A criança foi concebida em Londres, onde também nasceu – contou Lisburne. – Não sei se o pai é Theaker ou Meffat, mas é um dos dois. Não os vejo fazendo nenhum esforço especial para ajudar amigos em dificuldades dessa ordem. O estilo deles é mais do tipo que aponta culpados e ri dos tolos que se deixam enganar.

Lisburne havia encontrado Swanton na biblioteca, andando de um lado para o outro. Ele não conseguia pegar no sono, conforme explicou. Um poema estava se construindo em sua mente, mas, quando tentou escrevê-lo, o texto fugiu.

– Nesse caso, sinto muito pela Sra. Williams e a filha – disse Swanton. – Gostaria de pensar que eu teria sido um bom pai, espero que sim. Tive um bom exemplo.

– Essa não é a sua única oportunidade de ser pai.

– Eu sei. Só quis dizer... – Swanton suspirou. – Na verdade, não sei o que queria dizer. Minha cabeça não se acalma. Ou melhor, não se acalmava. Mas agora que sei que não sou responsável, espero melhorar. Embora ainda não saiba o que fazer.

– A Srta. Noirot tem um plano cozinhando naquela cabeça agitada. Eu também tenho e estava louco para discutir com ela sobre isso. Mas Clevedon me expulsou e a mandou descansar. E agora, já que você vai dormir, vou fazer o mesmo. Foi uma noite cansativa.

Embora estivesse exausto, ele não esperava pegar no sono. Tinha muitas coisas na cabeça. A estranha felicidade de horas fazendo amor com Leonie. E a confusão. Ele era jovem demais para se cansar tão depressa ou ficar tão aturdido, mas os eventos daquela noite não saíam de sua cabeça, uma imagem após a outra. E a menininha, dormindo no colo da mãe, enquanto se dirigiam à Residência Clevedon... um filho...

E se Leonie ficasse grávida dele? Possibilidades diferentes assombravam sua mente, dando voltas, até que o cansaço o venceu e ele adormeceu.

Acordou pouco depois do meio-dia, quando Polcaire lhe apresentou uma mensagem escrita com uma letra precisa e feminina.

Lisburne a leu repetidas vezes. O que não era difícil, uma vez que era breve como uma mensagem de negócios: *Milorde faria a gentileza de vir até a Residência Clevedon, às duas horas em ponto, para tratar de assuntos previamente discutidos?*

Estava assinada por L.N.

Só isso, algumas palavras frias e as iniciais dela. Mesmo assim, ele as estudou como se fizessem parte de um texto sagrado. Analisou-as do jeito como Swanton analisara o *Spectacle* no outro dia. Procurando... o quê?

Mais, algo mais.

Se ao menos ele tivesse uma ideia de que *mais*, exatamente, ele buscava.

Jardim Zoológico de Regent's Park
Tarde de sexta-feira, 24 de julho

– Não, Clara, você não deve se irritar – disse lady Gladys. – Você não vê que ela é exatamente igual ao poema?

– Lady Alda Morris não é nenhum poema – disse lady Clara. – Ela é mais parecida com uma história de terror.

– Não, não, ela é como o poema da Sra. Abdy. Ouça.

As duas mulheres estavam à sombra de um grupo de arbustos. Estavam esperando pelo resto do grupo, que ficara para trás, conversando com um funcionário do zoológico.

Lady Gladys lançou um olhar maldoso na direção dos retardatários. Em seguida, agitou os cílios, adotou um sorriso coquete e declamou:

Os cachos negros não lhe fazem afronta
Com ar natural, flutuam, graciosos,
E com pérolas se confundem as contas
Entrelaçadas nos cabelos volumosos.
Suas feições são um deleite para o espelho –
Ela as tinge de branco, diz a intriga
Mas, acreditem, ela só usa vermelho –
Ela é minha muito especial amiga!

A sua voz, quão divina parece
Enquanto canta as belezas deste mu-mun...

– Mu-mun? – repetiu lady Clara, segurando uma risada.

– Oh, como você é má – disse lady Gladys.

– Eu? Como poderia evitar? Você imitou o jeito dela com perfeição. Quem diria que você sabia fazer tão boas imitações. Fico furiosa em pensar por quanto tempo você escondeu seu talento atrás de um véu.

– Um véu? Com todo este tamanho? Seria preciso uma cortina enorme, minha querida.

– Oh, céus, você tirou as palavras da boca de lady Alda.

Soaram deliciosas gargalhadas.

– Agora você está entendendo o truque – disse Gladys.

– Eu entendo, mas não consigo fazer nem a metade do que você faz. Minha mente não é tão ágil. Só fico parada, esperando uma oportunidade para arranhar a cara dela.

– Eu não tenho mais essa vontade. Ela me traz muito divertimento. Por exemplo, só foi preciso me lembrar desse poema e dos versos que podia adaptar e ficou impossível me sentir irritada. E o melhor de tudo é que ela não tem ideia do quanto me diverte.

– Eu queria ter a sua filosofia! – comentou lady Clara.

– Bobagem! Você não precisa de uma filosofia. Todos a amam e admiram, como devem mesmo fazer. Por outro lado, eu sou tão terrível em minha maneira de ser quanto ela.

– Não, não, você não é nada terrível – disse Clara, rindo. – Só um por cento. Talvez um e meio.

– Você me magoa. Está subestimando meus poderes. Sou um monstro, uma mulher implacável e assustadora. Os homens correm quando me aproximo. E me ouvem chegar quando ainda estou bem distante, como uma manada de rino... rinoceron... Clara, você me atrapalha quando me olha assim. Qual é o plural de rinoceronte?

– Elefantes.

As duas gargalharam até perder o fôlego.

Elas continuaram com as brincadeiras por mais um ou dois minutos e, de braços dados, afastaram-se dos arbustos.

Não faziam ideia de que lorde Swanton estava do outro lado dos arbustos, as mãos apertando uma à outra.

Elas não o viram correr ao longo da parede de vegetação, tentando escutar mais da conversa. Não viram seus ombros se arquearem, enquanto elas saíam do alcance de seus ouvidos e os companheiros se juntaram a elas para continuar o passeio pelo Jardim Zoológico.

Sábado, 25 de julho

Meu querido John,

Peço-lhe que perdoe esses rabiscos. Minhas mãos tremem tanto que mal posso escrever. Fui obrigada a deixar meus aposentos com muita pressa. Minha senhoria me contou que alguns homens estranhos vieram aqui ontem, fazendo perguntas. Ela me disse que não queria se envolver em nenhum tipo de problema. Percebi que isso era uma forma de me dizer que pretende responder às perguntas, dependendo de quem lhe dê razões mais fortes, ou seja, a maior quantia. Como você sabe, eu não tenho nenhum centavo. Tudo o que eu pude fazer foi dizer o quanto sentia pelo inconveniente.

Você dificilmente vai acreditar na rapidez com que ela me traiu. Menos de duas horas depois, ela me trouxe uma nota do procurador de lorde Swanton. Fingi não entender o que era aquilo, mas estou apavorada. Refere-se a uma lei sobre a criação de escândalo contra um par, e me ameaça de prisão – e com Bianca compartilhando minha cela! Saí correndo, levando comigo nossa filha, deixando para trás a maioria dos meus pertences, para evitar que minha senhoria descobrisse que fugi.

Estou escrevendo de Lambeth, para implorar a sua ajuda. Tudo o que quero são passagens para Portsmouth e, dali, para a América. O seu silêncio dos últimos dias me faz concluir que suas negociações com lorde Swanton não têm sido bem-sucedidas. Pelo contrário, eu me pergunto se elas têm feito mais mal do que bem. Espero que você não tenha me traído. <u>Sabe que há coisas que eu poderia dizer a certas pessoas que não lhe trariam nenhuma vantagem</u>. Aflige-me ameaçá-lo assim, mas o tempo se esgotou.

Um evento infantil será realizado no Vauxhall esta noite. O local abrirá mais cedo para a ocasião e ali, segurando uma criança pela mão, eu passarei despercebida. Certamente, ali seria o último lugar no qual os que me perseguem esperariam me encontrar. Já fiz os arranjos para minha partida. Só me faltam os fundos, uma pequena questão de cinco libras. Aquele mesmo pequeno teatro estará vazio até as nove horas, e o conhecido que nos permitiu acesso discreto da última vez vai fazê-lo de novo. Vou aguardá-lo às oito horas, pontualmente. E esperarei à porta pela qual fiz minha entrada na última vez. Não me decepcione, ou vai me obrigar a tomar medidas que abomino.

Atenciosamente,

Dulcie

– Aquela cachorra! – exclamou Theaker, erguendo os olhos da carta que o amigo lhe entregara. – Isso é chantagem. Jogue na lareira.

– Mas nós prometemos – disse Meffat. – Prometemos falar com Swanton.

– Sim, após algum tempo. Depois que todo o furor se acalmasse.

Ele queria dizer depois que Lisburne tivesse tido tempo de descansar. Estando no calor da emoção, ele tenderia a não se comportar racionalmente. Um Lisburne irracional poderia encurtar, com facilidade, a vida de um homem, ou, no mínimo, torná-la extremamente dolorosa.

Quando ele estivesse agindo de maneira mais sensata, os dois amigos lhe fariam uma visita. Diriam que conseguiram convencer a mulher a aceitar uma pequena soma para sumir. Ela mandaria uma carta aos jornais absolvendo Swanton de qualquer culpa. Diria que fora um erro de identidade.

Eles a haviam avisado claramente a não usar o nome dele durante a cena, caso contrário ficariam em uma situação muito delicada. Mas Dulcie Williams não era nenhuma idiota.

Infelizmente, ela estava se revelando muito menos idiota do que seria conveniente.

Ela não sabia – ou será que sabia? – o quanto a posição social de ambos era precária no momento, devido ao escândalo com Adderley. Se ela os expusesse, os amigos que ainda lhes restavam dariam as costas a eles.

O ostracismo social seria catastrófico. Comerciantes preferiam estender o crédito aos que tinham bolsos cheios, prospectos de dinheiro ou conexões sociais a quem pedir emprestado.

– Cinco libras – disse Meffat. – Você sabe que eles oferecerão a ela mais dinheiro para abrir a boca sobre nós e já viu que boa mentirosa ela é. Teremos que aumentar essa oferta de alguma forma. Ela nos tem nas mãos.

– O seu pênis é que estava nas mãos dela; esse é o problema – disse Theaker. – Você não podia ter encontrado uma mulher mais tola? O mundo está cheio delas.

– Ela *agia* como uma tola.

– Que ela vá para o inferno.

– O que vamos fazer?

– Cale a boca. Estou *pensando*.

Capítulo quinze

A temporada
Está quase no fim;
E apesar de meus truques,
Não há um par para mim.
Já tentei todos os métodos
Para um marido prender;
Mas no archote brilhante do hímen
Um fósforo não posso acender.

– Srta. Agnes Alicia, *Jornal da Corte*, 1835

Vauxhall
Noite de sábado, 25 de julho

Theaker e Meffat não encontraram Dulcie Williams junto à porta lateral, como ela havia prometido, mas no palco, na frente da cortina fechada. Estava com a mesma pose adotada quando fizera o papel de Rosalind disfarçada de homem em *Como lhe aprouver*. Uma mala grande estava no lugar da árvore caída usada na apresentação, e o pé dela posicionado com o mesmo jeito supostamente masculino – que deixava alguns homens loucos, uma vez que exibia suas belas pernas sem muito pudor. Nessa noite, entretanto, ela usava um vestido preto no lugar das calças que Meffat achara tão atraentes e irresistíveis.

Ela ergueu os olhos, surpresa, quando eles entraram.

– Chegaram cedo – comentou.

Theaker e Meffat haviam mesmo chegado cedo, na esperança de estragar qualquer truque que ela pudesse estar planejando. Verificaram as portas principais e observaram quem entrava e saía. Embora não tivessem visto nada que despertasse suspeitas, Theaker sentia que alguma coisa estava errada.

– Eu me esqueci de dar corda no relógio – disse ele.

– Eu tinha certeza de que vocês chegariam atrasados – disse ela. – Agora me pegaram fantasiando que voltei aonde pertenço. Que falta eu sinto do teatro! Mas, já que estou aqui, quer que eu me apresente para vocês, de graça?

– Não exatamente de graça – reclamou Theaker. – Cinco libras é uma quantia exorbitante, até pelo espetáculo de verdade. Desça daí, por favor. Nem pense em se fazer de tola.

– John gostaria de ouvir minha Rosalind, não gostaria, John, pela última vez?

– Prefiro ver suas pernas – respondeu Meffat.

– Não seja idiota! – exclamou Theaker, olhando ao redor do teatro mal-iluminado, sentindo-se pouco à vontade. Do lado de fora, a escuridão ainda demoraria a chegar. Dentro do teatro, prevalecia o crepúsculo.

– Ainda não se curou completamente de mim, John? – disse ela.

– Por cinco libras, esperamos ficar curados de você para sempre – afirmou Theaker. – Desça daí. Não temos tempo para brincadeiras.

– Como vocês estão nervosos, cavalheiros! Ninguém vai nos perturbar por pelo menos uma hora. Não repararam as hordas de crianças e suas mamães e papais? Nada poderia atraí-las mais do que malabaristas e acrobatas. Não que vocês saibam, ou desejam saber, muito sobre crianças. Mas posso jurar que não há agora lugar mais privativo no Vauxhall. A porta principal está trancada, como vocês devem ter percebido quando foram verificar. Eu os ouvi testando-a.

– Para dizer a verdade, Dulcie, ele não confia muito em você – disse Meffat.

– Da última vez que estive neste teatro, ele confiou em mim o suficiente para que eu atuasse conforme me pediu. E só por alguns poucos xelins, certo?

– Poucos! – exclamou Meffat. – Você sabe que era todo o dinheiro que tínhamos à mão.

– Mas vocês se comprometeram a conseguir mais desde que receberam minha carta, não foi mesmo? Porque, caso não tenham conseguido, vão me colocar em uma posição muito desconfortável.

O que ela queria dizer era que colocaria Meffat e Theaker em uma posição muito desconfortável. Theaker desejou ter permitido que Meffat desse o dinheiro a ela e a mandasse sumir na primeira vez que ela os colocou contra a parede, na British Institution. Com toda a sua experiência no ramo da chantagem, Theaker sentiu que ela voltaria e se tornaria um sério problema.

Ele havia decidido que era melhor matar dois coelhos com uma só cajadada: prejudicar Swanton e fazer de Dulcie sua parceira no crime, por assim dizer. Quem acreditaria nela depois que tivesse mentido na frente de todas aquelas pessoas? Ela era uma *atriz*.

Entretanto, ele subestimara a audácia dela e sua habilidade em trapacear.

– Você não nos deu tempo suficiente para levantar o dinheiro – disse ele.

– Não tenho muito tempo para lhes dar. E nenhum lugar onde me esconder. Aqui dentro – ela bateu na mala, usando o pé – está tudo o que temos, Bianca e eu. Enquanto isso, a qualquer momento um dos investigadores de lorde Lisburne pode bater à minha porta, ou surgir de repente diante de mim. Aí tudo ficará nas mãos de advogados e seus documentos. Se queriam mais tempo, deviam ter arrumado melhores condições para mim.

– Se você tivesse sido mais discreta, não teria esse problema – disse Theaker.

– E *vocês*, foram discretos? – indagou ela. – Não me prometeram que não haveria problemas? Não me disseram que lorde Lisburne...

– Ssh! – disse Theaker, olhando ao redor. – Essa sua maldita voz.

– Se quer que eu cochiche, terá que se aproximar – disse ela.

– Pare de tolices – retrucou Theaker.

– E se eu não parar? Você estaria aqui se soubesse uma maneira de sair dessa? Essa é bem mais complicada do que não pagar o que deve à sua própria filha.

– Minha, não – disse Theaker. – E, se fosse, eu não deixaria ninguém me enganar para admitir que era. Não sei como você não percebeu que tipo de espertalhona ela é – disse ele ao amigo. – Mas você não podia enxergar nada além do belo traseiro dela. E, pelo jeito, ainda não pode.

– Puxa vida, Theaker. A garotinha se parece comigo! – disse Meffat. – Você mesmo disse isso. Meus olhos. Meu nariz. Foi você quem disse para eu ficar longe, na outra noite. Você disse que tudo o que os outros precisavam era me ver ao lado da menina e ninguém acreditaria que era filha de Swanton.

– Cale essa boca! – berrou Theaker. – Vejo que até hoje ela consegue transformar você em um idiota atrapalhado.

– "O amor não passa de uma loucura; e, eu lhes digo, merece também uma casa escura e um chicote, assim como os insanos" – disse ela, tornando-se Rosalind outra vez. – "E a razão pela qual eles não são punidos nem curados é que a loucura é tão comum, que os açoitadores também amam." Você ainda me ama, John?

– Ah, não, nunca foi assim – reagiu ele. – Você sabe que não foi, Dulcie. Eu nunca disse que a amava nem lhe prometi nada.

– Ele só queria ir para a cama com você, e você sabia disso tanto quanto ele – disse Theaker.

– Eu mal havia completado 17 anos!

– Tinha uns 19 e fingia ter menos – rebateu Theaker. – Mesmo assim, hoje você é mais vivida e experiente, não? – Ele foi até a beira do palco e jogou as moedas. – Aí estão as suas cinco libras. Será que precisamos escoltá-la até uma carruagem, para ter certeza de que a veremos pelas costas?

– Não, vou pegar minha filha e ir embora. – Ela se moveu para a beirada do palco, mas não se abaixou para pegar o dinheiro. – Só mais uma coisa...

– Que o diabo carregue você e aquela pirralha! – exclamou Theaker. – Isso foi o máximo que pudemos levantar. Você pretende nos assaltar?

Ela apenas sorriu.

– Só quero satisfazer minha curiosidade. Por que, entre tantos homens em Londres, vocês me pagariam para acusar falsamente...

– Quanto a isso, quem pode dizer quem é de verdade o pai?

– Mas você sabe que eu não estava na França quando ele...

– Mas *poderia* ter estado.

– Mas eu *nunca* estive no exterior. Tenho os folhetos para provar isso. Em meu álbum.

Mais uma vez, ela bateu com o pé na mala.

A rameira estava brincando com eles. Sem a menor dúvida. Mais dinheiro. Ou algo mais? Theaker olhou ao redor e prestou atenção. O problema era que, como ela mesma apontara, o Vauxhall estava muito barulhento nessa noite. Mesmo com as portas do teatro fechadas, ele conseguia ouvir crianças gritando do lado de fora. Tambores e música também. As paredes abafavam o som, mas não o dissipavam por completo. O barulho das festividades do lado de fora tornava difícil distinguir se havia barulhos dentro do teatro.

– Melhor você ir embora – disse Theaker.

Ela deu outro pontapé na mala e perguntou:

– Quer dar uma olhada aí dentro? Mas não está aí. Não havia espaço suficiente. Você pode olhar à vontade. Sei que John não se importaria de dar uma espiada em minhas roupas de baixo.

Theaker foi em direção ao palco. Ele levantou as mãos para pegar a mala. Ela a chutou para fora de seu alcance.

Ele praguejou.

– Sinto muito desapontá-lo, meu bom senhor – disse ela. – Acho melhor não mexer nas minhas roupas. Mas não se preocupe com o álbum. Eu o dei a uma pessoa, para me salvaguardar.

Theaker deu um passo para trás, sentindo um frio na espinha.

– Que pessoa, sua maldita?

– Eu – disse uma voz feminina atrás da cortina fechada. Ela se moveu lentamente e a modista ruiva entrou no palco. Segurava um grande álbum de recortes.

– Era isso o que o senhor estava procurando, Sr. Roger? – indagou.

Por um instante, os dois homens ficaram paralisados e boquiabertos. Suas expressões eram tão teatrais que Leonie teve que se controlar para não cair na gargalhada. O rosto de Meffat empalideceu, ao passo que o de Theaker adquiriu um horroroso tom de vermelho. Meffat recuperou-se primeiro, tentando fugir pela porta que usaram para entrar, mas estava fechada. Um dos artistas da noite, um forte homem do circo, estava lá.

– Do que você está fugindo? – disse Theaker. – De uma costureira francesa? Ela não pode fazer nada contra você. Ninguém vai acreditar em nada do que ela disser. Todo mundo sabe que ela é uma...

– Acho melhor pensar bastante antes de completar essa frase – ameaçou Lisburne, enquanto saía de trás da cortina.

Theaker recuou e olhou ao redor. Estava claro que ele não tinha nenhuma saída fácil. Poderia entregar-se ou agir como se não estivesse assustado.

Leonie apostava na segunda opção. Afinal de contas, ele era um valentão. A cor no rosto dele ficou ainda mais escura e sua voz, mais alta.

– Então, você também estava aí? Não me surpreendo. Ela o pegou pelas curvas, não foi?

Leonie lançou um olhar para Lisburne, mas ele apenas sorriu. Se Theaker tivesse um pouco mais de juízo, teria ficado de boca fechada ao ver aquele sorriso.

Mas não.

– Pensando em seguir os passos de Clevedon e Longmore? – prosseguiu ele. – É melhor pensar bem. Você tem ideia de quem é, de verdade, essa sua bela raposa? Quem qualquer uma delas é, ela e as irmãs trapaceiras? – Ele gargalhou. – Que piada! Está vendo o que se passa aqui, Meffat? Medidas desesperadas. Eles não têm nada. Por que você se importa com o lixo do álbum de recortes de Dulcie? Com que frequência eles imprimem a data em um folheto? É tudo um estratagema, não está vendo? A palavra deles contra a sua.

A voz de Clevedon surgiu por trás das cortinas.

– Os jornais imprimem o ano. – Ele apareceu no palco. – A Sra. Williams recebeu elogios no *Barth Chronicle and Weekly Gazette*, no *Bristol Mercury* e em outros jornais ingleses durante os anos em que supostamente estaria na França.

O vermelho no rosto de Theaker desapareceu de repente, mas ele manteve a pose.

– Você agora está em maus lençóis, Dulcie – disse ele. – Fazer escândalo sobre um aristocrata. Eles vão jogá-la em uma cela e se esquecer de você. – Ele cruzou os braços. – Se estava tentando me assustar, Sua Graça, vai ficar muito decepcionado.

– Nós o ouvimos admitir que pagou à Sra. Williams para acusar lorde Swanton de ter tido uma filha e tê-la abandonado – disse Clevedon. Ele fez um sinal com a cabeça para os outros que estavam no palco. – Todos nós escutamos.

– Vocês escutaram. Ha-ha-ha. O que vocês ouviram, ou imaginaram ter ouvido? Uma brincadeirinha com Dulcie. A única prova que vocês têm é de que ela mentiu.

– O senhor admitiu que pagou a ela para mentir sobre lorde Swanton – disse Leonie.

– Eu admiti? Não me recordo.

– Admitiu na presença de testemunhas – disse Leonie.

– Testemunhas não muito confiáveis, eu diria. Vocês três têm interesse em proteger lorde Swanton. Do outro lado estão todos os que viram Dulcie dizer que foi ele, e nenhum outro, o responsável por colocar a pirralha na barriga dela. Se mentiu naquele dia, vai mentir de novo. É provável que ela nem saiba quem é o pai. Vai culpar qualquer um.

Theaker tirou o chapéu, fazendo uma saudação zombeteira.

– Muito divertido, cavalheiros, *damas*. – Ele foi em direção a Meffat. – Mas, se não têm mais nada a nos dizer, Meffat e eu vamos embora...

Ele se interrompeu quando viu a mudança na expressão de Meffat, que arregalou os olhos e abriu a boca.

– Por que diabos você está boquiaberto? – disse Theaker.

Ele deve ter escutado o som às suas costas, porque se virou de novo para o palco.

A cortina levantou-se lentamente, revelando os lordes Herringstone, Geddings e Flinton, além de lorde Valentine Fairfax, e os senhores Bates, Crawford, Hempton... e Tom Foxe, do *Foxe's Morning Spectacle*. Esse último tinha nas mãos um caderno de taquigrafia, no qual não parava de fazer anotações.

Então, Swanton entrou pela lateral do palco, ficando um pouco distante dos outros.

A Sra. Williams chutou as moedas para fora do palco e elas caíram no chão.

– Você vai precisar delas – disse ela a Theaker. – Para pagar os advogados.

– Sua rameira imunda e mentirosa! – exclamou Theaker. Seu olhar furioso foi para Leonie. – As duas. Chantageando...

– Seu desgraçado! – rugiu Swanton.

Ele se jogou do palco em cima de Theaker, fazendo-o cair com força suficiente para fazer seu chapéu voar.

Swanton o agarrou pelos cabelos e bateu a cabeça dele no chão.

– Seu falsário, valentão, provocador, mentiroso! Que mal eu fiz a você?

Por um instante, todos simplesmente ficaram petrificados.

Então, Meffat correu para ajudar o amigo. Os outros deixaram de lado a surpresa e pularam do palco para o meio da briga.

– Não os matem! – gritou Leonie. – Sem sangue! Vocês prometeram!

Mas ela não podia ter certeza de que fora ouvida.

Swanton estava tentando estrangular Theaker, e os outros homens o estavam estimulando e fazendo apostas. Mas Clevedon empurrou Meffat, e Lisburne tirou o primo de cima de Theaker.

– Por Júpiter – Leonie ouviu alguém dizer. – Não sabia que Swanton tinha essa fera dentro de si.

– Foi mais divertido do que qualquer peça de teatro – comentou Crawford.

– Nem acreditei quando Swanton avançou nele – disse Hempton.

Lisburne duvidava que alguém estivesse mais surpreso do que ele.

Bem, talvez Theaker.

Lisburne sorriu.

– Swanton tem uma fera escondida em suas profundezas – disse ele. – Não é tão manso quanto parece.

Nem um pouco manso, percebeu Lisburne, exceto nos sentimentos, aquelas ternas sensibilidades. Não havia o poeta, na Toscana, andado por caminhos rochosos, subindo e descendo montanhas com Lisburne? Juntos, haviam cruzado os Alpes sob uma temperatura terrível, sem que Swanton jamais hesitasse. Ele cavalgou e esgrimiu. De qualquer maneira, estava em boa forma física, embora não o suficiente para deixar Theaker no chão, se estivesse em circunstâncias normais, como Swanton seria o primeiro a admitir.

No momento, os homens que se juntaram a eles no palco estavam com Lisburne, perto da entrada do Vauxhall. Assistiam ao Mestre de Cerimônias escoltando Theaker e Meffat, que não tinham levado toda a surra que mereciam, para fora dos Royal Gardens. Isso o Sr. Simpson fez com sua cortesia habitual. Sem parecer que estava expulsando ninguém, ele suavemente os conduziu ao portão.

Algumas das pessoas que haviam chegado mais cedo também estavam olhando e a notícia já começava a se espalhar para os outros jardins.

Meffat saiu envergonhado. Theaker andou todo aprumado, como se não tivesse nada com o que se preocupar.

Quando os dois estavam fora de seu campo de visão, Clevedon despediu-se. Lisburne sabia que ele devia estava ansioso para voltar para casa e relatar os eventos da noite para a esposa.

– Queria muito que lady Gladys tivesse estado aqui para ver isso – disse Flinton, enquanto voltavam para o evento, que atraía uma crescente aglomeração. – Ela sempre achou que havia alguma coisa esquisita nessa história.

– Aqui para ver isso! – retrucou Geddings. – Ainda bem que não estava. Até eu fiquei envergonhado ao ouvir certas observações de Theaker. Uma linguagem chocante. Nada apropriada para damas.

– Duvido que lady Gladys se incomodasse – discordou Crawford. – Ela já deve ter ouvido coisas piores. Um pai soldado e uma casa que parece um acampamento militar, não foi isso o que ela disse?

– Lorde Boulsworth pode fazer um marinheiro corar – disse Hempton. – Isso inclui o rei, pelo que me disseram.

– O rei havia entrado para a Marinha Real como aspirante e passara parte do começo de sua vida no mar.

– Lady Gladys logo saberá do acontecimento – disse Bates.

– Todos saberão – disse Lisburne.

Mesmo antes que a edição especial do *Spectacle* aparecesse no domingo de manhã, a alta sociedade já estaria comentando sobre as surpreendentes revelações e a maneira cruel como Theaker e Meffat haviam tirado vantagem do desespero de uma jovem mãe.

A demonstração de coragem de Swanton também não faria nenhum mal à sua reputação.

– Aposto cinco guinéus que aqueles dois estarão a caminho de Dover antes do amanhecer – comentou Bates.

– Antes da meia-noite – acrescentou Hempton.

Começou assim um curto período para apostas em relação ao momento exato da partida dos dois.

O fato de que fugiriam para o Continente nem foi discutido.

No domingo, se não antes, Theaker e Meffat encontrariam todas as portas fechadas. Se eles aparecessem nas ruas, seus antigos amigos as atravessariam para evitá-los. Aonde quer que fossem, seriam malvistos. Seriam tolos se permanecessem em Londres.

Apesar do comportamento sórdido com Dulcie, advogados não seriam necessários, como Leonie já havia dito durante o planejamento do golpe. Afinal de contas, ela era uma mulher de negócios e os negócios vinham sempre em primeiro lugar.

– Sem amigos, eles não terão crédito – dissera ela. – Sem crédito, não poderão permanecer em Londres. Todo negociante com meio cérebro está sempre em dia com as falências e os escândalos. Eu, sem dúvida, estou. Por mais que goste da ideia de ver aqueles dois passando algum tempo em uma cela úmida e suja, acho que lorde Swanton vai preferir que não haja a publicidade de um processo por difamação.

Era verdade. Lisburne ainda sim ficava frustrado por ver Theaker e Meffat irem embora com todos os dentes intactos. Principalmente Theaker.

Mas já estava feito e Leonie, que havia sido quem mais tivera a perder, estava satisfeita.

Lisburne olhou ao redor, à procura dela.

Bates seguiu seu olhar.

– Onde estará Swanton? Achei que ele ficaria para desejar boa viagem. Ou jogar garrafas na cabeça deles. Ou, pelo menos, verduras podres.

Quando Lisburne vira o poeta por último, as duas mulheres o estavam arrastando até a porta lateral.

– É provável que tenha ido procurar um lugar tranquilo, onde possa compor uma ode à redenção, ou à revelação, ou à morte das ilusões, ou algo do gênero.

– Se eu fosse Swanton, eu me esconderia – disse Valentine. – Quando souberem de sua postura de vingador, ele terá que usar um chicote para livrar-se das mulheres.

– É aí que você se engana – respondeu Hempton. – O que elas amam é o jeito delicado dele. Agora que demonstrou que tem sangue quente, como nós, elas terão que tirá-lo do pedestal e tratá-lo como tratam qualquer um.

– Que nada! – disse Crawford. – Se você acha isso, não conhece as mulheres. Esqueceu que elas o abandonaram sem pensar quando ele foi falsamente acusado?

– Nem todas – disse Flinton. – Lady Gladys afirmou que eu era um embuste ou que a mulher era louca.

– Todas menos ela – concordou Crawford. – Mas as outras voltarão, chorosas e arrependidas. E se você acha que as mulheres se importam com o fato de um homem ter sangue quente, precisa se internar em um hospício.

Fizeram uma aposta.

Lisburne os deixou de lado e foi procurar Leonie.

A escuridão já tomava conta de Vauxhall e inúmeros lampiões estavam acesos. A orquestra estava tocando. Alguns visitantes dançavam. Outros comiam. A maioria das crianças fora levada para uma área de entretenimento perto do outro lado dos jardins, de onde teriam uma boa visão dos fogos de artifício.

Embora tivesse gostado de assistir à partida infame de Theaker e Meffat,

Leonie achou melhor afastar a Sra. Williams e Swanton das outras pessoas. E, para ser honesta consigo mesma, ela não se sentia confortável em ficar no meio de tantos homens, depois do que Theaker dissera.

Swanton foi com as duas mulheres, sem dizer nada – talvez por estar tonto. Aparentemente, ele estava tão surpreso consigo mesmo quanto os outros. Acompanhou sem protestar Leonie e a Sra. Williams até um grande reservado onde se serviam jantares e ficou olhando para o cardápio sem nenhuma expressão no rosto, até que elas desistiram e fizeram seus pedidos.

A fina fatia de presunto lhe trouxe à mente a piada de Lisburne na noite anterior. O vinho era ordinário. Mas ela estava muito mais faminta do que se dera conta, além de aliviada por estar com duas pessoas que não lhe exigiam nada, nem atenção.

Swanton comeu o que foi colocado na frente dele, embora o fizesse de maneira distraída.

A Sra. Williams repassou a recente cena no palco e imaginou, em voz alta, as maneiras pelas quais alguém poderia transformar aquilo tudo em uma peça de teatro. O final, garantiu ela, quando lorde Swanton pulou em cima de Theaker, faria o público se levantar.

– Eu me pergunto se milorde não escreve peças de teatro – disse a Sra. Williams.

– Já tentei – disse ele. – Mas não tenho talento para peças. A minha mente é muito laboriosa e analítica. Meu toque é pesado demais. Mas a senhora devia escrever. O resto de nós precisaria apenas reagir, como o coro do teatro grego. Clevedon foi quem falou mais, mas está acostumado a fazer discursos. Mas a senhora, improvisando à medida que tudo ia acontecendo... – Ele meneou a cabeça. – Por um instante, fiquei tão envolvido que me esqueci, por Deus! Ali estão lady Bartham e as filhas. Eu me esqueci de que meio mundo estaria presente aqui esta noite.

Por um instante, ouvindo os companheiros de mesa, Leonie também se esquecera.

Nem tudo nessa noite era mentira. O evento infantil era real o bastante e muitos de seus patrocinadores já deviam ter chegado, tão logo os portões se abriram. Em pouco tempo, as novidades sobre a humilhação de Theaker e Meffat tomariam conta dos outros reservados e viajariam pelas paredes. Devido ao evento de caridade, o Vauxhall teria uma proporção maior de público pertencente às elites.

A Sra. Williams olhou ao redor.

– Sabem de uma coisa? Nas circunstâncias atuais, acho melhor eu desaparecer – disse ela, se levantando e fazendo exatamente isso.

Enquanto isso, lorde Swanton chamou o garçom. Tão logo pagou a conta o poeta ofereceu um distraído adeus e um obrigado, e também desapareceu.

Quando os dois estavam fora de vista, Leonie encaminhou-se para as festividades. Sabia que Lisburne estaria com os outros homens. Como a loja estivera envolvida no escândalo, as pessoas entenderiam o fato de ela ter tomado parte na exposição e no comprometimento de Theaker e Meffat.

Mas, além disso, não seria adequado que ela fosse vista na companhia de Lisburne. Depois dos eventos dessa noite, ela poderia esperar que as clientes retornassem aos poucos. Era melhor não prejudicar essa boa notícia levantando suspeitas de que a participação dela não fora apenas um problema de negócios.

Ela precisava confiar que Tom Foxe não publicaria insinuações sobre Lisburne e ela. Afinal, Foxe lhe devia um imenso favor. Eram raríssimas as vezes que ele testemunhava de verdade os acontecimentos da alta sociedade.

Ela podia se divertir um pouco. Ainda estava cedo e, como era um evento de caridade, com preços mais altos, as chances de encontrar bêbados da ralé...

O som de uma risada familiar interrompeu sua linha de pensamento.

Vinha de algum lugar ali perto, mas era difícil identificar de onde. Ela havia se posicionado perto da orquestra, que no momento estava tocando. Muitas pessoas estavam dançando.

Ela viu lady Gladys valsando com lorde Flinton. Leonie se aproximou um pouco do casal.

Milady estava muito bonita, com um vestido de um tom de cobre que nem todas as mulheres podiam usar com sucesso. Como fizera muitas vezes, Marcelline havia criado a ilusão de uma cintura menor, dessa vez com o uso criterioso de um corte em V para cima e um V invertido, onde o manto se abria por cima do vestido. Belos enfeites suavizavam a severidade das linhas.

Igualmente importante, porém, era a postura de lady Gladys. Ela demonstrava confiança e simpatia. Seu rosto jamais seria bonito, mas o sorriso era, assim como o brilho em seus olhos.

Lorde Flinton parecia fascinado.

Leonie, é claro, também havia se vestido com elegância para a performance da noite. Sentir que estava com uma boa aparência sempre aumentava sua autoconfiança. Mais importante, era preciso fazer propaganda da loja o máximo possível. Mas ela nunca tivera a chance de assistir à sua protegida em um evento social. Assim, ela se fez invisível, da maneira como ela e as irmãs haviam aprendido, e se misturou aos que estavam ao lado da pista de dança, observando Gladys e o trabalho manual da irmã.

Quando a dança chegou ao fim, lorde Flinton acompanhou lady Gladys de volta até suas acompanhantes – duas damas que não pareciam muito mais velhas do que as moças a quem acompanhavam – e outras pessoas do grupo.

Lady Alda estava entre eles, em um vestido vermelho-escuro não muito adequado, que lhe caía muito mal, como todos os produzidos na loja da Sra. Downes – também conhecida como Trapos –, que se pensava concorrente da Maison Noirot. Quando lady Gladys juntou-se de novo ao grupo, lady Alda fez um comentário e lady Gladys respondeu com um arquear de sobrancelha.

Leonie aproximou-se, mas não pôde escutar o que estavam dizendo. Então lady Gladys riu e, o que quer que tivesse dito, fez com que as outras se juntassem ao redor dela.

Lady Gladys estava declamando um poema engraçado. Fazia gestos divertidos, do mesmo jeito que Leonie fizera com "O segundo filho" no New Western Athenaeum.

Já cantei para milhares;
E dancei com muita gente;
Suspirei, lancei olhares,
De maneira diligente.
Mas os meus suspiros e músicas
Falharam escandalosamente;
Assim como os meus pés
Que doem imensamente;
E a temporada – a temporada
Está quase no fim;
E apesar de meus truques,
Não há um par para mim
Para reuniões de tiro ao alvo
De verde eu me vesti...
... me vesti...

Ela hesitou e se interrompeu quando um cavalheiro se aproximou do grupo. Ele era alto e esguio, os cabelos louros muito longos, e estava vestido de maneira extravagante. Quando tirou o chapéu, ele mostrou a cabeleira despenteada. O casaco estava um tanto amarrotado, e Leonie sabia que as calças dele estavam rasgadas no joelho, devido a seu tombo no chão, quando colidiu com sir Robert Theaker.

A orquestra havia feito uma pausa e Leonie pôde entender um pouco do que estavam dizendo, embora a voz de lorde Swanton não fosse tão clara quanto a de Gladys.

Mas Leonie não precisou se esforçar muito para perceber que ele estava falando e que todos se comportavam como se ele fosse um encantador de serpentes enquanto os outros não passavam de um cesto de cobras. Ela o viu corar enquanto falava. Algo do tipo "me daria a honra". Lady Gladys também estava corada, o rosa-escuro descendo por seu colo, exibido elegantemente e sem pudor.

A orquestra voltou a tocar.

E lorde Swanton a conduziu até a pista de dança.

E todos os que os conheciam simplesmente ficaram assistindo, sem acreditar, enquanto lorde Swanton dançava com lady Gladys Fairfax. Durante algum tempo, o casal ficou em silêncio. Mas, finalmente, milady disse algo. Milorde a olhou por um momento. Então ele riu. Os que estavam por perto, amigos, parentes e conhecidos de ambos, se entreolharam.

Em seguida, aos poucos, eles formaram pares e começaram a dançar. Todos, exceto lady Alda, que saiu bufando de raiva.

De trás de Leonie veio uma voz baixa e familiar:

– Parece que, afinal de contas, ele sabe como aprofundar o relacionamento com uma moça.

Lisburne havia observado Leonie no Vauxhall, da mesma forma que o fizera na British Institution. Entretanto, naquela ocasião, ela parecia pertencer ao local. Agora, estava na beirada da multidão e ele teve a impressão de que ela observava o que se passava ali no meio, como uma mocinha do lado de fora de uma casa onde havia uma festa.

Ninguém parecia tê-la visto, o que não fazia nenhum sentido, mesmo levando-se em conta a extraordinária visão de Swanton dançando com Gladys.

Como alguém poderia não reparar em Leonie? Nessa noite, ela usava um vestido azul, feito de uma seda leve como nuvem. Mangas enormes, como sempre, e uma daquelas peças parecidas com um xale cobrindo a parte superior das mangas, fazendo com que os ombros delicados se destacassem. A blusa estava enfiada na saia, que, contrastando com as mangas, parecia circundar uma cintura minúscula. Ela havia amarrado alguma coisa de renda em torno do pescoço, com um laço e pendões saindo da beira da tal renda. O penteado elevava-se em um arranjo fantástico de nós e tranças, adornado com fitas e flores.

Uma visão estonteante, ainda mais porque ele sabia o que estava por baixo. Conhecia a sensação de tocar aquelas partes com as próprias mãos. Sabia como era o cheiro daquela pele e seu sabor de...

Mas, se ele pensasse nisso, não conseguiria raciocinar direito.

E, pelo jeito, era preciso fazê-lo.

Por que ela não estava dançando como as outras? Ela deveria ser uma delas. Uma das irmãs era duquesa. A outra, condessa.

E ela era... uma dama.

Isso ficara claro quando ela ficou em pé ao lado de Dulcie Williams.

Dulcie era uma boa atriz e, sem dúvida, tinha talento para fazer o papel de uma dama no palco. Não era vulgar. Muito pelo contrário.

Mas não era uma dama.

Leonie era.

Parecia tão óbvio agora.

Aquele porco do Theaker.

Você tem ideia de quem é, de verdade, essa sua bela raposa? Quem qualquer uma delas é, ela e as irmãs trapaceiras?

Lisburne só conhecia duas das Noirots, mas a lógica lhe dizia que eram três mulheres extraordinárias.

E aquela diante dele tinha um impressionante autocontrole.

Ela não se virou ao som da voz dele e, se ele não tivesse como hábito observá-la tão de perto, não teria percebido a pequena mudança em sua postura, o estado de alerta.

– Só podemos esperar que milady não brinque com os sentimentos dele – disse ela.

– Isso não quer dizer que você ganhou a aposta – comentou ele. – Swanton já estava apaixonado pela voz dela havia tempos.

– É mesmo?

Finalmente ela o encarou, os olhos azuis arregalados e inocentes.

– Ele se apaixona com uma frequência impressionante – disse Lisburne. – Se não estivesse tão ocupado em rechaçar admiradoras e escrever novos poemas para que elas o amem ainda mais desesperadamente... e, quem sabe, caiam aos seus pés... ouso dizer que já teria se apaixonado pelo menos umas dez vezes até hoje. Mas a fama desvia o foco. Fico aliviado por ver que ele voltou ao normal.

– Quer dizer que ele sempre era violento antes?

– Emoções violentas.

– Quando foi a última vez que ele tentou matar um homem?

Uma pausa, embora Lisburne não precisasse procurar muito na memória para responder.

– Nunca – disse ele. – Eu nem sabia que ele era capaz de agir assim.

– Estou vendo um Botticelli em meu futuro – disse ela.

– Ele não vai pedir Gladys em casamento, se é isso que você está pensando.

– Um deles pedirá – disse ela.

– Possivelmente. Daqui a algum tempo. Mas a temporada está quase no fim.

– "E a temporada – a temporada / Está quase no fim; / E apesar de meus truques, / Não há um par para mim."

– Você tem um par – disse ele, baixando a voz.

– É um poema – explicou ela. – Lady Gladys o estava recitando, para a infelicidade de lady Alda, exatamente como sugeri. Pode me chamar de Pigmaleão.

– Dance comigo, Pigmaleão – disse Lisburne.

O olhar dela foi para os casais rodopiando na frente da orquestra e, em seguida, voltou para Lisburne.

– Não posso – disse ela. – É ruim para os negócios.

– Estamos no Vauxhall, não no Almack's. Logo que a virem, todos os homens também vão convidá-la. Eu queria ser o... primeiro.

De novo.

Sempre.

E foi então que ele percebeu que estava metido em uma grande enrascada.

Capítulo dezesseis

Nós valsamos! E que assombro,
Sua cabeça em meu ombro,
Rostos colados, olhar sedutor, comoção maior,
Eu a torço e a enlaço,
Eu a conduzo e a contorço
Eu a giro pelo salão, enquanto ele gira ao redor!

– *The Athenaeum; ou, Spirit of the English Magazines*, 1826

Lisburne fez uma reverência tão extravagante e bela que Leonie não pôde conter uma gargalhada. Em resposta, ela lhe fez a versão exagerada da famosa reverência Noirot. Era algo teatral, uma lufada de seda e renda, enquanto ela flutuava e descia, como uma bailarina, para depois levantar-se outra vez, "como Vênus levantando-se das ondas", conforme alguém um dia dissera.

Então ele a envolveu pela cintura e a girou até o mar de dançarinos, e todos os pensamentos racionais de Leonie saíram voando, até o topo das árvores, entre as luzes coloridas, até as estrelas, para olhar para baixo e vê-la de longe.

Ela havia alcançado mais de um triunfo nessa noite. Recuperara a reputação da loja e da Sociedade. Havia ajudado uma moça, que era uma tragédia em potencial, a se transformar na bela da noite, dançando com – a não ser que Leonie tivesse perdido sua capacidade de interpretar as pessoas – o homem que desejava. Havia ajudado Dulcie Williams a sair dos problemas nos quais se metera.

Leonie tinha o direito de comemorar. Tinha o direito de se esquecer um pouco de suas ansiedades, pelo menos durante uma dança.

– Você continua a ser um desafio! – disse ele.

Ela o encarou surpresa. Mas ele estava sorrindo.

– Um enigma, ou um quebra-cabeça, no mínimo – disse ele. – Onde uma modista aprendeu a dançar tão bem? Entre outras habilidades improváveis, como mitologia grega e romana e a poesia de Byron. E onde você encontra tempo para praticar?

– Duvido que qualquer mulher precise de muita prática para dançar bem com você – respondeu ela.

– Você está me acusando de fazer com que minhas parceiras pareçam dançar bem?

– É uma valsa. O homem segura a moça e ela deve ir aonde ele a levar. Você valsa com a mesma determinação com que faz tudo. Tenho certeza de que nunca me permitiria pisar no seu pé.

– E arranhar o brilho cintilante de minhas botas?

– Apesar de minha profissão, às vezes sou tomada por um desejo louco de...

– Isso me parece promissor...

– ... de arranhar suas botas, amassar seu lenço de pescoço e...

– *Extremamente* promissor.

A voz de Lisburne ficou mais grave.

– Mas então eu penso em Polcaire – disse ela.

– Que Polcaire vá para o inferno.

– Além disso, não é algo que posso fazer em público.

– Um detalhe excelente. Vamos a algum lugar privado. Mais tarde. Logo, mas depois disso. Porque seu vestido foi feito para ser visto em movimento. Ele foi feito para valsar, principalmente comigo, porque meu traje o complementa à perfeição. O que devo a Polcaire.

– Foi o que imaginei – concordou ela.

– Você não sabe da missa a metade – afirmou ele. – Quando ele separou o colete azul, eu disse: “Uma certa dama comentou especificamente sobre os tons de verde que complementam o traje.” E ele respondeu: “Mas milorde não pode usar verde com esse casaco e já preparei o colete azul.” O que prova que ele é um oráculo, porque aqui está você, usando azul...

– Acho que começo a amar Polcaire.

– Acho melhor não – disse ele. – Eu sempre me preocupo que uma mulher o deixe perdido, ou em algum estado de desolação descuidada.

– Duvido que ele tenha dentro de si qualquer coisa descuidada. Desconfio que seja um gênio artístico, como Marcelline. Por que ele não se torna um alfaiate? Seriam menos horas de trabalho e, com o olhar artístico que possui, ele poderia ganhar uma fortuna.

– Porque ele nunca teve temperamento para ser aprendiz de algum alfaiate, imagino. Ou porque muitos clientes de alfaiates dão pouca importância ao pagamento de suas contas. Acredito que o falecido rei levou à falência vários fornecedores. E sei que Beau Brummell devia milhares de libras a seus alfaiates. E isso não é nada comparado ao que devia aos amigos.

– Isso foi há muito tempo – disse ela. – Um tempo mais inocente. Existem maneiras de fazer clientes fiéis pagarem as contas. Ou talvez você precisasse ter trabalhado em Paris para aprender o truque. Mesmo assim, admito que é preciso um certo grau de frieza, que alguns artistas não possuem. Marcelline e Sophy, por exemplo. Por mais que se mostrem implacáveis e obstinadas em outras situações, elas fogem de todas as questões desagradáveis de dinheiro.

– Como eu suspeitava, a valsa despertou seus sentimentos românticos – ironizou ele.

Ela engoliu em seco.

– Não sou romântica.

– Pois está enganada. Mas, quando fala de seus modos implacáveis com clientes cujos pagamentos estão atrasados, meu coração dói.

Ela se lembrou de quando ela lera a conta da loja de tecidos... e o que se seguiu. A pele de Leonie pegou fogo e o coração disparou pelas veias, as chamas se juntando na barriga e derretendo o cérebro.

E porque o cérebro estava derretido, ela perdeu o controle das palavras e não achou nenhuma resposta inteligente. Estava consciente demais das mãos dele, uma bem quente em sua cintura e a outra segurando com força a mão dela. Ela olhou para o lenço de pescoço e tentou ser sensata. Tentou pensar na loja e na vida real.

Mas estava nos braços dele, dançando de maneira tão perigosa quanto fazer amor. Podia ver o peito dele se mover e, quando ele falou, ela sentiu o quanto a respiração de Lisburne estava acelerada. Ela estava ciente da força das longas pernas dele quando roçavam contra seu vestido, enquanto ele a conduzia, com tanta segurança e facilidade, pelos rodopios. Tinha ciência do lugar a sua volta se dissolvia, como em um sonho, ao som distante da música, à luz das estrelas e, em meio a tudo isso, as cores escuras das roupas dos homens e o arco-íris dos vestidos femininos de verão, uma galáxia girando ao redor deles.

Ela desistiu de lutar e se deixou levar pelas alegrias sensuais da noite. Durante esses instantes, ela se deixaria ficar perdida em meio à beleza do mundo de fantasias ao seu redor, movido a musica; música de verdade.

Nesse lugar, ela podia dançar entre homens e mulheres das altas classes, assim como entre os menos importantes. Ela não estava dançando com uma das irmãs ou uma das costureiras, mas com um homem que poderia ser o príncipe encantado de qualquer moça romântica. Estava dançando com o homem de seus sonhos. O homem por quem se apaixonara, essa moça tão sem juízo.

– Em Paris – disse ela – nós dançávamos. Em La Chaumière, Montagne Belleville, o Prado e outros lugares. Até costureiras sabem dançar. É claro que elas precisam saber, e cuido para que as meninas da Sociedade das Costureiras aprendam. A dança proporciona graça e confiança em seu corpo. É um dos maiores prazeres da vida, que pode ser obtido sem gastos ou dificuldades. Para dançar, não é preciso um lugar especial nem uma orquestra. Basta um piano. Ou um violão. Ou alguém pode cantar, ou assoviar. Minhas irmãs e eu já dançamos ouvindo a música de um realejo que tocava Rossini.

Ele não respondeu de imediato e o silêncio entre eles parecia mais alto que a música. Então ele disse carinhosamente:

– Acho que você dança tão bem porque ama dançar. E porque a música atrai a sua mente matemática. E porque... – Ele meneou a cabeça. – Não, chega. Acho que eu estava quase fazendo um poema.

E ela estava quase dizendo a ele mais do que devia, quase explicando sobre si mesma, seu passado, o mundo de onde viera. Quem ela era de verdade. Como se essa noite não fosse um sonho, uma aberração momentânea na dureza da vida real. Como se tivessem um futuro juntos.

Ela sabia muito bem. Era melhor partir do que ser abandonada e, quanto mais adiasse a partida, mais difícil seria. Era melhor começar o mais depressa possível, ensinando a si mesma a se esquecer da paixão.

Mas ela precisava daqueles poucos minutos finais.

– Então vamos apenas dançar – disse ela.

Talvez fosse melhor não conversar.

Quando ela falava sobre Paris, Lisburne sentia um aperto no coração. Ele se lembrava de Leonie dizendo que, das três irmãs, ela era quem passara a maior parte da vida lá. E essa noite, ele percebeu – junto com um longínquo sotaque parisiense em sua voz – a leve e esquiva tonalidade que denotava perda.

Você tem ideia de quem é, de verdade, essa sua bela raposa?

Lisburne pensara que a conhecia, ou que sabia tudo o que um homem precisava saber. Ela era bonita e tinha lindas curvas. Era inteligente e surpreendentemente culta, esperta e confiante. Ele tirara a virgindade dela e descobrira a sensualidade e a paixão que se escondiam sob aquela aparência profissional.

Mas não era o bastante. Ele queria conhecer a menina que ela fora antes da vida em Londres. A menina que Swanton conhecera em uma loja em Paris.

Ele quase sentia ódio de Swanton por ele a ter visto quando tinha apenas – quantos anos? Quinze ou dezesseis, talvez. Ela devia ser mais francesa do que inglesa, uma menina que ria mais do que agora, Lisburne tinha certeza, e de outras formas, não apenas aquela risada íntima que fazia a pele de um homem formigar...

O que quer que tivesse feito ou dito, ela havia causado uma impressão em Swanton, quando centenas de outras mulheres não se mostraram tão marcantes.

Naqueles tempos, ela devia sorrir com mais facilidade e naturalidade. Provável que conversasse só em francês, fosse ser mais alegre e menos arredia.

Lisburne queria aquela menina, assim como a mulher, em seus braços.

Ele quase disse isso e tudo o mais que passava por sua cabeça.

Queria acreditar que ela dançava tão bem, pelo menos em parte, porque dançava com ele e eles haviam sido feitos um para o outro. Era o Destino. Inevitável.

Primeiro, ele sentiu o cheiro dela e se deu conta de que estava se inclinando demais, perto demais para uma dança em público. Ele a sentiu empurrá-lo de leve um instante antes que ele mesmo se afastasse.

– Estão todos olhando para Swanton e Gladys – disse ele.

– E você acha que ninguém presta atenção em *você*? – retrucou ela. E riu.

A música estava terminando e mais de uma cabeça ao redor se virou ao som daquela risada leve e rica.

Ele teve a presença de espírito de soltá-la. Mas não controlou a própria língua.

– É para você que estão olhando – disse ele suavemente. – A mulher mais linda do baile.

Ela o encarou, os olhos brilhando.

– Essa é a frase perfeita para se dizer. Um final perfeito.

– Final?

– *Adieu*, milorde.

Leonie se afastou e ele não conseguiu segurá-la e trazê-la de volta, já que todos estavam olhando. Em um segundo ela desaparecera, enfiando-se na multidão e sumindo, antes que o cérebro dele tivesse entendido o que estava acontecendo. O que havia acontecido.

E, enquanto ele estava ali parado, perplexo e quase com raiva, uma voz familiar disse:

– Lisburne, se você não me salvar, vou encontrar uma maneira covarde de me vingar.

Ele olhou para um lado e, não muito distante, viu sua prima Clara. Ela não era exatamente uma sílfide, embora para alguns sujeitos parecesse, mas certamente era alta.

Os hábitos de toda uma vida surgiram para ajudá-lo. Ele se recompôs, readquirindo seus modos e sua fala.

– É claro que vou salvá-la – disse ele. – Quem é que está merecendo uma boa surra e por que Val não pode dar conta disso?

– Não é esse tipo de ajuda. É sir Henry Jaspers.

Ela fez um leve movimento com a cabeça. Lisburne lançou um olhar discreto na direção apontada – o suficiente para ver um rapaz de pele clara e proporções iguais às de um touro –, antes de voltar a atenção para a prima.

– Ele está me perseguindo. E conheço aquele olhar. Significa um monte de poemas e admiração por meu isso e aquilo e se eu lhe daria a honra de me casar com ele. Ele me propõe uma vez por semana e nem mamãe parece refrear seu ardor. Tem uma maneira adorável de se esquecer. E não posso ser cruel com ele, pois é um homem muito gentil. Mas logo aqui no Vauxhall! Ele não tem más intenções, eu sei, mas se Gladys trocar olhares comigo, não vou conseguir me controlar e não é educado rir na cara de um homem apaixonado, mesmo quando seu amor não é correspondido. Oh, aí vem ele, seja um anjo, Simon, e dance comigo. Estou implorando.

Ele deu o sorriso apropriado.

– Nada me daria mais prazer – respondeu.

Como não era de sua natureza resistir às tentações, Leonie teve que sair de perto dele. Se tivesse ido até a Maison Noirot e Lisburne a seguisse, ela nunca seria capaz de manter sua decisão. Não teria força de vontade para mandá-lo embora.

E assim, ela foi diretamente do Vauxhall para a Residência Clevedon, onde costumava passar as noites de sábado.

Nessa noite, ela encontrou Marcelline com boa aparência, sentindo-se bem pela primeira vez em várias semanas. Sua Graça também estava de bom humor. Isso se devia, em parte, ao fato de ela se sentir melhor e também porque hoje Lucie não havia se agarrado nela – como fazia desde o dia em que Marcelline começara a demonstrar os primeiros sinais de gravidez.

Lucie havia parado de se agarrar à mãe porque Bianca Williams havia chegado misteriosamente à casa, no meio da noite, "como uma princesa de faz-de-conta", segundo Lucie.

– Bianca é a amiga perfeita – disse Marcelline, depois que ela e Leonie se retiraram para a sala privativa da duquesa. – Ela fica sentada por horas a fio, enquanto Lucie arruma seus cabelos. Ela usa qualquer roupa ensandecida que Lucie inventa. Lucie a trata como se fosse uma boneca e Bianca, como uma pequena boa atriz, se finge de boneca. Ela também desempenha outros papéis. Fizeram cenas das *Mil e uma noites* e foram caçar índios pele-vermelha. Brincaram de soldado e fizeram um chá para comemorar o fim da batalha. Fizeram trajes... e uma bagunça enorme no quarto, isso sem falar em um de meus vestidos. Bianca não tem as habilidades de costura de Lucie, mas tem boas ideias sobre o que vestir. E sobre adereços.

– Acho que ela já esteve no palco algumas vezes desde quando aprendeu a andar – explicou Leonie. – Talvez até antes.

– Ela tem sido maravilhosa para Lucie – comentou Marcelline. – Clevedon diz que ela fica sozinha demais aqui.

– Mas as criadas gostam muito dela.

– Lucie adora Clevedon e gosta de ser uma princesa em uma casa enorme, com criados, mas não é com isso que ela está acostumada. Depois de tudo o que aconteceu na primavera... – Ela franziu o cenho. – Ele parece entendê-la de uma maneira que eu mesma não consigo e, quando ele está por perto, ela fica mais calma e mais feliz. Quando ele não está, ela fica impossível. Mas Bianca parece exercer uma influência positiva. Vou ficar triste quando a Sra. Williams for embora. Não que elas poderão fazer isso em pouco tempo. Ela não é tão forte quanto finge ser. Clevedon está procurando alguma coisa boa para ela. – Marcelline riu. – Mas eu não paro de falar de meus problemas domésticos! – Ela encheu de novo a taça de conhaque de Leonie. – E você, minha querida? Tem alguma coisa para me contar?

Nos últimos tempos, havia sempre muita coisa a ser feita e Marcelline estivera muito enjoada quando havia algum tempo livre. Por isso, só agora Leonie podia lhe contar toda a história das últimas duas semanas e meia. Ela não chorou. Nunca fora do tipo que chora. Mas chegara perto das lágrimas no Vauxhall.

É para você que estão olhando. A mulher mais linda daqui.

Aquele foi o momento em que seu coração se partiu.

Ela e as irmãs eram bonitas, sem dúvida, e sabiam usar bem seus dotes, mas não eram lindas da maneira usual. Leonie era a menos bela das três, com seu nariz torto, o queixo um pouco pronunciado demais e cabelos vermelhos.

Mas Lisburne dissera que ela era a mulher mais linda dali, e o disse de uma maneira que a fez crer que ele acreditava no que estava dizendo, algo que só um homem apaixonado seria capaz.

– Seu gosto, como eu já esperava, é excelente – comentou Marcelline. – Ele é tão bonito que chega a doer. – Ela deu um tapinha na mão de Leonie. – Eu estava começando a me preocupar com você. Tinha medo de que você se preservasse para algum homem de negócios respeitável e guardasse a virgindade para a noite de núpcias, o que faria nossos ancestrais se revirarem no túmulo.

Ela começou a rir e Leonie não conseguiu evitar de rir junto.

Quando conseguiram parar, Marcelline disse:

– Clevedon não gostou muito da ideia porque diz que Lisburne é *traiçoeiro*.

– Traiçoeiro – repetiu Leonie, sem demonstrar emoção.

Marcelline sorriu.

– Acho que ele quis dizer que Lisburne é como os Noirots e os DeLuceys, de certa maneira. Encantadores, mas ardilosos. Ele trata as mulheres maravilhosamente, segundo Clevedon, e fica com elas por tempo suficiente para que acreditem que será para sempre. Depois ele as abandona, também maravilhosamente, com presentes caros para ajudá-las a remendar o coração partido.

– Isso não é nada que eu já não tivesse percebido por mim mesma. Eu sabia que ele era um sedutor no instante em que o vi. Totalmente irresistível, e por isso tão perigoso.

– É por isso que você está aqui – disse Marcelline.

– Melhor abandonar do que ser abandonada – afirmou Leonie. – E preferi sair quando eu ainda estava por cima.

– Sem os presentes? – disse Marcelline, surpresa. – Você é mesmo uma Noirot? Ou será que os ciganos levaram nossa verdadeira irmã e deixaram você na porta de casa, como prêmio de consolação, como Sophy costumava alegar?

– Ah, eu vou ganhar um presente – disse Leonie. – Mas muito melhor do que uma joia, *chérie*. Meu presente de despedida dele será inestimável.

Residência Lisburne

No domingo, uma edição especial do *Spectacle* publicou o relato detalhado de Tom Foxe sobre o desmascaramento de Theaker e Meffat no Vauxhall. Embora traços e asteriscos substituíssem nomes, ninguém na sociedade tinha dúvidas da inocência de lorde Swanton, ou de sua exibição de força quando as mulheres presentes foram insultadas, ou sobre o comportamento covarde dos dois homens que eram, como o *Spectacle* lembrou bem aos seus leitores, amigos íntimos de um recentemente desacreditado membro da elite.

Em toda a edição, repleta de fofocas e insinuações, não apareceram quaisquer alusões a certa modista e um marquês. O evento infantil recebeu a atenção merecida e, nesse contexto, o vestido da Srta. Noirot, junto com os de lady Clara, lady Gladys e outras clientes da Maison Noirot, foi descrito nos mínimos detalhes.

Como Swanton demorou a descer para o café da manhã, Lisburne teve tempo mais que suficiente para ler e reler o *Spectacle*. Como se fosse achar ali alguma pista que explicasse o que acontecera entre ele e Leonie.

O que acontecera a ele. Quando ela foi embora.

Ele ficara cego, mudo e paralisado até que Clara chamasse sua atenção.

Após uma longa e árdua batalha com o próprio orgulho, ele fora até a Maison Noirot. Leonie deveria ter chegado havia tempos, mas não estava lá. Fora Fenwick a atender à porta e a dizer: "Achei que ela *tava* com o senhor", ou algo nesse estilo.

Um som vindo do aposento trouxe Lisburne de volta à realidade.

Swanton entrou, todo afogueado. Na verdade, ele chegou a cantarolar um cumprimento e continuou a cantar enquanto enchia o prato.

Lisburne queria jogar um bule de chá na cara dele.

Em vez disso, abriu o *Spectacle* sobre a mesa, no lugar onde Swanton se sentava.

– Você vai gostar de saber que é, de novo, aquele ser angelical, a quem todas as damas devem amar e venerar – disse ele.

Swanton sentou-se.

– Não estou feliz por vê-lo tendo um ataque de depressão e de nervos – retrucou. – Afinal de contas, minha redenção se deve especialmente a você.

– Foi coisa da Srta. Noirot – disse Lisburne. Ele ignorou a dor aguda que sentiu no peito. – Se ela não tivesse tido a presença de espírito de mandar aquele garoto esquisito andar pelas ruas de Londres, talvez nunca tivéssemos encontrado a Sra. Williams. Ou talvez devêssemos agradecer à irmã dela, por ter resgatado Fenwick.

– Eu o vi dançando com a Srta. Noirot – comentou Swanton. – Você parecia um sujeito ap...

– Eu o vi dançando com Gladys – interrompeu-o Lisburne.

– Verdade.

Swanton abaixou a cabeça e começou a comer.

Se Lisburne estivesse prestando atenção, teria notado o vermelho subindo pelo pescoço do poeta.

Mas a mente de Lisburne estava em outro lugar. Swanton não fora o único par de Gladys no Vauxhall. Ela não ficou um segundo sem um parceiro, durante todo o tempo em que Lisburne permaneceu no Vauxhall – e lhe pareceu um tempo enorme. Depois de deixar Clara, Lisburne dançou e flertou com outras jovens. E por que não o faria, uma vez que Leonie o deixara falando sozinho? Não que ele a culpasse, pois ela acabara de salvar a reputação da loja. Ele entendia que lojistas, principalmente as costureiras, precisavam tomar cuidado com a percepção que o público tinha de sua moral e ela precisava tomar ainda mais cuidado por causa das meninas a quem ajudava. Mesmo assim, ela poderia ao menos...

– Mas vou visitá-la amanhã – dizia Swanton. – E gostaria de levar o cabriolé. Acho que, se eu for rápido e esperto o bastante, ela aceitará passear comigo.

– É claro que aceitará.

– Então está combinado?

– O quê?

– Que eu vou pegar o cabriolé – disse Swanton. – Não posso permitir que outros sujeitos cheguem primeiro.

– Sem problemas. Pode pegar.

Lisburne saiu do salão do café da manhã e subiu para seu quarto, onde Polcaire esperava o patrão. Lisburne seguiu o ritual de sempre. Manteve um ar de calma inocência durante o longo e crítico processo e fez um comentário jocoso, para que Polcaire compartilhasse com os colegas em seu bar favorito.

Quarta-feira, 29 de julho

Lisburne disse a si mesmo que não tinha nenhum motivo para ficar aborrecido. Ele quisera seduzir Leonie Noirot. E tinha conseguido. Ela havia tornado sua estada obrigatória em Londres algo muito interessante. Mas ele sempre soubera que voltaria ao Continente, o que queria dizer que, cedo ou tarde, eles teriam que se separar.

Mas ele não esperava que acontecesse tão depressa.

Disse a si mesmo que devia ter esperado por isso, já que ela não era uma cortesã ou uma viúva amigável, mas uma mulher de negócios, com uma loja para administrar, e não podia se dar ao luxo de ser vista como uma mulher leviana, ou como amante de um nobre. Ele compreendia isso muito bem. Melhor do que muitos de seus pares, ele entendia como eram os negócios. Enxergava suas propriedades como um negócio. Como as administrava de longe, era extremamente cuidadoso e prestava muita atenção aos detalhes.

Ele entendia. De verdade.

E estava infeliz e zangado assim mesmo e conseguiu resistir até o meio da semana para visitar a loja.

Chegou logo após o horário de abertura, na quarta-feira de manhã, quando as damas da alta sociedade tinham menos chances de aparecer.

Mas ele não havia pensado nas mulheres dos riquíssimos advogados e suas malditas filhas, que resolveram ficar noivas nos momentos mais inconvenientes e precisavam de milhões de provas para vestidos de noiva.

Em resumo, ele chegou dez minutos depois que a Sra. Sharp entrou com a segunda filha mais velha, quando madame já estava ocupada.

– Sinto muito, milorde – disse Jeffreys –, mas não sei quando madame estará livre. A Sra. Sharp foi uma de nossas primeiras clientes e madame precisa atendê-la pessoalmente. Mas talvez daqui a uma hora, duas no máximo, estará livre.

Ele foi embora, percorrendo os poucos passos que separavam a Maison Noirot do White's. Lá, ficou esperando no café, ouvindo as fofocas e mal escutando o que as pessoas conversavam. Em seguida, foi até o salão matinal, onde leu jornais sem saber o que estava lendo.

Prometeu a si mesmo que não voltaria à loja hoje. Quem sabe amanhã? Ou na sexta-feira? Ela seria obrigada a vê-lo na sexta-feira. Era o último dia de julho, o dia final para a aposta.

A julgar pelas fofocas dos jornais sobre os últimos dias, as chances de que perdesse seu Botticelli haviam aumentado. A única coisa que poderia salvá-lo até o momento seria se nenhum dos admiradores de Gladys fizesse uma proposta de casamento.

Ele imaginava que o pai dela poderia ajudar. Uma coisa era conseguir ser aceito por Gladys, outra bem diferente era enfrentar Boulsworth e a perspectiva de se tornar seu genro.

Essa simples possibilidade já era suficiente para intimidar qualquer homem, por mais valente que fosse.

E, se vencesse a aposta, Lisburne teria suas duas semanas com Leonie e, é claro, seria muito discreto e acharia uma maneira de levá-la para longe sem gerar comentários.

Mas, e se ela não quisesse ir?

Bem, nesse caso, ele seria o cavalheiro de sempre, que jamais havia forçado nenhuma mulher em toda a sua vida. Ele ofereceria uma alternativa, embora não houvesse mais nada no mundo que desejasse tanto, e só a ideia de que ela poderia não querer estar com ele o deixava... doente.

Ele abaixou o jornal. Pegou o chapéu e a bengala e começou a se dirigir até

Piccadilly. Chegou até a esquina, onde permaneceu por um momento. Depois deu a volta e retornou à St. James Street, tomando a direção da Maison Noirot.

Ela estava perto da porta, ajeitando um chapéu na cabeça de um manequim. Usava um vestido cor de marfim, feito de organdi, com bordados azuis espalhados por toda parte. As mangas poderiam ser usadas como balões de ar quente, mas, em vez de uma daquelas pelerines que faziam a parte de cima da mulher parecer um triângulo invertido, a boneca usava um xale de cetim com acabamento de renda, amarrado ao estilo usado por algumas gerações anteriores. Ao contrário de tantos trajes contemporâneos, oferecia uma visão da pele aveludada do pescoço... e ele se lembrou do cheiro da pele dela, do gosto e do toque dela sob sua boca.

E embora tivesse certeza, quando saiu, de que ofereceria alternativas, sua mente começou a pensar em estratégias de sedução.

Quando ela o viu, sorriu de maneira profissional e se aproximou.

– Milorde. – Ela fez uma reverência. Não *aquela* reverência, mas a de quem recebia um cliente. – Jeffreys me disse que o senhor passou por aqui. Sinto muito por não ter podido atendê-lo.

– Sente mesmo? – disse ele.

– Oh, sim. Há uma ou duas questões de negócios que...

A campainha da loja tocou e o que parecia um rebanho de jovens entrou. Mas eram apenas Gladys, Clara e a outra filha dos Morris, não Alda, a víbora, mas a morena, acompanhadas de Davis, a criada de Clara que tinha cara de buldogue.

– Lisburne – disse Gladys, com um meneio de cabeça e um leve sorriso.

– Simon – disse Clara.

Ela se virou para a menina Morris.

– Lady Susan, acredito que já conheça meu primo Lisburne.

Ela era morena, bonita e agradável – praticamente um milagre, considerando-se a mãe e a irmã –, e Lisburne desejou que ela e suas duas primas fossem passear no inferno.

Ele disse o necessário, porque era um hábito e não precisava de raciocínio, o que era ótimo, uma vez que ele estava zangado e frustrado demais para pensar.

Gladys aproximou-se um pouco, obrigando lady Susan a dar um passo para trás.

– Eu lhe peço que me perdoe, Lisburne – disse Gladys, em voz baixa. –

Eu não interromperia vocês dois por nada neste mundo. Podemos vagar pela loja um pouco, se você quiser. Ou podemos caminhar até o palácio e tentar olhar para os guardas e desconcentrá-los.

– Não é preciso – disse ele.

Lisburne fez uma pausa para repensar na resposta, pois ela inclinou a cabeça para o lado e o encarou.

Ele se sentiu exposto, embora tivesse certeza de que Gladys não podia ler seus pensamentos. E, ao mesmo tempo, vislumbrou aquilo que alguns homens viam nela: olhos vivos, pele bonita... e uma surpreendente bondade em sua maneira de encará-lo.

– Você é muito gentil. Mas meu assunto pode esperar mais um dia.

– Não devíamos ter vindo tão cedo – comentou Gladys. – Mas a festa, você sabe. Na sexta-feira. O mundo inteiro estará lá e agora todo mundo quer um vestido da Maison Noirot, por isso viemos cedo, para evitar o tumulto. Madame e suas cúmplices fizeram um maravilhoso vestido novo para mim e você pensaria que tudo o que precisariam fazer era modelá-lo em algum barril, mas não, elas são muito exigentes e eu preciso ficar parada e deixar que alfinetem, montem e sussurrem.

– A festa – disse ele, sem demonstrar emoção.

– A festa de mamãe – disse Clara. – É claro que você e lorde Swanton devem estar mergulhados em convites e ouso dizer que se esqueceram da festa. Mas mamãe oferece um grande baile todo ano, no fim da temporada. O último dia de julho. Um evento imenso e elaborado, com o objetivo de deixar as outras anfitriãs se mordendo de inveja.

– Dessa vez vai ser um tanto chocante – disse Gladys, com um sussurro conspiratório. – Primeiro, porque eu estarei lá. – Ela deu uma gargalhada. – Usando bronze, ou ocaso, ou sei lá o nome que dão a essa cor. E vou incendiar o salão de baile.

– E nós vamos receber minha nova irmã – disse Clara. – Lady Longmore também virá. E a duquesa estará lá. Só nos falta convencer Leonie a ir também... e ela será o assunto principal!

Ele olhou para Leonie. Percebeu uma cor leve em seu rosto.

– Sim, sim, vamos discutir isso mais tarde – disse ela. – Mas, agora, se miladies puderem ir até o salão de provas... Temos muito o que fazer e não dispomos de muito tempo, certo? Venham, venham. Sem perda de tempo, por favor.

E, dessa maneira imperiosa, ela as fez se mexerem, e Jeffreys se apressou junto com elas.

Assim que atravessaram a porta do salão principal e entraram no salão interno, Leonie disse:

– Posso imaginar por que veio até aqui.

– Eu não deveria ter vindo? Acha que eu me esqueço com a mesma facilidade que você?

Ela não respondeu.

– Eu entendo os seus motivos – disse ele. – Já estou careca de entender. Seus negócios. Eu sei. Devo respeitar isso, ou não respeito você. Mas meu orgulho está bastante ferido e não ando me comportando muito bem. Você devia me manter afastado e não falar comigo. Devo me ajustar aos termos de nossa aposta...

– Que termos, exatamente? – indagou ela, com uma voz baixa e firme.

– Ninguém vai pedir Gladys em casamento – respondeu ele, bem baixinho. – Não tão depressa, pelo menos. Mas quem quer que peça terá que enfrentar o pai dela e acho que vai demandar muito tempo e uma paixão desenfreada para que algum de seus admiradores atuais tenha coragem. Não há dúvida de que alguns deles cogitaram em uma relação, mas uma paixão desenfreada, do tipo que faz um homem entrar na cova dos leões e realizar os trabalhos de Hércules? Isso é uma coisa totalmente diferente.

– Você não acha que o amor é suficiente?

– Precisa ser um amor muito forte.

Ela cruzou os braços e perguntou:

– Está com medo de perder a aposta?

– Sim. Você pode mesmo vencer. Coisas estranhas têm acontecido nos últimos dias. A transformação de Gladys, por exemplo. Mas a grande probabilidade é que você perca e... – Ele fez uma pausa.

– Eu não me preocuparia, se fosse você. E sei exatamente onde vou pendurar o Botticelli.

Foi uma ótima frase de despedida e ela começou a se afastar. Ele quase a deixou ir, mas...

– Leonie.

Ela parou e se virou de frente para ele, com uma expressão inescrutável.

– Você vai ao baile? – ele quis saber.

Ela meneou a cabeça negativamente.

– Lady Warford já se conformou com Sophy e vai tolerar Marcelline só para provocar as amigas. Mas eu não tenho nenhum título e ainda estou trabalhando na loja, e a maioria das moças presentes será de damas a quem servi durante a semana. É um estado de coisas meio ridículo.

Ele se aproximou dela.

– Eu lhe digo o que é ridículo – disse. – Você fez de tudo para transformar Gladys, e sei que não deve ter sido fácil, pois a conheço muito bem. Ou pelo menos conhecia. Essa é a chance de você testemunhar o efeito de todo o seu trabalho.

– Eu testemunhei no Vauxhall – disse ela.

– Vauxhall não é nada.

– Nada – repetiu ela, com um pequeno sorriso.

– Eu fiquei lá depois que você saiu. Gladys foi a rainha de uma pequena festa. Mas era como um piquenique. Você viu a pista de dança. Um espaço pequeno, com árvores no meio. Gente de todo tipo e várias pessoas observando dos camarotes principais. É bonito e romântico, principalmente sob as estrelas, quando se dança com uma bela moça. Mas não é um grande baile na Residência Warford, com o *crème de la crème* da sociedade vestindo suas melhores roupas, bebendo champanhe e dançando ao som dos músicos mais caros de Londres. Você precisa ver sua protegida no ambiente adequado. E precisa fazer parte, pelo menos uma vez, do meio social no qual exibir um de seus lindos vestidos.

Ele percebeu o olhar pensativo no rosto dela, antes que ela o disfarçasse.

– Ouço a voz da serpente no jardim – disse ela. – Você sabe que eu não ficaria nem um pouco abalada, até mencionar o fato de exibir um vestido.

– Propaganda. Quando é que você teve uma oportunidade tão boa?

– Nunca – disse ela. – Como você bem sabe.

– E, para torná-la ainda mais irresistível, prometo lhe dar a grande honra de dançar com você.

Ela revirou os olhos e soltou um suspiro teatral.

– Leonie.

– Ah, está bem, se isso o fizer parar de me perturbar.

Então ela se virou, levantou a mão fazendo um gesto de despedida, e foi embora.

Ele queria correr atrás dela e arrastá-la de volta.

Mas a deixou ir.

Capítulo dezessete

Um parceiro, é verdade, eu mereço, com certeza,
Mas o parceiro deve ter casas, terras e riqueza;
Já olhei pelo salão em um esforço duradouro,
Mas não consigo descobrir um só homem casadouro!

– Sra. Abdy, "Um homem casadouro", 1835

Sexta-feira, 31 de julho

Esse não fora o melhor dia na vida de Lisburne.

Começara com o *Spectacle* pela manhã e Lisburne derramando seu café sobre os ovos, quando leu:

> *Teria sido um poeta de renome no pugilismo a pessoa observada ontem, entrando na famosa joalheria Rundell and Bridge? E o que será que o funcionário colocou em uma pequena caixa, que o tal cavalheiro enfiou no bolso do colete?*
>
> *Mas o mundo não pode estar surpreso, e não será preciso mais do que um palpite quanto à identidade da dama a quem se destina o conteúdo da pequena caixa.*
>
> *Desejamos sorte ao cavalheiro e que ele consiga obter a mão de sua pretendida.*

Swanton havia tomado o café da manhã bem cedo e saído.

Então, no White's, no início da tarde, Lisburne encontrou Longmore, que confessou que a notícia sobre Swanton e Gladys o deixara perplexo.

– A primeira vez que descrevi Gladys para Sophy, ela me disse: "Espere só até a Maison Noirot colocar as mãos nela." Bem, o que eu sei sobre vestidos, a não ser que eles andam muito difíceis de se tirar ultimamente?

Isso para não mencionar que eu sabia que seria necessário muito mais do que uma roupa para tornar Gladys tolerável. Juro, quando a vi, não pude acreditar que era a mesma pessoa. Achei que haviam matado a original e colocado outra em seu lugar. Mas fazia séculos que eu não a via, como você bem sabe.

– Eu também não a encontrava há tempos, até poucas semanas atrás – disse Lisburne. – Ela não parecia ter melhorado muito nessa época. Exceto pela pele.

– O que você acha que aconteceu? – indagou Longmore.

Lisburne deu de ombros e respondeu:

– Para mim é um mistério.

Isso não era inteiramente verdade, mas ele hesitou em compartilhar seus pensamentos com Longmore, que não era um homem de sentimentos delicados.

Talvez Gladys só precisasse de roupas bonitas para lhe dar confiança, assim como algumas instruções sobre, digamos, comportamentos graciosos. Seria possível que ela fosse tão mal-humorada por ter vergonha da própria aparência – e porque o pai tornava sua vida um inferno? Lisburne lembrou-se da menina que ele conhecera no funeral de seu próprio pai. Talvez ela soubesse que o pai dela estava tentando forçá-la a se relacionar com um rapaz de coração partido. Sendo ainda adolescente – já envergonhada –, ela deve ter sofrido muito.

– Mas um *anel* de noivado – disse Longmore. – Swanton deve ser feito de um material mais forte do que imaginei, já que está disposto a enfrentar Boulsworth. Você já viu o livro de apostas?

Graças ao *Spectacle* de hoje, Lisburne havia finalmente investigado o livro de apostas do White's. Swanton e Gladys estavam em diversas entradas.

Lisburne lia o *Spectacle* todas as manhãs. Até o dia de hoje, ele poderia estar lendo rabiscos que daria na mesma. Passara os últimos dias em uma névoa, tanto no sentido literal quanto no figurativo. Desde a quarta-feira, os céus haviam entornado água quase o tempo todo e, quando a chuva parava por alguns instantes, as nuvens se mostravam tão escuras e pesadas que mais pareciam pedras gigantescas esmagando Londres.

O céu de hoje, que estava aberto, devia ter clareado o seu cérebro, pois ele percebeu que Swanton devia ter-lhe feito confidências em algum momento – talvez inúmeras vezes –, e ele não havia prestado atenção. Tudo o que Swanton dizia soava como poesia, e Lisburne não suportava mais ouvir coisas do gênero.

Por tudo isso, seu dia fora horrível.

Mesmo assim, havia a expectativa da festa na Residência Warford.

Onde Leonie estaria. Pelo menos, ele dançaria com ela.

Residência Warford
Nessa noite

Devido à ocasião, as irmãs Noirots não passariam despercebidas, embora quase todos no baile concordassem que, no caso delas, a invisibilidade jamais seria possível.

Mesmo porque elas estavam efetivamente debutando na sociedade – e sob os auspícios de lady Warford!

Todos sabiam que lady Warford odiava a duquesa de Clevedon. Embora Sua Graça tivesse recebido o reconhecimento real, lady Warford se mantivera distante. Quando seu filho mais velho, Longmore, se casou com a irmã da duquesa, milady se aproximou um pouco de Sophy, mas sem grande intimidade.

Qualquer que tivesse sido a revolução mental pela qual a marquesa passara, isso acontecera logo depois do incidente no Vauxhall, e notícias sobre o convite às irmãs desprezadas espalhou-se por toda Londres. Ninguém iria querer perder um encontro desses. E, como ninguém queria desperdiçar um único minuto, todos chegaram pontualmente.

As modistas cronometraram a chegada com exatidão, é claro. Sendo as últimas a chegar, fizeram uma pausa na entrada do baile no momento exato em que os músicos terminaram de tocar a abertura de *La Cenerentola*, de Rossini.

A morena lady Clevedon estava estonteante em seu traje de cetim rosa e renda preta.

A loura lady Longmore, com seu tecido floral inglês, usava um tom de rosa mais suave e quente, com enfeites verdes e negros.

E Leonie havia escolhido branco-creme, um vestido que parecia ser o retrato da simplicidade se fossem ignorados as linhas ousadas, os bordados dourados de traço exótico e o lenço de renda preta pendendo dos ombros, dando-lhe um extremo esplendor.

Por um instante, um som percorreu todo o salão de baile, como o vento que carrega as folhas de outono: sussurrando, aumentando, diminuindo, aumentando outra vez.

Então as três irmãs fizeram uma reverência - *aquela* reverência - teatral, como bailarinas, fazendo com que babados e pregas tremulassem e fizessem a luz dos lampiões a gás dançarem por sobre a renda de seda, os bordados e as joias.

A visão gerou um suspiro geral. E então houve um silêncio.

As irmãs se levantaram, com o mesmo movimento perturbador, e todo o salão começou a murmurar - com especulações, admiração, inveja e diversos outros sentimentos.

Lisburne não fazia parte dos murmúrios. Ficou emudecido e paralisado. O que acontecera a ele acontecera em seu interior, onde seu âmago parecia vibrar como as cordas de um violoncelo.

Ela estava tão linda que ele poderia ter caído em lágrimas.

Era uma poesia viva.

Fazia amor como poesia.

E eles combinavam como os versos de um poema perfeito.

Não um de Swanton.

Mas... de Byron.

Ela caminha em beleza como a noite
De clima sem nuvens e céu estrelado...

Imagens passaram pela mente de Lisburne, nas quais Leonie estava diante do Botticelli, ou o estava abandonando de repente para atender a Gladys, ou discutindo com ele em Hyde Park, ou beijando-o, beijando-o, beijando-o... a maneira como ela levantava os braços em sua direção e o envolvia pelo pescoço... a maneira como ria quando faziam amor... a maneira como ria... e provocava... e a maneira como estava... *sempre ocupada*.

- Que droga, Simon, o que um sujeito precisa fazer para conseguir a sua atenção?

Lisburne tirou os olhos da poesia viva, que parecia estar flutuando na entrada onde os convidados eram recebidos, enquanto todos os homens presentes a devoravam com os olhos.

Todos a queriam.

Todos queriam fazer a ela – com ela – o que ele havia feito.

Uma nuvem vermelha tomou conta de sua mente por um instante. Ele a afastou.

– Acho que estou...

Ele se controlou a tempo. Não era possível que estivera prestes a dizer o que achava que ia dizer.

Ele viu o rosto jocoso de Swanton.

– Por favor, preste atenção desta vez – disse Swanton. – Não quero que fique reclamando de ter sido o último a saber.

– Eu *sou* o último a saber. Vivendo sob o mesmo teto que você e mantido no escuro, enquanto você anda furtivamente por Londres.

– Eu lhe contei todas as manhãs o que estava prestes a fazer – alegou Swanton. – E, em todas elas, você disse: "Vai mesmo? Bom, acho que o fará muito bem."

– Eu tinha outras coisas na cabeça – disse Lisburne.

– Isso estava bem óbvio – observou Swanton.

– O *Spectacle* disse que você comprou um anel ontem à noite. Você não acha que está sendo extremamente otimista?

– Se você não estivesse tão distraído, saberia de tudo – disse Swanton. – Saberia que fui encorajado. E quero que você preste bastante atenção agora, porque há poucos instantes sua prima lady Gladys Fairfax consentiu em me fazer o homem mais feliz do mundo. – Ele piscava com força. – Tenho certeza de que você não entende e que acha que é sentimentalismo, que fiquei cego devido a um excesso naquele artigo do jornal. Dirá que nós mal nos conhecemos. Em termos de dias e horas, isso é verdade. Mas eu sinto que a conheço por toda a vida. Desde a primeira vez que ouvi a voz dela, soube que éramos almas gêmeas.

Lisburne lembrou-se do que ela dissera sobre o temperamento poético. Lembrou-se da bondade em seu rosto. Suspeitava de que ela tivera uma infância de extrema dificuldade, tornando-se, por isso, amarga e ferina. Mas, de alguma maneira, ela encontrara forças para superar tudo isso. Certamente Leonie tinha muito a ver com o florescer de Gladys. Mas não podia lutar as batalhas de Gladys por ela. A jovem havia encontrado uma forma de lutar – heroicamente, ele pensou, levando-se em consideração as chances –, e a batalha despertara o melhor que havia nela.

– Por favor, não vá começar a chorar – disse Lisburne. – Desejo que seja feliz. Não tenho dúvidas de que será. Ela cuidará de seus negócios de maneira admirável e vai protegê-lo de si mesmo. Ou você está chorando diante da perspectiva de fazer o pedido ao pai dela?

Swanton engoliu em seco.

– Lágrimas de felicidade, só isso. Quanto ao pai dela, não tenho dúvidas de que voltará a Londres batendo os pés, no instante em que receber minha carta e a de lorde Warford. Mas ele autorizou lorde Warford a agir em seu lugar e tenho o consentimento dele.

– Você sabe que Boulsworth fará todos os esforços para destruir sua vontade de viver. Você se lembra do que disse, sobre o inimigo correr só de ouvir o som da voz dele?

– É verdade, mas terei Gladys, não importa o que ele diga. E já criamos as nossas estratégias para confrontar o inimigo. – Swanton sorriu. – Ela e eu pensamos em uma série de possíveis cenários. Ela me faz rir tanto e tem tamanho bom humor... ah, deixe isso para lá. É visível que você está ficando enjoado de me ouvir.

O que quer que Lisburne estivesse sentindo naquele momento, não era enjoo. Talvez estivesse sofrendo de alguma cegueira, devido à luz do alvorecer.

– Ela o faz rir – repetiu ele. – Ela tem bom humor. Sua alma gêmea, você disse.

– Isso mesmo. E tem muito mais – acrescentou Swanton. – Mas eu já falei em demasia. Agora você já sabe, e podemos contar ao resto do mundo. Deus do céu, Simon, nunca pensei que fosse possível ser tão feliz!

Depois que o poeta se afastou, Lisburne, pensativo, foi procurar Leonie, que havia desaparecido no meio da multidão, através daquele processo misterioso que ela executava, de esconder-se estando na frente de todos. Os esforços dele foram atrapalhados por uma ou outra pessoa que lhe perguntava sobre Swanton ou o importunava sobre um assunto qualquer.

Enquanto isso, os Warfords não perdiam um único minuto para tornar pública a novidade. Quando a dança estava prestes a começar, lorde Warford, estupefato, anunciou o noivado. Lady Warford estava radiante.

Um silêncio mortal tomou conta do salão.

Em seguida, Lisburne bateu palmas. Ele viu o olhar de Gladys virar-se para ele. Ela sorriu e aquele momento foi – não, não exatamente belo. Mas ela estava radiante e, naquele momento, foi muito fácil perceber o que Swanton enxergava nela.

Os outros convidados também começaram a aplaudir.

E os noivos tiveram a honra de iniciar a primeira dança.

– Mamãe está em estado de graça – disse lady Clara a Leonie. – Você não faz ideia do prêmio que isso é para ela. Lady Bartham tem sido perfeitamente cruel com sua *compreensão* pelo fato de que tivemos que receber Gladys e entretê-la. Mas lady Bartham não consegue casar nenhuma de suas duas belas filhas e aqui em casa, em pouco tempo, Gladys está noiva do homem que toda mulher deseja.

– Nem *toda* mulher – comentou Leonie.

– Não, minha querida, e eu também não o quero, embora ele seja bonito, rico, possua propriedades e seja meigo. Mas sua poesia! – Lady Clara olhou ao redor e baixou a voz. – Quanto mais triste, mais tenho vontade de gritar. Mas Gladys diz que ele tem uma linda alma e ele... bem, você viu a maneira como ele olha para ela.

– Eu não me importaria de ser olhada dessa maneira – comentou Leonie. – Qualquer dia desses, pode acontecer. Quem sabe?

Clara afastou a cabeça para trás, demonstrando surpresa.

– Você é completamente cega? É assim que Lisburne olha para você.

Mas Lisburne havia treinado aquele jeito de olhar para uma moça, ou sabia fazê-lo por instinto. Leonie também conhecia o truque. Era capaz de olhar nos olhos de um homem e fazê-lo acreditar que ele era o sol, a lua e as estrelas.

Ela não disse isso a lady Clara. Milady já sofrera desilusões suficientes na vida.

Um dia, porém, um cavalheiro olharia para aquela bela jovem com a mesma intensidade, com um amor verdadeiro, que tomaria conta de todos os lugares secretos de seu coração. Seria o cavalheiro certo e lady Clara também o amaria. E ela poderia entregar seu coração livremente, pois...

– Eu devia saber que encontraria vocês duas escondidas em um canto, conspirando – soou uma voz baixa masculina, que fez a nuca de Leonie formigar.

– Simon – exclamou lady Clara. – Estávamos falando sobre você. Suas orelhas estavam coçando?

– Se estavam, não me surpreenderia se eu não percebesse, uma vez que todo mundo anda usando minhas orelhas o tempo todo – respondeu ele. – A cada passo que dou, alguém precisa me levar para um lado e me confiar algo, ou me perguntar o que pretendo fazer agora, ou me dizer que está tão imensamente surpreso que poderia cair de cara no chão ao toque de uma simples pena. Se eu tivesse mesmo uma pena, metade das pessoas nesta casa estaria esparramada pelo salão.

Ele lançou um olhar suave para Leonie que fez o coração dela tremer como o de uma adolescente.

– Levei uma eternidade para encontrá-la. Você me prometeu uma dança.

– Se bem me lembro, você me prometeu me dar a grande honra – disse ela.

– Muito bem, aqui estou eu. Tenho certeza de que a próxima música será uma valsa e acredito que seu vestido será exibido com muito mais brilho se nós a dançarmos.

– Estou vendo lorde Geddings me procurando – disse lady Clara. – Queria muito saber como esse negócio entre vocês vai acabar, mas quando uma dança é prometida, a promessa deve ser mantida, a não ser no caso de membros quebrados... assim mesmo só se for uma fratura múltipla.

E lá se foi lady Clara, uma bela visão em lilás.

– Você venceu – disse ele.

– Sim – respondeu Leonie. – Não ficou feliz?

– Se teve a intenção de fazer chacota, foi uma brincadeira cruel. Duas semanas. Eu poderia ter tido duas semanas inteiras sozinho com você, se o idiota do meu primo tivesse esperado só mais um dia, aquele maldito.

Ela procurou o tom de brincadeira nos olhos dele e em sua voz. Não encontrou.

Ele devia ter notado, porque deu uma risada curta.

– Isso é ser um mau perdedor e pensei que eu não fosse. Mas tudo é... – Ele se interrompeu e balançou a cabeça. – Vamos, a música vai começar. Terei a minha dança... e verei o que mais poderei conseguir.

– Se for capaz de se tornar bastante sedutor, posso lhe conceder duas danças.

Ela tinha consciência de que não devia fazer isso. Mas não sabia como resistir à tentação quando ele estava bem diante dela.

Ele sorriu.

– Venha aqui, sua menina má. Você está linda demais esta noite. De uma maneira quase insuportável. Não consigo manter meu mau humor.

– *Venha aqui?* – repetiu ela, indignada.

Mas ele apenas riu suavemente, tomou-a nos braços e a levou até os outros casais que dançavam.

E então...

E então...

Mágica.

Era exatamente como ele havia dito. Comparado àquela festa maravilhosa, o Vauxhall não passava de um vaga-lume em uma noite sem luar.

Um animado grupo de pessoas enchia o esplêndido salão. Acima de suas cabeças, três grandes lustres que saíam de abóbadas rasas, a miríade de cristais lançando faíscas de arco-íris. Abaixo das luzes cintilantes flutuavam vestidos de todas as variedades de musselina e seda, em todos os tons de branco e todas as cores da natureza. Como no Vauxhall, os homens eram o claro-escuro e as cores rodavam ao seu redor. Mas esse lugar trazia mais vigor a cada imagem, cada som, cada sentimento. Era realmente lindo.

Dezenas de dançarinos giravam ao redor de Leonie. Nessa noite, as luzes multicoloridas eram joias preciosas. Pérolas, diamantes, safiras, rubis, esmeraldas e pedras de todas as cores brilhavam nos cabelos, orelhas e pescoço das damas, e também em seus pulsos, mãos e vestidos.

A música era celestial e, abaixo dela, fluía um som como uma brisa de verão, como segredos sussurrados: o sibilar da musselina e da seda em movimento. Dançar nessa noite era como sonhar, e algumas vezes o som parecia o farfalhar de roupas de cama.

Uma das mãos enluvadas de Lisburne a segurava pela cintura, enquanto a outra segurava sua mão, e ela se transportou para um mundo diferente. Leonie havia dançado com outros homens nessa noite, mas não fora nada parecido. Jamais poderia ser. Ela o havia notado desde a primeira vez que o viu, com uma consciência potente e física da presença dele, que se tornou cada vez mais forte, até penetrar em suas veias e nas batidas de seu coração.

Ele a havia feito sua e, agora, ela lhe pertencia. Sua mente podia contradizer esse fato, mas seu corpo não ouvia. Seu coração não ouvia.

Enquanto dançavam, ele a puxou para mais perto. Se ela fosse capaz de ouvir a própria razão, teria se afastado até uma distância adequada. Mas ela queria ir aonde ele a conduzisse. Sentia um desejo de se entrelaçar nele, sentir a boca dele sobre a sua, as mãos dele em sua pele.

Ele nunca se parecera tanto com um deus romano como agora. Brilhava, como os deuses deveriam brilhar, as luzes cintilantes se movendo ao redor da cabeça dele e fulgurando em seus olhos verdes. Quando ela baixou o olhar, porque estudar o rosto dele a deixava tonta e demasiadamente fantasiosa – afinal de contas, ele era apenas um homem –, a esmeralda no lenço do pescoço dele reluziu.

Leonie tinha uma noção distante de lady Gladys dançando com lorde Swanton, mas eles poderiam até estar em outro planeta. Embora os convidados enchessem o salão de dança e os adjacentes, todos pareciam estar muito distantes, muito abaixo dela. Os pés deles permaneciam firmes no chão, enquanto ela flutuava entre as estrelas. Seu coração estava partido, mas ela não conseguia se lembrar da última vez que se sentira tão feliz.

É claro, a última vez que esteve nos braços dele.

– Quando você entrou no salão, fiquei sem fôlego – disse ele.

– Nós três juntas, ao mesmo tempo, é mais do que algumas mentes são capazes de suportar com algum grau de equilíbrio.

– Eu estava me referindo a você – disse ele. – As outras poderiam ser as cortinas emoldurando a vitrine.

– Ah, muito bem – reagiu ela. – Você também me deixa sem fôlego. Não há um só homem aqui cujo traje ressalte tão bem o meu vestido.

– Na verdade, sou eu quem a faço se destacar.

– Não subestime o seu colete – disse ela.

Ele suspirou de maneira exagerada.

– Maldito seja aquele Polcaire! E bendito seja! Quando vi este colete branco, eu disse: "Você enlouqueceu? *Marfim e dourado?* Nesta noite?", e ele disse que tinha medo de que minhas cores não combinassem. Com quem, ele não disse, mas acho que ele sabia, como sempre sabe, uma vez que é um oráculo. Venha comigo até o jardim.

– Claro que não – respondeu ela. – Sei muito bem o que acontece nos jardins durante os bailes. As moças deixam de lado o bom senso. E a virtude.

Não que ela tivesse essa última. Mas algum bom senso ainda permanecia. Se ela se entregasse a ele mais uma vez, teria que começar tudo de novo, tentando se afastar.

– Você exprimiu minhas mais caras esperanças. Venha. A dança vai terminar, o lugar está abafado e metade das pessoas já saiu para tomar um pouco de ar fresco. Você precisa me dar uma chance de cair de novo em suas boas graças, senão... senão eu enlouqueço, Leonie.

A música já havia parado, mas ele ainda segurava a mão dela.

– O que quer que o aflija, prometo que vai se recuperar – disse ela, com o coração acelerado.

– Você, entre todas as mulheres, devia saber melhor do que julgar pelas aparências. Você não acredita que sou um homem desesperado porque Polcaire não deixa que meus sentimentos transpareçam. Quando sou deixado às minhas próprias inclinações, não sou tão meticuloso. Minha meia ficaria solta, minhas mangas desabotoadas, meus sapatos desamarrados e tudo em mim demonstraria uma desolação descuidada. Mas eu não posso, porque meu camareiro não me permite. Tudo o que posso fazer... que uma praga carregue esse sujeito, ele não pode estar pensando em dançar com você!

Lorde Flinton estava caminhando com determinação na direção deles.

– Ele sofreu uma enorme decepção – disse ela. – Está tentando a cura através da dança com todas as mulheres.

– Então preciso tirar você do salão sem demora.

Sua mão enluvada agarrou a de Leonie e ela percebeu que estava quente e sentiu que a segurava com firmeza.

Ela sabia que ele a deixaria ir, caso ela resistisse, mas ainda estava apaixonada.

E tudo era tão romântico, uma noite da qual provavelmente se lembraria para sempre.

Afinal de contas, ela era uma Noirot.

Leonie se fez o mais invisível que pôde – algo não muito fácil, estando ao lado de Lisburne –, mas ele também parecia saber como passar despercebido no meio de um grande grupo de pessoas, cumprimentando conhecidos, falando com esse e aquele, mas nunca chamando atenção de verdade nem fazendo uma pausa longa demais no caminho para fora do salão de baile. De qualquer maneira, a casa estava agitada, convidados entrando e saindo de várias salas à procura de bebidas, jogos de cartas, ou até de uma conversa mais calma. Ela o acompanhou até a sala seguinte, que era pequena mas espetacular. Ele lhe explicou que era uma obra de James "Ateniense" Stuart. O tema, segundo Lisburne, era o Triunfo do Amor. Ela queria ficar ali e admirar as colunas coríntias, com o topo dourado, e as cópias de antigas pinturas. Um instante antes, ela desejara jogar a cautela pelos ares. Um instante antes, ela mal podia esperar para ficar sozinha com ele.

Mas, assim que entraram naquela sala, algo mudou. Ele ficou observando, por um longo tempo, o friso acima da lareira, que trazia a cena de um casamento.

Entretanto, ela prosseguiu com ele pelas escadas, indo até o jardim. Convidados enchiam a varanda logo acima e alguns caminhavam pelo jardim. Não era um lugar muito grande, muito menor do que a Residência Clevedon, embora a casa do conde ficasse em Charing Cross, no meio de armazéns e lojas. O espaço verde dos Warfords continha uma área oval aberta, na qual havia um tanque ornamental. A área, espremida entre a imponente casa e a beira do Green Park, estava bem iluminada para o evento.

Mesmo assim, árvores e arbustos a escondiam da visão do público e, em um caminho em meio ao verde, Lisburne encontrou um local privado e muito bonito, onde uma ninfa de mármore pairava sobre um banco de pedra.

Ele se sentou ao lado de Leonie e tomou sua mão outra vez.

Nesse momento, todos os instintos de Leonie lhe diziam que ela havia cometido um erro. Ele não a levara até ali para um galanteio ou uma sedução.

Ela começou a transpirar e seu coração se acelerou tanto que ela quis fugir correndo. O que seria idiota e covarde de sua parte. Disse a si mesma que sua imaginação a estava enganando devido ao choque de se ver no meio da elite de Londres sem, pela primeira vez, ser obrigada a servi-la ou a medi-la.

Ela olhou para cima, para a figura em mármore.

– Uma ninfa – disse ela, com voz trêmula.

– Sim, Leonie...

Oh, havia um tom, um tom estranho na voz dele, que também não parecia seguro de si.

– Ou será que é uma musa? – disse ela suavemente. – Não é maravilhoso que os antigos gregos tivessem divindades que lhes serviam de inspiração? – Ela levantou uma mão suplicante para a ninfa.

O homem multiversátil, Musa, canta, as muitas
errâncias, destruída Troia, polis sacra,
as muitas urbes que mirou e mentes de homens
que escrutinou, as muitas dores amargadas
no mar a fim de preservar o próprio alento...[1]

– ... o próprio alento... – Ela fez um enorme esforço para se lembrar dos versos seguintes, mas seu cérebro estava tumultuado.

– Meu Deus, Leonie, como você conhece essas coisas? – indagou ele.

Ela queria continuar, queria falar sobre Atena e Calipso e... quem mais? Mas não conseguia se lembrar. Não estava calma o suficiente, não estava nem um pouco calma, porque estava... porque isso era... diferente do que imaginara. Não era o interlúdio romântico que esperara – embora não pudesse dizer o que era ou como ela sabia o que era, somente que todos os seus instintos Noirot estavam em estado de alerta, estimulando-a a fugir.

– Eu li um livro uma vez – respondeu ela, lutando contra o desejo de pegar sua mão de volta.

– Uma vez. Quantas modistas você conhece que podem citar *Odisseia*?

– Eu recebi instrução. Leio livros. Não em latim ou grego. Traduções. Porque quero algo em minha mente que não sejam roupas e negócios. Algo... belo.

E, para seu horror, sua garganta se fechou.

– Como o Botticelli.

Ela meneou a cabeça, com medo de falar porque ia chorar, o que seria ridículo. Por que ela choraria na noite de seu maior triunfo?

– É seu – disse ele. – Assim como eu. Por inteiro. Eu...

– Não! – Ela se afastou e se levantou, cobrindo os ouvidos. – Não, não, não.

---

[1] HOMERO. *Odisseia*. Tradução de Trajano Vieira. São Paulo: Editora 34, 2011. (N.T.)

– Leonie.

– Não, não, não.

Ela balançou a cabeça, as mãos sobre os ouvidos, como uma criança.

Ele tirou as mãos dela dos ouvidos.

– Leonie, eu amo você.

– Não – disse ela. – Como você pode dizer isso? Por favor, não faça isso. Não é assim que deve ser. Eu só queria você por causa do seu corpo. E... seu lindo rosto. E, nada disso, eu queria apenas o Botticelli, desde o começo, e não fiz nada nem falei nada que...

– Não me importo. Case-se comigo.

Ela ficou gelada. Depois quente. Afastou-se.

– Você está completamente louco?

– Vou declamar poemas para você – disse ele. – Até Homero. "Igualmente desejosa, em sua côncava gruta/ Calipso, linda deusa se deteve, seduzindo-o para seus braços."

– Não! Não!

– Eu declamarei... que Deus me ajude... Swanton. "O que quer que desejares. E você terá lindas coisas. Todas as coisas lindas que puderes desejar, meu amor, e eu ficarei feliz em ofertá-las a ti."

Ele iria enfraquecê-la. Ela se derreteria em seus braços. Perderia o juízo. Tentou ir embora. Ele a segurou pelo braço.

– Me escute – pediu ele.

– Não posso! Você não entende? Não posso ouvir você. Você é como... como as sereias. Eu tenho responsabilidades. Você me fará esquecê-las. Já perdemos Marcelline e Sophy. Só resta eu. Se eu for embora, não haverá ninguém para mantê-la funcionando.

– A loja? Isso tem a ver com a loja? Pelo amor de Deus, Leonie, não me diga que tem a ver com *negócios*.

– Mas são negócios! – exclamou ela, abanando as mãos. – Essa sou eu. Sempre foram os negócios. Lady Gladys e você e... todo mundo. E eu amo o meu trabalho. Todas nós amamos. Ninguém compreende, principalmente os homens... e agora...

Ela não conseguia prosseguir. As lágrimas que se recusava a derramar a estavam sufocando.

– Entendo – disse ele, com a voz mais tranquila. – É claro. Você não pode abrir mão da loja.

– Nem mesmo por você – disse ela, a voz embargada. – Ainda que eu o ame mais do que você jamais poderia me amar.

– Ainda que – repetiu ele.

Ela fez gestos impacientes.

– Oh, muito bem, estou apaixonada por você. Você deve ser cego e idiota se ainda não percebeu. Mas talvez esteja tão acostumado a ter mulheres apaixonadas por você que nem perceba mais.

– Ora, na verdade, eu me esqueci de como era, pois todas começaram a se apaixonar por Swanton. Para meu enorme desgosto.

Ela o encarou.

– Devo levá-la para casa? – indagou ele.

O olhar que ela lhe lançou era quase cômico.

Ele o teria achado muito divertido se toda a sua compostura não estivesse por um fio.

– A não ser que prefira voltar para a festa – disse ele, com toda a calma.

Ela balançou a cabeça.

– Não. Serei obrigada a fingir e... Oh, céus, eu estava gritando, não estava? E todo mundo deve ter ouvido. Que maravilha. Minha primeira vez na alta sociedade e me humilho toda.

Ela cobriu o rosto. Ele imaginou que estivesse quente. Quis colocar as mãos ali. Não apenas ali. Mas, embora ele estivesse desesperado, não perdera o raciocínio.

Ele disse:

– Ninguém pode nos ouvir com tanta música e conversa, e o barulho aumenta à medida que os convidados vão se embebedando. Acho incrível que ainda consigam ouvir os próprios pensamentos. Ninguém está olhando para nós dois. Posso deixar uma mensagem com um dos criados quando mandar vir minha carruagem.

Ela tirou as mãos do rosto.

– A Maison Noirot é logo ali na esquina – disse ela. – Podemos caminhar.

– Com esses sapatos? Polcaire me mata.

Ela olhou para seus sapatos de dança.

– Eu posso caminhar sozinha.

– Não nesse vestido. Mas não tem importância. Danem-se os meus sapatos. Vou levá-la no colo.

– Você não...! Lisburne! – gritou ela quando ele a levantou do chão.

– Fique quieta. Você acabou com todas as minhas esperanças e sonhos. Se fizer a gentileza de me permitir carregá-la, prometo que resisto à tentação de jogá-la no tanque ornamental de lorde Warford.

Da última vez que ele carregou Leonie até a loja, não teve nenhuma dificuldade. Ela não era feita de plumas, mas ele era muito mais forte do que parecia. De qualquer maneira, ele a teria carregado até a lua, se fosse necessário. Mas não era. Só precisava descer a ladeira. E tentar distraí-la conversando.

Ele conseguiu, mas não por muito tempo.

– Lisburne, você está bêbado? A loja é do outro lado.

– Mas a carruagem de aluguel fica para este lado.

– Oh, sou pesada demais para você? Ponha-me no chão e eu andarei.

– Não – disse ele.

Houve uma pausa tensa.

– Aonde você está me levando?

– Para casa.

– Mas fica a poucos passos daqui.

– Eu não disse de quem era a casa.

Como ela pôde ser tão idiota em acreditar que ele desistiria com tanta facilidade?

Era um aristocrata. Quando eles colocavam uma ideia na cabeça, nem todos os cavalos do estábulo de Áugias, puxando ao mesmo tempo, conseguiriam tirá-la.

– Não estamos na Idade Média – disse ela. – Você não pode me carregar para seu covil.

– Pois fique observando – disse ele.

Ela lutou.

– Ponha-me no chão!

Ele a segurou com mais força.

– Ponha-me no chão, ou vou começar a gritar – disse ela.

– Eu sei como fazer você parar de gritar.

Ele a beijaria e ela se derreteria e se entregaria, abandonando quem quer que dependesse dela. Abandonaria a si mesma.

Ela se contorceu, deu socos, empurrou e criou tamanho frenesi que ele teve que colocá-la no chão. Mas, antes que ela pudesse começar a andar, ele a ergueu, jogou-a sobre os ombros e saiu andando na direção do palácio de St. James.

– Lisburne, ponha-me no chão!

– Simon – disse ele.

– Eu nunca vou chamá-lo assim, *milorde*! Ponha-me no chão, seu... seu...

– Bruto. *Bruto* é uma boa palavra. Meio clichê, mas clichês são úteis, senão não seriam clichês. Ah, chegamos.

Ele parou na primeira carruagem na fila e abriu a porta com força.

– Estou sendo sequestrada – gritou ela. – Socorro!

Lisburne a lançou lá dentro.

– Minha esposa – disse ele ao cocheiro. – Bêbada, infelizmente. Ela fica agitada.

Ele jogou uma moeda para o rapaz. Provavelmente, era um guinéu.

– Para o Regent's Park – ordenou.

Capítulo dezoito

Procuramos em vão por várias pessoas que se importam com a moda, pertencentes à mais alta ordem da sociedade, que foram desaparecendo aos poucos; e embora a cidade ainda não possa ser considerada vazia, é bem visível que há muito menos gente; e as poucas retardatárias que ainda permanecem estão se antecipando a nós, para surpreender as elegantes amigas nos diferentes recessos de verão.

– Revista *La Belle Assemblée*, 1823

A noite estava quente e os passageiros anteriores haviam deixado as janelas da carruagem abertas. Sabendo que poderia alcançar a maçaneta sem problemas, Leonie fingiu afundar-se em um canto do assento, enquanto Lisburne se sentava no assento em frente. Mas, quando ela pulou para abrir a porta, ele se levantou e a puxou de volta.

Leonie se lembrou da rapidez com que ele a amparou quando ela havia tropeçado, na British Institution. Dentre tantos homens no mundo que poderiam carregá-la para longe, ela teve que ser levada pelo que tinha reflexos inacreditavelmente rápidos.

– Mais depressa! – ordenou ele ao cocheiro. Então, Lisburne levantou a janela. – Que rapto bem-sucedido seria esse se você escapasse quando mal saímos do lugar – disse ele, enquanto se acomodava de novo no assento.

A essa hora, a St. James Street não estava congestionada e o cocheiro pôde acelerar. Mesmo que ela conseguisse abrir a janela depressa, se tentasse pular quebraria o pescoço.

Estava em pânico. Mas não a ponto de cometer suicídio.

Sentou-se e cruzou os braços. *Pense*, disse a si mesma. Era capaz de sair dessa situação.

Mas precisava ficar calma para pensar e não conseguia se acalmar. Tentou calcular o número de convidados no baile, a proporção das mulheres e a porcentagem de damas que não estavam usando criações da Maison Noirot. Não funcionou. Ela tentou, em vez disso, elaborar um plano.

A carruagem atravessou Piccadilly e virou no Quadrant, enquanto cenários iam se apresentando, apenas para serem descartados como impossíveis ou insanos. Ela estava perdida, um estado que odiava. Lágrimas começaram a surgir, o que só a fez ficar ainda mais irritada. Quanto mais longe chegassem, mais difícil seria ela voltar para casa. Não tinha nenhum dinheiro para alugar outra carruagem. O caminho de volta a pé ficava cada vez mais longo e os lampiões não conseguiam vencer a escuridão completamente. Iluminada ou não, a Regent Street era perigosa para uma mulher desacompanhada àquela hora da noite.

Talvez para uma mulher comum, mas não para Leonie Noirot. Ela não havia viajado sozinha por cercanias muito mais insalubres, em Paris e outras cidades?

Mas, na época, ela era uma criança, uma menina, vestida de maneira simples, que não chamava atenção. Naqueles tempos, ela jamais havia usado joias tão finas e caras. Marcelline havia insistido hoje em lhe emprestar suas pérolas, que eram enormes. Ainda que escondesse as joias...

Idiota. Fútil. Caminhar sozinha estava fora de questão.

– Eu o odeio – disse ela.

– Ora, madame, você pode fazer melhor do que isso.

– Eu o detesto. Você é um ser odiável. *Não é um cavalheiro.*

– Agora sim.

Ela se sentiu tola e indefesa. Queria se jogar nos braços dele e chorar como a criança que não era. Ela era uma mulher adulta, que dirigia uma loja de modas, provavelmente a mais bem-sucedida de Londres. Já vira mais na vida do que as mulheres da alta classe com o dobro de sua idade. Já estivera em situações muito piores.

Mas estava despedaçada.

E então ficou ainda mais zangada e começou a falar francês, para melhor açoitá-lo. As palavras mais amargas vinham à sua cabeça com mais facilidade em francês e ela ainda não havia terminado seu estoque de maldições quando a carruagem parou na porta da vila de Lisburne, no Regent's Park.

Ele desceu e estendeu a mão para ela.

O que ela poderia fazer? Sair correndo? Ela podia ser tudo, menos covarde. Ele a trouxera ali para explorar suas fraquezas, só isso.

Sua fraqueza por ele, é claro. O que significava que sedução estava no cardápio. Física e financeira. Ele mostraria sua esplêndida casa – e aquela era apenas uma entre várias – e a faria perceber como era ridícula por se recusar a se casar com ele.

Todos a considerariam ridícula. Ou louca.

Porque ninguém mais podia entender.

Muito bem. Deixemos que ele dê o melhor de si. Ela havia sobrevivido a Paris na época da epidemia da cólera. Sobreviveria a isso.

Leonie levantou o queixo, pegou a mão dele e permitiu que ele a ajudasse a saltar da carruagem.

Olhou para cima, para a frente da casa – uma construção moderna, com menos de dez anos, calculou. Com um pórtico clássico e austero, linhas elegantes que lembravam templos gregos e romanos, era uma residência perfeita para um deus romano.

Ele também ergueu o olhar.

– É uma obra de Burton, como tantas outras estruturas modernas de Londres. Meu pai a construiu. Ele amava essa casa. Uma pena que teve tão pouco tempo para aproveitá-la.

Ela percebeu a nota tensa e estranha na voz de Lisburne e o encarou, mas o rosto dele estava fechado.

Seria ela quem colocara aquele olhar impenetrável ali?

Será que o magoara tanto assim?

Ela se sentiu culpada e envergonhada de si mesma.

Leonie tinha seus próprios problemas e eles pareciam grandes. Mas ele não a havia magoado. Nunca, durante todo o tempo em que se conheciam, Lisburne deixara de ser gentil. Irritante, sim, mas nunca ofensivo.

O que havia de errado nela para magoá-lo tanto assim?

– Você tem certeza absoluta de que não quer me enfiar de novo na carruagem e me mandar de volta?

– A tentação é muito grande. Mas estou determinado a resistir. Ah, esse é meu mordomo, Edkins, que nos dá a inestimável honra de abrir a porta em pessoa. Sem dúvida, um dos criados estava espiando na janela e avisou Edkins da chegada do patrão com uma bela jovem, cuja identidade ele desconhecia. Espero que ele não desmaie. – Virando-se para o empregado, continuou: – Nunca trago jovens bonitas para casa. Mas ouso dizer que você está sempre pronto para essa ou outras ocasiões, certo, Edkins?

– Milorde gosta de fazer piadas – respondeu Edkins. – Eu não desmaio há vários dias.

Nesse momento, Lisburne já havia entregado seu chapéu e suas luvas.

– Mande refrescos ao meu escritório o mais rápido possível – disse ele, enquanto se encaminhava a uma grande escadaria.

Leonie o seguiu cegamente por um instante, mas parou de repente.

– Seu escritório?

Ele fez uma pausa e se virou para observá-la, a sobrancelha levantada.

– Você achou que eu a levaria ao meu quarto, depois do jeito como se comportou? – disse ele, em voz baixa. – Não, o escritório está ótimo e estou quase fazendo uso dele como meu pai fazia quando estávamos em nossa casa de campo, para nos passar um sermão ou nos dar uma surra. – Ele a olhou de cima a baixo. – Talvez mais do que quase. – A voz dele ficou ainda mais baixa e ele acrescentou: – Eu deveria deitá-la sobre a escrivaninha, levantar suas saias e anáguas e então... – Ele se interrompeu e balançou a cabeça. – Estou irresistivelmente tentado, pois você me usou de maneira abominável. Mas temos negócios a tratar.

Ele subiu a esplêndida escadaria, entrou em um corredor, e ela o seguiu, a mente perdida em meio a saias e anáguas levantadas e... tapas? Ela estava excitada por toda parte.

Ele parou diante de uma porta e a abriu.

Ela olhou para dentro. Estantes repletas de livros. Uma escrivaninha e algumas cadeiras. Um belo tapete. Tudo caro e confortável e, sem dúvida, a decoração de um escritório.

– Você me trouxe até aqui para... negócios – disse ela.

– Você não acha que eu a trouxe aqui por prazer, acha? Depois do que você disse na carruagem...

– Quanto a isso, Lisburne...

– Eu nem conheço todas aquelas palavras francesas– disse ele, abrindo a porta e convidando-a a entrar.

Ele se colocou atrás da escrivaninha e puxou a cadeira, mas não se sentou. Abriu uma gaveta e tirou três folhas de papel. Colocou-os sobre a escrivaninha, tomando o cuidado de alinhar as beiradas de maneira precisa. Pegou o tinteiro e o colocou a uma distância fácil de ser alcançada. Tirou de outra gaveta três lápis bem apontados e os posicionou ao lado do tinteiro, as pontas alinhadas com precisão. Em seguida, moveu uma régua alguns milímetros à direita. Ajeitou o tinteiro para que ficasse exatamente paralelo ao papel.

– Pronto – disse ele. – Ou você quer que eu faça pautas para você?

Ela ficou olhando para tudo o que ele havia arrumado.

– Que jogo é esse? Você me trouxe aqui para fazer sua contabilidade? Pensei que seu secretário...

– Não fale disparates. Eu a trouxe aqui para que me explique, de maneira lógica e concisa, por que não quer se casar comigo. Você pode desenhar duas colunas, uma listando os prós, e a outra, os contras. Se precisar de alguma coisa, toque a campainha que está ali. – Ele indicou uma corda perto da lareira. – Ou abra a porta e diga ao criado o que você deseja. O nome dele é John.

Ele foi até a porta e fez uma pausa.

– Eu poderia mandar Uttridge até aqui com uma lista dos meus bens e minhas responsabilidades, mas tenho certeza de que você já fez um bom cálculo do meu valor financeiro.

Ela conseguiu dizer alguma coisa.

– Ah, Lisburne, como se eu me importasse com isso!

– Você está falando pela emoção. Se eu fosse um investimento que você estivesse analisando, então se importaria. Veja isso como uma questão de investimento... de sua vida.

E ele saiu, fechando a porta atrás de si.

Lisburne esperou o maior tempo possível, quando, depois de duas horas, sua força de vontade cedeu.

Ele abriu a porta do escritório. A bandeja com refrescos parecia destruída. E ela também.

Estava sentada, a cabeça descansando sobre uma das mãos, a outra segurando a pena, que avançava pelo papel. O lábio inferior tremia.

Ela levantou o rosto. Seus olhos se encheram de lágrimas.

– Oh, Simon!

Ela pulou da cadeira e se jogou nos braços dele. Ele a envolveu com os seus.

Simon. Finalmente.

– Eu amo você – disse ela, recostada em seu lenço de pescoço. – Como se escreve isso em uma coluna? Dois metros disso e seis varas daquilo. Como medir o amor, ou o que o provoca? Você sabe como acontece. Aquele garotinho aborrecido... Cupido ou Eros, ou quem quer que seja. Ele lança sua flecha e você está perdido. O amor não pode ser medido ou pesado. Não é um pedaço de seda e outro de algum outro tecido, tal quantidade de laços e esse ou aquele padrão de bordado. O que coloquei na coluna dos prós? Seus lindos olhos. O som de sua voz. O cheiro de sua pele. A maneira como amarra seu lenço. Anotei tudo isso, mas a soma não dá certo.

O nó no peito dele se afrouxou.

– Você pode acrescentar à sua lista – disse ele – o meu desejo de mover céus e terras para fazê-la feliz. – Ele a beijou no alto da cabeça, tomando cuidado para não furar o próprio olho em uma daquelas coisas decorativas que ela usava no cabelo. – Espero que tenha incluído meus bens.

– Todos eles – disse ela, chorando. – Inclusive os que você não menciona em público.

Ele riu. Não podia evitar. Não sabia exatamente por que a amava, ou quando se apaixonara por ela. Era como ela havia dito: não se pode calcular ou indicar com precisão. Mas ela o fazia rir e desafiava o seu intelecto e ele não havia conhecido a verdadeira felicidade antes de tê-la encontrado. Ele, que achava impossível ser realmente feliz outra vez.

– Bem, então eu a perdoo por todas as coisas horríveis que você disse na carruagem.

– Eu estava exausta.

– Você acha? Leonie Noirot, no jardim de lorde Warford, cobrindo os ouvidos, como uma criança, e berrando para não me escutar? Foi uma atitude tão estranha que fiquei alarmado de verdade.

Ela se afastou um pouco e olhou para ele.

– Foi por isso que você me levou embora daquele jeito, de maneira tão arbitrária?

– Alguém precisava manter os pés no chão – disse ele. – E alguém precisava ajudá-la a recolocar os seus pés no chão.

Ela fechou os olhos.

– Foi por isso que você me colocou perto de lápis apontados, uma régua e papel.

– Se isso não funcionasse, eu planejava medicá-la com láudano. O problema é que é preciso ter muito cuidado com a dose. Eu não estava animado diante da possibilidade de representar uma tragédia. *Romeu e Julieta* é muito interessante no palco, mas, na vida real, tamanha falta de senso é chocante.

Ela abriu os olhos, um crepúsculo azul profundo à luz do lampião.

– Acho que eles eram jovens demais – disse ela. – Durante certa fase da juventude, tudo é trágico.

– Daí a popularidade de meu primo. E é tão típico de Swanton encontrar o verdadeiro amor e conquistar sua amada em poucos dias, enquanto eu trabalho e me esforço durante semanas sem conseguir trazer a minha amada ao cerne da questão.

Ela meneou a cabeça.

– Sinto muito. É constrangedor ser trágica. Mas eu anotei tudo. Os contras. E, se você se propõe a mover céus e terras, terá uma missão difícil pela frente.

Ela ajeitou a postura, os ombros, e saiu de seus braços. Voltou à escrivaninha e pegou as três folhas de papel. Ela as havia preenchido, dos dois lados, com seu roteiro curiosamente preciso. Entregou-as a ele e foi até a janela, onde ficou encarando a escuridão.

Ele olhou rapidamente o que estava escrito.

– Isso é muito... irresistível.

– Eu avisei que era complicado.

– Sim. Eu sinto um desejo enorme de me deitar. E ter minha testa banhada em água de lavanda.

Ela se afastou da janela.

– Posso fazer isso – disse.

Onde mais Lisburne deveria se deitar, a não ser em sua cama? E, se Leonie não foi muito longe banhando sua testa febril em água de lavanda, foi porque ele a puxou para seus braços quando ela mal havia começado e a beijou, fazendo-a deixar a toalha cair no chão. Os papéis que ele tinha na mão, os papéis nos quais havia trabalhado, voaram antes de pousar no chão. Em pouco tempo, ele e ela estavam fazendo amor com ardor, impacientes demais para se preocupar em se despir. E foi uma experiência e tanto, com toda a seda e a renda espalhando-se ao redor deles, as pérolas batendo na cabeça dele até ele praguejar e parar de lutar contra as anáguas, para conseguir tirá-las.

Não foi o sexo mais gracioso de sua vida. O penteado dela, tão cuidadosamente montado, quase o cegou, mas ele não desistiu. Foi apenas uma questão simples de desabotoar as próprias calças e levantar as saias e as anáguas dela. Então, nessa noite, foi gracioso o bastante penetrá-la, observar seu rosto enquanto se moviam juntos, ouvir sua voz – um gemido suave, um suspiro, murmurado em francês – e vê-la abrir os grandes olhos azuis e enxergar ali o prazer, o amor e a risada maliciosa.

– Eu amo você – disse ele. – Eu amo você.

Ele repetiu isso muitas e muitas vezes, como um encantamento, enquanto observava o rosto dela e a maneira como mudava, porque, na cama, ela não escondia nada. Ele a observou até ela estar perto do orgasmo. Então, deixou de lado o autocontrole e se entregou à investida do prazer, ouvindo-a dar um pequeno grito no mesmo instante em que se derramou dentro dela.

Sábado, 1º de agosto

A primeira rodada de sexo não foi a última. Com o passar do tempo, as roupas foram sendo tiradas. Até que, exaustos, eles adormeceram nos braços um do outro.

Foi por esse motivo que Leonie não ficou totalmente surpresa quando acordou e viu a luz do sol brilhando pela claraboia. Mas ficou surpresa quando percebeu o quanto o sol já havia se erguido no céu. Devia passar do meio-dia. Essa era a ideia que os aristocratas faziam sobre levantar cedo, não a dela. Por mais que dormisse tarde, ela sempre se levantava à mesma hora nos dias de trabalho, às sete e meia, para ter tempo de tomar banho, vestir-se e tomar o café da manhã, antes da chegada das costureiras, às nove horas.

Por um instante, ela se perguntou se Lisburne tinha mesmo lhe dado láudano para beber.

Mas não. Era o alívio que devia tê-la levado a um sono tão profundo. Alívio porque ela havia conseguido fazer as pazes com ele e consigo mesma.

E fora um alívio e uma alegria fazer amor em completa entrega, sem se preocupar com a necessidade de ele ir embora antes do amanhecer, antes que alguém o visse saindo da Maison Noirot. Não era de admirar que ela tivesse dormido tão bem, como não fazia havia pelo menos uma semana, embora não tivesse resolvido nenhum de seus problemas.

Ela havia dormido nos braços dele dessa vez. Quando se deitou, ele estava lá, e saber que ele estava ao seu lado acalmou seu coração.

Ele não estava ao lado dela agora.

Mas ela estava feliz demais para se preocupar. Espreguiçou-se, sentou-se e puxou a roupa de cama para cobrir sua nudez, caso algum criado aparecesse sem bater à porta.

Na verdade, nesse momento, ela bem que precisava de uma criada, conhecida ou não. Embora tivesse o hábito de se arrumar sozinha, aquelas não eram suas roupas cotidianas. Seu traje de noite era muito mais desafiador para vestir sem ajuda.

Depois de tentar escutar passos do lado de fora, ela saiu cuidadosamente da cama, pegou a camisa de dentro, que estava em uma pilha de roupas dobradas de qualquer jeito sobre uma cadeira, e a vestiu. Olhou para o espartilho e suspirou. Era um dos mais bonitos que possuía e ela o havia criado para ser preso sem auxílio, mas Lisburne havia desfeito os nós, o que impedia que isso fosse possível.

Ela o pegou e o deixou cair outra vez. Em algum lugar perto deveria haver uma sala de vestir e ela encontraria algum roupão de Lisburne.

Estava se dirigindo para a porta mais provável quando ouviu um barulho atrás de si.

– Vejo que cheguei a tempo – disse Lisburne. – Mais um minuto e você teria entrado em meu quarto de vestir e tocado alguma coisa, o que deixaria Polcaire em estado de depressão total. Vamos descer para o café da manhã?

– Vestindo o quê? Minha camisa de dentro?

– Vestindo isso.

Ela estava tão ocupada em admirar o lindo rosto de Lisburne que nem percebeu que ele trazia algo dependurado no braço.

Ele se aproximou.

– Achei um dos roupões matinais de mamãe. Está atrasado uma década em termos de moda, mas é mais fácil de colocar do que seu espetacular vestido de noite.

Ela pegou a roupa e a abriu, estendendo-a diante de seus olhos. Era verde-escura, feita de *sacernet* e bem ajustada ao corpo.

– Como o roupão é estreito! – disse ela.

– As mulheres costumavam mostrar mais as formas. Espero que não se importe. Foi o melhor que pude conseguir em tão pouco tempo. Sabe como é, uma casa de homens solteiros. Eu não tenho nenhuma criada para me ajudar, a não ser na cozinha, e não acho que elas entendam de moda.

– É muito lindo. Muito bem executado. Sua mãe tem um gosto impecável.

– Acho que você vai gostar dela.

– Oh, Lisburne.

– Simon – ele a corrigiu. – Você deve estar morrendo de fome. Vou ajudá-la a se vestir.

O caimento da roupa ficou estranho, confortável nos braços e quadris, mas, como ela teve que se privar da anágua com armação – era grande demais e do formato errado –, caía diretamente no chão. Ela não se sentia totalmente vestida.

O que não teria sido nenhum problema, se ela não tivesse que lidar com uma série de criados.

E então, quando entrou na sala de café da manhã, Leonie encontrou as irmãs com seus respectivos maridos.

Ela ficou parada por um momento, decidindo se devia ou não correr para o aparador, pegar uma faca e enfiá-la em Lisburne.

Mas isso era algo que Sophy faria. Leonie não era dramática. De qualquer maneira, ela se recusou a demonstrar qualquer sinal de surpresa, muito menos de que estivesse em um estado de fúria assassina.

Como ele *pôde* fazer isso?

Será que achou que daria certo? Anunciar sua conquista? Será que pensou que os cunhados a fariam se casar com ele?

Como se pudessem.

Ela sorriu.

– Mas que surpresa agradável, lorde Lisburne. Que delicado de sua parte pensar em convidar a minha família para o café.

– É uma reunião de negócios – disse ele. – É por isso que estão todos aqui.

Ele tirou do bolso do colete as três folhas de papel, todas elas amassadas.

– Fui até a Residência Clevedon em um horário terrivelmente cedo para me consultar com o duque – explicou Lisburne. – E ele mandou buscar Longmore. E, depois de discutirmos bastante, chegamos a um tipo de acordo.

– Preciso ressaltar que eles não nos consultaram – afirmou Marcelline. – E nem confiaram em nós. Você não pode nos culpar de nada além de nossa curiosidade. Aliás, que roupa interessante é essa que você está usando.

Ela se levantou e se aproximou para ver mais de perto.

Marcelline ficou parada por um momento, franzindo a testa. Em seguida, pegou a mão de Leonie e examinou a manga.

– Mas, minha querida, esse é um vestido Emmeline. Venha aqui, Sophy. Você não reconhece o acabamento de cetim? Isso veio da loja de prima Emma, posso jurar. Meu Deus, acho que fui eu mesma quem costurou essas tiras de cetim. Onde você encontrou isso?

– De prima Emma? – disse Leonie. – Isso é trabalho dela?

Seus olhos se encheram de lágrimas, a garganta deu um nó e ela se sentou depressa na primeira cadeira vazia que encontrou.

– Prima Emma? – disse Lisburne.

Ela se forçou a explicar.

– Emmeline era o nome da loja em Paris. Onde lorde Swanton me conheceu. A cólera levou nossa prima Emma e dizimou Paris. Matou nossas costureiras e nossas clientes. Destruiu nosso negócio. Houve tumultos. A loja foi depredada. Tínhamos uma criança doente e estávamos com medo de que a multidão enfurecida soubesse e incendiasse a loja com a gente dentro. Fugimos de Paris sem nada. Nem um retalho de musselina. Nem um laço de seda. Não tínhamos nada dos trabalhos de prima Emma. Todo aquele belo trabalho. Era isso o que eu estava tentando explicar. – Ela meneou a cabeça na direção dos papéis nas mãos de Lisburne. – O significado de tudo isso para nós. O que significou abrir nossa própria loja. Marcelline e Sophy... são artistas. Elas podem ser artistas de outras maneiras. Eu não. Sou uma mulher de negócios.

– Meu amor – disse Marcelline, com muita ternura, do jeito que costumava fazer cada vez que os pais as abandonavam.

– Não – pediu Leonie, levantando a mão. – Eu gosto de números. Gosto de conferir as notas dos fornecedores. Gosto de negociar com eles.

Gosto de administrar uma loja. Isso me deixa feliz. Queria que você e Sophy ainda estivessem lá.

– Nós não fomos embora.

– Mas irão. Precisam ir. É completamente ridículo. Uma duquesa não pode servir as clientes, Marcelline! Use a cabeça. E uma condessa também não pode, Sophy, por isso pode tirar essa ideia da cabeça. A loja vai continuar, mas não com vocês. É uma situação muito inconstante. Preciso ter certeza de que posso contar com vocês, mas sei que é impossível. Daqui a pouco, Sophy ficará grávida também e estará se sentindo enjoada.

– E quanto a você? – indagou Marcelline. – Você e Lisburne andam apenas escrevendo em seus livros e dando as mãos? Ou você acha que é imune às leis da natureza?

– Certo – disse Lisburne. – Se pudermos retomar o assunto dos negócios... tenho uma proposta a fazer em relação à propriedade da Maison Noirot.

Leonie olhou para ele. Na verdade, ele não parecia um homem de negócios. Devia ser o colete – Polcaire era mesmo um gênio –, mas Lisburne se comportava com um ar de autoridade, o que tornava seu lindo rosto muito austero.

Era adorável.

– Marcelline e Sophy, por favor, sentem-se. Eu vou apenas pegar algo para comer e conversar diretamente com você, Lisburne. Mas, por favor, não aguento mais tanta emoção de estômago vazio.

– *Ma pauvre!* – exclamou Marcelline. – Não se mexa. Eu vou pegar alguma coisa para você.

Ela colocou um bocado de comida em um prato e o dispôs diante de Leonie.

Ela não deveria sentir tamanho apetite.

Mas Lisburne aparentava tanta imponência que era impossível sentir qualquer tipo de ansiedade. Talvez ela estivesse iludida, mas, por enquanto, sentia-se menos preocupada do que nos últimos meses. Ela pegou os talheres e comeu.

Embora Lisburne tivesse feito anotações nas folhas de papel, ele tinha tudo na cabeça. Só precisou conversar com Clevedon por um minuto nessa manhã, antes que as ideias tomassem forma.

Ele disse:

– Em primeiro lugar, vamos discutir a questão da vocação. Três mulheres de enormes talentos, apaixonadas pelo que fazem e de quem não se pode esperar felicidade em uma vida sem trabalho. O duque de Clevedon propõe uma revista...

– Oh, Clevedon! – exclamou a duquesa. – De novo a revista? É uma ideia adorável, mas...

– Se você puder ser um pouco mais paciente, querida, e deixar Lisburne terminar de falar... – disse o duque. Ele olhou ao redor da mesa. – Eu sei que ele pode ser diabolicamente irritante e que gosta de fingir que é um idiota. A verdade é que ele é muito mais astuto do que deixa transparecer. Talvez todos devamos ouvi-lo com atenção e levantar objeções somente no final. – Ele fez um sinal para Lisburne. – Por favor, continue.

– Uma revista cara, contendo um grande número de desenhos coloridos – prosseguiu Lisburne. – Com ênfase na moda feminina. Sua Graça pode fornecer os desenhos para os vestidos, e lady Longmore, uma seleção de chapéus e gorros, assim como descrições, relatos e histórias, em seu estilo único e inimitável. A Srta. Noirot administraria todo o projeto.

Ele fez uma pausa. A expressão no rosto das três irmãs continuava inescrutável. Ele fez um lembrete mental para jamais jogar cartas com elas – pelo menos não com as três ao mesmo tempo.

– Em segundo lugar, a loja. As três proprietárias manterão a propriedade, além de continuar a fornecer os desenhos para roupas em suas diferentes áreas de conhecimento, com o objetivo de manter a Maison Noirot na vanguarda da moda feminina. O trabalho do dia a dia, no entanto, deverá ficar sob a supervisão de Selina Jeffreys, eminentemente qualificada. Além disso, ela será auxiliada pelas mais talentosas profissionais, além de oferecer treinamento para mulheres indigentes qualificadas, segundo a proposta da Sociedade das Costureiras. No que diz respeito a profissionais qualificados, Sua Graça e eu tomamos a liberdade de recomendar uma certa Dulcinea Williams à atenção das senhoras. É nossa crença que a Sra. Williams pode vender qualquer coisa.

As três irmãs permaneciam amistosamente educadas, nada mais, embora ele sentisse um aumento no nível de atenção. Leonie, por exemplo, começou a manejar os talheres mais lentamente.

– As mudanças permitirão às proprietárias dedicar mais tempo à Sociedade das Costureiras – prosseguiu. – Elas poderão, entre outras coisas, usar sua posição social para aumentar o número de patrocinadores e de doações, o que levará, assim esperamos, à construção de um edifício maior; um projeto supervisionado por elas.

Leonie colocou os talheres sobre a mesa. Ela e as irmãs se entreolharam, ainda não deixando transparecer o que pensavam.

– Como isso pode representar um uso insuficiente das habilidades de negociante da Srta. Noirot, ofereço a ela a posição de marquesa de Lisburne e a administração de minhas várias propriedades e interesse financeiros.

Ele dobrou as folhas de papel e as enfiou no bolso. Polcaire teria conferido a ele uma expressão de mártir, mas tudo bem.

Lisburne esperou em meio a um silêncio terrível, enquanto as três mulheres digeriam aquele resumo e enquanto pelo menos uma delas tentava refletir sobre as implicações e consequências, fazendo registros em um livro-caixa mental, disso ele não tinha dúvida.

Depois de algum tempo, a duquesa olhou para as irmãs e disse que precisavam ir até outra sala, para discutir a proposta. Eles se levantaram quando elas se retiraram.

Elas demoraram a voltar.

Após meia hora, Longmore, entediado, saiu para dar uma caminhada. Clevedon foi à biblioteca. Uma hora depois de se retirarem da sala de café da manhã, as mulheres retornaram. Os homens se reuniram para ouvir a decisão.

As três mulheres se colocaram na frente da lareira, onde a luz da tarde fluía de maneira a deixar ainda mais belos os seus vestidos.

– Sendo a mais velha, fui designada para falar em nome das outras – disse a duquesa. – Consideramos sua proposta, em geral, satisfatória e decidimos aceitá-la.

– Integralmente? – perguntou Lisburne. – Duquesa, há um item, acredito, sobre o qual a senhora não pode falar por outra parte. Srta. Noirot, você concorda em se casar comigo?

– Isso depende – respondeu ela. – O Botticelli ainda será meu?

Por causa de Clevedon, Lisburne precisou esperar uma semana inteira pelo casamento.

Lisburne havia corrido até o Doctor's Commons, a sociedade dos advogados de Londres, no mesmo dia em que Leonie aceitara seu pedido. Teve que esperar ali pelo que pareceu uma eternidade, depois da qual foi obrigado a pagar uma alta soma pelo documento que desejava. E em seguida teve que esperar ainda mais.

Mas, com ou sem uma licença especial, Clevedon não permitiria que sua cunhada se casasse enquanto não tivesse atormentado Lisburne com advogados e enquanto tais advogados não tivessem lutado uns contra os outros e, finalmente, chegassem a um entendimento, momento no qual Lisburne assinou os acordos de casamento.

O Botticelli deveria ser incluído como um presente de casamento, tornando-se propriedade de Leonie. Todas as provisões foram feitas para os filhos, em caso de doença, morte ou falência e outros acontecimentos. Ela deveria ter dinheiro para pequenas despesas e uma casa para morar, em caso de morte do marido.

Era muito fácil, dizia Clevedon, prometer os céus a uma moça, mas a lei não era muito protetora das mulheres, especialmente das esposas, e ele mataria se preciso fosse para proteger a futura segurança da irmã de sua mulher, uma vez que não conseguira proteger sua virtude.

E então Sua Graça convidou as tias para o casamento! O que significou que Leonie deveria permanecer na Residência Clevedon, de maneira a não as escandalizar.

Mas a sexta-feira finalmente chegou e eles se casaram na Residência Clevedon, sem muito alarde, cercados de várias tias de Clevedon e centenas de Fairfaxes, Swantons e todos os cavalheiros que os haviam ajudado no Vauxhall, porque, sem eles como testemunhas, Lisburne poderia ter resgatado o primo, mas não a reputação da Maison Noirot e da Sociedade das Costureiras.

Mas a celebração chegou ao fim e ele e Leonie se retiraram para a mansão dele, onde criados fizeram uma pequena festa para o casal, e Polcaire suportou com coragem a perspectiva da chegada de uma senhora da casa e de suas inevitáveis criadas perturbando seu mundo perfeitamente organizado.

Então só faltava a Lisburne levar sua noiva para o quarto, o que fez primeiro com uma impaciência febril e, depois, em um ritmo mais lento. E, depois, quando estavam deitados na cama, em silêncio, ela disse:

– Você nunca falou nada sobre o último item.

Ele ficou confuso.

– Qual último item?

– O da coluna dos prós.

Ele pensou. Ah, sim, o último item fora: Terrível DeLucey, sublinhado.

Ele sorriu.

– Você não comentou nada – disse ela.

– Nem você. Eu mencionei todos os outros itens, mas você nunca me perguntou o que eu pretendia fazer sobre essa questão.

– Eu me esqueci. Estava tão ocupada querendo entender todo o resto, tão envolvida com tudo, que não lembrei. E nunca pensei nisso outra vez até hoje, quando ficamos diante do sacerdote, e o momento me pareceu impróprio para comentar o assunto.

– Sim, bem, quanto a isso... – Ele se apoiou no cotovelo e olhou para ela. – Não tenho sido completamente honesto com você.

– Não tem sido honesto? Você se refere a ser tolo, quando não é? Afirmando que deixa seus negócios com Uttridge? Levando-me para um jardim escuro, não para me usar com malícia, mas para me propor casamento? Esse tipo de prática enganadora?

– E você? Afirmando que não é instruída e que não sabe nada de literatura...

– Eu já admiti que não sou confiável. Mas você não é exatamente o que parece, de jeito nenhum. Na verdade, algumas vezes, eu me perguntei se você não seria um Noirot... porque eles são a edição francesa dos Terríveis DeLuceys, como você sabe. E você...

– Minha bisavó materna era Annette DeLucey – disse ele. – Quando meu bisavô se casou com ela, o pai dele ameaçou matá-lo, para que ele não herdasse sua fortuna. Mas, com o tempo, Annette acabou conquistando o sogro.

Ela se sentou.

– Eu sabia!

– É claro que sabia. É preciso um vigarista para reconhecer outro.

– Não somos exatamente vigaristas – disse ela, voltando a se deitar e olhando para ele. – Quer dizer, nem todos nós. Mas somos um tanto ardilosos e não muito escrupulosos... não me admira que eu sempre tenha me sentido tão confortável ao seu lado!

– Confortável! – disse ele, indignado. – Como um sapato velho?

– Porque você me compreende. E porque usa seus poderes de DeLucey principalmente para o bem... e para travessuras muito agradáveis.

– *Muito agradáveis.* Isso é o melhor que você pode dizer?

Ela riu e o abraçou de uma maneira que fez o coração dele pular em seu peito.

– Meu reino são os números, meu senhor. Se quiser me levar a grandes alturas literárias, precisará me inspirar.

– Como a musa – disse ele, aproximando o rosto do dela.

– Isso mesmo, como a musa – respondeu ela.

– Isso pode levar tempo – observou ele. – Mas, desde que você não esteja muito *ocupada*...

Epílogo

Mas, com uma licença especial ou dispensa do arcebispo de Canterbury, os casamentos, especialmente das pessoas de alta posição social, costumam ser celebrados muitas vezes em suas próprias casas, fora das horas canônicas, à noite, e muitas vezes celebrados por outros, em outras igrejas, diferentes daquelas às quais pertence uma das partes, e fora do horário do serviço religioso.

– *Dicionário da Lei,* 1810

Bedford Square
Sábado, 15 de agosto

Madame Ecrivier, a contramestra da loja de confecções Downe's, franziu o cenho ao ver o homem baixo e gordo que havia entrado na loja, todo emproado.

– Não entendo o que o senhor quer dizer – falou ela.

– Peço-lhe que não se aflija, *mademoiselle.* Só desejo ver sua patroa, se fizer a gentileza de ir chamá-la.

O homem entregou a ela um papel que parecia um documento oficial. A experiência de madame Ecrivier lhe dizia que documentos burocráticos indicavam problemas. Principalmente quando eram entregues por homens sebentos, usando cachecol vermelho e casaco verde apertado.

A Sra. Downes pagava dois sujeitos, Farley e Payton, para lidar com aborrecimentos de todos os tipos. Enquanto a contramestra pensava se deveria chamá-los, outro homem adentrou a loja. Era alto, encurvado e vestia preto.

– Aqui, agora – disse ele. – Parece que está ocupada, não parece?

– Sei lá – disse o outro homem.

– Veja bem, dona – disse o homem alto. – Queremos ver sua patroa. Negócios importantes. A senhora entregue a ela o meu cartão. – Ele deu a madame Ecrivier um cartão grosso e sujo que, sem ter o que fazer, ela pegou com a ponta dos dedos. – E diga a ela que ainda podemos ajeitar as coisas de uma forma que deixe ambas as partes satisfeitas.

Madame saiu correndo do salão. Foi até a oficina e ficou sabendo que nenhuma das costureiras havia visto Farley e Payton o dia inteiro. Subiu as escadas correndo e foi até a área privativa, onde morava a Sra. Downes. O criado lhe disse que ela saíra havia duas horas. Provavelmente, para jantar.

Madame, que vivera em Paris durante tempos muito difíceis, entendeu na hora o que estava acontecendo – quando homens traziam documentos oficiais e a patroa saía sem informar o criado. Ela foi até o quarto da Sra. Downes. Não encontrou roupas. Nem cosméticos. Nem chapeleiras, valises ou baús.

Ela procurou a criada da Sra. Downes, a quem encontrou fazendo as próprias malas.

– Aquela mulher me mandou executar umas cem tarefas hoje – disse a criada. – Só para me manter longe daqui. – Depois de enfiar aventais, camisas, meias e outras peças em uma valise, a criada começou a guardar tudo o que havia em seu pequenino quarto e que coubesse em uma mala. – Estava me devendo desde o último trimestre. Não olhe para mim desse jeito. Você também vai pegar tudo o que puder. Não está achando que ela deixou o seu pagamento, está?

– Há homens lá embaixo – disse madame Ecrivier.

Ela ainda não havia assimilado o acontecido. Trabalhara arduamente para conquistar uma nova clientela e manter as poucas clientes mais antigas que ainda davam preferência à loja. Lutara por salários melhores, para atrair pessoas mais bem-preparadas. Havia atacado a ineficiência e o uso de materiais ruins e foi vendo – embora lentamente – sinais de melhora. Só precisava de paciência. E tempo.

– Eles vieram com um mandado de execução, tenho certeza – afirmou a criada.

Madame sentiu um nó na garganta.

A menina bufou, exasperada.

– Não estou me referindo à guilhotina, sua tola. Quero dizer que farão um inventário e, depois, mais homens virão e levarão tudo que não estiver penhorado. A dona pegou um monte de dinheiro emprestado de alguém e nunca pagou.

– Mas não é possível! – gritou madame. – E todas as minhas clientes? E todas as minhas encomendas?

– Bem, ela deve ter gastado, não acha? Em sua bela carruagem, em festas, em um camarote no teatro e só Deus sabe em que mais. O que eu sei é que nenhuma de nós tem visto nenhum dinheiro nos últimos tempos. Acho melhor você pegar o que puder e sair pelos fundos, antes que os homens percebam que ela sumiu.

Madame Ecrivier sentiu-se desesperada. Ela havia economizado tudo o que fora possível, mas Londres era uma cidade cara e seu dinheiro não duraria muito.

Nesse dia, ela não receberia nenhum salário.

Entretanto, não era uma ladra.

Voltou ao salão principal e disse ao sujeito desagradável que a Sra. Downes havia fugido. Em seguida, avisou às costureiras que elas estavam todas desempregadas. Fez o seu melhor para lhes dar conforto e orientação.

Em seguida, pegou seu chapéu e se dirigiu à Maison Noirot.

Residência Warford
Quarta-feira, 26 de agosto

– Itália! – ressoou a voz de lorde Boulsworth. – Quem já ouviu tamanha idiotice?

Ele andava de um lado para outro do escritório de lorde Warford, como se estivesse inspecionando tropas insatisfatórias. Essa tropa era composta de sua filha e lorde Swanton.

Embora lorde Boulsworth tivesse delegado ao primo Warford o poder de agir em seu lugar de pai, Warford sabia que não deveria permitir que o casamento fosse adiante sem a presença de Boulsworth para dar sua benção às decisões. A esposa de lorde Warford já tinha dado demonstrações mais do que suficientes de seu estado de nervos. Ele não queria dar a Boulsworth nenhum motivo para entrar em sua casa brigando com o mundo inteiro. Não que Boulsworth precisasse de algum motivo.

– Tenho uma casa vazia perto de Manchester e vários criados sem ter o que fazer, precisando ser disciplinados – prosseguiu o general. – Como eu preciso estar em outro lugar, considero você o oficial de patente mais alta. Seu pai lutou bravamente em Waterloo. Já passou da hora de você estar à altura dele, em vez de ficar escrevendo rimas para meninas tolas e vagando pelo Continente. Você e Gladys vão viver em Lancashire.

– Lancashire? – repetiu Swanton. E desmaiou.

– Mas que diabo... – berrou o general.

Gladys ajoelhou-se ao lado do prometido e levantou sua cabeça, colocando-a próxima ao seu generoso colo. Ela olhou para o pai, os olhos em fúria.

– Papai, como você pôde?

– Eu? Mas que diabo eu fiz? Com que tipo de covarde você prometeu se casar?

– *Esse* covarde quase matou um homem com as próprias mãos!

Lorde Boulsworth olhou bem para o herói caído, duvidoso.

– Imagino que ele tenha jogado tijolos no tal sujeito. Caso contrário...

– Gladys. – Os olhos do poeta se abriam. – Minha querida. Por favor, perdoe-me. Fui tomado pelo choque. Mas só por um momento. Deixe que eu me levante. – Com suavidade, ele afastou as mãos da noiva e se obrigou a ficar de pé outra vez.

Ele endireitou os ombros e projetou o queixo.

– Senhor, me parece que está cometendo um grande equívoco. Daqui a três dias, Gladys será minha esposa. Viajaremos para a Itália, onde continuarei a escrever poesia... de alta qualidade, com ela como minha musa.

– Musa? Está maluco? Não vou permitir que ela fique perambulando pelo Continente, guiada pelos caprichos de um sujeito que desmaia diante da menor coisa.

– O choque de vê-lo achar que pode assumir o comando de mim e da mulher que será minha esposa deixou-me temporariamente privado de meus sentidos. Mal pude acreditar no que ouvi. Milorde parece se esquecer de que Gladys fará um juramento sagrado de amar e obedecer a seu *marido*. O senhor pretende que ela viole esses votos sagrados? Pretende que eu viole os meus? Não vou prometer amá-la e respeitá-la? Esse amor não exige que eu respeite os desejos dela de que eu continue com minha vocação?

O general o encarou, o rosto vermelho que os oficiais inferiores aprenderam a temer.

Swanton apenas sorriu, com uma paciência angelical.

– Se milorde vai ou não aceitar isso, não faz diferença. Devo agir como for necessário para fazer de Gladys a minha esposa – disse.

Lorde Boulsworth já havia lutado e vencido batalhas demais para aceitar uma derrota com tanta facilidade. Ele esbravejou, argumentou e ameaçou. Swanton suportou tudo de maneira estoica. Apenas reiterando sua intenção de ser o chefe de sua própria família. Ele poderia ter continuado com toda essa tolerância, mas Gladys, que sabia o quanto o pai podia ser obstinado e dominador, afundou em uma cadeira e começou a chorar.

Swanton olhou para ela e para Boulsworth. Ele cerrou os punhos e ergueu o queixo.

– Muito bem – disse ele. – Eu tentei lutar de maneira justa. Mas não permitirei que Gladys fique tão angustiada.

Então ele começou a declamar:

Evadimo-nos de longe, de um lugar sublime,
Do poder dos pais e do ódio do inimigo;
Nosso crime foi amar – se é que amar é crime,
Ela é minha fé, meu destino, meu abrigo.

O poema continuava com um infinito número de estrofes.

No final, lorde Boulsworth, em lágrimas – de ódio ou, possivelmente, até de emoção –, rendeu-se.

No dia 29 de agosto, lorde Swanton e lady Gladys Fairfax se casaram, com uma licença especial, em uma sala da Residência Warford preparada para a cerimônia.

De acordo com o *Foxe's Morning Spectacle*, "A noiva usava um vestido de cetim branco, com um corselete justo em ponta, uma pelerine ricamente bordada sobre mangas curtas e babados em crepe, também bordados. Os cabelos estavam enfeitados com flores e uma flecha, a partir da qual descia, de ambos os lados, um fino tecido com fios dourados".

No dia seguinte, lady Warford escreveu para a mãe de Lisburne, relatando que o casamento acontecera no dia anterior, sem nenhum contratempo. O general, segundo ela, parecia estranhamente conformado.

"Gladys estava realmente muito bonita", escreveu ela.

Ela brilhava de felicidade, e estou muito feliz por ela. Sei que vai cuidar muito bem de seu sobrinho Swanton, e ele tem sido surpreendentemente protetor. De qualquer maneira, você os verá em breve e poderá julgar por si mesma. Mas oh, minha querida, o que devo fazer em relação a Clara? Eu temo que, se ela continuar agindo da maneira como age, os cavalheiros irão desistir dela. Quem poderia imaginar que uma menina tão bonita permaneceria solteira durante todo esse tempo? Sophy afirma que o único problema é que ninguém é digno dela, mas você conhece Clara e sabe que ela sempre teve um lado rebelde, como a avó paterna. Ela já escapou por pouco, mais de uma vez, e tenho medo – muito medo – de que, da próxima, ninguém consiga tirá-la das dificuldades e ela fique marcada para sempre, ou se case com um Monstro, como Aquele Homem, cujo nome não quero escrever para não macular minha pena. (A propósito, tivemos a confirmação de que seus cúmplices, aqueles canalhas Theaker e Meffat, seguiram seu exemplo e fugiram de seus credores e da vergonha, pondo-se a vagar sem um tostão pelo Continente, assim espero.)

Mas, de qualquer maneira, Clara está a salvo deles e espero desesperadamente que ela tenha aprendido alguma coisa com a terrível experiência da Sra. Williams. Eu sei que é inútil pressionar minha filha para que ela se case. Ela fica irritada e se recusa a ouvir uma palavra que eu diga – mas, minha querida Enid, minha paciência está chegando ao fim. Gostaria que você olhasse ao seu redor e procurasse um cavalheiro que tenha maturidade e firmeza de caráter, pois ela vai precisar de uma mão forte. E, na verdade, já não me importo que seja nobre, mas apenas que seja capaz de aguentá-la.

Oh, mas o que estou falando? Não se preocupe, minha querida. Eu começo a pensar que a minha filha mais velha é uma causa perdida. Seria mais sábio de minha parte dedicar minhas energias às outras.

Daí seguiram-se assuntos domésticos, de pouco interesse para outras pessoas que não fossem as duas correspondentes.

Em fevereiro, a duquesa de Clevedon deu à luz um saudável menino. A irmãzinha dele e sua melhor amiga, Bianca Williams, fizeram sozinhas a touca de batismo.

Notas da autora

Em seguida, sobre os livros os olhos ele rolou,
Ao lembrar-se, contente, de tudo o que roubou,
De como sugou daqui e saqueou dali, intrépido
E espoliou tudo, como um inseto insípido.

– *The Dunciad*, Livro I, Alexander Pope

Para começar, assaltei o mundo da arte, fazendo com que a obra de Botticelli *Vênus e Marte* (também conhecida como *Marte e Vênus*) se tornasse parte da fictícia coleção de artes de lorde Lisburne, além de dar a ela seu título moderno. O assunto ainda é discutido e talvez a obra não tivesse nem nome em inglês até ir parar na Inglaterra, nos anos 1850 (que anacronismo!). A London's National Gallery adquiriu-a em 1874, onde continua exposta em toda a sua grandiosidade. Entretanto, a impopularidade de Botticelli no tempo em que a história é contada não é fruto de minha fértil imaginação. O pintor perdeu a aprovação do público depois de sua morte e só a recuperou na segunda metade do século XIX.

Por outro lado, *Entre a virtude e o vício*, de Veronese, foi realmente exibido na Exposição de Verão da British Institution de 1835.

Toda a poesia foi surrupiada, principalmente das revistas femininas do início do século XIX, mantendo sua própria tradição de roubarem uns dos outros. Pergunte a Charles Dickens sobre violação de direitos autorais e veja-o arrancar os cabelos e ranger os dentes.

"Never warn me, my dear, to take care of my heart" (Nunca me peça para estar sempre vigilante) é um verso de um poema da Sra. Abdy, "A Marrying Man" (Um homem casadouro), que apareceu em *The Comic Offering; or Ladies' Melange of Literary Mirth*, editado por Louisa Henrietta Sheridan.

http://www.goo.gl/xuytDy

O poema da Sra Abdy "The Second Son" (O segundo filho) apareceu no mesmo periódico.

http://www.goo.gl/ObwpKh

"The Dead Robin" foi publicado em *Lady's Magazine and Museum*, Vol. VI, 1835, atribuído a um colaborador frequente, que se denominava "Tacet".

http://www.goo.gl/Ncv8lE

O poema sobre a rebelde torrente foi publicado no nº IV de uma série de poemas intitulada "Lays of the Affections", em uma edição de 1830 da *Lady's Magazine.*

http://www.goo.gl/PRMdKv

"Oh, late I view'd her move along, the idol of the crowd" (Oh! Há pouco tempo eu a vi caminhando, um coração solidário) é o final de um poema intitulado "Ethelinda", publicado em *La Belle Assemblée* em 1826 e atribuído a D.L.T.

http://www.goo.gl/nb0T42

"A Thousand faults in man we find" (Do homem só se espera desalento) apareceu repetidamente em periódicos desde o período da Regência até os anos 1830 (e possivelmente depois), sob vários títulos e com diferentes autores, como A.A. Tom P., ou sem nenhuma autoria – um bom exemplo da pirataria que era comum nessa época. Eu atribuí a autoria desse poema ao mais antigo autor que consegui encontrar por meio do Google Books.

"My Very Particular Friend" (Minha muito especial amiga) é outro poema da Sra. Abdy, que encontrei citado em uma resenha de *The Comic Offering; or, Ladies' Melange of Literary Mirth,* de 1834. Essa resenha apareceu em *London Literary Gazette and Journal of Belles Lettres, Arts, Sciences, Etc.* em 1833.

http://www.goo.gl/F5jW9r

Louisa Henrietta Sheridan, autora e editora de *The Comic Offering*, escreveu sua própria versão, também intitulada "My Very Particular Friend", mas para ser cantada. Essa mulher multitalentosa também compôs a música. A obra apareceu em *New Monthly Belle Assemblée* em 1836.

http://www.goo.gl/AJvnvk

"We Waltz? and Behold Her" (Nós valsamos! E que assombro) é de "Mynheer Werter's First Interview with Charlotte, Versified", que foi publicada em *The Athenaeum; ou, Spirit of the English Magazines*, em 1826.

http://www.goo.gl/TqW1HY

A citação da *Odisseia* é da tradução de William Cowper [e, em português, de Trajano Vieira].

http://www.goo.gl/VSX0W5

"We Fled a Far but Happier Clime" (Evadimo-nos de longe, de um lugar sublime) é um verso de "The Wreck", de W.L.R., que foi publicado em *Magazine of the Beau Monde* em agosto de 1835.

http://www.goo.gl/lz0Ykd

Outro anacronismo incômodo:

Como Hans Christian Andersen publicou "A roupa nova do imperador" pela primeira vez apenas em 1837, não é provável que qualquer pessoa na Inglaterra tivesse usado esse conto como referência em 1835. Portanto, uma licença poética, mas nada mais caberia tão bem ao texto.

E por falar em roupas...

Há muitos e muitos anos, só podíamos contar com tecidos feitos de algodão, linho, lã, seda e misturas deles. A seda, por exemplo, vinha em variedades cujos nomes não nos são mais familiares. As definições abaixo vêm do *Dictionary of Textiles* [Dicionário de tecidos], de Louis Harmuth, edição de 1920. A informação entre colchetes é uma cortesia das costureiras e alfaiates de Colonial Williamsburg. Meus comentários estão entre parêntesis.

Veludo Gênova: 1. Veludo brocado bem espesso, feito de seda com base de cetim, trazendo grandes desenhos, feito na Itália há vários séculos; 2. Veludo de trama de algodão, possuindo como base a sarja. [Originário da

Itália, poderia ser veludo de algodão, mas em geral era de seda. Era o melhor veludo de seda do mercado, copiado pelo resto da Europa.]

Green Persian: Forro de seda muito leve, estampado com grandes flores, usado na Inglaterra no século XVIII. (Nota da autora: Aqui, a definição de Harmuth está longe de ser satisfatória. O termo *green Persian* aparece com frequência em romances do século XIX, inclusive nas obras de Dickens.) [Os *green Persians* são sedas leves, ao estilo chinês. Há seis níveis de qualidade e são usados, principalmente, na execução de forros. Eles vêm da Turquia e da Pérsia.]

Lustrina: Vestido de seda de urdidura canelada de alto acabamento. [Seda de alta qualidade com um pouco de rigidez, como o tafetá de hoje.]

Mode: (Nota da autora: Aqui, Harmuth é ainda mais decepcionante, uma vez que não coloca na lista esse item, pelo menos não com esse nome.) [Outro tipo de seda leve que vinha primariamente em preto ou branco e que era empregada na confecção de mantos para serem usados ao ar livre, embora também em forros.]

Princetta: Um tecido inglês de lã, fabricado no século XIX, feito com urdidura de seda e enchimento de lã; originalmente feito de lã pura.

Sacernet (algumas vezes escrito *sarcenet* ou *sarsnet*): tecido obsoleto, leve e pouco espesso, usado como forro na Inglaterra. [Seda fina e aderente.]

As descrições detalhadas de moda (não aquelas escritas sob o ponto de vista masculino) foram copiadas/adaptadas das revistas de moda da época. As roupas femininas são baseadas em desenhos de moda.

Quem são essas pessoas?

Sendo o terceiro livro de uma série, *Volúpia de veludo* nos traz personagens dos dois primeiros livros. Para saber a história de Marcelline, por favor leia *Sedução da seda*. Sophy é a estrela de *Escândalo de cetim*.

Agradecimentos

A May Chen, uma editora divertida, sábia e tolerante, cuja paciência supera toda a compreensão;

A Nancy Yost, uma agente brilhante, esforçada, perspicaz e inspiradora;

A Isabella Bradford, alma gêmea e eficiente facilitadora quando se trata de história;

A Paul e Carol, fornecedores do refúgio perfeito para escritores em Cape Cod;

A Valerie Kerxhalli, conselheira para assuntos relacionados ao francês;

Às modistas e aos alfaiates do distrito histórico de Colonial Williamsburg, especialistas em trajes históricos, que continuam a revelar os mistérios das roupas do passado;

A Cynthia, Vivian e Kathy, irmãs, torcedoras, confidentes, amigas;

A Walter, marido, produtor, cinematógrafo e cavalheiro em brilhante armadura.

CONHEÇA O PRÓXIMO LIVRO DA SÉRIE
ROMANCE ENTRE RENDAS

Prólogo

Musa, faça de seu tema o homem, famoso por sua
astúcia e por seu gênio versátil

– *A Odisseia*, Homero

Eton College
Outono de 1817

Para começar, ele era abominável.

Os colegas de escola de Oliver Radford não precisaram de mais do que um ou dois dias após a chegada dele para descobrir isso.

Também não precisaram de muito tempo para lhe apelidar de "Corvo", embora o motivo que os levou a fazer isso fosse menos óbvio. Talvez seus espessos cabelos negros e seus penetrantes olhos cinzentos lhes passassem essa imagem, ou talvez fosse sua voz profunda e rouca, mais apropriada a um homem adulto do que a um menino de 10 anos. Ou talvez se referissem ao seu nariz – ainda que não se parecesse com um bico, como o de muitos outros garotos, também não era nada pequeno.

Mesmo assim, ele estava sempre com o referido nariz metido em um livro, e alguém – na verdade, um de seus primos paternos – disse que o jovem Radford o fazia lembrar-se de "um corvo cutucando as entranhas de uma carcaça".

O primo não mencionou como os corvos eram extremamente inteligentes. Essa era uma das razões pelas quais ele achava os livros preferíveis aos colegas de escola.

Sobretudo a seus primos incrivelmente estúpidos...

No momento, ele estava apoiado em um muro na beira do campo de esportes, bem longe dos outros, que escolhiam as equipes para o jogo de críquete. Apesar de saber que não entraria em nenhum time, e sem vontade mesmo de entrar, ele era obrigado a estar presente durante as etapas desse processo de formação de caráter, mas mantinha o nariz nas páginas da *Odisseia*, de Homero.

Uma sombra caiu sobre Oliver e uma mão gorda, com unhas sujas, cobriu a página de escrita grega. Ele não olhou para cima. Como seu pai, Oliver era um observador acima da média. Reconheceu a mão. Tinha boas razões para reconhecê-la.

– Aqui está ele, cavalheiros – disse o primo Bernard. – A semente do ramo trabalhador da família: o nosso Corvo.

A expressão *ramo trabalhador* foi usada para depreciar o pai de Oliver. Desde que o filho mais velho herdara tudo, os outros e seus descendentes tiveram que encontrar esposas e/ou altos cargos em profissões "cavalheirescas", como as Forças Armadas, a Igreja ou a Lei. George Radford, filho de um dos filhos mais novos do duque, optara por se tornar advogado. Era bem-sucedido e mantinha um casamento feliz.

Tudo o que Oliver observara até então lhe levava a crer que os outros Radfords tinham cérebros e casamentos extremamente tacanhos, a antítese do que seus pais possuíam.

O fato de um menino de 10 anos saber o significado de *antítese* era outra razão para odiá-lo.

Ele não ajudava em nada.

– Naturalmente, você acha a lei trabalhosa – disse Oliver. – Primeiro, o estudo da lei requer um domínio do latim, e você mal compreende o inglês. Depois...

Bernard o agarrou pelo punho.

– ... eu seguraria a língua se era você, pequeno Raven. A menos que você queira que eu conte umas histórias que é...

– Em primeiro lugar, se você *fosse* eu – corrigiu Oliver. – Como está claro que não é, você precisa do subjuntivo. Em segundo lugar, *histórias* é plural. Portanto, você precisa usar a terceira pessoa do plural. A forma verbal correta é *são*.

Bernard o segurou com menos sutileza.

– Melhor não dar muita atenção a ele – disse o garoto à pequena multidão de seus discípulos, alguns deles primos. – Não tem modos. Não consegue evitar. A mãe não é exatamente a melhor pessoa, vocês sabem. Um tanto ordinária. Mas nós não falamos muito sobre isso.

A família de George Radford havia feito um certo estardalhaço quando ele se casou, aos 50 anos, com uma mulher divorciada. Mas Oliver não se importava com o que eles pensavam. Seu pai o preparara para as dificuldades que enfrentaria em Eton e para os parentes pouco amáveis que poderia encontrar ali.

– Você está se contradizendo – observou Oliver. – Mais uma vez.

– Não estou, não, seu nojento.

– Você disse que *nós* não falamos sobre ela, mas você falou.

– Você se importa, pequeno Corvo?

– Nem um pouco – respondeu Oliver. – Ao menos minha mãe, quando me trouxe ao mundo, conseguiu manter meu cérebro intacto. As evidências mostram o resultado oposto no seu caso.

Bernard puxou-o para longe da parede e jogou-o no chão. O livro caiu das mãos de Oliver, sua cabeça retumbou e ele tomou consciência de seus batimentos cardíacos crescentes e do pânico irracional que o assolou. Empurrou essas sensações para o fundo da mente e fingiu que aquilo estava acontecendo a outra pessoa, a quem ele observava com indiferença.

O pânico desapareceu, o mundo voltou ao eixo e ele conseguiu pensar.

Apoiou-se nos cotovelos.

– Eu sinto muito – falou.

– E deveria mesmo sentir – retrucou Bernard. – E espero que aprenda a liç...

– Eu deveria ter lido isso como "em agonia para redimir a si mesmo", em vez de "ansioso para salvar a si mesmo".

Bernard parecia estupefato, uma expressão incomum para ele.

– Ulisses – prosseguiu Oliver, pacientemente. Ele se levantou, pegou o livro e espanou a poeira. – Ele lutou em vão por seus companheiros, que foram destruídos pela própria insensatez. Os imbecis destroem o que não entendem.

O rosto de Bernard ficou muito vermelho.

– Imbecil? Vou lhe ensinar o que é imbecil, sua coisinha insolente.

Bernard saltou sobre Oliver e começou a socá-lo.

Para Oliver, a luta terminou com um olho roxo, o nariz sangrando e os ouvidos retumbando.

Esta não foi a primeira vez. Nem a última, como veremos mais tarde.

Royal Gardens, Vauxhall
Julho de 1822

Oliver estava confuso. Sua experiência com mulheres era limitada. As mães não contavam. Suas meias-irmãs já eram mães de outras pessoas.

A irmã do conde de Longmore, lady Clara, tinha agora, conforme anunciara, 8 anos e 11 meses de idade.

Embora um pelotão de babás cuidasse do número vertiginoso de jovens Fairfaxes, Clara, de acordo com Longmore, geralmente ficava brincando de correr com os meninos.

Mas a atividade planejada para aquela noite não era para meninas.

– Você não tem permissão para entrar no barco conosco – disse Longmore a ela.

Clara o chutou no tornozelo. Isso só fez o irmão achar graça, mas ela deve ter machucado o dedo do próprio pé, pois seu lábio inferior tremeu.

Então, por motivos desconhecidos, Oliver ouviu a si mesmo dizer:

– Lady Clara, você já viu o Heptaplasiesoptron?

Longmore lhe lançou um olhar intrigado, mas a menina também o fitou com seus lindos – e emburrados – olhos azuis.

– O que é isso?

– É uma espécie de sala de caleidoscópio – explicou Oliver. – Está cheia de espelhos que refletem serpentes retorcidas, uma fonte, palmeiras, lâmpadas de cores diferentes e um monte de outras coisas. Fica do lado de lá. Quer que eu a leve lá para ver?

Enquanto Oliver falava, Longmore fugiu.

– Eu quero entrar no barco – disse ela.

– Eu não – retrucou Oliver.

Ela olhou ao redor e notou as costas de seu irmão sumindo de vista. Seu olhar se voltou para Oliver e, agora, seus olhos se estreitaram de maneira acusadora.

– Seu irmão não quer que você vá – explicou Oliver. – Ele não quer se preocupar com você ficando enjoada, caindo do barco ou se afogando.

– Mas não vou fazer nada disso. Eu nunca fico enjoada.

– Mas vai ficar se Longmore remar. Vamos ver o Heptaplasiesoptron?

Aposto que você não consegue dizer essa palavra. Você é apenas uma garota, e garotas não são muito inteligentes.

Os olhos azuis da menina brilharam.

– Eu sei dizer sim!

Ela estreitou os olhos e contraiu os lábios, enquanto se concentrava. Sua expressão ficou tão cômica que ele precisou se esforçar muito para não rir.

Oliver estava ali para o Segundo Festival Anual de Jovens de Vauxhall. Certamente, não planejara bancar a babá de uma garotinha. Mas lady Clara havia se mostrado uma menina diferente das outras, um pouco como as várias maravilhas de Vauxhall.

Ela já conseguira pronunciar *Heptaplasiesoptron* corretamente quando chegaram lá. Igualmente importante, ela estava totalmente disposta a aprender sobre reflexos e truques óticos.

Quando eles estavam se dirigindo ao Hermitage, Oliver ouviu uma voz desagradavelmente familiar.

– Isso é o melhor que você pode fazer, priminho? Ela ainda nem tem peitos.

Ele teve uma leve consciência de sua temperatura subir, seu coração bater forte e ele ver o mundo através de um véu vermelho. Ouviu a própria voz dizer a lady Clara, como se estivesse a uma grande distância:

– Fique aqui.

Oliver marchou para o primo Bernard e o socou bem na barriga gorda. Bernard só soltou um abafado "Huh" antes de revidar. Despreparado para a rápida reação, Oliver foi lento demais para se esquivar, e o golpe que recebeu o fez tropeçar. Bernard se aproveitou da situação e se lançou com tudo sobre o primo, derrubando-o.

No instante seguinte, Bernard estava sentado sobre ele, rindo.

Oliver estava tentando tirá-lo de cima de si quando ouviu um grito selvagem. Lady Clara lançou-se por cima de Bernard em uma onda de socos e chutes. Foi tão engraçado que, por um momento, Oliver se esqueceu de que não conseguia respirar.

Então, ele a viu dar uma estocada em Bernard, e viu Bernard erguer o braço a fim de proteger o rosto. Oliver não teve certeza do que aconteceu a seguir, mas lady Clara caiu para trás, com a mão sobre a boca.

– Eu não fiz nada! – gritou Bernard, se levantando depressa e fugindo.

Oliver viu sangue na mão dela. Olhou em volta, mas Bernard havia desaparecido. Ele havia escolhido o momento certo, como de costume, quando não havia testemunhas adultas por perto.

– Aquele desgraçado! – exclamou ele. – Covarde. Ele poderia pelo menos ter perguntado se você estava bem. Você está bem?

Lady Clara testou um dente com o polegar.

– Está quebrado? – indagou ela, mostrando toda a arcada.

Não havia sangue em sua boca. O vermelho na mão dela devia ser do sangue de Bernard.

– O da frente sempre teve uma lasquinha pequena? – perguntou ele.

Ela balançou a cabeça em negativa.

– Agora tem – disse ele.

Ela deu de ombros.

– Tomara que a lasca que ficou presa no cotovelo dele fique lá para sempre – desejou ela. Então, em um sussurro, acrescentou: – Aquele desgraçado.

E riu.

Talvez Oliver tenha se apaixonado por ela neste momento. Talvez não.

Se ficou apaixonado ou não, depois daquela noite, ele nunca mais viu lady Clara Fairfax.

Até…

INFORMAÇÕES SOBRE A ARQUEIRO

Para saber mais sobre os títulos e autores
da EDITORA ARQUEIRO,
visite o site www.editoraarqueiro.com.br
e curta as nossas redes sociais.
Além de informações sobre os próximos lançamentos,
você terá acesso a conteúdos exclusivos e poderá participar
de promoções e sorteios.

www.editoraarqueiro.com.br

facebook.com/editora.arqueiro

twitter.com/editoraarqueiro

instagram.com/editoraarqueiro

skoob.com.br/editoraarqueiro

Se quiser receber informações por e-mail,
basta se cadastrar diretamente no nosso site
ou enviar uma mensagem para
atendimento@editoraarqueiro.com.br

Editora Arqueiro
Rua Funchal, 538 – conjuntos 52 e 54 – Vila Olímpia
04551-060 – São Paulo – SP
Tel.: (11) 3868-4492 – Fax: (11) 3862-5818
E-mail: atendimento@editoraarqueiro.com.br